DU MÊME AUTEUR

LE CLUB GABRIEL, Éditions Actes Sud

Du monde entier

JOYDEEP ROY-BHATTACHARYA

UNE ANTIGONE À KANDAHAR

roman

Traduit de l'anglais
par Antoine Bargel

nrf

GALLIMARD

Titre original :

THE WATCH

Ce livre est dédié au peuple d'Afghanistan

Ainsi qu'à
Chris Hedges,
précepteur, modèle
et
Rick Sullivan,
officier, gentleman
et
Jonathan Shay,
médecin, guérisseur

θανουμένη γὰρ ἐξῄδη, τί δ’ οὔ;
κεἰ μὴ σὺ προὐκήρυξας. εἰ δὲ τοῦ χρόνου
πρόσθεν θανοῦμαι, κέρδος αὔτ’ ἐγὼ λέγω.
ὅστις γὰρ ἐν πολλοῖσιν ἐς ἐγὼ κακοῖς
ζῇ, πῶς ὅδ’ Οὐχὶ κατθανὼν κέρδος φέρει;
οὕτως ἔμοιγε τοῦδε τοῦ μόρου τυχεῖν
παρ’ οὐδὲν ἄλγος· ἀλλ’ ἄν, εἰ τὸν ἐξ ἐμῆς
μητρὸς θανόντ’ ἄθαπτον ἠνσχόμην νέκυν,
κείνοις ἂν ἤλγουν· τοῖσδε δ’ οὐκ ἀλγύνομαι.

SOPHOCLE, *Antigone*

Que je dusse mourir, ne le savais-je pas ? et cela, quand bien même tu ne l’aurais pas défendu. Mais mourir avant l’heure, je le dis bien haut, pour moi, c’est tout profit : lorsqu’on vit comme moi, au milieu des malheurs sans nombre, comment ne pas trouver de profit à mourir ? Subir la mort, pour moi n’est pas une souffrance. C’en eût été une, au contraire, si j’avais toléré que le corps d’un fils de ma mère n’eût pas, après sa mort, obtenu un tombeau. De cela, oui, j’eusse souffert ; de ceci je ne souffre pas.

Avant-poste de combat de Tarsândan
Province de Kandahar
Afghanistan

ANTIGONE

Un.

Deux.

Trois.

Quatre. Je compte les instants et je récite la *basmala* dans ma tête.

Au nom de Dieu, le Clément, le Miséricordieux…

C'est à moi d'agir maintenant. J'ai peur : j'ai les mains qui tremblent, la bouche sèche. Je jette un regard en arrière, vers les montagnes où j'ai passé ma vie, où je suis née, où ma famille est morte. Toute ma famille, à l'exception de mon frère Youssouf. Je me souviens de ce que Youssouf a dit avant de partir à l'assaut du fort : Il y a des moments où, pour maîtriser la situation, il faut devenir fou et garder la tête froide en même temps.

Je m'en souviens tout en faisant tourner les roues de ma charrette pour continuer d'avancer sur le sentier qui descend jusqu'au champ carré et au fort. Ils ont tout rasé ici : il n'y a plus un seul arbre, plus de végétation, pas la moindre trace d'ombre ; la terre est sèche et craquelée et déjà brûlante malgré l'heure matinale. La poussière tourbillonne autour de moi ; le soleil incendie la structure terreuse du fort. Le sol est strié d'empreintes de rangers et de nombreuses traces de véhicules. D'un côté des fortifications s'élève un amas de déchets : des bidons de gasoil abandonnés, des poteaux en fer tordus, des sacs en plastique et des seaux. Les seuls signes de vie sont des scintillements métalliques, ici et là, qui reflètent le soleil levant, et un trait vertical de fumée. Ce paysage aride ne pourrait pas être plus différent de la vallée verte et fertile d'où je suis partie. C'est un triste spectacle et pourtant, toute la nuit en traversant les montagnes, j'avais hâte de le contempler.

Tout en poussant de mes mains sur le sol pour faire avancer ma charrette, je repense aux dangereux sentiers que j'ai empruntés et j'ai du mal à croire que je suis arrivée jusqu'ici à la seule force de mes bras frêles et de mes épaules chétives. Certains de mes muscles sont à vif quand je les touche, comme des plaies ouvertes ; d'autres sont devenus complètement insensibles. Les moignons de mes jambes se sont mis à saigner ; ils venaient tout juste de guérir et le frottement permanent imposé par mon voyage a mis les sutures à nu. Mais j'ignore la douleur ; j'ignore tout à l'exception du fait que je suis ici. Je me dis que je suis ici parce que mon cœur est immense et ma tendresse authentique. Je suis ici pour enterrer mon frère selon les rites de ma religion. Il n'y a rien de compliqué à cela.

Un cadavre couvert de mouches bourdonnantes me barre la route. Je sens la colère me monter à la gorge. Saisie d'un sentiment d'irréalité, je me penche hors de ma charrette pour retourner le corps. Ce n'est pas Youssouf, mais un jeune homme étendu face contre terre, le front troué d'une balle. Le sang s'est figé au-dessus d'un œil ; l'autre est fermé. Je le laisse retomber et je récite la *janaza* à son intention. Un peu plus loin, un autre cadavre est recroquevillé sur le sol. C'est Rehmat, un des hommes de

Youssouf ; son turban noir se défait quand je lui redresse la tête. Rehmat était extrêmement fort : il pouvait soulever un chêne abattu d'une seule main. Maintenant sa main sans vie repose mollement contre la mienne. Je le lâche et me rassieds dans ma charrette. Une volée de corbeaux tournoie impatiemment dans les airs. Haut dans le ciel, un vautour bat des ailes et s'apprête à venir se poser au sol. Un drapeau à l'un des angles du fort claque dans le vent comme un coup de feu. Je me sens déjà épuisée. Mon frère a eu tort d'attaquer ici : derrière ses multiples barrières de fil barbelé, de sacs de sable et de murs de terre et de pierre, le fort paraît imprenable.

J'avance et je m'approche du troisième et dernier corps étendu dans le champ. C'est Bahram Gul, le plus ancien compagnon de Youssouf, qui une fois, quand j'étais petite, m'avait apporté un petit bouquet de pâquerettes des montagnes. Sa bouche ouverte est d'un rouge anormal, sa barbe teinte au henné est couverte d'une croûte de boue pourpre. Bahram adorait chanter ; puis les talibans sont arrivés, alors il s'est tu et s'est occupé de ses champs. Mais dernièrement, il s'était remis à chanter. Sa voix résonne dans ma tête tandis que je poursuis mon chemin. Anisa, la fille de Bahram, était ma meilleure amie avant de mourir en couches. Maintenant ils vont se revoir. Je leur envie le bonheur de ces retrouvailles.

Un tourbillon de poussière s'élève sur ma gauche. Je le vois du coin de l'œil juste avant de sentir une odeur de brûlé et d'entendre un sifflement aigu. Le cerveau engourdi par mes récents efforts, je continue de faire avancer ma charrette jusqu'à ce qu'un deuxième tourbillon s'élève brusquement sur ma droite. C'est là que je comprends qu'on est en train de me tirer dessus. Quand la troisième balle passe en sifflant, je m'arrête. Le silence semble durer une éternité. L'ombre d'un nuage solitaire traverse tranquillement le paysage.

Je lève la main vers le *tawiz* que j'ai autour du cou. Il y a bien longtemps, Père s'est rendu au sanctuaire d'un pir soufi situé près de Zareh Sharan et m'en a rapporté une prière calligraphiée, que je porte depuis cousue dans un petit étui en cuir. En cet instant, la douceur du cuir me rassure. Au lieu de regarder le fort pour voir qui me tire dessus, je regarde derrière moi, vers les montagnes. Elles se dressent dans le ciel comme de fidèles gardiens et leur immensité rend tout minuscule. Quand je me retourne vers le fort, il semble avoir rétréci en comparaison et il n'a plus l'air aussi intimidant. Je le vois tel qu'il est en réalité : une construction rudimentaire bâtie à la hâte avec du pisé, des sacs de sable et des murs de pierres sèches. Une excroissance étrangère.

Je prends une des chemises blanches de Youssouf et je l'agite au-dessus de ma tête.

Quelques instants plus tard, une voix métallique retentit de l'autre côté du champ et me demande ce que je veux. *Tsë ghwâre ?* elle demande. Bien qu'elle parle pachto, elle a un accent tadjik prononcé. Cela ne m'étonne pas.

Le fort semble très loin. Je hausse le ton moi aussi et je réponds que je suis là pour enterrer mon frère qui a été tué dans la bataille d'hier. Je suis sa sœur, je crie. Je m'appelle Nizam.

Un instant s'écoule en silence, puis la voix demande : Comment s'appelle ton frère ?

Je le leur dis. Encore une fois, il y a un silence. J'essaie d'imaginer comment ils doivent me voir de leur côté : une petite silhouette voilée, dans une charrette en bois posée au ras du sol. Je conçois leur surprise. Il faut que j'en profite.

La voix rompt le silence. Son crachotement métallique est désagréable.

Elle demande : Qui t'a dit que tu pouvais le trouver ici ?

Je réponds : Ceux qui ont survécu à la bataille.

À quoi est-ce qu'il ressemble ?

Répondre m'est un poids aussi lourd que le fardeau de la mort de mon frère, mais je réussis à maîtriser mes émotions et je décris Youssouf, en veillant à être précise.

Après un moment, la voix revient :

Nous gardons le corps de ton frère à des fins d'identification.

Je peux l'identifier, moi, je réponds.

Tu dois partir. Des gens vont venir de loin pour l'identifier. Des experts. Ensuite, il sera enterré.

Quand vont-ils arriver ?

Bientôt.

Quand, bientôt ?

Dans deux jours.

C'est impossible, je réponds en essayant de ne pas laisser l'émotion faire trembler ma voix. Youssouf doit être enterré correctement. C'est la raison pour laquelle je suis ici. C'est mon droit.

Nous n'en avons pas terminé avec lui.

Il est mort. Qu'est-ce que vous pouvez bien avoir à terminer avec lui ?

C'était un terroriste, un taliban et un *saray* malfaisant.

C'est faux ! Mon frère était un héros pachtoun, un moudjahid et un résistant. Il a combattu les talibans. Et il est mort en combattant les envahisseurs *amrikâyi.* C'était un homme courageux.

Tu te trompes autant que lui, Pachtana. Tu n'as rien à faire ici. Va-t'en.

J'ai apporté un linceul blanc, je réponds. Je vous demanderai de l'eau pour le laver, comme j'en ai le droit. Je creuserai la tombe et j'y déposerai son corps tourné vers la *qibla.* Puis je dirai une prière, je jetterai sur lui trois poignées de terre et je réciterai : « C'est d'elle que Nous vous avons créés, et en elle Nous vous retournerons, et d'elle Nous vous ferons sortir une fois encore. » Après quoi, je partirai, je vous le promets. Ne m'empêchez pas d'accomplir mon devoir.

Dans l'intervalle de silence qui suit, je baisse les yeux et je regarde les moignons de mes jambes, enveloppés dans des peaux de chèvre nouées à l'aide de bandages et de chiffons. Les peaux de bête sont tachées de rouge. Mes jambes, d'habitude engourdies, se sont mises à me brûler et à me piquer.

Finalement la voix répond, d'un ton surpris mais aussi un peu moqueur :

Tu es une femme. Tu n'es pas censée participer à un enterrement musulman. Nous sommes des hommes. Nous nous en chargerons. Je l'ai demandé au capitaine amrikâyi qui commande le fort. C'est un homme d'honneur. Il te donne sa parole.

J'abaisse mon drapeau blanc improvisé.

Je ne m'en irai pas, je réponds. Ma voix tremble d'épuisement et de colère. Je suis au bord des larmes.

Il y a un crépitement électrique, le mégaphone est coupé et je reste là sans savoir quoi penser. Un corbeau traverse mon champ de vision dans un battement d'ailes et je me rends compte que je suis entourée d'oiseaux charognards. Puis un coup de feu retentit et un vautour tombe du ciel et s'abat sur le sol.

Quand je lève à nouveau les yeux, j'ai la surprise de voir quatre hommes se glisser hors du fort par une porte percée dans les grands murs. Ils s'immobilisent derrière la barrière de barbelés, leurs armes pointées dans ma direction. Le seul à ne pas être vêtu d'un uniforme est un garçon dégingandé au regard nerveux, guère plus âgé que moi. Ce doit être l'interprète tadjik. Il est le premier à parler.

Qu'est-ce que tu fais ici, stupide femme ? il lance d'une voix nerveuse et indignée, très différente de sa toute-puissante incarnation métallique. Tu n'as pas lu les panneaux ? Tu aurais pu te faire tuer !

Je ne suis pas lettrée, je lui dis, en m'efforçant de rester calme.

Il rejette ma réponse d'un geste agacé. Il me donne l'impression de quelqu'un qui essaie de jouer à l'adulte sans avoir les moyens d'y parvenir.

Le capitaine, il dit d'un air important en montrant un homme petit et trapu, veut que tu saches qu'il n'a rien contre toi. Mais tu as outrepassé tes droits et tu dois t'en aller. C'est un champ de bataille ici. Ce n'est pas un endroit pour des caprices de femme.

Je décide de l'ignorer et de me concentrer sur ses compagnons. J'observe d'un œil impassible les soldats immobiles, accablés par leur culpabilité et leurs mensonges.

L'officier fait un pas en avant, flanqué de deux soldats casqués. Tous les trois, ils portent des vestes volumineuses et des lunettes noires et je me dis qu'ils doivent étouffer sous cette chaleur. Je suis trop loin pour distinguer leurs traits. Le capitaine se détourne de moi et s'adresse au Tadjik, tandis que les soldats lèvent leurs armes dans ma direction. Le ton sec du capitaine, la nervosité de l'interprète, la méfiance des deux soldats, tout indique le comportement prudent d'un groupe de combattants pris dans une situation inédite. Il est clair que je représente un dilemme pour eux. Je suis une femme dans leur monde d'hommes et ils ne savent pas comment se conduire.

Ils me regardent, l'air d'attendre que je parle, mais je reste silencieuse.

Le Tadjik s'adresse de nouveau à moi et c'est à mon tour d'être surprise.

Écoute-moi bien, Pachtana. Le capitaine dit que tu es libre de rester ici à pourrir au soleil. Mais si tu t'approches ne serait-ce que d'un *gaz* du fort, tu seras abattue sur-le-champ.

Est-ce que je peux enterrer les hommes qui sont à l'extérieur du fort ? je demande.

Le Tadjik se tourne vers le capitaine qui répond d'un ton irrité, en faisant des gestes des deux mains.

Tu peux te débrouiller avec les vautours, dit le Tadjik. Nous, ça ne nous concerne pas.

Ils tournent les talons et commencent à regagner le fort, mais le Tadjik me crie quelque chose par-dessus son épaule : Rappelle-toi les ordres du capitaine, il dit. Un gaz en direction du fort et c'en est fini de toi.

Ils battent en retraite et la poussière soulevée par leurs pieds s'élève lentement vers le ciel.

Voyant là une victoire modeste mais cruciale, je suis prise d'une folle envie de rire, que je parviens à réprimer. Je n'ai pas, après tout, été tuée tout de suite, ce qui aurait facilement pu se produire. Je tourne ma charrette dans l'autre sens et la fais rouler vers Bahram Gul. Les lourdes roues de bois peinent à avancer sur la terre craquelée ; les jointures en métal ne cessent de grincer. Le bruit doit porter jusqu'au fort, mais ça m'est égal.

Lorsque j'atteins Bahram Gul, je sors ma pelle et je chasse les corbeaux. À part ces oiseaux maudits et les nuées de mouches, il n'y a pas un seul être vivant à l'horizon. J'inspire profondément et, tournant le dos au fort, je soulève le voile de ma *bughra*. Ça ne va pas être une mince affaire et il faut que je fasse vite. Mon pauvre Bahram *kaka* commence à sentir. Je me souviens des fleurs qu'il m'avait offertes, je dis une courte prière et me mets à creuser. Par chance, le sol n'est pas dur et cède facilement sous ma pelle.

Des heures plus tard – combien d'heures ? – j'ai accompli ma tâche. Trois monticules de terre fraîchement retournée indiquent la dernière demeure des fidèles compagnons de mon frère. Sur chaque sépulture, je dépose une pierre. Sur le sol nu, le dépouillement des monticules me gêne : ils auraient dû être marqués d'une pierre tombale et de piquets ornés d'un drapeau vert à la tête et aux pieds, comme il convient aux héros. Mais je n'avais pas prévu de devoir accomplir cette tâche et le seul drapeau que j'ai apporté est réservé à mon Youssouf.

Je regagne ma charrette en boitillant. Mon dos est presque paralysé par la douleur, mes mains sont écorchées jusqu'au sang, mais je me sens en paix avec moi-même. Je repose la pelle et je me lave les mains avec de la poussière. Puis je bois un peu d'eau dans mon outre en peau de chèvre. Je suis tellement épuisée que l'eau dégouline de ma bouche. Lorsque je baisse mon voile et que je me retourne vers le fort, une rangée de soldats me regardent en silence. Certains portent leur arme à l'épaule ; d'autres la tiennent pointée sur moi. L'un d'entre eux enlève son casque et s'essuie le visage avec un mouchoir rouge. Il le fourre dans sa poche quand il a fini et, en se tournant vers moi de façon délibérée pour que son geste soit sans ambiguïté, il fait un signe de croix devant lui. C'est un petit indice d'humanité. Et pourtant, tout l'après-midi, je sens l'odeur inhumaine de leurs armes.

Le crépuscule vient plus tard dans la plaine que ce à quoi je suis habituée dans les montagnes. Les grillons sortent des craquelures du sol et remplissent de leurs trilles l'air qui se rafraîchit. Le coucher de soleil déploie dans le ciel ses chatoiements somptueux. L'astre s'immerge dans la montagne avec un éclat pourpre. Des milliers d'étoiles viennent remplacer le soleil liquéfié. Elles compensent l'absence de lune. Le fort est suspendu dans une volute de brouillard vespéral, ses toits en pente s'effacent peu à peu dans l'obscurité. Le labyrinthe de sentiers que j'ai dû parcourir pour arriver ici, avec ses longs passages périlleux truffés de mines, me paraît déjà appartenir à une autre vie.

Dans ma charrette j'ai un sac en toile de jute rempli de nourriture : du naan, des noix, des pistaches, des fruits secs – de quoi me nourrir au moins deux jours. Je mange un peu de pain, en le déchirant en petits morceaux, mais j'ai la bouche sèche et je dois mâcher longtemps avant de pouvoir avaler. Pendant que je bois de l'eau, des lumières s'allument dans le fort, mais ici, dans le champ, tout est sombre. Quelque part, une hyène commence ses rondes nocturnes en lançant un hurlement moqueur. Je frissonne sans le vouloir. Je n'ai jamais passé une nuit dehors toute seule, mais je suis trop fatiguée pour y penser. Et puis le sublime jardin d'étoiles dans le ciel me réconforte. Quand il fait complètement noir, je m'éloigne de ma charrette en rampant pour aller satisfaire mes besoins naturels.

Très vite la nuit devient froide et je tire ma couverture sur mes épaules. J'attrape mon *rabab*, dont Père m'a appris à jouer quand il est devenu aveugle. Père était un joueur de luth accompli et j'ai vite progressé, passant d'expositions simples à des mélodies plus complexes jusqu'à ce qu'il dise que je jouais mieux que lui. Je pince les cordes et elles résonnent en moi, remplissant le vide infini qui m'entoure. Le fort semble se taire en réponse, ce doit être mon imagination. Je pense à Père en jouant, mais plus tard, une fois que je me suis pelotonnée dans ma charrette, c'est le sourire de Youssouf qui illumine mon sommeil. Je lui promets de ne pas quitter cet endroit tant que je ne lui aurai pas donné l'enterrement qu'il mérite. Je suis résolue à être inflexible.

Tout à coup, un projecteur s'allume et parcourt le champ avant de me trouver et de me forcer à ouvrir les yeux. Son éclat vif et chaud m'aveugle. De temps à autre, le projecteur s'éloigne brusquement et fouille nerveusement le sol derrière moi et la route plus haut. Puis il revient tout aussi brusquement se poser sur moi. Cela continue toute la nuit jusqu'à l'aube. Je rassemble les forces qui me restent, remonte la couverture par-dessus ma tête et serre les mains entre mes cuisses pour me tenir chaud.

Le matin. La brume monte de la terre. Mes cheveux sont humides, ma couverture mouillée par la rosée. Quand je me redresse dans ma charrette, je manque crier de douleur tant mes muscles sont engourdis. Mon cou est raide, mes mouvements lourds. La fraîcheur de l'air s'est nettement accentuée ; le peu que j'arrive à distinguer du champ scintille comme un miroir. Le soleil a franchi l'horizon, mais la brume continue de m'envelopper délicatement. Je ne peux pas voir le fort : peut-être tout cela n'est-il qu'un mauvais rêve ?

Le Tadjik apparaît en premier, accompagné par deux soldats qui tiennent leur arme à la main. Ils s'arrêtent juste derrière la clôture de barbelés qui entoure le fort. Les soldats s'agenouillent, leur arme braquée sur moi, tandis que le Tadjik reste debout entre eux deux, un châle gris et sale enroulé par-dessus son *shalwar kameez*. Il me crie une question. C'est difficile de comprendre ce qu'il dit, avec le bas de son visage couvert par le foulard. C'est tout juste si ses accents revêches et nerveux me parviennent et je dois lui demander de parler plus fort. Je m'interroge sur cette habitude étrange de crier de loin. Peut-être est-ce la façon de faire des Amrikâyi ? Les échanges d'hier m'ont laissée la voix rauque et j'en suis mécontente.

Il enlève son foulard et répète sa question : Pourquoi es-tu ici, vraiment ? il demande.

Je te l'ai déjà dit. Je viens chercher le corps de mon frère.

C'est un travail d'homme. Où sont les hommes de ta famille ?

Vous les avez tous tués, hommes, femmes et enfants. Je suis la seule survivante.

Il ne tient pas compte de mon accusation et me demande ce qui est arrivé à mes jambes.

Elles m'ont été enlevées par la bombe qui a décimé ma famille. Elle est venue du ciel. On rentrait d'un mariage.

Il tourne les talons et disparaît avec son escorte, mais les reflets bleutés des fusils dans le fort me signalent qu'on me surveille. Le soleil et la chaleur s'intensifient et je retire ma couverture. Bientôt, au lieu de frissonner de froid, je transpire abondamment. Je me dis que c'est la chaleur et non mes nerfs.

La brume se dissipe pendant que j'attends. Le fort apparaît dans la lumière du jour. Le champ carré est paisible, le ciel est serein. À mesure que la matinée avance, une grande vague d'humidité envahit la plaine ; dans son sillage, les contours du fort se mettent à osciller, donnant l'étrange impression qu'il va disparaître. Peu après, le premier filet de fumée s'élève au-dessus du fort et une odeur de cuisine se répand. J'attrape mon propre sac de nourriture, qui est couvert de poussière, et je m'apprête à manger quand le Tadjik revient avec un soldat. L'Amrikâyi a les mains enfoncées dans ses poches ; de temps en temps, il touche son col d'un geste délicat. Comme le reste de ses compatriotes, il a un visage absolument quelconque. L'interprète avance en traînant les pieds, le visage encore une fois caché derrière son foulard. Ils s'immobilisent juste à l'extérieur du fort et parlent presque en même temps, le Tadjik faisant de son mieux pour suivre.

Ils disent : Nous avons apprécié votre luth hier soir. C'était apaisant.

Je ne réponds pas.

Ils disent : C'est bien que vous puissiez de nouveau jouer de la musique dans ce pays. Sous les talibans, c'était interdit, mais grâce à nous, c'est redevenu possible. C'est ça, la liberté.

Je dis : Sous les talibans, ma famille était en vie. Aujourd'hui ils sont tous morts. Qu'est-ce qui est mieux ? La liberté ou la vie ?

Ma réponse déçoit l'Amrikâyi. Il devient visiblement mal à l'aise, gêné. Il se met à faire les cent pas, d'un air hautain et indécis, puis il dit quelque chose à l'interprète d'un ton sec.

Le Tadjik crie : Tu as contrarié le lieutenant !

Pourquoi je l'ai contrarié ? Je dis la vérité.

C'est loin d'être aussi simple. Tu ne comprends rien.

Qu'est-ce que je ne comprends pas ?

Le Tadjik se tourne vers son maître, qui dit : C'est la guerre. Les gens meurent. C'est dans l'ordre des choses.

Je m'efforce de rester calme. Je dis : Vous avez tué mon père aveugle qui ne pouvait pas se défendre. Vous avez tué ma famille depuis les airs. Sans vous, ma mère, ma grand-mère, ma sœur Fazia, ma belle-sœur et mon petit frère Younous seraient encore en vie.

Ils s'apprêtent à répondre, mais je continue à parler.

Je dis : Ce n'est pas la guerre, c'est un massacre d'innocents. La guerre, je sais ce que c'est. Nous sommes un pays de tribus guerrières, de conflits entre familles qui se perpétuent sur des générations. Mais aucun homme ici ne s'abaisserait à tuer délibérément des femmes et des enfants. Il serait expulsé de la société et voué à un mépris éternel.

Il y a un silence, puis l'officier se met à gesticuler avec colère. Ton frère Youssouf n'était pas innocent. C'était un chef taliban et il a assassiné mes amis et mes frères d'armes. C'était un dangereux extrémiste.

Mon frère était un chef pachtoun et un prince parmi les hommes, mais ce n'était pas un assassin et je vous ai déjà dit que ce n'était pas un taliban. Il est mort en héros pour venger sa famille. Il vous a attaqués parce que vous nous aviez attaqués.

Alors peut-être comprendras-tu si je te dis que je suis ici parce que des innocents ont été tués – des milliers d'innocents. Sais-tu ce qui a eu lieu dans mon pays ? Des immeubles entiers se sont effondrés !

Je peux vous garantir que ma famille n'avait rien à voir avec ça ! je proteste. Nous sommes simplement des paysans et des bergers. Je ne sais même pas où se situe votre pays exactement.

Toi, peut-être pas, mais je suis sûr que ton frère, lui, le savait, il dit. Il poursuit, calme et concentré, par l'intermédiaire du Tadjik : Qui t'a amenée ici ?

Personne. Je suis venue seule.

D'où es-tu venue ?

Je dis le nom de ma vallée.

L'Amrikâyi déplie une carte sur le sol et ils l'étudient tous les deux. Puis il éclate de rire tandis que le Tadjik s'exclame : C'est impossible ! C'est trop loin. Tu nous crois stupides au point d'imaginer que tu t'es poussée dans cette charrette depuis le fin fond des montagnes ?

C'est la vérité. Il vous appartient de me croire ou pas.

L'officier replie la carte et se remet debout.

Mais c'est une question très importante, il dit, et c'est important que tu dises la vérité. Si tu ne veux pas répondre, c'est ton droit, mais les mots peuvent être des ponts et j'essaie de comprendre tes motivations.

Je me sens rompue. Je m'adresse directement au Tadjik :

Dis à ton maître que les mots comptent moins que les actes et que je ne suis pas prête à me lancer dans une conversation qui porte atteinte à l'honneur de ma famille. Dis-lui que j'ai conscience des heures qui s'écoulent, qui n'appartiennent qu'à Dieu, et que tout ce que je veux c'est faire en sorte que mon frère puisse retourner à Lui.

Ils disent : Nous attendons des hommes qui vont venir chercher ton frère en hélicoptère pour l'emmener à Kaboul. Là, ils montreront son corps à la télévision. Des ministres et des généraux seront interviewés à propos de la bataille. C'était un rebelle important. C'est pour cette raison que nous attendons.

C'est sacrilège ! je m'exclame. On ne peut pas voler son âme à un mort. C'est interdit et je ne le permettrai pas ! J'ai une obligation religieuse envers mon frère.

Et moi j'ai une obligation envers l'État, dit l'Amrikâyi, qui est aussi ton État, d'ailleurs. J'ai l'obligation de me plier à l'autorité des lois, qui sont maintenant aussi les tiennes. Sans les lois, on retomberait dans votre anarchie tribale.

Je me tourne vers le Tadjik. Tu es croyant, n'est-ce pas ? Tu sais que c'est mal.

Il me lance un regard inquiet.

Je lui dis : Je croyais que tu avais dit que les soldats l'enterreraient ici, que le capitaine avait donné sa parole.

Il évite mon regard, tandis que le lieutenant lève les bras au ciel.

Il dit : C'est impossible de parler comme ça, en criant tout le temps.

Je dis : Je suis d'accord. Pourquoi vous ne vous approchez pas, ou vous ne me laissez pas approcher ?

Leur réponse me déconcerte : Parce que nous craignons pour notre sécurité.

J'ai envie d'éclater de rire. Je suis une femme seule, sans

arme, je leur dis, et vous êtes une garnison armée jusqu'aux dents. Comment pouvez-vous craindre pour votre sécurité ?

L'Amrikâyi devient tout rouge quand ma réponse lui est traduite.

Il parle d'un ton brusque au Tadjik, qui à son tour me parle d'un ton brusque. Comment pouvons-nous être sûrs que tu n'es pas une veuve noire ? il dit. Comment pouvons-nous être sûrs que tu ne transportes pas de bombe ?

Comment pourrais-je être veuve alors que je ne suis même pas mariée ? Quant au fait que je puisse transporter une bombe, je suis là pour enterrer…

Oui, oui, on sait, il crie en me coupant la parole. Mais on doit vérifier que tu n'as pas d'explosifs sur toi. Ça s'est déjà vu. Tu as peut-être des intentions cachées.

Qu'est-ce que vous voulez que je fasse ?

Ils ne disent rien, mais leur réponse arrive plus tard dans la journée, un peu avant midi.

Le lieutenant réapparaît, ainsi que le Tadjik, mais avec eux cette fois se trouve un homme noir gigantesque, suivi d'une rangée de tireurs qui se couchent à plat ventre et pointent leur arme sur moi. D'autres se serrent derrière eux et ils me fixent tous comme si j'étais un animal étrange, potentiellement intéressant, mais pourtant assez dangereux pour qu'il vaille mieux se tenir à distance. Pendant ce temps, le géant noir avance vers moi d'un pas lourd et déterminé.

Prise de panique, je me mets à faire reculer ma charrette.

Mëyh khudza ! crie le Tadjik. Ne bouge pas ! Il ne te fera aucun mal. Il va simplement te fouiller pour s'assurer que tu n'as pas de bombe.

Puis il ajoute rapidement, sur le ton du secret : La bombe est dans la charrette, pas vrai ? Tu peux me le dire. Je ne te trahirai pas.

Je ne daigne même pas répondre, je me contente de lui jeter un regard méprisant.

Le géant se tourne avec autorité pour lui dire quelque chose, après quoi le Tadjik a l'air gêné et me parle avec moins d'assurance, les yeux baissés.

Luftan burqa obâsa, il dit. Enlève ta burqa s'il te plaît.

Je ne peux pas faire ça ! je m'exclame d'une voix aiguë.

Tu dois l'enlever si tu veux rester ici, il répète d'un ton agacé.

C'est là leur sens de l'honneur, aux étrangers ?

Fais ce qu'ils te demandent, je te dis.

Je vais donc devoir être humiliée devant un public d'hommes. C'est une chose que je n'avais pas prévue, mais je me rends compte que je n'ai pas d'autre choix que d'obéir. Je ne quitterai pas cet endroit sans avoir enterré Youssouf. Malgré tout, j'ai honte qu'ils me voient les cheveux défaits.

J'enlève ma bughra lentement. Mes cheveux tombent jusqu'à mes genoux. Quand je laisse le vêtement glisser au sol, un nuage de poussière s'en échappe. Je suis sûre que mon shalwar kameez est lui aussi plein de poussière et taché de sueur. Je baisse les yeux, le visage nu et brûlant de honte.

Ce n'est pas la fin de mon supplice. On m'ordonne de m'éloigner de la charrette. Je récite une prière silencieuse et je m'en extrais avec des mouvements mal assurés. Le rang de cauris et de pièces de monnaie que je porte sur la tête s'emmêle dans mes cheveux. Je le dégage d'un geste rapide et, tremblante et mortifiée, je m'éloigne sur mes moignons en m'exhortant à ne pas tomber. Les peaux de chèvre se maculent de poussière. Je m'arrête après quelques gaz.

Maintenant, mets les mains sur la tête et tourne-toi, crie le Tadjik. Fais un tour complet.

Je fais ce qu'il me dit. Mes moignons me font mal.

Quand je suis de nouveau face à lui, le géant noir fait un geste de bascule de la main, que le Tadjik traduit : Allonge-toi face contre terre les mains sur la tête et les jambes écartées s'il te plaît.

Je refuse ! je m'écrie, scandalisée. Ce que vous demandez est honteux !

Le Tadjik ignore ma réaction et dit : Une fois que tu te seras allongée, le sergent va s'approcher de toi pour te fouiller et vérifier que tu n'as pas d'explosifs.

Tu ne m'as pas entendue ? Je refuse de le faire.

Plus vite tu obéiras, il dit d'une voix stridente à présent, plus vite ils prendront une décision au sujet du corps de ton frère.

Je le regarde fixement pendant un long moment. Il transpire abondamment. Je n'arrive pas à savoir s'il ment, mais sa voix exprime nettement la supplication.

Je me penche lentement jusqu'au sol et m'allonge sur le ventre.

Un silence se referme sur moi ; je n'entends plus que mon cœur qui bat.

Je tourne la tête et je vois, au loin, que le Tadjik a détourné les yeux. Plus près de moi, le géant s'approche de la charrette et donne des petits coups à l'intérieur du bout de son fusil. Puis il la retourne avec précaution et l'inspecte. Une fois qu'il l'a remise à l'endroit, il se dirige vers moi, tout en me parlant d'une voix étonnamment calme et douce. Il passe à côté de la bughra posée par terre sans lui prêter aucune attention. Il me saisit les mains et les place sur le sol au-dessus de ma tête, bien écartées. Lorsque je sens ses mains sur moi, je me raidis et j'imagine que je me suis transformée en une colonne de pierre. Je ferme les yeux et je rentre profondément en moi-même.

Quand il a fini, il m'aide à me redresser et il me remet les mains sur la tête avant de recommencer sa fouille. Il est discret, efficace, il continue de parler sans interruption et je suis contente que sa voix ne soit pas entièrement assurée : il a aussi peur que moi. Je décide de me concentrer sur ses chaussures, qui sont étonnamment petites pour un homme de sa taille. D'une certaine façon, cela me rassure.

Il s'écarte enfin et je le sens se détendre. Il retenait son souffle et maintenant, il lâche un long soupir. Au moment où il se détourne pour aller inspecter la bughra, je m'écroule contre lui. Je tremble sans pouvoir me contrôler. Il me soutient gentiment un instant. Okay ? il dit d'une voix rauque, en me tapotant l'épaule. Okay ?

Il enlève son casque et crie quelque chose à ses camarades d'un ton soulagé. Il m'invite à regagner ma charrette et me tend la main pour me proposer son aide, mais je l'ignore et j'y retourne toute seule, en ramassant ma bughra au passage. Tous les tireurs se sont relevés. La tension se dissipe nettement. Le Tadjik garde les yeux détournés, attendant peut-être que j'aie remis ma bughra, mais je me contente de la jeter dans la charrette et je m'effondre dessus sans aucune dignité, comme un tas. Des acclamations s'élèvent de la rangée de soldats, mais s'ils m'acclament moi ou leur camarade, je n'en sais rien. Je suis au bord des larmes ; je me sens complètement exténuée.

Le géant s'en va et rejoint le lieutenant. Ils parlent pendant un moment, puis ils rappellent leurs hommes à l'intérieur du fort. Quand le lieutenant revient, il traverse le champ d'un pas vif accompagné par deux soldats et il s'arrête juste devant moi, le Tadjik trottinant derrière eux comme un chien. Les cheveux du lieutenant sont coupés tellement court que je peux voir son cuir chevelu rose et luisant. Debout devant moi, il s'incline avec une humilité exagérée, que le Tadjik imite scrupuleusement. Je reconnais les signes : ils veulent bavarder, après m'avoir dépouillée de ma dignité.

Salâm, dit l'officier. Paix.

Il continue de parler et le Tadjik dit : Le sous-lieutenant Ellison espère que tu n'as pas eu peur.

Je pense à la façon dont Père m'a appris à ne pas céder face à l'adversité. Je garde le silence.

Puis le Tadjik dit : Le lieutenant souhaite que je te transmette ses excuses les plus sincères, mais il espère que tu comprendras qu'il n'avait pas le choix.

Puis l'officier sourit et s'adresse directement à moi, en parlant très lentement, d'une voix forte et bien articulée, comme à une idiote. Le Tadjik traduit : Le lieutenant dit qu'il ne s'était pas rendu compte de ton jeune âge. Il dit que tu lui rappelles sa sœur – sa sœur cadette – qui étudie à l'université. Elle veut être médecin. Peut-être qu'elle viendra travailler dans la province de Kandahar.

Je pense à ma petite sœur, Fazia, morte avant l'heure, et je reste de marbre.

Le lieutenant dit que son grand-père a participé à la construction des autoroutes au sud de Kandahar, après la Seconde Guerre mondiale.

Et alors ? je pense en détournant les yeux.

La voix de l'officier hésite un instant. Puis il parle d'un ton assuré au Tadjik, qui dit : Le lieutenant voudrait te poser quelques questions.

L'Amrikâyi sort un *ketâb* et se tient prêt avec son *qalam*. Il me sourit d'un air encourageant. Je l'ignore et je dis au Tadjik : Je ne répondrai à aucune question tant que vous ne m'aurez pas rendu le corps de mon frère.

L'Amrikâyi dit : Comme je te l'ai déjà dit, nous ne pouvons pas faire ça. Nous avons des lois et des règles qui régissent ces choses-là.

Je n'ai aucune illusion à ce sujet, je dis avec dédain. Vous êtes ici pour imposer vos lois par la force, mais pour moi elles ne signifient rien.

Le Tadjik intervient précipitamment : Pachtana, tu ferais mieux d'écouter ce qu'il dit.

Il se tourne vers l'officier, qui semble l'interroger sur ma réaction. Ils ont un bref échange et j'ai l'impression que le Tadjik désamorce l'agressivité des questions de son maître par des phrases bien tournées. Finalement, il me dit : Le lieutenant veut que tu saches que si tu réponds à ses questions, il fera en sorte que tu puisses bénéficier d'un examen médical approfondi, notamment en ce qui concerne les blessures que tu as aux jambes.

Je me calme, mais je me rends compte que je dois déglutir plusieurs fois avant de pouvoir parler, et même alors je reconnais à peine le murmure qui sort de ma bouche. Je leur dis que je ne veux qu'une seule chose, accomplir la tâche que je me suis fixée afin de pouvoir quitter cet endroit infâme. Je ne veux rien d'autre.

L'officier a l'air déçu. Il affiche toutefois un sourire conciliant dans l'espoir que je tombe dans ce qui est de toute évidence un piège ridicule. Je me détourne de lui et je regarde mes montagnes. Quelque part tout là-haut se trouve l'étroite parcelle vert émeraude qui constitue ma vallée. Malgré mes efforts pour rester stoïque, une larme s'échappe de mon œil et coule jusqu'au kameez que Fazia avait brodé de fleurs. Fazia me manque beaucoup ; ils me manquent tous beaucoup. Je n'aimerais rien tant que de rentrer chez moi, en cet instant, mais je sais que parfois revenir en arrière est impossible.

L'officier se racle la gorge, son factotum l'imite.

Il dit : Nous allons te laisser à présent.

S'il vous plaît, ouvrez l'œil de votre cœur et rendez-moi mon frère, je réponds.

Il dit : Je ne peux pas faire ça. Ce n'est pas de mon ressort. J'ai mes ordres.

Je pense à Youssouf en train de pourrir à l'intérieur de leur fort et c'est avec une rage froide que je les regarde s'en aller.

Peu de temps après, je suis surprise quand le Tadjik revient avec encore un autre Amrikâyi, accompagné comme d'habitude par des soldats armés. Le lieutenant n'est pas là et je me sens nettement soulagée.

Le nouveau venu se plante devant moi et, sans plus de cérémonie, il me tend un morceau de tissu marron raide et déchiqueté. Je le dévisage avec méfiance : il a une barbe de plusieurs jours, un visage dur qui tire sur le rouge et des yeux larmoyants. Il s'adresse à moi rapidement, en parlant fort et en montrant les dents, et quand il a fini, ses yeux s'écarquillent en attendant ma réponse. Je tourne la tête vers le Tadjik et j'attends qu'il traduise. Avec un manque d'assurance inhabituel, il dit : Le sergent Schott a découpé ce morceau de tissu dans le kameez de ton frère.

Je jette un regard choqué au chiffon et je manque de le laisser tomber.

Enfin, d'une voix qui m'est inconnue, je m'entends leur dire que le kameez de mon frère était vert, alors que ce tissu est marron.

C'est du sang séché, dit le sergent d'un ton indifférent.

À son indifférence même, je sais qu'il dit la vérité. Je tiens le chiffon à la main ; il brûle comme un fer chauffé au rouge.

Je demande au Tadjik : Qu'est-ce que je suis censée en faire ?

Il répond à mi-voix. Les Américains voudraient que tu enterres ce morceau de tissu à la place de ton frère et que, en retour, tu leur donnes les informations qu'ils demandent. Après, tu pourras repartir en paix.

Je ferme les yeux et j'enfouis mon visage dans le chiffon. Devant mes paupières closes, je vois mon frère, courageux et beau, avec son éternel sourire – mais aussi le moment de sa mort. Je le vois étendu dans la poussière, le dos brisé, les yeux baissés de honte devant l'épreuve que l'on m'inflige. Je donnerais ce qu'il me reste de nourriture et d'eau pour un dernier mot de lui. J'abandonnerais ma propre vie avec un sourire joyeux si je pouvais l'échanger contre la sienne.

Avant d'ouvrir les yeux, je presse encore une fois le tissu contre mon visage et j'inspire profondément. Il a gardé l'odeur de notre maison et des montagnes massives qui l'entourent.

Puis je le laisse tomber par terre.

M'adressant au Tadjik, je déclare : Dis à tes maîtres que je refuse. Je n'ai aucune intention de me livrer à ce genre de troc minable.

Avant même qu'il ait fini de traduire, le sergent sort une tablette brillante et se met à taper vigoureusement dessus avec ses doigts. Puis il fait un signe de tête au Tadjik et commence à me bombarder de questions, les mots jaillissant de sa bouche comme du canon d'un fusil :

Quel est ton nom complet ? Quel est le nom de ton père ?

Quel est le nom de ta tribu ? Combien d'hommes compte-t-elle ?

Combien de ces hommes ont participé à l'attaque lancée par ton frère ? Comment s'appellent-ils ? Qui va remplacer ton frère maintenant qu'il est mort ?

Combien y a-t-il de fusils dans ton village ? Combien de villages dans ta tribu ?

Quand... ? Combien... ? Comment... ? À quelle distance... ?

J'oppose à ces questions un silence digne. Je ne transige pas, même quand le sergent hausse le ton et approche tellement son visage du mien que ses postillons me dégoulinent dessus. Finalement, il se décourage et recule, le visage rouge, et lance d'un ton brusque : Comment c'est possible d'être aussi ignorante ? C'est parce que dans ta tribu les femmes sont enfermées à l'intérieur et séparées des hommes, comme dans le reste de ton foutu pays ?

Non, nous ne sommes ni enfermées à l'intérieur ni séparées des hommes de la tribu, je dis calmement.

Alors comment tu expliques ton ignorance ? Tu es idiote ?

J'ai autre chose à faire, je réponds, que d'écouter aux portes quand les hommes parlent entre eux.

Mais tu as bien des oreilles, non ? Tu as des yeux et toute ta tête !

Quand on est occupé à travailler, on n'entend ni on ne voit.

Ma détermination doit se lire sur mon visage, car sa voix perd de son assurance. Il fait un geste en direction des soldats derrière lui et ceux-ci pointent leurs armes sur moi d'un air menaçant. Le Tadjik me supplie de coopérer mais je ne réponds pas. Il continue de m'implorer mais le mur d'indifférence que je lui oppose finit par le décourager. Il s'arrête brusquement et nous restons là à nous dévisager. Le sergent secoue la tête, donne quelques petites tapes hésitantes à son appareil, puis il rejoint les autres et ils s'en vont au pas cadencé.

Je me retrouve plantée là, les yeux rivés sur le chiffon tombé au sol, cette pitoyable relique de mon fier Youssouf.

Bientôt, peut-être, je serai moi aussi réduite au silence. Qui sait.

En attendant, il est clair que leur intention est de m'épuiser en m'envoyant cette procession sans fin d'interrogateurs. Ils veulent me briser, mais cette tentative, comme celles qu'ils ont mises en œuvre pour me convaincre de partir, est vouée à l'échec. Je ne partirai pas tant que je n'aurai pas accompli mon devoir.

Je regarde la clôture en fil de fer barbelé et les murs qui me séparent de Youssouf. Si ça ne tenait qu'à mes sentiments, j'enverrais voler ces barrières vers le sud à travers le désert jusqu'à ce qu'elles disparaissent de notre pays. Si ça ne tenait qu'à ma volonté, j'ignorerais les mises en garde de ces intrus et j'ouvrirais une brèche dans leur forteresse à mains nues. Je creuserais un trou profond dans le sol et, soulevant son corps, je laverais la honte du fils de ma mère, cadavre pourrissant privé de sépulture. Mais j'en suis empêchée par ma raison, qui me dit que toute action hâtive de ma part causerait ma mort certaine avant que mon frère n'ait été mis en terre – et alors il nous faudrait rester là tous les deux, sans larmes ni tombeau, sans enterrement rituel, pâture succulente que les oiseaux rapaces guigneraient d'un œil ravi. Quels que soient mes sentiments, je n'ai pas le choix : ma colère et mon désespoir doivent céder à la patience, à la détermination.

Donc je me contente d'attendre là dans la poussière, avec le silence qui me siffle aux oreilles.

Et des souvenirs. Une foule de souvenirs qui affluent, se glissent dans l'air comme des grains de poussière ; qui se glissent dans le silence jusqu'à ce que j'entende les voix qu'ils portent. Quels murmures ? Quelles voix ?

Dans ma tête, Youssouf rit. Il dit : Nizam, espèce d'idiote, tu parles toute seule.

Je sais, mon frère, je sais. Je sais que ce n'est rien. Ce n'est rien d'autre que le silence – un silence cruel, sans fin, qui me murmure à l'oreille. Mais qu'est-ce qui me reste d'autre pour me tenir compagnie – pour me consoler, maintenant que toi aussi tu es parti, seul vestige de ma chair et de mon sang à présent disparu. Mon premier, mon meilleur ami depuis l'enfance. Mon dernier, mon ultime compagnon.

Comme mon cœur saigne.

Le soleil est haut lorsqu'un nouveau soldat apparaît avec le Tadjik. Il apporte un bol de nourriture fumante qu'il place devant ma charrette. Il est jeune, il a le crâne rasé de près et une posture rigide, martiale. Il me jette un bref regard, mais sinon son visage n'exprime rien.

C'est pour toi, dit le Tadjik. Les hommes du fort se soucient de ton bien-être. Peut-être que tu auras une meilleure opinion d'eux après ça. Il y a de la viande et des lentilles.

Ils s'en vont et je ne touche pas à la nourriture.

Très vite, les inévitables corbeaux s'assemblent. J'éloigne ma charrette et le bol disparaît sous un déluge d'ailes noires. Je regarde deux corbeaux qui se disputent un morceau de viande pendant que je mâche mon pain sec. Le pain est rassis et il s'émiette quand je le prends dans la main. Du coup, je sors mes figues et mes noix.

Le jeune soldat de tout à l'heure revient avec le Tadjik pour reprendre le bol. Les corbeaux se dispersent en poussant des croassements rauques. Le Tadjik a l'air peiné. Sa petite tête étroite dodeline tristement.

Ce n'était pas nécessaire de rejeter la nourriture, il dit. Ils essayaient d'être gentils, c'est tout. C'était un cadeau. C'est contraire à nos traditions de refuser un cadeau. Maintenant tu as repoussé leurs avances et tu les as fâchés.

Il s'éloigne de quelques pas et il dit que je devrais

remettre ma bughra. Mon absence de réaction ne semble pas le gêner. Il a l'air circonspect, mais aussi intrigué.

Il allume une cigarette qu'il fume par petites bouffées tout en continuant de me regarder fixement. C'est triste, il finit par dire. On est tous les deux *afghânyân*, on a environ le même âge et pourtant, on est dans des camps opposés. Je travaille avec les Américains car il y a neuf ans, les talibans ont massacré ma famille. On était des marchands prospères de Charikar ; ma mère était une femme instruite. Il marque un temps d'arrêt et tire sur sa cigarette.

En d'autres termes, il dit, je peux comprendre ce que tu ressens, crois-moi. Mais je pense sincèrement que les Américains sont là pour nous aider, pour rendre notre vie meilleure avant de repartir. Et toi – j'imagine que tu penses exactement le contraire, tout aussi sincèrement, parce qu'ils ont tué ta famille.

Ma loyauté va à mon frère et à la mémoire de ma famille, je réponds. Youssouf n'est pas une charogne que pourraient se disputer ces chacals.

Il me regarde sans animosité. Tu es tellement farouche, tellement résolue, il dit d'un ton admiratif. Je n'ai jamais rencontré de femme comme toi. Je suis désolé de t'avoir traitée d'idiote, tout à l'heure. Je me demande si ma sœur serait devenue comme toi, si elle avait vécu.

Comment tu t'appelles ? je lui demande brusquement.

Massoud, il dit, et il rougit.

Alors écoute-moi, Massoud. Tu es un chien au service de tes maîtres. J'ai vu comment tu te comportes quand tu es avec eux, sans aucune dignité ni respect pour toi-même. Je n'ai aucun désir de parler avec toi. Je trouve ta présence désagréable.

Il lève le visage et plisse des yeux en direction du soleil, qui est juste au-dessus de nous. Il fait la moue et il expire avec force. Ça aurait pu se passer autrement, il dit, et il fait signe à son garde du corps qu'il est temps de partir.

Le regret qui perce dans sa voix n'est pas feint et c'est à cause de ça, peut-être, que je me retrouve à lui demander, en dépit de tout : Est-ce que mon frère a souffert... quand il est mort, je veux dire...

Non. Il n'a pas souffert. Il a reçu une balle dans le cœur. Un tir propre. Il est mort aussitôt.

Ma voix se brise. J'en suis heureuse.

Tu peux l'être. Il a eu de la chance. Mais les autres – certains ont souffert atrocement.

Dis à tes maîtres que je ne partirai pas tant que Youssouf ne m'est pas rendu.

Il hésite. Son visage se voile de regret.

Alors tu vas rester ici très longtemps, il dit calmement.

Comment ça ?

Tu n'as pas entendu ce que le lieutenant a dit ? Ton frère va être emmené à Kaboul. C'était son destin d'être transporté mort dans les airs. C'était écrit.

Je le regarde d'un air morne s'en aller avec le soldat, ses mules raclant la poussière.

Puis je me rassieds dans ma charrette, les tempes battantes.

Ils n'ont même pas atteint l'enceinte de fil barbelé qui entoure le fort quand je laisse échapper un grand cri de chagrin. Le Tadjik se fige et se retourne vers moi, les yeux écarquillés, tandis que mon cri résonne à travers la plaine et s'élance vers les montagnes. J'enchaîne avec un autre cri qui semble achever de le décontenancer. Il ramasse ses mules et se met à courir en direction du fort. Quant au soldat, il me foudroie du regard avec une franche hostilité. Je me frappe la tête avec les poings et je me mets à rire, mais en réalité je pleure.

La journée s'éternise. Le soleil cogne implacablement ; la lumière est aveuglante. Je contemple le champ d'un cœur lourd. C'est là l'endroit où je vais rester. C'est désormais ma dernière demeure. Comme la vie est étrange. J'avais tant de désirs autrefois, tant de rêves.

Je m'arme de courage. Je lève le visage vers le soleil et il me brûle la peau.

Tout l'après-midi, je ressens le fardeau d'une extrême tristesse. J'écoute les bruits qui me parviennent du fort. Quelqu'un rit ; quelqu'un d'autre crie. Le rire cesse brusquement, comme tranché au couteau. J'entends parfois chanter, siffler. Le crépitement d'une radio s'interrompt et reprend.

Au coucher du soleil, un vent soutenu se met à souffler, venant de nuages sombres qui se sont formés au-dessus des plaines du Sud. La chaleur de la journée a enveloppé les montagnes de brume. Maintenant, elles émergent de nouveau dans la lumière finissante, leur présence se resserrant autour du fort à mesure que l'air se refroidit. Mais le coucher du soleil me subjugue, ses couleurs m'émeuvent à la fois jusqu'au rire et jusqu'aux larmes. Il dure beaucoup plus longtemps que ce à quoi je suis habituée dans notre vallée d'altitude. Chez nous, le passage du jour à la nuit est instantané : la lumière est éclatante et l'instant d'après, il fait nuit noire.

La nuit arrive accompagnée d'un cortège de nuages. Je bénis le silence et l'absence de projecteur, mais lorsque je pince les cordes de mon luth, un coup de feu retentit, alors j'arrête de jouer.

Bientôt l'air devient glacial. Je passe ma bughra et je m'enveloppe dans ma couverture. Ma main passe par mégarde dans le trou que Younous, mon petit frère, avait fait dedans. Mère lui avait donné une bonne correction.

Mes yeux s'emplissent de larmes au souvenir de ma famille. J'ai encore du mal à croire qu'il ne reste plus que moi.

Subitement, le projecteur s'allume. Il rase la surface du champ et vient se poser sur moi. J'ai un mouvement de recul et je ferme les yeux. Ce dont j'ai cruellement besoin, c'est de dormir.

À l'aube, je suis réveillée par le bruit mélodieux des cloches de moutons. Je me redresse et regarde autour de moi. Un troupeau de moutons est arrivé dans le champ par le même sentier de montagne que celui qui m'a conduite ici. Certains ont une couverture sur le dos. Parmi eux, il y en a un blanc particulièrement dodu, guère plus grand qu'un agneau, qui porte une couverture écarlate brodée de noir. Ils se dispersent dans le champ, à la recherche de nourriture, disparaissant dans les nappes de brume avant d'en surgir de nouveau.

L'aube est fraîche et silencieuse. La silhouette noire du fort ressemble plus à un rêve qu'à la réalité. Quand je tape dans mes mains pour me réchauffer, le bruit attire l'attention des moutons. Leur quête de nourriture dans cette plaine aride s'avère être un échec. Je les appelle doucement et ils se rassemblent autour de moi. Dans la solitude de la plaine, j'apprécie leur compagnie et leur curiosité. Cela me rappelle mes années d'enfance passées à emmener les troupeaux paître dans les montagnes. Bientôt l'agneau blanc vient gambader tout près de moi : je caresse le duvet de son menton et je lui frotte le museau comme les moutons l'apprécient. Une bête plus grosse, sa mère sans doute, vient fourrer son mufle contre lui pendant que nous jouons, et je les caresse tous les deux.

Un soleil rouge se lève dans le ciel gris. Je le regarde de mes yeux fatigués et j'ai l'impression d'être ici depuis très longtemps. L'épuisement donne à tout un aspect irréel.

C'est comme si je vivais sur le fil d'un rasoir. Le moindre relâchement de ma vigilance menace de libérer un torrent de larmes contenu jusqu'ici. Parfois, il me semble avoir de la fièvre, en particulier maintenant, en tenant cet agneau doux et tiède dans mes bras. Alors, muette et épuisée, je me force à me consacrer à ma tâche.

Sans lâcher l'agneau, je sors le couteau dissimulé dans la doublure de ma bughra. Avec force, je lui tire la tête en arrière et je lui tranche le cou d'un geste rapide et brutal. Il n'a même pas le temps de bêler mais uniquement de frapper des sabots par terre. Un flot de sang jaillit et asperge au hasard le troupeau terrifié. La mère en est trempée et elle pousse un bêlement puissant, les yeux révulsés. Elle bondit en avant, mais je la repousse d'une main. Le sang continue de gicler des artères sectionnées et éclabousse les manches de ma bughra et mon voile. Je maintiens l'agneau à terre de toutes mes forces, jusqu'à ce qu'il cesse de donner des coups de pattes et s'immobilise dans une dernière secousse. Alors je lâche le couteau et j'éloigne la mère à coups de poing, ce qui laisse des traces de sang sur sa toison. Elle continue pourtant de tourner autour de moi, en bêlant sa détresse, tandis que le reste du troupeau se disperse. Finalement, elle s'en va elle aussi et je reste là avec la bête morte. J'ai les mains qui tremblent violemment, le souffle court. Tuer dans de telles circonstances exige des nerfs d'acier, que je n'ai pas. Il y a du sang, du sang partout.

Ce n'est qu'à ce moment-là que j'entends l'agitation en provenance du fort. Des soldats se sont regroupés derrière des sacs de sable, mais ils sont trop loin pour comprendre ce qui s'est passé. À la place, voilà Massoud le Tadjik qui accourt, puis s'arrête en dérapant juste derrière la clôture de barbelés. Il a l'air abasourdi.

Je montre l'agneau et je crie : C'est en échange de la

nourriture que ton maître a offerte. Nous, les Pachtouns, nous avons aussi nos traditions d'hospitalité. Maintenant nous sommes quittes.

Son visage s'illumine ; il comprend parfaitement. Il éclate d'un rire enthousiaste.

Bravo ! il s'exclame. Je ne manquerai pas de transmettre ton message.

Il jette un regard approbateur sur l'agneau. Ce soir, nous allons nous régaler, il ajoute. Est-ce que tu veux que je leur apporte l'agneau ?

Non, dis à ton capitaine que je voudrais le lui offrir en personne.

Je vais lui dire. Il est en réunion avec ses officiers, mais je vais trouver un moyen de le lui faire savoir.

Il se tourne pour s'en aller, puis il hésite. Quatre soldats se pressent d'un pas décidé à sa rencontre, avec à leur tête le sergent au visage dur d'hier. Il se met à crier sur Massoud avant même qu'ils ne soient arrivés près de lui. Le Tadjik montre l'agneau et commence à leur expliquer quelque chose dans leur langue, mais le sergent le coupe avec irritation et le ramène à l'intérieur des fortifications. Chose étonnante, pendant tout ce temps, il n'est fait aucun cas de moi, presque comme si j'étais invisible. Je les regarde s'éloigner et je reste là à me demander pourquoi leur fureur était dirigée contre leur interprète et pas contre moi.

Sans savoir ce qui va suivre, j'attends dans la lumière du soleil levant. Lentement, la brume se dissipe ; le soleil commence à darder ses rayons brûlants, comme toujours. La chaleur s'intensifie. De la vapeur s'élève du cercle de terre trempée de sang qui entoure la charrette. La lumière illumine les murs de pierre du fort. Elle éclaire l'agneau mort ; le collier de sang autour de sa gorge scintille.

Quand le Tadjik revient, il est accompagné de soldats

armés. Ils s'approchent jusqu'aux barbelés. Le Tadjik a l'air déconfit. Il s'accroupit sur ses talons. Le capitaine a refusé ton cadeau, il crie, incrédule, en regardant l'agneau. Les soldats qui t'ont vue tuer l'agneau ont jugé ton acte barbare : ils ont soutenu que les femmes civilisées n'abattent pas les animaux. J'ai essayé de leur expliquer que c'était un cadeau que tu leur faisais selon nos traditions, mais ils ont refusé de m'écouter. Ils ont mis en doute ta santé mentale. Je ne comprends pas. Je ne comprends tout simplement pas.

Il jette un regard furtif aux soldats qui l'escortent et qui me dévisagent avec un mépris non dissimulé. Je remarque qu'ils paraissent surveiller l'interprète autant qu'ils me surveillent moi.

Le Tadjik fait une grimace. Je ne les comprends pas, il répète. C'est certainement lié à leurs coutumes. Ils ont adopté un chien errant, par exemple, qui est l'objet de toutes leurs attentions. Ils lui donnent les meilleurs morceaux de viande comme si c'était un mouton primé et pas juste un chien, cet animal le plus impur de tous, et leur façon d'être aux petits soins pour lui et de le caresser me rend malade. C'est un peuple étrange.

Je me rends compte que tout en parlant il s'est avancé jusqu'à se retrouver presque un gaz devant ses compagnons.

Il y a autre chose…, il dit, et il marque un temps d'arrêt.

J'attends qu'il continue.

Il se racle la gorge, mal à l'aise. Ils ont décidé de t'emmener.

Je sursaute et je me raidis. M'emmener ? Où ?

Il fait un geste vague en direction du sud. Kandahar.

À la ville ! Mais pourquoi ? Ma place est ici !

Le capitaine a décidé que tu dois aller à l'hôpital. Un hôpital pour les gens qui ont eu le cerveau abîmé par la guerre. Il dit que tu as besoin de te faire soigner.

N'importe quoi. Je ne suis pas dérangée. Je n'irai pas.

Ils t'emmèneront de force. La décision est prise. Des gens sont en chemin pour venir te chercher. Qu'est-ce que je peux dire ? Il n'y a rien à dire.

Tout à coup il se lève et il me regarde droit dans les yeux.

Écoute-moi ! il dit d'un ton pressant. Tu as encore le temps de leur échapper. Tourne ta charrette et quitte cet endroit. Je saurai les convaincre que tu as changé d'avis pour ton frère. Ils ne sont pas foncièrement mauvais. Ils comprendront.

Il se penche en avant et pose les deux mains sur le fil barbelé.

Fais ce que je te dis, s'il te plaît. Va-t'en. Ton frère est mort, mais toi tu as encore toute la vie devant toi. Bientôt, notre pays sera libre. Nos dirigeants vont parvenir à un accord. Et alors nous vivrons comme nous avons toujours vécu, sans intrusion de l'extérieur.

Il s'arrête et me regarde d'un air suppliant.

Va-t'en. Tu perds ton temps ici. Tu comprends ?

Je me redresse, le buste bien droit. Il s'affale de nouveau sur ses talons et fixe le sol. Il a l'air terrassé.

Tu ne t'en vas pas, hein ? il dit.

Non.

Tu commets une très grave erreur.

C'est mon choix.

Tu peux me dire pourquoi ?

J'écarte mon voile de mon visage et je le regarde. Nos yeux se croisent et ne se quittent plus.

Je ne pourrais pas vivre avec cette honte, je réponds.

Il porte une main à son visage et s'en couvre les yeux. Sans un mot, il tourne les talons et s'en va en trébuchant, suivi par les soldats. Bientôt je suis de nouveau seule sous le soleil. J'ai tout à coup très soif et je lève mon outre, mais il ne me reste plus d'eau.

J'enlève ma bughra imbibée de sang et je libère mes cheveux en secouant la tête. Mes mains sont couvertes de sang, mes poignets seulement tachetés. Mes paumes calleuses sont de la couleur des briques pas encore cuites. Les manches blanches de mon kameez les recouvrent comme des coulées de neige.

Je tourne la tête et je regarde les montagnes comme je regarderais un amoureux. Les pentes sont d'un bleu clair et paisible, comme sculptées dans le ciel même. Les crêtes les plus élevées prennent des reflets tour à tour argentés et dorés à la lumière du soleil. Pareille beauté n'existe qu'au paradis.

Le temps commence à battre en pulsations rapides, fiévreuses. L'air matinal n'est ni chaud ni froid, mais d'une consistance qui est la perfection même, et dont moi aussi je suis faite.

J'incline la tête et je dis le nom de mon père, le nom de ma mère.

Je dis le nom de ma sœur, le nom de mon petit frère, Younous.

Je dis le nom de mon frère Youssouf.

Lorsque je lève la tête, je vois les soldats s'avancer vers moi, le capitaine à leur tête. Le géant noir est avec eux, ainsi que Massoud l'interprète, ce qui est regrettable. Je récite la *chahada* dans ma tête.

Il n'y a pas d'autre dieu que Dieu et Mahomet est Son Prophète…

Je me mets à compter les instants. Un.

Dwa.

Dré.

Tsalor.

C'est à moi d'agir maintenant. Je suis terrifiée : j'ai les mains qui tremblent, la bouche desséchée.

J'attends que leurs ombres pénètrent dans le cercle de sang.

Puis je passe mon couteau sous la couverture qui enveloppe l'agneau et je coupe le fil torsadé.

LE LIEUTENANT

C'est une journée magnifique. Il fait dans les vingt degrés, le soleil émerge puis replonge derrière des nuages en coton, le ciel est d'un bleu iridescent. Je descends l'Hudson en canoë, en suivant le cours lent et large du fleuve qui serpente parmi les pentes douces des collines. Parfois, un bosquet touffu s'épanche jusqu'à la berge : vert, brun, jaune, paré de couleurs de camouflage. Je ne vois pas une seule maison, mais un train de marchandises longe le cours du fleuve, son fracas métallique ne s'interrompant que lorsqu'il entre dans un tunnel au détour d'un méandre. Le silence qui s'ensuit semble d'autant plus intense – et l'aigle à tête blanche qui tournoie au-dessus de moi dans les courants ascendants fond tout à coup sur l'eau puis repart dans un battement d'ailes, le ruban argenté d'un poisson scintillant dans ses serres.

Je fume une cigarette, ce qui m'étonne car je ne suis pas fumeur, mais je ne m'attarde pas sur la question. Je regarde par-dessus mon épaule en direction d'Espinosa, qui est assis dans un canoë jaune vif identique au mien, sa pagaie ruisselant d'eau. Il fume lui aussi et je me demande si c'est pour masquer l'odeur âcre des pommes en décomposition qui flottent à la surface de l'eau. Il y en a des centaines, et presque autant d'oiseaux – des canards, des cormorans, des oies – qui s'en régalent, ignorant apparemment la présence de l'aigle dans les airs. Espinosa sort sa pagaie de l'eau et l'agite dans ma direction. Il cale sa cigarette derrière son oreille et attrape une pomme qu'il lance à un canard. Je ris en me laissant aller sur mon siège et je suis du regard la crête d'une haute falaise couronnée de pins. Je me sens reconnaissant d'avoir pu échapper à la laideur de la guerre. Je me dis qu'il faudra que je pense à écrire une lettre de remerciement à la personne, quelle qu'elle soit, qui a organisé cette excursion d'une journée.

Une île densément boisée apparaît devant nous, un cheval noir avec une étoile blanche sur le front arrive au petit galop et vient se planter dans l'eau jusqu'aux genoux, le museau plongé dans les pommes. Je laisse mon canoë glisser doucement devant lui, des gouttelettes d'eau m'aspergent le visage et j'inhale tout cela, les parfums du fleuve, le jour d'été indolent, les oiseaux étonnamment silencieux, les pommes qui flottent. Quelqu'un derrière moi commence à chanter « I-Feel-Like-I'm-Fixin'-to-Die-Rag » de Country Joe and the Fish, ce que je trouve légèrement déplacé, étant donné les circonstances. Puis Folsom me dépasse avec un air béat. Je remarque qu'il s'est refait pousser la moustache. Il dit : Mec, ça déchire *grave* !

Les jeux d'ombre et de lumière à la surface de l'eau me rappellent une mosaïque que j'ai vue un jour dans la mosquée d'un village près de Kandahar. Je suis étonné de m'en souvenir – et aussi clairement. Les dômes enduits de boue des maisons du village ressemblaient à des boîtes d'œufs et la splendeur de la mosquée formait un contraste frappant avec la pauvreté qui l'entourait. Mais ce monde-là est loin à présent. Je regarde autour de moi et je me dis qu'on doit être entre Cold Spring et Garrison et, bien que j'aie déjà descendu cette partie du fleuve en canoë un nombre incalculable de fois, je ne reconnais rien. Mais je ne suis pas inquiet. Juste avant l'endroit où le fleuve rétrécit et devient un couloir ombragé, je tourne un instant mon canoë pour regarder la compagnie Alpha qui forme un groupe compact derrière moi, l'entrelacement de canoës jaunes, rouges et verts semblable à une volée d'oiseaux de couleurs vives à la surface de l'eau.

Devant moi, Folsom ralentit et je viens me ranger à côté de lui. Il sue abondamment et crache une chique de tabac dans l'eau.

On est où, mon lieutenant ? Bear Mountain ?

Non… Non, ça c'est plus au sud.

Où, alors ? Je me souviens pas de cet endroit.

C'est normal, je lui dis. T'es pas d'ici.

C'est vrai. On aurait dû aller vers chez moi, dans le Wisconsin. Les White Lakes.

Bon coin pour pêcher, j'imagine.

Le meilleur.

Il ralentit et me laisse repasser en tête.

La rivière se resserre encore, c'est un ruisseau maintenant, des parois abruptes s'élèvent de chaque côté. Je peux à peine distinguer le ciel mais je continue bizarrement à ne pas m'inquiéter. Puis l'extérieur du canoë commence à racler la roche et je sens pour la première fois l'odeur de terre brûlée. Le rouleau de fil barbelé concertina rouillé qui m'arrête net est enfoui juste sous la surface, caché par un tapis d'herbes pourrissantes. Il fait presque nuit et les hommes se regroupent derrière moi, sans qu'il y ait la place de faire demi-tour.

Folsom dit : Sauf votre respect, mon lieutenant, terrain infranchissable, là.

J'admets l'évidence et lui dis de faire marche arrière.

Il tente de faire reculer son canoë, mais il se cogne contre celui qui se trouve derrière lui. Je lève la main et fais signe au dernier de rebrousser chemin, mais il est trop loin et il fait trop sombre. On n'entend plus que la respiration haletante des hommes et le raclement des coques en plastique contre les rochers. Allez, allez..., murmure Folsom d'un ton insistant à l'homme qui est derrière lui. Grouille-toi, merde !

D'abord, je ne vois que l'éclair d'un canon et une série d'explosions rapides et brillantes sur l'eau noire. Une seconde plus tard, les pentes s'embrasent. Les salves qui s'abattent sur nous déchirent les chairs, les canoës et le matériel. Je bénis mon gilet pare-balles mais soudain je me rends compte que je ne porte qu'un fin T-shirt en coton. Je me débats pour m'extirper du canoë, mais le bas de mon corps a l'air d'être coincé. Malgré tout, je contracte mes muscles et j'essaie de me dégager, mais c'est en vain – et trop tard. Le coup qui me frappe à la nuque me fait tomber à la renverse et je me retrouve face à Folsom juste à l'instant où un trou s'ouvre à la place de son nez. Je suis hypnotisé par le sang qui jaillit de son visage. Il hurle, mais je ne l'entends pas – je suis déjà dans l'eau écarlate à me débattre pour remonter à la surface, mais quelque chose s'enfonce dans ma gorge et m'en empêche. Je commence à étouffer. Je fais de grands gestes inefficaces et ma vision s'efface...

... Je ne peux pas respirer...

... Mon lieutenant...

... Je ne peux pas respirer...

... Lieutenant Frobenius... Mon lieutenant...

À travers mes paupières entrouvertes, je reconnais Whalen. Il est penché juste au-dessus de mon lit.

Je m'efforce de me réveiller. C'est laborieux. Je n'aurais pas dû prendre ce somnifère hier soir. Je me redresse faiblement sur les coudes.

Bon sang. Quelle heure il est ?

01 h 00 tout juste, mon lieutenant. La tempête de sable se déchaîne et les sentinelles de l'ANA veulent rentrer. Vaudrait mieux vous lever.

C'est du sérieux ?

Très. Visibilité quasi nulle. Et cette foutue tempête a bousillé les systèmes de détection.

J'essaie de digérer le fait que la tempête a désactivé nos viseurs infrarouges. C'est la première fois que je me trouve dans cette situation.

Deux minutes, je lui dis. J'arrive.

Vaudrait mieux vous protéger la figure avec un foulard, me prévient Whalen en sortant.

Je reste allongé sur mon lit un instant, j'écoute les grains de sable fouetter les minces parois de contreplaqué qui me séparent de la tempête au-dehors. Je n'ai dormi que trois heures et le somnifère m'a abruti. Il fait sombre et l'intérieur de la baraque me rend claustrophobe. Je gratte une des nombreuses piqûres de puce qui me démangent le bras, mais ça ne fait qu'empirer les choses. En suant et en poussant des jurons, je me laisse glisser hors du lit et j'atterris lourdement sur le sol. Dans ma précipitation, je fais tomber mon iPod par terre et je marche dessus. Je le jette sur le lit, en espérant ne pas l'avoir cassé, et j'enfile tant bien que mal mon uniforme. Je suis sale, pas rasé ; je ne me suis pas douché depuis deux jours. Toutes mes affaires sont couvertes de poussière et de gravillons. Je lace mes rangers rapidement et j'enfile mon gilet pare-balles en sortant.

Whalen m'attend à l'entrée de la cagna, le visage caché par un bandana qui a autrefois été blanc. Au-dessus de nous, le ciel est d'un noir moucheté, mais le reste du monde n'est plus qu'un étrange mur de sable ocre. Les grains qui fendent l'air me lacèrent immédiatement le visage et les mains comme des millions d'aiguilles. J'emboîte le pas à Whalen tout en serrant mon foulard sur mon visage. L'air sent le soufre. Le vent siffle violemment dans l'obscurité, le ciel tout entier est devenu une grotte sombre remplie de tourbillons de sable. L'acoustique amplifie le moindre bruit.

Je regarde autour de moi. La situation est grave, en effet.

Faut qu'on arrive à tenir le coup, dit Whalen, mais sa voix manque de conviction.

Mitchell et Folsom sont de faction au poste de garde à l'entrée de la base. Mitchell saigne d'une entaille au-dessus de l'œil, même si ça n'est probablement pas aussi grave que ça en a l'air.

Il me voit en train de regarder son œil et il m'explique spontanément : C'est le vent qui fait voler les pierres. C'est super craignos, mon lieutenant, comme si vous étiez sur la trajectoire d'un lance-pierres !

Mitchell est un bleu, il vient de rejoindre la section. Folsom a un haussement d'épaules ironique. Je ne dis rien.

Folsom dit : Les gars de l'ANA là-bas, ils veulent rentrer. Ils viennent nous dire toutes les deux minutes qu'ils ne resteront pas de garde tant que la tempête continue.

Hors de question. Je vais leur parler.

Je me tourne vers Whalen pendant qu'on longe le mur de gabions Hesco qui entoure la base et derrière lequel les soldats de l'Armée nationale afghane sont accroupis d'un air malheureux. Votre avis, mon adjudant ? je lui demande. Je les laisse entrer ?

Il plisse les yeux derrière son bandana. Les hadji seraient dingues d'attaquer dans ces conditions – en même temps, les hadji sont dingues ! Donc : non. Vaudrait mieux qu'ils restent.

Tout à fait mon avis, je dis.

Non loin des soldats de l'ANA, on est forcés de marcher à reculons pour pouvoir respirer. J'ai déjà les lèvres gercées, la figure prise dans un masque de poussière. Je grimace et ma peau me fait mal. Depuis deux jours, la tempête ne nous a laissé aucun répit. C'est maintenant que nous en ressentons toutes les conséquences et nous allons devoir trouver moyen de faire face à la situation sans permettre à l'ennemi de nous prendre au dépourvu. Mes hommes le savent, mais les troupes de l'ANA, c'est une autre affaire.

Ils sont trois près des Hescos et ils accourent vers nous avant qu'on les ait rejoints. Je leur indique d'un geste de la main de regagner leur poste, mais Fazal Ahmed, le plus petit des trois, fait signe à ses compagnons d'une manière impérieuse et ils tentent de nous filer sous le nez. Je leur barre le passage en étendant les bras, pendant que Whalen, qui mesure un mètre quatre-vingt-dix, soulève Fazal Ahmed et va le reposer près des Hescos. Bouge pas de là ! il beugle.

Je ramène les deux autres Afghans. Vous n'avez pas la permission de quitter votre poste, je crie.

C'est pigé ? Whalen beugle encore une fois pour se faire entendre dans le vent.

Ils ne répondent pas, mais ils retournent s'accroupir près des Hescos, l'air renfrogné.

On les laisse et on galope jusqu'aux filets de camouflage qui entourent le mirador. Je grimpe l'escalier, Whalen reste en bas. Le vent glacial me ballotte pendant que je gravis les marches branlantes et je dois m'accrocher aux rambardes de toutes mes forces. Du sable, des pierres et des mottes de poussière tourbillonnent dans les airs et viennent me heurter. Un éclat de bois ricoche sur le dos de ma main où il laisse une traînée de sang. Puis j'aperçois la plate-forme au-dessus de moi, ses planches en bois tressautant violemment dans le vent. Du sable ruisselle du rebord et le sergent-chef Brandon Espinosa, qui est de garde, se baisse pour me hisser vers lui. Il a installé une protection en toile avec l'aide des deux soldats de l'ANA qui sont là avec lui. Le mirador tangue comme un bateau dans la tempête. Espinosa a l'air exténué, ce qui est compréhensible.

Il crie : Je vais renvoyer mes deux ANA et rester ici tout seul. Plus simple comme ça.

Je me penche vers lui et je lui crie : Comme vous voulez.

Les deux ANA, relevés de leur garde, filent.

Je les regarde s'en aller et je secoue la tête : On croirait qu'ils ne sont pas chez eux.

Espinosa dit : C'est le cas. Ils sont ouzbeks. On est en terre pachtoune ici.

Je dis : Inutile de vous préciser de bien ouvrir l'œil, mais quand même…

Il me fait un sourire et il se fourre une chique dans la bouche. C'est un vétéran d'Irak, un homme peu bavard, capable, efficace. Ça ne m'inquiète pas de le laisser seul dans le mirador.

De retour en bas, je me remets à courir avec Whalen, on passe à côté du poste de commandement en dur, puis on longe les Hescos pour regagner le poste de garde. On ralentit en approchant de l'abri du mortier, où Manny Ramirez et Pratt ont protégé leur lance-mine avec de la toile. Pratt a calé son M4 sous son poncho ciré et Ramirez, un peu plus loin, pisse dans l'un des tubes en PVC plantés dans le sol à cet effet. Il est penché en avant, le dos tourné à la tempête, mais le vent déporte la trajectoire de son urine bien au-delà de sa cible. Il reboutonne sa braguette et fait un grand sourire en nous voyant approcher. Délire ! il dit. Délire…

Whalen tousse et crache une pleine bouchée de sable. Putain de sa mère, il dit à personne en particulier ; puis il se répète pour bien marquer le coup.

C'est trop l'éclate, là, m'nadjudant ! crie Ramirez. Il fait des bonds autour de Whalen avec des mouvements pleins de grâce.

Pratt ne dit rien. Sa peau sombre et tannée paraît grise ; ses yeux sont injectés de sang et ruissellent de larmes.

Ça va, Pratt ? je demande.

Pas d'problème, mon lieut'nant, il répond. C'est rien, ça. M'suis d'jà coltiné des tempêtes pires sur les bateaux d'pêche.

Des tempêtes de neige ?

Ouais.

J'essaie de voir la comparaison, puis j'abandonne.

Ramirez crie : Vous pensez qu'il y aura une attaque ce soir, mon lieutenant ? Je vais péter les plombs, moi, à force de rien faire. Ça fait je sais pas combien de temps que j'ai pas tiré, bon Dieu !

Whalen dit : T'as le syndrome de l'artilleur, Ramirez.

C'est clair, m'nadjudant, dit Ramirez. Même si faudra m'expliquer ce que c'est. Il me redemande : Alors… ?

Je réponds : Peut-être. Peut-être qu'ils vont nous tomber dessus ce soir. Je le sens plutôt bien.

Faut respecter ces trucs-là quand on les sent, mon lieutenant, pas vrai ?

Pratt dit : Ça serait la météo idéale… pour une attaque.

Ramirez éclate de rire, tout content, en se frappant les

cuisses. Enfin ! il jubile, c'est pas trop tôt. On va s'en tuer quelques-uns de ces putains d'enculés. Le kif !

Une rafale de vent lui arrache brusquement son bandana et il passe les instants qui suivent à jurer tout ce qu'il peut en essayant de le renouer

Putain de sable dans l'œil ! il hurle.

Vous êtes complètement à découvert, Ramirez, dit calmement Whalen, constatant un état de fait.

Ahh ! Putain de chiotte.

Ça irait mieux si vous mettiez vos lunettes balistiques, je suggère, énonçant une évidence.

Je vois rien avec, mon lieutenant. Pas de vision périphérique.

Mets-les, Ram, fait Pratt.

Pratt est un pêcheur athapascan, d'un coin au nord de Fairbanks, et il est pratiquement analphabète. C'est aussi le guerrier le plus redoutable du bataillon. D'après la rumeur, avant de s'engager dans l'armée, il aurait été impliqué dans une rixe de dockers et il aurait éventré trois gars aussi nonchalamment que s'il avait été dans une banale bagarre de bar. Il a toujours un pic à glace à la ceinture et il parle rarement ; quand ça lui arrive, il faut se pencher tout près pour comprendre ce qu'il dit. À l'inverse, Ramirez la ferme rarement plus d'une minute. De son propre aveu, avant il était trafiquant de drogue le long de la frontière entre le Mexique et l'Arizona. Mais juste à temps partiel, il s'empresse de préciser. Juste à temps partiel, mon lieutenant. Le reste du temps, je bossais la nuit au supermarché du coin. Son style, c'est l'agitation permanente du gars qui s'ennuie ; c'est un tireur hors pair, un as du poker et il ne dort presque jamais. À eux deux, Pratt et Ramirez forment une équipe imprévisible et les autres gars se tiennent à distance.

La base est rectangulaire et Whalen et moi on refait le tour de l'enceinte encore une fois, on passe devant les fosses à mortier entourées de sacs de sable, les incinérateurs à merde, les baraques en contreplaqué, on s'arrête pour vérifier chaque poste de garde jusqu'à ce qu'on soit revenus à notre point de départ. Et pendant tout ce temps, le vent furieux se déchaîne sur la base. Je me retourne pour regarder les bâches en plastique des incinérateurs à merde qui claquent violemment dans la tempête.

Vous en pensez quoi ? je redemande à Whalen, une fois à l'abri derrière le poste médical.

Je n'aime pas ça.

Moi non plus.

On est complètement aveuglés, il dit. Ils peuvent nous tomber dessus quand ils veulent.

Comment ? Si nous on ne voit rien, eux non plus.

Ils pourraient nous encercler, on s'en rendrait même pas compte, il dit laconiquement. C'est mon scénario catastrophe. Un putain de désastre à trois cent soixante degrés.

Whalen a trente-sept ans, c'est un militaire de carrière et un vétéran d'Irak, comme Espinosa, et j'écoute tout ce qu'il a à dire parce qu'il est toujours de bon conseil. Malgré tout, là, je le taquine.

Vous regardez trop la télé, mon adjudant.

Il rit. C'est vous qui avez posé la question.

Je dis : En même temps, je ne vois pas ce qu'on peut faire dans ce genre de situation, sauf attendre que ça passe. Je suis complètement à court d'idées.

C'est à cause de toutes vos années d'études, ça, mon lieut'nant, il dit d'un ton moqueur.

Vous avez sans doute raison, je réponds. Je réfléchis un moment, puis je me décide : Allez réveiller Grohl et Spitz et envoyez-les remplacer les ANA. Je replie les Afghans sur la base. Ils ne servent à rien dans une situation comme celle-ci.

D'accord. Je vais aussi aller réveiller le capitaine.

Non. Laissez-le dormir.

Il hésite. En tant qu'adjudant, il est directement sous les ordres d'Evan Connolly, le capitaine de la compagnie Alpha, mais on sait tous les deux que Connolly n'est pas le meilleur chef en situation de crise. Whalen avait donc toutes les raisons de venir me trouver d'abord, et j'ai les mêmes bonnes raisons d'éviter de réveiller Connolly.

Whalen continue d'avoir l'air inquiet. Je vais aller réveiller le sous-lieutenant Ellison, alors, il dit.

Non. Laissez-le dormir lui aussi. Il a eu la dernière garde.

Lieutenant Frobenius, il dit : je suis vraiment pas sûr, là.

Allez, mon adjudant. On peut se débrouiller nous-mêmes.

Whalen s'en va et je repars vers le poste des ANA. En passant devant Folsom et Mitchell, je scrute les tourbillons qui agitent les ténèbres. Je ne distingue même pas le concertina et, en suivant les Hescos du regard, au bout, je devine à peine le mirador. Quelque chose ne va pas. Je le sens.

J'entends un geignement derrière moi et je me retourne. Minus, le jeune chiot d'un an que la section a adopté, vient frotter son museau contre ma jambe, la queue entre les pattes. Minus porte mal son nom : il est déjà énorme. C'est un croisement entre un mastiff et un chien de chasse afghan. Je n'imagine même pas la taille qu'il va atteindre à l'âge adulte. Je me baisse pour le caresser. Son pelage épais est plein de sable et de poussière. Il gémit une nouvelle fois, puis il se met à gronder en découvrant les crocs. Il indique l'enceinte de barbelés, la queue droite comme un I derrière lui à la manière des chiens de chasse. Je sens les poils de ma nuque se hérisser. Minus gronde encore une fois, puis il se met à aboyer sans plus s'arrêter. Il se passe quelque chose, c'est certain.

Whalen me rejoint. Il est essoufflé. Je suis surpris qu'il soit déjà de retour. Grohl et Spitz arrivent et le sergent Tanner est au poste de garde, il dit rapidement. J'aperçois brièvement le blanc de ses yeux derrière son bandana. Je vois qu'il est inquiet. On se met à courir vers le poste des ANA. Le chien reste d'abord à nos côtés, puis il fonce en avant et se précipite dans la gueule de la tempête. On l'entend aboyer comme un fou.

Les ANA se retournent pour nous regarder approcher. Ils ne bougent pas tant qu'on n'est pas juste devant eux. Vous avez vu quelque chose ? demande Whalen d'un ton sec, en mimant la question et en faisant un geste en direction de l'enceinte. Fazal Ahmed enlève le foulard qui lui protège le visage. Il a l'air dégoûté. Ses deux compagnons font la même chose et restent plantés là avec des mines renfrognées. Aucun ne répond à Whalen.

Je sens une vague de colère m'envahir. J'attrape Fazal Ahmed par le bras et je l'attire à moi avec une telle brutalité que les autres se mettent à protester. Fazal Ahmed résiste, ses yeux se remplissent de rage et de douleur. Il continue de s'entêter à ne rien dire, quand tout à coup il sursaute et s'affale contre mon épaule. J'entends un des autres crier tandis que j'essaie de le remettre d'aplomb – puis je le lâche brusquement. Son casque lui tombe de la tête, un trou bien net perforé à l'arrière. Des fragments de cervelle se répandent sur le col de sa tunique. Les deux autres ANA pivotent en même temps et regardent hébétés en direction du concertina. D'abord, tout ce que je vois dans les ténèbres brunes, c'est l'éclair d'un seul canon. Puis l'éventail d'une série de balles traçantes commence à se dessiner dans le brouillard de poussière. Grohl et Spitz arrivent en courant, juste au moment où une silhouette en turban se faufile à toute vitesse par une brèche inexplicable dans le concertina. Whalen braille : TOUS À COUVERT ! ILS ONT FRANCHI NOS LIGNES ! Il plonge derrière les murs de sacs de sable qui entourent le poste des ANA. Quelque chose passe au-dessus de nos têtes avec un bruit strident et va exploser contre une baraque : c'est un obus de 88 mm. Les deux ANA qui restent sont toujours plantés là, à découvert, comme paralysés. C'est alors que l'ennemi ouvre le feu à environ cent mètres de nous. J'entends des rafales d'AK-47 et des RPG. Les ANA finissent par se jeter à terre et se mettent à ramper vers leur mitrailleuse, mais Grohl et Spitz y sont avant eux. On commence à riposter pendant que les balles ennemies balaient les Hescos tout autour de nous. D'autres hommes viennent prendre position à côté de moi. La plupart sont en short et en tongs : ils ont dû sauter de leur lit et se précipiter dehors. Quelqu'un fait détoner les Claymore et elles engloutissent l'homme au turban. Au moment où il disparaît dans un nuage de poussière et de fumée, le soldat Jackson se met à balancer des grenades avec son M203 : bien vu, c'est l'antidote idéal contre un assaut dans ces conditions. Du mirador, Espinosa entre en mode automatique avec son lance-grenades M19 alimenté par bandes de munitions – il tire sans discontinuer. Presque aussitôt, j'entends l'explosion d'une roquette envoyée en représailles et le mirador s'effondre puis disparaît sous un rideau noir. Ce RPG venait d'une autre direction que ceux qui nous coincent d'en face. Jusqu'ici on nous a tiré dessus depuis le nord et l'ouest, mais maintenant quelqu'un d'autre se met à envoyer des roquettes depuis l'est. Je me rejoue mentalement le scénario catastrophe de Whalen : on est encerclés. Et on ne peut pas riposter de façon efficace. On tire tous à l'aveugle.

Minus passe à toute berzingue, filant vers les baraques. BARRE-TOI, LE CHIEN ! crie quelqu'un. Le chien hurle comme un dingue mais le bruit se fond dans la tempête. Des balles traçantes luisent dans l'obscurité. L'ennemi vise de façon tellement précise qu'on est complètement coincés. Ils ont dû commencer à prendre position dès le début de la tempête. Devant moi, Grohl et Spitz s'emploient méthodiquement avec leur mitrailleuse et crachent des salves de .50 BMG. Je les entends pousser des jurons. Ils sont flanqués des deux ANA, qui tirent avec leurs M4 jusqu'à ce que l'un des fusils s'enraie. L'homme crache dans la culasse pour essayer de la débloquer, mais en vain. Il jette son arme, se décourage et passe devant moi en piquant un sprint en direction des constructions en dur. Il n'arrive pas à destination. Je prends sa place et j'envoie de brèves rafales. Whalen m'attrape et me ramène derrière les Hescos. Vous voulez mourir jeune ? il grogne. Il a la figure rougie par l'effort ; son bandana est tombé. L'autre ANA sursaute, puis s'affale sur les genoux. Je l'attrape par son gilet pare-balles et je le tire vers le sol, qui est jonché de cartouches vides. Tout va beaucoup trop vite.

Le brouillard se dissipe momentanément et j'aperçois Connolly sur ma gauche, debout derrière Mitchell et Folsom, en train de gueuler des coordonnées dans sa radio. Je pousse un cri et je me précipite vers lui à travers les balles.

Il se lève, fait feu, se rabaisse aussitôt.

On est des putains de cibles au stand de tir ! il hurle. Et je ne peux même pas faire venir les hélicos !

C'est sûr, mon capitaine, je lui crie. Ils tiendraient pas dans cette tempête.

Ils sont arrivés d'où ?

Ils ont dû descendre par les chemins de traverse.

Sans doute. OK, je vais faire un tour à l'arrière. Voir comment ça se passe du côté d'Ellison.

Il me lance un coup d'œil rapide. Vous auriez dû me réveiller à l'instant même où vous avez soupçonné une putain de situation de combat, mon lieutenant. On en parlera plus tard.

Un obus de mortier s'écrase avec un bruit sourd dans les Hescos, juste au moment où il s'en va. Il trébuche, se rattrape et continue à courir. Des résidus blancs de phosphore provenant de l'obus se répandent sur le sol. Je regarde Connolly disparaître, puis je prends position à côté de Mitchell et Folsom. J'enrage de m'être fait rappeler à l'ordre, en partie parce qu'il a raison. J'aurais dû demander à Whalen de le réveiller.

J'aperçois une silhouette sombre qui se faufile à travers le concertina. Au même moment, Mitchell hurle : ILS ONT FRANCHI LES BARBELÉS !

Folsom se met à jurer. Leur M240 s'est enrayée. Le canon fume.

Allez, allez…, il dit d'un ton insistant. Allez, merde…

Il parvient à refaire fonctionner la mitrailleuse.

Je vise et je vide mon M4. La silhouette titube en arrière et s'abat sur le concertina. Je me rends compte qu'il ne me reste plus qu'un chargeur.

J'entends le bruit sec d'une balle à quelques centimètres de moi.

Folsom fait un bond en arrière, puis il tourne sur lui-même presque paresseusement avant de se ratatiner dans mes bras. Il a un trou à la place du nez. Le sang gicle. J'essaie de le retenir, mais sa tête pend de côté et ses yeux roulent dans leur orbite. Il n'est plus là. Une bourrasque de sable nous balaie.

Je l'allonge sur le sol et je me glisse à côté de Mitchell pour lui tenir la bande de cartouches. Il a les mains abîmées, couvertes de sueur. Il regarde fixement Folsom.

Continuez, je lui dis. Vous arrêtez pas.

Il tient fermement la M240, impassible, professionnel. Pour un bleu, il tient bien le coup. Il me jette un coup d'œil et il crie : C'est du délire !

Je sens l'adrénaline faire accélérer mon rythme cardiaque. N'y pense pas, je crie, et je me mets à tousser. Il y a du sable entre mon foulard et ma bouche. Une grosse couche de poussière me recouvre le visage. J'ai du mal à respirer. Je me racle la gorge et je crache. Je suis couvert de sang, celui de Folsom.

Deux autres apparitions fantomatiques passent le concertina. La M240 bégaie, puis s'enraie de nouveau. Mitchell se débat avec la culasse de la mitrailleuse. Elle est couverte d'une couche de sable et de gravillon. J'attrape mon M4 et je le pointe sur l'ennemi. Avant que j'aie pu tirer, il y en a un qui tombe, soufflé par une Claymore, mais l'autre semble traverser la tempête sans problème, en nous arrosant tranquillement avec son AK-47 qu'il tient d'une seule main. Un zigzag d'impacts déchire les Hescos. De la terre me fouette le visage. Et là Mitchell s'attrape l'épaule et s'écarte d'un coup de la M240. Il est touché. Une autre balle l'atteint violemment à la poitrine mais son gilet pare-balles le sauve. Malgré tout, il fait un tour sur lui-même. Du sang coule par à-coups le long de son bras. Il s'accroupit, complètement stupéfait. Je m'apprête à lui crier de se replier quand notre infirmier, Doc Taylor, arrive en courant. Je vide mon dernier chargeur pour le couvrir, puis j'attrape le 9 mm que Doc me lance. Je ne vois plus l'autre combattant, mais une équipe de tir prend position à côté de nous et se met à balancer de longues rafales avec une mitrailleuse légère. De tous les côtés, les hommes de la compagnie vident leurs chargeurs dans les ténèbres. Le bruit est assourdissant, le crépitement des armes est en quelque sorte amplifié par le mugissement de la tempête. Les rubans rouges des balles traçantes fusent de part et d'autre dans le ciel où ils tissent une toile lumineuse. Les projectiles qui nous arrivent dessus produisent des étincelles en frappant leurs cibles. On essuie un feu nourri, concentré, précis. Et qui vient de toutes les directions.

Doc est en train de poser un garrot autour du bras de Mitchell, mais le sable complique les choses. Mitchell souffre le martyre : j'aperçois un bout d'os blanc qui passe à travers les lettres REBELLE de son tatouage. Doc rembourre la cavité pleine de sang avec de la gaze, puis il enroule un pansement tout autour et il glisse une perfusion dans l'autre bras. C'est un miracle qu'il n'ait pas encore été touché.

Il regarde Folsom. Est-ce qu'il est… ?

Il est fichu, je lui dis. Embarquez Mitchell et dégagez !

Il m'ignore et s'accroupit au-dessus de Folsom.

Je lui crie dessus : Partez, partez, PARTEZ…

Mitchell se relève tout seul et s'en va en titubant.

L'équipe de la mitrailleuse légère commence à battre en retraite elle aussi.

Doc prend Folsom par les épaules et me passe devant en le traînant. Au dernier moment, il se tourne vers moi et il me crie : Vaudrait mieux vous replier, mon lieutenant ! Ils sont en train d'avancer.

Mitchell me regarde, livide. Il a l'air stupéfait, comme s'il n'arrivait pas à croire ce qui se passe.

Je ramasse le M4 qu'il a laissé derrière lui et quelque chose me frappe violemment à la nuque. Mes poumons se vident d'un coup sous la force du choc et je me retrouve les yeux fixés au ciel. Autour de moi tout est entouré d'un étrange halo jaune…

… j'arrive pas à respirer…

… halo, halo, allô…

… j'arrive pas à respirer…

… Allô ? Je t'entends pas…
… Allô ? Y a quelqu'un ?

… Allô… Emily ?
… Nick ? Je t'entends pas… Ta voix s'interrompt…

… rompt…
… On rompt… Je suis désolée, Nick, je romps avec toi…

… avec toi…
… toi…

Emily ?
Salut, Nick.
Emily, je t'aime, chérie. J'ai reçu ta lettre. Ne me fais pas ça s'il te plaît ! S'il te plaît !
Pourquoi tu m'appelles, Nick ? Je t'ai demandé de ne pas m'appeler. Tout ce que ça va faire, c'est rendre les choses plus difficiles.
Tu m'envoies une lettre où tu me dis que tu romps avec moi et j'ai même pas le droit de te demander des explications, merde ?
Je suis désolée, Nick, mais je ne peux pas te parler. Je suis vraiment désolée.
Qu'est-ce qui se passe, là ? Il y a quelqu'un d'autre ?
Bien sûr que non. Je te l'aurais dit, si c'était le cas.
Em, je compte les jours. C'est du délire, putain ! Je suis

là au milieu de nulle part, ma santé mentale est suspendue à ce putain de téléphone et… je peux pas croire ce qui se passe. Sans toi, je suis foutu. Dis-moi que c'est pas vrai. Dis-moi que tout va s'arranger.

Nick.

Quoi ?

C'est trop tard.

Pourquoi ? Nom de Dieu, *pourquoi ?*

Parce que tu as changé ! Tu as tellement changé. Je lis tes lettres et je ne te reconnais plus. Il y a tellement de violence en toi. D'où ça vient ?

De la violence. Bon Dieu. Je suis dans une zone de guerre au beau milieu de l'Afghanistan, putain ! Ça t'étonne ?

Tu voulais faire des études de théologie à Yale quand on s'est rencontrés. Tu te souviens ?

C'était il y a longtemps.

Pas si longtemps. Trois ans.

D'accord, trois ans. Où tu veux en venir ?

C'est de cet homme-là que je suis tombée amoureuse.

Bon sang. Les gens changent, Emily.

Pas autant. Moi pas.

Ça veut dire quoi, ça ?

Je t'aimerai toujours, Nick, mais je ne peux plus m'imaginer partager ma vie avec toi.

On ne peut pas en parler quand je rentrerai ? S'il te plaît ? Je te supplie à genoux. Je serai de retour dans moins de sept semaines.

Je ne serai plus là quand tu rentreras, Nick.

… Emily, ne me quitte pas…

… allô…

… Emily, ne me quitte pas, chérie, s'il te plaît.

… Je n'ai nulle part où aller.

… Tout va bien, mon lieutenant…

…

Doc… ?

N'essayez pas de parler.

Qu'est-ce qui s'est passé ?

Vous avez pris une balle…

… J'arrive pas à respirer…

… Essaie d'y mettre un peu plus d'émotion, Frobenius…

…

Quoi… ?

JoAnn s'approche et me regarde comme si je me réveillais juste.

Elle dit : Il faut que tu *ressentes* les choses, Nick. Que tu les ressentes viscéralement. C'est une tragédie de Sophocle, pas une comédie de Broadway. Tu es en présence du dieu de la mort. Donc : *montre*-le.

Je suis désolé, JoAnn. J'ai du mal à respirer. C'est sans doute le trac.

OK. Calme-toi. On reprend. Non, attends. Emily, et si tu lui montrais ? Lis le chœur, vers 115 à 120.

Pas de problème.

Une fille arrive en courant. Elle est menue, blonde. Elle me tend la main.

Salut, moi c'est Emily. Emily Tronnes.

Nick. Nick Frobenius.

Frobenius. Finlandais ?

Presque. Mon père est suédois.

Suédois. Cool.

C'est la première fois que je monte sur scène, au fait. C'est sans doute pour ça que j'arrête pas de me tromper. Je suis en lettres classiques.

Lettres classiques. Génial. Je ne suis qu'en deuxième année donc je n'ai pas encore choisi officiellement, mais pour moi ce sera le théâtre.

JoAnn intervient d'un ton agacé : Bon, ça va, tous les deux. Assez bavardé comme ça.

Emily rit. On fait connaissance, JoAnn, c'est tout. Pour mieux exprimer les sentiments.

Exprimer les sentiments, mon cul. Quand vous aurez fini de flirter, j'aimerais qu'on continue avec la pièce, si ça vous dérange pas trop.

Je rougis violemment. Flirter, ben dis donc.

Emily dit : T'inquiète. Elle aboie mais elle mord pas.

Emily se recule, s'immobilise, passe une main sur son visage. Quand elle enlève sa main, elle est devenue quelqu'un d'autre. Elle a l'air épuisée et je regarde fixement les minuscules rides qui sont apparues comme par magie à la commissure de ses lèvres et de ses yeux, en me demandant comment elle a fait. La transformation est stupéfiante.

D'une voix pleine de gravité, elle déclame :

Il était là, au-dessus de nos toits, ouvrant tout grand sur notre enceinte et ses sept portes son bec fait de lances avides de meurtres.

Mais il a dû partir, avant que notre sang eût satisfait sa soif, avant que le rempart couronnant notre ville

fût devenu la proie des flammes résineuses. Terrible, tout autour et au-dessus de lui était soudain monté le tumulte d'Arès. On ne vient pas si aisément à bout d'un adversaire tel que l'est le serpent.

Elle s'arrête et je murmure : Ben dis donc.

Après un instant, elle s'écarte.

Tu veux essayer, maintenant ? elle demande.

Oui. Tu as été formidable, au fait.

Merci.

Vraiment, c'était prodigieux !

Merci. Merci beaucoup.

Je me lance à toute vitesse et je me rends compte que je lis n'importe comment, alors je m'arrête.

Je me tourne pour me regarder dans le miroir et je vois que j'ai pâli.

Emily dit : Il faut que tu ralentisses.

Elle se penche en avant et me touche le bras. Dès qu'elle enlève sa main, je me mets à trembler. Elle me dévisage et je la dévisage moi aussi jusqu'à ce qu'elle se penche de nouveau pour me toucher. Je cesse de trembler.

JoAnn demande : Qu'est-ce qui se passe ?

Puis elle dit : Peut-être qu'on devrait essayer autre chose. Voyons… Et si tu lisais Créon, vers 174 à 180. Nick ?

Je sursaute. Je suis désolé. Tu disais ?

JoAnn lève les yeux au ciel. Mais t'es où, Frobenius ? Allô, ici la Terre.

Gêné, je fais un geste vague, Emily me saisit la main au passage et elle la serre doucement avant de la lâcher. Elle a la paume légèrement moite. Mon cœur cogne dans ma poitrine ; je me sens sonné. Je baisse les yeux, troublé. Je tourne les pages et je trouve le passage.

Emily murmure : Tu vas y arriver. Sois mon roi.

Je lui jette un regard étonné. Je me sens d'abord déconcerté, puis exalté.

Sans la quitter des yeux, je réponds : D'accord.

JoAnn, exaspérée, crie : Nick !

Thébains, je commence tout à coup, et ma voix est déjà plus assurée. *Est-il possible de bien connaître l'âme, les sentiments, les principes d'un homme quelconque, s'il ne s'est pas montré encore dans l'exercice du pouvoir, gouvernant et dictant des lois ? Eh bien ! voici ce qu'il en est pour moi. Celui qui, appelé à conduire un État, ne s'en tient pas toujours au bon parti et qui demeure bouche close par crainte de qui que ce soit, celui-là, aujourd'hui et toujours, est pour moi le dernier des hommes.*

Je marque une pause et Emily se met à rire.

Pourquoi tu ris ? je lui demande.

Je ris parce que c'était merveilleux. Tu as été merveilleux.

T'es sérieuse ?

Bien sûr que je suis sérieuse, idiot.

Et elle prend ma main dans la sienne.

…

… Emily…

… Tout va bien, Nick…

…

Mon capitaine… ?

Comment vous vous sentez ? demande Connolly.

Je sais pas. Désorienté.

Pas étonnant. Reposez-vous.

Je suis où ?

On les a repoussés, mec. On les a pulvérisés ! Ces putains de diables des sables ! Ils sont tous morts.

Diables des sables. Quoi ?

Détendez-vous. C'est fini. J'ai appelé les hélicos. Ils arrivent. Évacuation sanitaire, mon salaud, vous foutez le camp d'ici ! Tout va bien se passer.

Quelle heure il est ?

Il me met sous les yeux sa montre à affichage digital. L'écran lumineux vert est complètement flou.

04 h 00, il dit. La tempête s'est arrêtée et tout est calme.

Il se penche près de mon visage. Il porte encore son gilet pare-balles. Il a la figure pleine de crasse et couverte d'un masque de sable. Je me demande bien à quoi je ressemble, moi.

Il demande : Vous m'entendez, au fait ?

Bien sûr que je vous entends.

OK, OK, pas besoin de vous énerver. Je vérifie, c'est tout.

Je tousse deux fois ; quelque chose dégouline de ma bouche. Connolly se baisse pour l'essuyer.

C'est là que l'expression « brouillard de la guerre » prend tout son sens, putain, je murmure. Ma voix est pâteuse, méconnaissable.

Ouais, c'est vrai. C'est bien vrai, Nicko.

J'entends des hommes qui s'agitent pas loin.

On a perdu qui, mon capitaine ?

Il baisse la voix. Konwicki, Terranova, Folsom, Espinosa.

Bon sang. Combien de blessés ?

Quatre, vous compris.

Et les ANA ?

Cinq morts. Les autres ont disparu. Ils ont dû se faire la malle à toute blinde pendant l'attaque.

Les enculés.

Affirmatif.

Tom Ellison se penche vers moi.

Mon lieutenant ? Ça va ?

Je reprends peu à peu mes esprits.

Ils ont failli percer nos lignes, il dit.

Mais finalement non, dit Connolly. C'était à deux doigts, mais on a gagné, on les a démolis, putain !

Il y a un ton triomphal et puéril dans sa voix, comme s'il parlait d'un match de foot au lycée.

Je dis : Je suis désolé de pas vous avoir réveillés tout à l'heure, tous les deux. C'est moi qui ai pris la décision. C'est ma faute.

Connolly me pose la main sur l'épaule. Mon lieutenant, vous êtes en vie. Oubliez le reste.

Okay.

C'était l'embuscade parfaite, il continue. Ils nous ont surpris le cul à l'air, putain. Rien à la radio avant comme c'est le cas d'habitude.

J'ai jamais participé à un combat comme celui-ci.

C'était vraiment intense, il renchérit, avant d'ajouter : On a perdu le mirador.

Je sais. Je l'ai vu tomber.

Mais on a chopé un gros poisson. J'ai eu l'état-major au téléphone. Ils sont contents.

Ah ? On a chopé qui ?

Il s'apprête à me répondre quand Whalen entre. Il a la mâchoire enflée.

Connolly et Ellison s'écartent pour lui faire place. Bonjour, mon lieutenant, il dit. Comment ça va ?

J'ai toujours voulu être dans l'infanterie, je dis d'un ton cynique. Je devais être bourré comme un coing.

Il rit.

Qu'est-ce qui vous est arrivé à la figure ? je demande.

J'ai donné un coup de poing à quelqu'un. Il a pas aimé, alors il m'a rendu la pareille. Maintenant il est mort.

Ils étaient combien, m'nadjudant, vous savez ?

Ben, il y a sept bonshommes de ce côté-ci du concertina, et quelques autres dehors dans le champ ; il fait encore trop sombre pour pouvoir les compter. Et je sais pas combien ont filé.

Les Sept contre Thèbes, je remarque d'un ton moqueur en comptant les pertes de l'ennemi.

Vous dites ? demande Connolly.

Rien d'important.

Tom Ellison intervient : On attend que les survivants reviennent chercher ceux qui sont dehors.

Quelqu'un au fond dit : C'est bizarre qu'ils se soient pas encore pointés.

Ellison rit. Sans doute parce qu'on leur a foutu la trouille de leur vie. Ou parce qu'on les a tous liquidés.

Connolly se racle la gorge : Vous parliez tout seul, au fait, Nick.

Qu'est-ce que je racontais ?

Aucune idée. On aurait dit que vous récitiez quelque chose. Une histoire bizarre à propos de lois et de dieux. Je ne faisais pas attention. Vous déliriez.

Whalen me sourit. Encore vos foutus Grecs.

Probablement. Quoique je suis pas sûr que vous verriez la différence, m'nadjudant.

Il hausse un sourcil. J'ai cartonné en civi occidentale, si vous voulez savoir. J'ai étudié à Morehouse College, vous vous rappelez ?

Je ne peux pas m'empêcher de le mettre en boîte : Comment pourrais-je oublier ? Voyons voir. Promo de 1900, c'est ça, papy ?

Très drôle, mon lieutenant.

Je suis d'humeur agressive, faut croire, je lui dis.

C'est pas rare après s'être battu, intervient Doc. Il va falloir un moment pour que votre taux d'adrénaline redescende. Puis, vous allez dormir comme un bébé.

Je demande : Doc, qu'est-ce que j'ai pris ? C'est grave ?

Vous inquiétez pas, mon lieutenant. Ça va aller. Tout va bien se passer.

J'ai l'impression que ma tête va exploser…

Commotion cérébrale. Et vous avez la nuque dans une minerve.

Quelque chose de mouillé me goutte sur la figure depuis la couchette du haut.

Whalen se penche pour m'essuyer le visage. Désolé, mon lieutenant, il dit doucement. Il appelle Doc.

C'est qui au-dessus ? je demande.

McCall, répond Whalen. Il va être évacué avec vous. Blessure à la poitrine.

Quel âge il a ? Vingt ans ?

Dix-neuf, dit Doc. Il tend le bras pour vérifier comment va McCall. Ses lunettes attrapent la lumière et brillent.

Whalen dit : Vous êtes un ancien à côté, mon lieutenant. C'est même étonnant qu'ils vous aient permis de vous engager. Et regardez-vous, maintenant.

J'essaie de lui sourire, mais j'ai mal à la mâchoire, alors je murmure juste : Écoutez-moi qui se la ramène, là. Mathusalem en personne.

Vous voulez un œil au beurre noir en prime ?

En principe, ça serait de l'insubordination, non ?

Doc est en train de s'occuper de mes pansements. Il dit : Alors, un médecin, un soldat et un homme politique arrivent dans une zone de combat. Croyez-moi, celle-là, vous l'avez pas encore entendue…

Connolly se lève tout à coup et l'interrompt. J'entends des hélicos, il dit brusquement. C'est bon, ils sont là. Allez, Nick c'est parti.

Il sort en parlant dans sa radio.

Whalen aide Doc à ajuster mon brancard. Bonne chance, mon lieutenant, il dit d'une voix rauque. Prenez soin de vous, maintenant, hein.

Je dis : À bientôt, m'nadjudant.

Ouais.

Je vais revenir, vous savez. *Pro patria mori* et tout ça.

Il dit : Et comment.

Le sergent de mon peloton, Jim Tanner, accompagne Ramirez et Pratt qui transportent mon brancard jusqu'à la zone d'atterrissage. Il y a un Black Hawk au sol et une escorte de deux Apache en train de survoler lentement au-dessus. Les rotors du Black Hawk soulèvent un nuage dense de fumée brune qui rappelle de mauvais souvenirs. On fonce à travers.

Garcia dit : Adios, mon lieutenant. Bon voyage.

Ramirez dit : Aux bons soins de Pan American Airlines, première classe. Bien joué, mon lieutenant. Yipi !

Tanner me serre fort la main sans rien dire.

Ils me hissent dans l'hélico et quelqu'un attache le brancard avec des sangles.

Connolly arrive à toute berzingue. Il me parle, mais je ne l'entends pas à cause du bruit des rotors. Il me fait au revoir de la main et il ressort à reculons. Un autre brancard est glissé à côté du mien.

Quelque temps plus tard, le Black Hawk est plein. On quitte le sol dans un soubresaut et on prend de l'altitude en faisant un virage incliné. Le soleil levant se faufile à travers les vitres de l'hélico et badigeonne la vallée de rouge. La lumière se pose sur le visage de l'homme étendu sur le brancard à côté du mien. C'est Mitchell.

Quelqu'un me plante une aiguille dans le bras. Je déglutis violemment.

Je rentre à la maison.

LE TOUBIB

Un.

Deux.

Trois.

Quatre. Je regarde Jackson et Grohl qui comptent jusqu'à quatre avant de soulever le taliban mort pour le poser au sol. Grohl le lâche trop tôt et le mort heurte le sol de travers, les bras partant dans tous les sens. Je jette un regard vers Schott, qui est le chef d'escouade, pour voir s'il va dire quelque chose, mais il n'a pas l'air de relever. Jackson et Grohl ramassent le corps suivant et cette fois-ci c'est Jackson qui balance le cadavre de telle manière que celui-ci tombe lourdement sur la tête.

Je ne peux plus me taire et je dis aux hommes de se calmer.

Pourquoi ? demande Jackson, avec un léger ton de défi.

Parce qu'ils se sont battus honorablement et qu'ils méritent notre respect.

Oh, ça va, Doc, fait Grohl d'une voix traînante, avant de cracher une chique de tabac qui atterrit juste à côté de la tête du mort.

Non, je dis fermement.

Bordel ! lâche brusquement Jackson. Vous êtes en train de devenir quoi, là ? Un putain de cœur sensible ami des Bédouins ?

Je ris. Je suis autant un cœur sensible ami des Bédouins que vous êtes une bande de fillettes et vous le savez très bien.

Puis j'ajoute : À votre avis, ils nous auraient traités comment dans la même situation ?

Le sergent-chef Schott se racle la gorge. Je préfère pas y penser, il dit. Il passe une main bandée sur son crâne rasé.

Exactement, je dis, et on est censés être meilleurs qu'eux, non ?

Ils ont tué le sergent Espinosa, dit Jackson à voix basse. Il me lance un regard dégoûté. Ils ont tué Konwicki et Folsom et Terry et…

Je le coupe : Brandon Espinosa était mon ami. On était potes depuis des années, depuis l'Irak. C'était un soldat qui a vécu en soldat et qui est mort en soldat. Il aurait été la dernière personne à me faire perdre mon temps à devoir expliquer comment l'armée américaine traite les ennemis morts qui sont restés sur le champ de bataille.

Les hommes s'interrompent. Dans le demi-jour de l'aube, le masque de poussière qui recouvre leurs traits est d'un blanc surprenant. Certains serrent les poings ; d'autres se crispent très nettement.

Schott lève les mains dans un geste de conciliation.

C'est bon, Doc, c'est bon, pas la peine de péter un câble.

Je dis : Je ne parlais pas sans raison, sergent.

Les gars comprennent ce que vous dites.

Pourquoi c'est nous qui le faisons, d'abord ? dit Jackson. C'est ces enfoirés de l'ANA qui devraient s'en charger.

Ils se sont fait la malle, mec, fait Grohl de sa voix traînante. Y a plus un seul ANA sur la base.

Les enculés ! s'exclame Jackson.

Ça suffit, Jackson, lâche brusquement Schott.

Personnellement, je trouve que c'est des conneries tout ça, dit Jackson d'un ton renfrogné, mais quand ils s'y remettent, ils traitent les corps qui restent avec un peu plus de considération.

J'inspire un grand coup avant de m'écarter pour regarder le Black Hawk décoller, de l'autre côté de la base. Il amorce un virage incliné, puis gagne en altitude en bifurquant vers le sud flanqué des deux Apache. Je dis mentalement au revoir à Nick Frobenius et aux trois biffins blessés qui sont à bord. Le jour se lève, l'air froid de la nuit se solidifie et forme une brume laiteuse. La base et la plaine tout autour s'éclaircissent d'instant en instant, émergeant des ténèbres. Je regarde les trois hélicos jusqu'à ce qu'ils soient réduits à de petites taches au loin. Immobile, je fixe le ciel, jusqu'au moment où je sens un bras sur mon épaule.

Doc, je ne veux pas que vous preniez ça mal, me dit calmement Schott. Si je ne vous respectais pas, je ne vous le dirais pas, mais faut que vous compreniez que les gars ils morflent – ils morflent sévère – à cause de nos pertes. Faut que vous compreniez que c'est des gamins qui ont pas vingt ans ou à peine. Ils ont vécu de sacrés trucs ensemble… et puis il y a ça qui arrive. Ils sont exténués et sous le choc. Je ne veux pas qu'on vienne piétiner quelque chose qui est important pour eux. Faut que vous compreniez. S'il y a une chose qu'on doit respecter, c'est certainement ce qu'ils ressentent eux, pas les putains de talibans qui ont tué leurs potes.

Je me tourne pour faire face à Schott. Je dois fermer les yeux : ses traits juvéniles sont tordus par la douleur. Je suis toubib, sergent, je dis doucement. Pour moi, ce ne sont pas que des corps. On ne peut pas passer sa colère sur des morts. Vous comprenez ce que je veux dire ?

Je comprends.

Je lui attrape la main. Mes yeux sont maintenant proches des siens – son regard est fixe et glacial. Schott est à deux doigts de l'explosion.

Vous voyez, là, je dis, en détournant le regard. Celui-ci porte un turban noir. Vous savez ce que ça signifie ?

La question détourne son attention.

Il fixe le corps et il dit : Aucune putain d'idée.

Puis il ajoute : Les pédés, c'est pas trop mon truc, faut dire.

J'ignore la vanne. C'est celui qui a droit à une housse mortuaire et qui reste à l'intérieur de la base. Ils vont envoyer un hélico pour l'emmener à Kandahar. Les autres, vous les jetez derrière les Claymore et la ligne des deux cents mètres, leurs potes pourront venir les chercher. N'allez pas plus loin. Ordres du capitaine.

Et ceux qui sont déjà dans le champ ?

Vous les laissez où ils sont. Ils sont trop loin de nos lignes et on ne sait pas combien de leurs copains sont peut-être en train d'attendre dans les montagnes pour revenir à l'attaque. On va pas les tenter.

Schott a un sourire froid. Oh, j'adorerais les tenter, moi, il dit.

Il avance jusqu'au cadavre au turban noir et il lui donne un petit coup du bout de sa ranger. Alors, qu'est-ce qui lui vaut tous ces honneurs, à celui-là ?

C'est moi qui vous ai posé la question.

Et je vous ai répondu que je savais pas.

Soudain pris par l'inspiration, il se tourne vers un des hommes :

Hé, Duggal. Le turban noir, là, qu'est-ce qu'il a de spécial ? Ça dit quoi, dans ton livre saint ?

Mitt Duggal interrompt ce qu'il est en train de faire, son

regard brun sur la défensive. Puis : Je sais pas, sergent, il dit lentement. Je viens de Californie et je suis sikh. C'est pas la même religion.

Il y réfléchit un moment, puis son visage s'éclaire. Je suis sûr que Nate il saura…

Il braille le nom de Nate Alizadeh, qui travaille dans l'équipe chargée de réparer les brèches dans le concertina. Hé, Nate ! Ramène-toi une seconde. Le sergent-chef Schott voudrait savoir quelque chose…

Le soldat Alizadeh, un artilleur de 203 maigre et tout en jambes, approche les bras ballants. Qu'est-ce qu'il y a, sergent ? Il me fait un signe de tête. Bonjour, Doc.

Schott dit : Ça veut dire quoi le turban noir qu'il a sur la tête, celui-là ?

Alizadeh regarde Schott, puis Duggal, puis moi. Il pince les lèvres.

Il finit par dire : C'est quoi, là ? Une question piège, ou quoi ?

Schott dit : Tu viens bien d'Iran, non ?

Derrière, Jackson ricane bêtement et ça se propage dans les rangs.

Alizadeh secoue la tête deux ou trois fois avec un sourire bienveillant et perplexe.

Alors ? insiste Schott.

Alizadeh rougit. Merde, sergent-chef, il dit d'une voix douce. Qu'est-ce que j'y connais aux turbans ? Je viens du centre-ville de Détroit, moi.

Les hommes commencent à se rassembler autour de nous, en regardant avec méfiance d'abord le mort, puis Alizadeh.

Je dis : On suppose que vous êtes musulman, je crois.

Il a un éclat de rire gêné. Je suis méthodiste, Doc. Ma mère est de Pennsylvanie, luthérienne pure et dure. J'ai pas eu le choix. Je vais à l'église comme tout le monde.

Je me maudis intérieurement du lien que je viens d'établir entre Alizadeh et le taliban mort mais, avant que j'aie pu dire quoi que ce soit, il reprend : C'est vrai, mon grand-père est venu d'Iran et tout, mais c'était il y a longtemps, dans les années quarante, ça. Mon grand-père et mon père, ils travaillaient tous les deux chez Ford. Le grand-père, même, il était dans l'équipe qui a conçu la Ford Fairlane de 1957, la plus belle voiture qui soit sortie de l'usine cette année-là.

Jackson – connu pour être un fana de la grande époque de Détroit – siffle doucement.

Sérieux. La Fairlane de 57, hein ? Il s'accroupit à côté du mort et il se met à étudier son turban noir avec une attention aussi passionnée que si c'était la grille de radiateur de la Fairlane. Puis : Je sais pas, Nate. Je veux dire, la Fairlane, elle était jolie et tout, mais rapport à cette année-là précisément, moi, je craque plutôt pour la Bel Air.

C'est au tour d'Alizadeh de s'accroupir de l'autre côté du cadavre.

Tu déconnes, là, oh ? La Chevrolet Bel Air, c'était de la gnognote ! La prochaine fois que tu seras à Détroit, je te ferai essayer la Fairlane. Tu verras.

T'en as une ?

Et comment, qu'on en a une. Elle te met le feu à l'autoroute, putain.

Ils continuent à se renvoyer la balle et la tension se dissipe progressivement.

Puis Schott se reprend et dit : C'est bon, c'est bon. Stop, là.

Il se tourne vers moi. Il veut dire quoi ce foutu turban, alors ?

Les hommes attendent que je réponde, mais sans grand enthousiasme, leur attention toujours fixée sur la conversation automobile.

Je me racle la gorge et je me sens déjà didactique avant même d'avoir ouvert la bouche.

Eh bien, je déclare, le turban noir signifie que cet homme est un sayyid, un descendant du prophète Mahomet.

Schott n'est visiblement pas impressionné : Je croyais que le turban noir, ça voulait dire que c'était un taliban.

Les turbans noirs ne sont pas tous pareils. Les talibans nouent les leurs autrement.

Donc... ?

Grohl dit : Donc c'est un mollah, ou quoi ?

Alizadeh intervient avec un sourire en coin. Mon grand-père, il disait qu'un bon mollah, c'est un mollah mort. Comme il les détestait, putain.

Il me regarde de biais. Vous avez pris un cours d'intro aux turbans talibans, Doc ?

Il rit, tout content de lui, et Jackson rit avec lui. Bientôt, ils n'en peuvent plus de se bidonner, tous, et c'est Alizadeh qui rit le plus fort, maintenant que son pedigree d'autochtone a été rétabli avec certitude.

Schott continue de me regarder, sincèrement perplexe : Je comprends toujours pas, Doc. Qu'est-ce qu'il a de si spécial, ce type ? C'est un taliban, non ?

J'abandonne. C'est sans importance, je dis d'un ton fatigué. Fermez la housse et apportez-le dans ma tente, ça ira comme ça. Je m'en charge à partir de là.

Je regarde Jackson et Grohl qui ramassent l'un des corps calcinés. La tête du mort n'est plus attachée à son cou que par une infime bande de cartilage. Grohl envoie un jet de tabac chiqué par terre en regardant avec dégoût ce qu'il porte dans les bras. Putain de merguez cramée, mec, il fait d'un ton méprisant.

On finira tous un jour comme ça, je lui dis. La peau n'est qu'un costume.

Il me regarde, étonné, mais il ne répond rien.

Je me passe la main dans les cheveux et je réalise à quel point je suis fatigué. Depuis la folie de la bataille, je me suis occupé de soigner des blessures non-stop, en plus d'aider Connolly et les officiers qui restent à restaurer un semblant d'ordre sur la base. Avec le départ de Frobenius, c'est le sergent-chef le plus ancien du premier peloton, Jim Tanner, qui assure ses fonctions jusqu'à ce que le remplaçant du lieutenant arrive. L'autre peloton est commandé par le sous-lieutenant Tom Ellison et le sergent-chef Adam Bradford, mais tous les deux sont des bizuths qui ont rejoint la compagnie il y a moins d'un mois, quand le lieutenant Dave Hendricks et le sergent Brian Castro ont été tués dans une embuscade dans les montagnes. Plus grave encore, les deux pelotons sont désormais en sous-effectif et il n'est absolument pas certain que nous en ayons terminé avec les talibans.

Les étoiles disparaissent l'une après l'autre dans la lumière de l'aube.

Les hommes finissent de transporter les derniers talibans morts jusqu'au champ, où ils les disposent en ligne droite. Schott observe les flancs de la montagne à l'autre extrémité du champ et déclare : Retour.

Il relève le col de sa veste et commence à repartir vers la base. Les hommes le suivent, tête baissée. Jackson et Grohl sont les derniers, ils marchent à reculons, leur M4 pointé vers le champ. Ils ont tous l'air lessivés, les visages sont couverts de crasse et de sueur, les yeux vitreux.

Ils passent devant moi en silence. La brume se glisse dans leurs rangs puis en ressort. Le ciel devient rouge écarlate. Des gouttes de rosée apparaissent au sol. Les premiers rayons du soleil effleurent les montagnes et éclairent les cartouches en laiton qui jonchent le champ et donnent l'impression qu'il est moucheté d'or et de sang. Les pentes disparaissent dans la brume. Même si j'ai ma polaire, je ne peux m'empêcher de frissonner. Déjà, de grands vols de corbeaux descendent des montagnes.

Les soldats Garcia et Lee apparaissent, ils viennent chercher le chef rebelle dans sa housse mortuaire et je les accompagne jusqu'au poste médical. On passe devant les ruines du mirador encore fumantes.

C'est pas juste, Doc, dit tout à coup Garcia. C'est vraiment pas juste. Folsom venait de se marier et la femme de Terry attend leur premier bébé.

Non, je réponds, ce n'est pas juste.

On est quel jour aujourd'hui ? il demande. Mardi ?

Oui, je réponds.

Il allait appeler sa femme aujourd'hui.

Qui allait appeler sa femme ?

Terry.

Ç'aurait pu être moi, Doc, dit Lee. Ç'aurait dû être moi. Je suis célibataire, j'ai personne à charge.

Garcia dit : Question de chance, mec. Question de chance.

Ils se taisent. On atteint le poste médical. Juste au moment où on s'apprête à y entrer, une soudaine explosion de couleur embrase le ciel vers le sud. Elle se resserre et s'arrondit pour former une boule gigantesque. Elle devient orange, puis rouge, puis blanc éclatant. Les hommes regardent fixement dans cette direction.

Jackson arrive en courant. Il est essoufflé. C'est quoi ce putain de truc, les gars ?

Garcia a un sourire hésitant. C'est peut-être les Pakis qui ont lâché une de leurs bombes atomiques.

Ça vient du sud, je fais remarquer.

D'Iran ? dit Jackson. Il part d'un rire sec. Faut peut-être que j'aille demander à Nate.

Laissez-le tranquille, je lui dis.

Je blaguais, Doc. Histoire de vous faire tourner en bourrique, quoi.

Bon, bouclez-la et allez vous reposer. Vous êtes sur les nerfs, là.

Jackson file sans répondre.

Garcia et Lee entrent dans le poste médical et je leur dis de poser la housse mortuaire sur une table dans un coin. Quand ils quittent la tente, je ressors avec eux. Au sud, le nuage a grossi et est devenu une immense sphère noire. Une colonne de fumée le relie au sol. Je dis à Lee et Garcia qu'ils peuvent rompre et je continue de regarder le nuage. De la tente me parvient un relent de sang en putréfaction.

Heywood, l'opérateur radio, vient me signaler que le capitaine a été piqué par une guêpe. Je décide de me rendre au poste de commandement pour voir comment il va, au cas où.

Le capitaine est à l'intérieur de la baraque, debout devant la fenêtre, les yeux rivés vers le ciel. Il se retourne vers moi quand j'entre. Je me retiens d'instinct, conscient de la différence de grade. Je remarque que sa main droite, qu'il garde à l'écart de son corps, est enflée.

On m'a dit que vous aviez été piqué par une guêpe, mon capitaine ?

Oui, vous y croyez, vous ? Je passe à travers une violente fusillade sans la moindre égratignure, et après ça je me fais piquer par une putain de guêpe.

Vous voulez que je jette un œil ?

Il me fait signe de m'éloigner d'un revers de la main. Ce n'est qu'une piqûre de guêpe, Doc.

Il se retourne pour regarder de nouveau par la fenêtre. C'est à ce moment-là que Whalen arrive.

Je viens d'appeler Kandahar pour en savoir plus sur la

fumée, il dit à Connolly. Ça serait apparemment quelque part au-dessus de la vallée de l'Arghandab.

Et… ?

Ils enquêtent. J'attends qu'ils me rappellent.

Les hélicos sont partis dans cette direction, je remarque.

Connolly me regarde d'un air agacé. Merci, Doc.

Désolé, mon capitaine, je réponds. C'était idiot de dire ça.

Je vais appeler Kandahar moi-même, il dit tout à coup. Il va jusqu'au bureau et se laisse lourdement tomber sur son siège. Il me dévisage. Vous feriez bien d'aller dormir un moment. On dirait que vous allez vous écrouler.

Vous aussi, mon capitaine. Nous tous. Mais vous avez certainement raison. J'ai l'impression de fonctionner au ralenti.

Il m'écoute mais il semble distrait.

Quand je sors, il est assis à son bureau, le dos voûté.

Une fois dans ma cagna, je m'allonge sur mon lit et j'attrape un livre. *Mœurs et coutumes des tribus indigènes de la province de Kandahar*, par le lieutenant-colonel sir Rupert Jollye, du régiment des Gordon Highlanders de Sa Majesté, 1897. Je lis une page avec effort et je repose le livre. J'enfile les écouteurs de mon iPod et je cherche quelque chose de facile à écouter. Je sélectionne « Desert Angel » de Stevie Nicks. Je m'endors en l'écoutant.

Ça ne fait à mon avis pas plus de quelques minutes que je suis endormi quand je sens quelqu'un se blottir contre moi. Surpris, je me tourne sur le côté. C'est Sarah. Elle est allongée là, près de moi, elle sourit sereinement. Son corps est doux et souple. Je lui caresse la poitrine, je lui touche le bout des seins. Elle me passe la main dans les cheveux. Je me serre plus fort contre elle pour l'embrasser, quand soudain je vois un homme allongé de l'autre côté d'elle.

Je me réveille haletant, puis je m'assieds. Mon cœur bat à tout rompre. Je transpire, j'ai le souffle court. Je serre mes genoux dans mes mains et je me force à respirer plus lentement. Je me sens vieux, exténué.

Je me recule sur le lit et je regarde la photo de Sarah sur le mur. Elle a attaché ses lourds cheveux couleur bronze et elle fixe l'appareil. On venait de se disputer, un truc bête ; je ne me souviens même plus maintenant. Je la regarde attentivement, puis je me rallonge sur le lit. Je reste là les yeux fixés au plafond, à me dire qu'on étouffe vraiment là-dedans, à m'efforcer de me rendormir.

C'est vrai, on étouffe, renchérit Frobenius qui se penche devant moi pour ouvrir une fenêtre. Dehors, le ciel s'est dégagé après la pluie. De l'autre côté de la rue, un homme à sa fenêtre ouverte est en train de se raser. Il est petit, trapu, sa chemise blanche est déboutonnée jusqu'au nombril. De l'eau savonneuse lui coule le long du cou ; il fait des grimaces hideuses.

Tu crois que tu pourrais lui envoyer un pruneau d'ici, Dave ? demande Frobenius.

Dave Hendricks jette un coup d'œil indifférent de l'autre côté de la rue. Il vise l'homme avec une carabine de sniper imaginaire. D'ici, facile, il dit.

Frobenius dit : Ce bled est complètement mort, mec.

Hendricks répond : C'est Vicence, Nick, pas Francfort.

Ouais, l'un ou l'autre. Ça craint pareil.

Tout à coup, Hendricks repousse la table et se lève.

Vous allez quelque part, mon lieutenant ? demande Whalen.

Ouais. Je vais faire un tour en ville. Histoire de bouger un peu.

Il enfile sa veste et jette un regard à Frobenius. Nick ?

Oh, je sais pas.

Pas encore remis d'Emily, hein ? dit Hendricks avec un large sourire.

On va éviter le sujet, d'accord ? le met en garde Frobenius, d'une voix soudain d'acier.

Désolé, mon pote, c'était juste pour dire...

Arrête.

Hendricks lève les mains. Je voulais pas t'offenser. T'es pas d'humeur, j'imagine, hein ?

Frobenius regarde Whalen, puis moi.

Whalen évite son regard. Je sirote ma bière en silence.

Avec quelque chose qui ressemble à un soupir, Frobenius se lève. Il met sa veste et sa casquette et il nous regarde encore une fois brièvement.

Whalen continue de détourner les yeux ; je regarde Frobenius sans rien dire.

Brusquement, il dit : Sa mère la pute.

C'est toujours une solution, dit Hendricks, pince-sans-rire.

Frobenius fait la grimace.

Bien, messieurs, il dit d'une voix terne, bonsoir.

On les regarde sortir, les portes du bar se referment derrière eux.

Le lieutenant Frobenius part en vrille, observe Whalen. Il boit trop, il va trop chez les putes. J'aime pas ça.

C'est plus un gamin, m'nadjudant.

Ça m'oblige pas à aimer ça.

À leur âge, qu'est-ce qu'ils peuvent faire d'autre ? Ils ont que les bars et les pétasses.

Whalen se frotte les mains, qui deviennent d'un blanc terreux.

Quand même, je sais qu'il a mal. Je suis allé à leur mariage, tu sais. C'était au bord de l'eau. Au bord de l'Hudson. Ils pouvaient pas se lâcher une seconde. C'est une chouette fille.

Comme c'est mignon, je dis d'un ton moqueur.

Non, vraiment. C'était pas du chiqué.

Alors elle l'aime ?

Plus qu'il le croit.

Et pourquoi elle l'a quitté ?

Parce qu'elle l'aime.

OK, c'est quoi, ça ? Une devinette ? D'après ce que j'ai entendu, elle a été sacrément dure avec lui. Genre peau de vache.

Whalen fait la grimace. Elles sont pas toutes comme ça ?

Il vide sa bière, puis il me regarde. Il y a un film qui passe au ciné que j'ai envie de voir. C'est en grec, sous-titré en anglais. Ça te dit ?

Je hausse les sourcils. Sous-titré… merde, je sais pas, m'nadjudant.

Allez. Je vais pas aller m'asseoir tout seul dans une salle de cinéma ?

Je réfléchis un instant, puis : Pourquoi pas ? C'est pas comme s'il y avait une jolie fille qui m'attendait.

On marche jusqu'au cinéma. Les pavés sont encore glissants à cause de la pluie. Whalen insiste pour me payer ma place, j'attends donc dans le hall en regardant sur l'affiche Irene Papas tenir tête au monde de son regard farouche. Je la trouve splendide.

Le film date de 1961 ; la salle est à moitié vide. C'est une vieille bobine et des taches blanches apparaissent sporadiquement sur l'écran sombre. Je sens mes yeux qui se voilent à la fois à cause de l'excès de bière et de l'effort requis pour lire les sous-titres. Je commence à regretter d'être venu quand, baissant la voix, Papas semble s'adresser directement à moi :

J'enterrerai, moi, Polynice et serai fière de mourir en agissant de telle sorte. C'est ainsi que j'irai reposer près de lui, chère à qui m'est cher, saintement criminelle.

Elle tend la main à travers l'écran et me secoue l'épaule. Réveille-toi, Steve, elle dit d'un ton insistant. *Réveille-toi !*

Je sursaute et je me redresse d'un coup : le soldat Serrano a la main posée sur mon bras.

Il dit : Désolé, Doc, mais le capitaine veut vous voir au poste de commandement. Tout de suite.

Je regarde ma montre : j'ai dormi moins de vingt minutes.

Qu'est-ce qui se passe ? je demande, mais Serrano est déjà en train de repartir. Je sais pas trop, il me crie pardessus son épaule, mais je vais chercher l'adjudant Whalen et le sous-lieutenant Ellison.

Je saute de mon lit avec un mauvais pressentiment. J'enfile une chemise, passe un short, attache mes rangers. Je me débats quelques instants avec les lacets. Puis je sors en courant.

Les étoiles sont encore là, mais elles disparaissent vite. Les montagnes dominent le paysage de toute leur masse. La brume, humide et dense, s'est répandue de façon uniforme sur le sol.

Je rattrape Whalen juste au moment où il s'apprête à entrer dans le poste de communication, qui sert aussi de poste de commandement, un espace de quatre mètres sur deux rempli de radios, de cartes et d'ordinateurs. Dedans, il y a déjà foule. En plus du capitaine, du sous-lieutenant Ellison, du sergent Tanner de la première section, des sergents Bradford et Eric Petrak de la seconde section, des sergents-chefs Ashworth, Flint, Tribe et Schott, et enfin de Heywood, l'opérateur radiotéléphoniste, un certain nombre d'autres sous-officiers s'entassent dans la baraque. Connolly se tourne vers nous quand nous entrons. Il est d'une pâleur inhabituelle, comme s'il avait perdu son énergie vitale. Il jette un coup d'œil à sa montre, puis il annonce d'une voix neutre, sans le moindre préliminaire, qu'il y a environ treize minutes nous avons été informés que le Black Hawk qui transportait Nick Frobenius et les autres s'est écrasé à environ vingt-huit kilomètres directement au sud-ouest de notre position. On craint la perte de tout l'effectif présent à bord.

Quelque chose comme un gémissement collectif s'échappe du groupe d'hommes. Il n'y a pas d'autre bruit. Connolly ne lève pas une seule fois les yeux. On ne voit que le dessus de sa tête penchée et de celle de l'opérateur pendant qu'il parle. Il dit que pour l'instant on n'a aucune indication sur ce qui aurait pu être à l'origine de l'accident. En outre, l'un des deux hélicos envoyés de Kandahar pour porter secours aux éventuels survivants du Black Hawk s'est lui aussi écrasé dans la zone, d'où la décision prise par l'état-major de suspendre tous les vols à destination de la compagnie Alpha jusqu'à ce que les causes des deux accidents aient pu être déterminées.

Il rapporte aussi une attaque contre les troupes terrestres envoyées sur le site où s'est écrasé le Black Hawk. Il ajoute que bien qu'il n'y ait apparemment rien qui laisse supposer un rapport entre cette attaque et celle qu'a subie notre base, nous devons rester vigilants.

Il s'interrompt un instant et regarde Whalen et Tanner. Il leur suggère d'aller dormir un peu puisque le sous-lieutenant Ellison s'est proposé pour le premier tour de garde. Whalen tourne les talons et sort sans un mot : la nouvelle de l'accident l'a vraiment secoué. Connolly dit à Tanner qu'il prendra la relève d'Ellison. Connolly continue à répartir les responsabilités : viennent ensuite Bradford et Petrak. Je l'écoute et je constate que son efficacité et son sang-froid me rassurent. Puis je me rends compte qu'il est en train de me parler. Il se tait et il me fixe en attendant visiblement quelque chose. Son visage est d'un calme impénétrable, mais autour de sa bouche des rides profondes tirent ses lèvres vers le bas.

Est-ce que ça vous va, sergent ? il dit d'un ton sec.

Je suis désolé, vous disiez, mon capitaine ? je demande, confus.

Il va falloir que vous gardiez le cadavre jusqu'à ce que les hélicos puissent venir le chercher, il répète patiemment.

Entendu, mon capitaine, je réponds.

Il a un hochement de tête fatigué et, au bout d'un moment, il nous dit de rompre.

La brume commence à se dissiper quand je quitte la baraque. Quelques rayons de soleil pointent à travers les volutes qui finissent de se désagréger, mais presque aussitôt le soleil disparaît derrière un banc de nuages. La plaine qui entoure la base est engloutie dans les ténèbres. Les montagnes se fondent dans les nuages. L'air se refroidit nettement. Une pensée me traverse l'esprit : s'il y a une vie après la mort, elle doit ressembler à ça.

Je me dirige vers le poste médical, où une odeur nauséabonde et pénétrante me rappelle la présence du taliban dans la housse mortuaire. Le caporal-chef Chris Svitek, l'autre toubib de l'unité, est de service, et il porte un masque chirurgical. Il l'enlève au moment où j'entre. Il a le visage gris et l'air dégoûté. D'un pas raide il sort de la tente et il se racle plusieurs fois la gorge avant de rentrer.

On peut le ranger ailleurs, ce connard ? il dit d'un ton rageur. C'est de la folie pure de devoir respirer cette puanteur, merde !

Et où par exemple, caporal-chef ?

Par exemple près du parc à véhicules, là où il y avait les baraques des ANA avant. Personne n'y va jamais. Bon Dieu, si ça continue, il va me falloir une combinaison de protection chimique pour survivre à cette infection.

Ça va pas s'arranger, je réponds. On le garde jusqu'à ce que les hélicos rappliquent, et ils ne savent pas quand ça sera.

Ah, mec, je peux pas y croire, putain !

Je vais demander à l'adjudant si on peut le déplacer, même si à mon avis ça va être non.

Pourquoi ?

Parce que ce gars, c'est une priorité absolue, voilà pourquoi, et on est censés le surveiller de très près jusqu'à ce que les hélicos viennent le chercher.

Il est mort, fait remarquer Svitek. Il va aller nulle part.

Je demanderai à l'adjudant, je répète. C'est à lui de décider. Ou alors j'en parlerai peut-être au sous-lieutenant Ellison.

Svitek fait la grimace, mais il n'ajoute rien.

Une petite brise agite légèrement la toile de la tente et, à chaque mouvement, l'ensemble de la structure grince. Je suis rompu de fatigue, j'ai la tête qui tourne et je me rends compte, il faut le reconnaître, que je ne suis d'aucune utilité pour personne dans cet état-là. La priorité absolue de ma journée à moi, c'est de rattraper mon sommeil en retard. J'informe Svitek que je serai dans ma cagna à piquer un somme.

Veinard, il dit avec sympathie.

Je serai revenu avant que vous ayez le temps de dire ouf.

Je lui tapote l'épaule pour lui exprimer mon soutien tandis qu'il remet son masque chirurgical, puis je sors et j'inspire un grand et long bol d'air frais.

Je passe devant la tente du mess en regagnant ma cagna. Les hommes sont en train de finir leur repas du matin. Il y a une odeur de fumée de cigarettes et de café mais, contrairement à la plupart des autres jours, tout le monde se tait.

Je m'assieds sur mon lit et je reste comme ça un moment, sans bouger.

J'hésite à prendre un somnifère, et puis je décide que non. J'ai trop chaud, comme toujours, mais je m'en rends à peine compte parce que je sombre aussitôt dans un sommeil las et sans rêves.

Je me réveille au moment où Grohl passe la tête à l'intérieur pour m'informer que Svitek veut savoir si j'ai eu une réponse au sujet du taliban mort. Grohl a la figure rouge et bouffie ; il parle en regardant droit devant lui, pour éviter de croiser mon regard. Alors je me rappelle que le soldat Spitz, qui était à bord de l'hélico avec Frobenius, McCall et Mitchell, partageait un lit superposé avec Grohl.

Comment vous tenez le coup, Grohl ? je demande.

Ça va, il dit de façon inaudible.

Quand je lui repose la question, il tourne les talons et il sort.

À l'extérieur de la cagna, la journée est à présent d'un gris sombre. Le ciel est nuageux, couvert : aucune trace de soleil. L'avant-poste de combat de Tarsândan est tout recroquevillé dans l'ombre des montagnes.

Je marche jusqu'aux Hescos pour interroger Ellison à propos du rebelle mort, mais Ellison n'y est plus. À sa place, Whalen va et vient entre Pratt et Ramirez. Il m'adresse un bref hochement de tête.

Pourquoi vous êtes là ? je demande. Je croyais que c'était le tour de garde d'Ellison.

Je ne pouvais pas dormir.

Je le regarde avec sollicitude et il dit : N'y songez même pas, vu ?

Vous avez l'intention de rester là combien de temps ?

Tanner vient me relever à 16 h 00.

Je le laisse tranquille, comprenant qu'il y a dans le chagrin beaucoup de choses impossibles à mettre en mots. Du coup, je contemple le champ déserté. Au-delà des Claymore, les cadavres sont toujours alignés au niveau du jalon des deux cents mètres. Plus loin, je compte trois autres corps. Une nuée de corbeaux aux cris rauques leur tient compagnie.

Je suis surpris que personne ne soit venu récupérer les morts. Ils vont bientôt empuantir toute la base. Je me demande si les autres pensent la même chose que moi. Je vois Pratt adossé aux Hescos, qui fixe les montagnes d'un air impassible. Ramirez, fidèle à lui-même, est agité. Je sais d'expérience qu'il peut se montrer imprévisible dans les situations où il n'y a rien d'autre à faire qu'attendre sans fin, et je me demande combien de temps encore il va pouvoir rester tranquille.

Tout à coup, il va se planter devant Whalen et il le regarde droit dans les yeux, juste sous son nez. Whalen le fixe à son tour d'un regard vide, comme s'il était un objet inanimé. À son expression, je vois que Ramirez va faire une remarque arrogante, mais Whalen le soulève littéralement du sol et le colle violemment contre la paroi du Hesco. Sur le ton paisible de la conversation, il dit au Mexicain nerveux : La prochaine fois que ça te démangera de tailler une bavette, je te réduirai ta gueule de Joconde en bouillie, tu piges ?

OK, m'nadjudant, OK. Y a pas de lézard.

Tu piges ?

Cinq sur cinq, adjudant Whalen !

Whalen le lâche et Ramirez s'affale à ses pieds.

Whalen se tourne vers moi. Vous êtes encore là, Doc ? Il y a quelque chose qui ne va pas ?

En fait, oui. Est-ce qu'on pourrait entreposer l'Afghan mort dans un endroit où on n'aurait pas à le sentir ? Il empeste le poste médical et c'est impossible de rester à l'intérieur.

Whalen me regarde un moment. Il hausse les épaules.

Mmm, je sais pas. Je vais y réfléchir. Je vais peut-être interroger le sous-lieutenant Ellison.

Vous voulez que je demande directement au capitaine ?

Non, inutile de le déranger. Je m'en occupe. D'accord ?

D'accord, je réponds, et je m'en vais tandis qu'il reprend ce que j'appelle son air d'aveugle. Ramirez est toujours à terre, il se frotte le cou. Whalen lui jette un regard indifférent et recommence à faire les cent pas.

De retour dans le poste médical, je fais un signe de tête à Svitek et je lui dis de faire une pause.

Pourquoi vous n'installez pas une chaise dehors, je lui suggère. Comme ça vous serez pas obligé de le renifler.

Il acquiesce avec reconnaissance et se traîne une chaise dehors.

Je mets un masque chirurgical et j'ouvre la fermeture Éclair de la housse mortuaire noire.

J'observe le mort sans émotion. Il est jeune, il a les cheveux châtains et une barbe clairsemée. Ses yeux soulignés d'un trait de khôl me fixent de leur étrange teinte grise, qui me rappelle la lumière extérieure – ils semblent regarder à la fois tout et rien. Son nez est petit et pointu, son front large, sa mâchoire proéminente, mais la peau de son visage commence à perdre son élasticité et à devenir spongieuse et décolorée. Il est mort d'une balle en plein cœur. Je déboutonne sa tunique et j'étudie la blessure pendant deux bonnes minutes. Avant de refermer la housse, j'essaie de me le représenter tel qu'il devait être dans la vie, mais l'imagination me fait défaut.

Je sors de la tente avec le sentiment que je remonte de trente mètres sous terre pour chercher l'air en surface. Préoccupé, mais sans trop savoir pourquoi, j'erre dans la base sans but particulier. Je m'efforce de ne pas penser à

Frobenius et aux autres, même si j'ai bien conscience que c'est peine perdue. Et je ne suis pas le seul. Tout le monde a l'air abattu et lorsque deux hommes me demandent de jeter un coup d'œil à des blessures bénignes, je m'exécute aussitôt, soulagé de pouvoir me concentrer sur autre chose que sur nos morts.

Un peu plus tard, je me retrouve près de la tente du capitaine. Sa lumière est allumée et il sort juste au moment où je passe devant sa porte. Il a le visage blême. Je me demande s'il a dormi depuis l'attaque ou si, comme Whalen, il s'en est dispensé. Il me regarde d'un air interrogateur et hausse les sourcils. Oui ? il fait d'un ton sec. Qu'est-ce que c'est ?

Sous l'impulsion du moment, je saisis ma chance et je lui demande : Est-ce qu'on sait quand il est prévu que le service des hélicos reprenne, mon capitaine ? Notre rebelle mort commence à embaumer le poste médical et on espérait peut-être pouvoir le mettre ailleurs, par exemple près du parc automobile.

Vous en avez parlé à l'adjudant ?

J'hésite. Oui, mon capitaine.

Et qu'est-ce qu'il a dit ?

Qu'il y réfléchirait et qu'il me tiendrait au courant.

Sa réponse est acerbe : Donc vous saurez quand il vous le dira.

Il marque un temps d'arrêt, puis, comme pour compenser sa brusquerie, il me fait signe d'entrer dans sa baraque. Il paraît que vous lisez des bouquins sur les talibans, il fait observer.

Oh, juste deux ou trois trucs, mon capitaine, sur les coutumes locales et tout ça.

Je le suis derrière son bureau. Il tourne son ordinateur portable vers moi et oriente l'écran pour que je puisse le voir. Il me fait un signe de tête pour me donner la permission de me détendre. Regardez ça, il dit. Dites-moi ce que vous en pensez.

L'écran montre une photo aérienne. On y voit une clairière baignée d'ombre et de lumière et deux personnes. Connolly zoome sur les silhouettes et l'image agrandie révèle une femme assise sur une souche d'arbre, qui joue d'une sorte de luth à long manche, et un homme à ses pieds qui l'écoute. Curieusement, la femme ne porte pas de burqa. C'est la première fois que je vois dans cette région une jeune Afghane qui ne soit pas couverte d'un voile intégral, et je l'observe de près. Elle a les yeux fermés, l'air concentré : elle est plongée complètement dans sa musique.

Connolly indique l'homme du doigt : C'est le cadavre qui est dans votre tente. Quand j'ai envoyé les photos des cadavres aux services de renseignement, en moins de trente minutes ils avaient trouvé un recoupement. Cette photo-ci a été prise incognito il y a environ quatre mois par un drone Predator qui volait à deux kilomètres et quelque au-dessus de la clairière. Beau boulot, hein ? L'homme contre la machine : la machine gagne à tous les coups.

Qui est-ce, mon capitaine ?

Connolly me dit son nom.

Apparemment, il est connu localement sous le nom de Prince des montagnes. Correction : il *était* connu sous le nom de Prince des montagnes. C'était un gros bonnet taliban. Je ne connais pas les détails.

Je suis de nouveau frappé par l'incongruité de cette photo.

Mais si c'est un taliban, mon capitaine, je fais observer, qu'est-ce qu'il fait en compagnie d'une femme non voilée, et qui joue d'un instrument de musique en plus ?

Connolly contemple l'écran d'un air perplexe, puis il hausse les épaules.

Je ne sais pas, Doc. Peut-être que c'est sa femme et que les interdits ne comptent pas. Mais c'est une pure supposition. Je n'en ai aucune idée, en vérité. C'est vous l'expert. Qu'est-ce que vous en pensez, vous ?

Vous me collez, là, mon capitaine. Pas la moindre idée non plus, navré.

Je regarde à nouveau la photo, avec le sentiment désagréable d'être un voyeur, avant de réorienter l'écran vers Connolly. Il étudie le cliché encore un moment, puis il éteint l'ordinateur. Il lève la tête et me regarde droit dans les yeux. Tout à coup, il se lève et se dirige vers un des coins de la pièce.

Il revient avec un AK-47 protégé par une housse crasseuse en soie bleue, décorée de motifs floraux rouges complexes, brodés au point de chaînette, et dont la boucle autour du pontet est renforcée au fil noir.

On a trouvé ça sur votre rebelle, dit-il.

Mon rebelle ? Bien…

Il sort l'arme de sa housse de tissu et la tient en équilibre sur sa paume.

Je l'examine sans la lui prendre des mains. La surface est toute piquetée et la crosse en contreplaqué usé est entourée de gros scotch gris. Du côté gauche de la boîte de culasse en acier massif, il y a une estampille de fabrication triangulaire avec une flèche à l'intérieur, suivie du numéro de série de l'arme et de sa date de fabrication : 1955.

Connolly considère le fusil un instant.

Il vient probablement d'une des premières séries d'AK-47, il remarque, quand les Soviétiques ont commencé à armer leurs troupes de fusils d'assaut. Et puis, à un moment de sa longue histoire – et allez bien savoir comment, putain –, il a fini par se retrouver ici, où il fait maintenant partie de l'arsenal des talibans. Est-ce qu'il vous vient à l'esprit un seul appareil mécanique que vous ayez utilisé et qui ait duré aussi longtemps ?

Moi personnellement, mon capitaine ? Je réfléchis un instant puis je dis, en hésitant : Peut-être la vieille cuvette en céramique des toilettes de chez mes parents, mon capitaine ?

Connolly fait une grimace et sombre dans un silence méditatif. Au bout d'un moment, il soupire et il dit : Cet engin a cinquante-cinq ans. Quel pays.

Il me jette un coup d'œil. Alexandre le Grand est venu jusqu'ici, vous savez.

Je le dévisage, en essayant de suivre le fil de ses pensées.

Il continue de regarder le fusil. Il paraît que Kandahar est un dérivé d'Iskander, qui est le nom qu'on lui donnait par ici ; même s'il est plus probable que cela vienne du nom d'une ancienne région indienne.

Indienne, mon capitaine ?

Gandhara.

Je vois.

Il sourit faiblement. C'est le lieutenant Frobenius qui me l'a appris. Vous savez comment il était. Fou d'histoire et de géographie et tout ça.

Je ne dis rien.

Il me jette un nouveau coup d'œil et je vois qu'il a les yeux pleins de larmes.

C'est rien que des foutaises tout ça, il dit d'une voix rauque, en essayant de cacher sa détresse par un rire. Vous saviez que les tirs d'armes légères étaient tellement denses autour de lui que les hommes qui sont allés le chercher ne voyaient que du sable et de la poussière qui giclaient ?

Je me retiens de lui dire que j'y étais, le premier à atteindre Frobenius.

Il s'essuie les yeux à la hâte, du revers de la main. Il se

racle la gorge avant de poursuivre : Il a engagé le combat avec le plus gros des forces rebelles, il est allé au-devant d'eux pour les attaquer. Nous, ça nous a enlevé la pression, et ça a enrayé l'attaque ennemie, putain. Courageux et dingue, ce con !

Je baisse les yeux. Il y a un long silence.

Finalement, Connolly pose les mains à chaque extrémité de la kalachnikov, en forçant vers le bas comme s'il voulait la briser en deux. Sa figure devient rouge et les veines de son cou saillent. Il finit par se détendre et ses épaules s'affaissent. Il fait un vague sourire et caresse la boîte de culasse de la main. La machine gagne, il dit d'une voix calme.

Il marque un temps d'arrêt et s'essuie les yeux.

Le lieutenant Frobenius avait fait des études de lettres classiques, vous saviez ? Dans une petite université privée ultraprestigieuse du nord-est de l'État de New York. Moi…, il s'interrompt. À la fac où je suis allé, moi – une université publique –, quand on était un gars, on avait le choix entre deux options : agronomie ou gestion.

Je reste silencieux et il hoche la tête deux ou trois fois comme s'il poursuivait un dialogue intérieur.

Vous avez entendu parler de Pingry ? il demande.

Pingry ? Non, mon capitaine.

C'est un des meilleurs lycées privés du pays. Je veux dire, c'est carrément un putain de lycée d'élite. Le lieutenant Frobenius y est allé, et après il est allé à Vassar. Vassar ! il répète doucement en secouant la tête, incrédule. S'il l'avait voulu, il aurait pu entrer à West Point les doigts dans le nez et en ressortir officier avec tous les honneurs, merde. Mais va savoir pourquoi il a choisi une fac collet monté comme Vassar. Jamais compris pourquoi. Je lui ai demandé une fois et il a juste éclaté de rire. Donc je sais pas. Peut-être qu'il y a des gens qui ne veulent pas choisir la facilité. Mais avec son profil, on aurait pu penser...

Oui, sans doute, mon capitaine. Oui, mon capitaine.

Il me lance un regard, puis il me tourne le dos.

Le plus exceptionnel chez Nick, c'était son enthousiasme. Il était capable de communiquer ses passions comme personne d'autre. J'ai encore un de ses bouquins de tragédies grecques quelque part. Le problème, c'est que chaque fois que je l'ouvre je suis tellement crevé que je m'endors.

Il lève le fusil et, en visant derrière moi un point éloigné, il poursuit : En tout cas, ce que ça veut dire tout ça, c'est que ces connards... ces *connards* sont dans les parages depuis un long – un *très* long moment. Et ils ont probablement du sang macédonien dans les veines, ce qui au moins expliquerait en partie leur tempérament.

Et en partie les caractéristiques physiques de certains, j'ajoute. Le mort dans ma tente a les cheveux châtains et les yeux gris. Très européen.

Je crois que le terme technique, c'est indo-aryen.

Vous avez raison, mon capitaine. Indo-aryen.

Il me tend l'AK-47.

Allez-y... Vous avez déjà eu un de ces engins en main ?

Non, mon capitaine.

Je lui prends l'arme. Elle ne paraît pas bien solide par rapport à notre M4, son équivalent le plus proche. Je le lui dis.

Il grimace. Vous pourriez laisser cette arme dix ans sous un rocher et vous en servir encore en revenant la chercher, sans problème. C'est l'engin de mort le plus perfectionné qui existe.

Et pourtant les Russes ont perdu, je lui rappelle, en lui rendant le fusil.

Les Russes ont perdu parce qu'ils se sont battus entassés

dans des convois motorisés. Ils ne se déployaient pas par escouades comme on fait nous. Leur tactique était mauvaise. On a appris de leur expérience. On va pas refaire les mêmes erreurs.

Il repose l'arme et s'assied à son bureau. Il plie soigneusement la housse du fusil et la place à côté de son ordinateur portable. Je la garde en souvenir, il dit. D'ici quelques années, quand je serai en train de m'emmerder à mourir dans l'Indiana ou un autre trou perdu du même genre, je veux pouvoir regarder ça pour me rappeler que j'ai vraiment été ici, au milieu de nulle part, sur les pas d'Alexandre.

Alexandre n'est jamais rentré chez lui, mon capitaine.

Mais moi j'en ai bien l'intention, il dit d'un ton grave, avant de se corriger : *On* va rentrer, Doc. C'est une promesse. On va terminer le boulot.

C'est l'été chez nous, mon capitaine, je dis pensivement. L'école est finie. Dans deux semaines, c'est l'ouverture de la colonie de vacances à Williamsfield. Mon petit frère va être moniteur cette année.

Cet été-là est à des kilomètres et des kilomètres, il dit. Il pose la tête dans sa main.

Je suis fatigué, il dit.

Tout le monde l'est, mon capitaine.

Il me regarde sans me voir. Je ne sais pas s'ils vont réattaquer aujourd'hui, il dit, mais s'ils le font, on ne prend pas de prisonniers.

J'hésite avant de demander : Et quand ils viendront chercher leurs morts ?

Il ne répond pas. J'attends quelques instants, mais il garde le silence. Puis il me tourne le dos et se remet à étudier une carte. Je me rends compte que j'ai été congédié.

Je quitte sa baraque et je m'arrête un instant pour digérer

la conversation. Je me sens découragé et, quand je lève les yeux vers les montagnes imposantes qui entourent la base, étrangement apathique. Non sans mal, je me ressaisis et je pars à la recherche de Whalen. Il est presque 16 h 00 et je veux lui mettre la main dessus avant la fin de son tour de garde pour lui demander s'il a parlé du cadavre à Ellison.

Je le trouve près du poste de garde, juste au moment où il s'apprête à passer le relais au sergent Tanner.

Il m'adresse un regard trouble quand je lui pose la question.

J'ai pas fini d'y réfléchir, il répond.

Et le sous-lieutenant Ellison ?

Il a dit qu'il allait y réfléchir lui aussi.

Il se donne des claques sur les joues. La vache, il dit d'un ton las. Je tiens à peine debout. Je vais aller dormir, je crois. Et il s'en va d'un pas traînant.

Je regarde autour de moi. Ramirez et Pratt sont partis eux aussi et pour l'instant Alizadeh est le seul à s'être présenté pour prendre la relève. Tanner est furax. Il commence tout juste à engueuler Alizadeh en lui demandant où sont passés les autres quand Jackson arrive en courant. Désolé d'être en retard, sergent, il dit tout essoufflé. J'essayais de faire venir Grohl, mais rien à faire. La mort de Spitz lui a fait un sacré choc. Peut-être que vous devriez lui parler…

Oh, bordel de merde ! lâche Tanner exaspéré. Il est où, là ?

Terré dans sa cagna.

Je dis : Je vais aller le chercher.

Merci, Doc, répond Tanner. Dites à Grohl que je lui fais sa fête s'il se ramène pas illico.

Jackson propose de m'accompagner.

On revient dans deux minutes, je dis. Ça ira ?

Il a intérêt à rappliquer, sinon ! répète Tanner.

On trouve Grohl recroquevillé en position fœtale sur son lit. Il est face au mur, les écouteurs de son iPod enfoncés dans les oreilles. Je m'assieds au pied du lit. Il ne bouge pas.

Jackson se penche vers lui et lui arrache ses écouteurs.

C'est quoi ce bordel ? braille Grohl, qui se retourne d'un coup, les poings serrés.

Doc est là, dit Jackson calmement. T'es censé être de garde, mec. Tanner est enragé.

Je m'en fous, mec. Lâche-moi.

Faut que tu te reprennes, mon gars, dit Jackson.

C'est bon, je dis à Jackson. Je m'en charge, maintenant.

Grohl me regarde d'un air renfrogné.

Je montre son iPod du doigt. T'écoutes quoi ?

Il répond à contrecœur d'un ton monocorde : Gethsémané.

C'est un groupe ?

Ouais.

Jamais entendu parler, il me semble, je lui dis. Ils jouent quoi comme genre de musique ?

Jackson répond à sa place : C'est genre rock progressif, mais métal.

Grohl lève les yeux au ciel, mais il s'assied. Ils sont pas prog, putain, ils sont post-prog, il corrige, énervé. Et ils sont pas « métal » non plus ou je sais pas quoi. Ils sont death metal, mais avec une dimension mélodique prononcée. D'accord ?

OK, mec, dit Jackson, comme tu veux. Ils sont genre brutal death metal qui déchire carrément, putain.

N'importe quoi, fait Grohl. Gethsémané est pas genre brutal death qui déchire carrément, putain. Gethsémané, c'est un groupe qui est au-delà de toutes ces classifications. Quand ils écrivent une chanson, ils essaient pas de se la jouer satanique et ésotérique comme n'importe quel groupe naze de death metal. Ils écrivent avec leur cœur, quoi. Ils ont des chansons qui ressemblent à du death metal, d'autres à du post-prog, d'autres qui ont des influences math rock ou grindcore et puis d'autres encore qui sont juste des ballades super mélodieuses. Et c'est pour ça qu'ils sont grands, putain.

J'ai un tuyau pour toi, bro, dit Jackson. Les ballades super mélodieuses, c'est pour les ignares analphabètes.

Ignare toi-même, rétorque Grohl.

Comme tu veux, mon gars, dit Jackson. Il se tourne vers moi. Si vous connaissez Dream Paranoia, c'est un peu la même chose.

Grohl se penche vers moi. L'écoutez pas, Doc, il sait pas de quoi il cause, putain. Dream Paranoia, ils ont fait que de la merde après *Downhill.* Bon sang, mon père écoute Dream Paranoia. Du coup, je lui ai fait écouter Gethsémané et il a pas aimé, à cause des grognements du chanteur. Alors je lui ai défoncé la tête à coups de pied et je l'ai enterré vivant dans la cave. On déconne pas avec Gethsémané.

Jackson se marre. Sérieux. J'ai fait la même chose à ma mère après lui avoir fait écouter Amesœurs. On est frères, toi et moi.

Mais Grohl ne veut rien savoir.

Amesœurs ! il crache avec mépris. Tu parles de sales trouillards bouffeurs de fromage !

Donc ils sont français ? je me risque.

Ouais, répond vite Jackson. Puis, vexé par la critique faite à son groupe préféré, il dit : Et Gethsémané alors ? C'est des putains de Canadiens.

Scandinaves, rectifie Grohl. Vraiment rien à voir. Ce qui prouve bien que tu sais que dalle.

Et ça vous arrive d'écouter des groupes américains, les gars ? je demande doucement.

Cette fois, ils s'en prennent tous les deux à moi. Genre quoi, Doc ?

Jackson dit : Genre un putain de boys band bien commercial qui aura en tout et pour tout dix jours d'existence ?

Grohl ajoute : Genre babbyy babbyy babbyy ooohhhh et babbyy babbyy babbyy ooohhhh ?

Ben, je sais pas, je réponds. Et Pearl Jam par exemple ?

Ils me dévisagent, sincèrement surpris. Puis Grohl dit d'un ton étonné : Vous êtes pas sérieux là, merde ?

J'ai trente et un ans mais tout à coup, je me sens vieux.

Bon, écoutez, Doc, dit Grohl gentiment, si vous me passez votre iPod, je vous téléchargerai quelques morceaux de Gethsémané. Vous pouvez commencer par « Blackwater Daze ». Vous verrez. Ils ressemblent à aucun autre groupe. Même leurs pochettes sont d'enfer.

Sur le chemin des Hescos, il ajoute : Je *hais* Gethsémané, putain. Je vous jure, la première fois que je les ai entendus, j'en avais plein le caleçon au bout de deux minutes à peine. Je m'en veux de pas les avoir écoutés depuis ma naissance, et après chaque morceau je suis *out* pendant, je sais pas, quinze jours. Je suis sidéré à chaque fois !

On arrive au poste de garde et, d'un pas décidé et agressif, Tanner s'avance pour nous accueillir.

Alors ? il lance à Grohl d'un ton sans appel.

Je peux expliquer, j'interviens, mais Tanner me demande de ne pas m'en mêler.

Grohl se prend la tête dans les mains. C'est un peu le bronx dans ma tête, sergent, à cause de Spitty et tout…

Tanner recule d'un pas et pince les lèvres. Il a l'air dégoûté.

Je vais vous dire, soldat, il fait, j'ai ce qu'il faut pour soigner ça. Double tour de garde.

Je commence à protester, mais Grohl dit d'une voix douce : C'est bon, Doc, je crois que je l'ai mérité.

Tanner tourne les talons et regagne le poste de garde d'un pas raide, tandis que je reste planté là, hésitant. Grohl cale son M4 sur un sac de sable et se met à observer les montagnes. Vous savez, Doc, il dit pensivement, pour revenir à notre conversation de tout à l'heure, je suis pas croyant ni rien, mais chaque fois que je regarde les pentes de ces montagnes, j'ai la chair de poule de partout, et puis après j'ai l'impression d'entendre Jens chanter « Death whispers in my head ». Et c'est là que je me rends compte… si j'avais une religion, ce serait lui mon dieu.

Je tousse. C'est qui Jens ?

Le chanteur de Gethsémané, il répond avec vénération. Et le putain de dieu absolu de la guitare. Jens Lyhne.

Amen, alors, je dis.

Je lui donne une tape dans le dos et je me tourne pour partir juste au moment où le capitaine arrive de sa baraque. Il dit : Je viens d'avoir des nouvelles de l'état-major. Dans deux jours, les Black Hawk reprennent leurs vols. Ce qui veut dire que vous allez devoir supporter votre copain dans sa housse encore deux jours. Désolé.

Encore deux jours !

Il me jette un regard sardonique et il dit : Il paraît que dans certaines tribus là-haut dans le Nord, on refuse d'enterrer les morts avant une semaine entière, parce que ce serait à la fois irrespectueux et immoral d'attendre moins longtemps.

On pourrait pas le déplacer là où il y avait les baraques de l'ANA, mon capitaine ? C'est vrai quoi, il n'y a plus rien là-bas, depuis que les rebelles ont tout explosé.

Il marque un temps et réfléchit. Ça serait sans doute faisable… Mais il n'empêche que vous devrez toujours le surveiller. Je vais vous dire. Et si vous alliez en parler au sous-lieutenant Ellison ? Voir si on peut le déplacer, ce foutu sac.

Est-ce que je peux lui dire que ce sont vos ordres, mon capitaine ?

Soit.

Merci, mon capitaine.

Pas de problème.

Il grimpe sur les Hescos et il regarde les cadavres qui gisent dans le champ.

Personne n'est encore venu les chercher, hein ? il demande à Tanner.

C'est très inhabituel, mon capitaine, répond Tanner.

Ils ont raison. Ils savent qu'ils vont se faire décimer s'ils essaient.

Quand même, ça les a pas empêchés jusqu'ici, fait remarquer Tanner. Je ne sais pas trop quoi en penser.

Je ne crois pas qu'on doive en penser quoi que ce soit, sergent – ce n'est pas à nous de juger. Mais je ne vais certainement pas les laisser pourrir sous nos yeux et empester la base sans rien faire. J'ai demandé au sergent Tribe de constituer deux escouades pour aller les enterrer derrière la piste d'atterrissage où personne ne les verra. Loin des yeux, loin du cœur.

Tanner lui demande s'il a aussi l'intention de faire enterrer les trois hommes au bout du champ.

Non. Le jour tombe vite et je ne veux prendre aucun risque. Ils sont trop près des montagnes et on ne sait pas qui pourrait être terré là-haut. S'ils sont encore là demain, alors on verra ce qu'on en fait.

Un ton plus bas, il me demande s'il peut me parler seul à seul une seconde.

On marche jusqu'au concertina et il me dit : L'état-major

m'a également informé qu'une équipe de secours a fait des recherches sur le lieu de l'accident du Black Hawk. Il marque un temps et il s'éclaircit la voix. Ils ont retrouvé tout le monde. Il n'y a eu aucun survivant. Je l'ai dit à tous les officiers et je ferai une annonce collective demain. Pour l'instant, je pense qu'il est plus important que les hommes puissent se reposer.

Bien sûr, mon capitaine, je lui dis. Je ne trouve rien d'autre à lui répondre.

On se regarde sans rien dire et puis, au même instant, on se détourne pour contempler les montagnes. La lumière du soir adoucit ses traits, son expression est un mélange de jeunesse, de tristesse et de fatigue. Il a vraiment besoin de se raser – tout comme moi – et il semble clairement avoir perdu du poids au cours des dernières vingt-quatre heures. Je suis sûr que je n'ai pas meilleure mine, mais je ne peux pas m'empêcher de jeter un coup d'œil à sa main, là où la guêpe l'a piqué : elle est moins enflée mais elle est couverte de taches et enflammée.

À cet instant précis, un vol de corbeaux passe au-dessus de nous et nous levons la tête tous les deux.

Est-ce que vous avez vu Minus depuis l'attaque ? il demande soudain.

Le chien ? Non, pas que je me rappelle, mon capitaine.

Mmm. Il est probablement encore caché quelque part.

En général, Spitz sait où il est, je dis sans réfléchir, avant de m'arrêter net. J'ai oublié, je dis bêtement.

Il se tient très droit, mais quand il me regarde, il semble doux, résigné, presque vaincu. Il se passe la main sur le visage et secoue la tête.

Est-ce que les animaux pleurent leurs morts, Doc ? Non, ne répondez pas, il ajoute. C'était une question rhétorique. Une légère grimace lui déforme la bouche. C'est la guerre, non ? La guerre, c'est comme ça. En moins d'un mois, j'ai perdu deux de mes officiers les plus expérimentés…

Il allume une cigarette et jette l'allumette d'un geste qui exprime à la fois l'impuissance et un excès de fatigue. Sa main tremble, je remarque. Il aspire une seule bouffée avant de balancer sa cigarette. Il hoche la tête dans ma direction, comme s'il était très loin.

Je vais dormir un peu, il dit. Vous savez où me trouver si vous avez besoin de moi.

Sur le point de s'en aller, il se reprend. Au fait, qu'est-ce que vous faites là ?

J'allais regagner le poste médical, mon capitaine.

Tanner arrive à ce moment-là.

Connolly le salue d'un hochement de tête. Vous êtes ici combien de temps encore ?

Encore trois heures, mon capitaine.

N'oubliez pas que votre prochain tour de garde est à 04 h 00.

Pas de problème, mon capitaine.

Le capitaine hoche la tête d'un air fatigué et s'en va.

Le soldat Jackson nous rejoint. Il demande à Tanner : Qu'est-ce qui se passe, là, sergent ?

On est de nouveau de garde tôt demain matin, Jackson.

Sans blague. Tôt comment ?

04 h 00.

Merde.

Ouais.

Tous les quatre ?

Tout le monde sauf Grohl, dit Tanner, et puis il a un sourire en coin : On est pas dans une putain de thalasso, là, soldat.

Jackson le regarde quelques secondes d'un air ébahi avant de détourner la tête et de rejoindre sa position. Je n'arrive pas à savoir s'il est content que Tanner ait fait exception pour Grohl ou démoralisé à l'idée d'une nouvelle nuit de sommeil écourté. Quoi qu'il en soit, quelque chose dans sa réaction dérange manifestement Tanner et il me semble bien qu'il va lui remonter les bretelles, mais tout à coup il a l'air de s'adoucir. En se tournant vers moi, il dit : J'oublie toujours qu'il n'a que dix-neuf ans.

Sage décision, sergent, je dis calmement.

On se tourne vers un Jackson exceptionnellement tranquille, pour une fois, et on le surprend qui essaie de masquer un bâillement en soufflant du coin des lèvres.

En regagnant le poste médical pour remplacer Svitek, je m'arrête au passage à la cagna d'Ellison pour lui parler du déplacement du cadavre, mais il dort à poings fermés et le monde a cessé d'exister pour lui. J'écoute deux minutes ses ronflements exténués – il n'a probablement pas dormi depuis des jours – et je me résigne à attendre jusqu'au lendemain.

Un brouillard épais recouvre le sol quand je pars à sa recherche dès mon réveil le lendemain matin. Bradford passe devant le poste médical à ce moment-là et je lui demande s'il a vu le lieutenant.

Il est soit au poste de garde, répond Bradford, soit quelque part le long des Hescos.

Un vent vif s'est remis à souffler et siffle à travers la base. Les biffins du poste de garde me disent qu'Ellison est en train de passer en revue tous les hommes de garde. Pendant une heure je crapahute le long des Hescos pour mettre la main sur l'insaisissable lieutenant, tâche plus difficile encore que d'habitude car le brouillard empêche de voir correctement à plus de deux pas devant soi. Je le suis à la trace, déterminé à le trouver. À mesure que j'avance d'un poste de garde à un autre, je constate que pour la plupart des hommes l'attaque est déjà derrière eux, même si je sens malgré tout qu'un reste de tension subsiste, quand je les vois la tête rentrée dans leur col relevé, fusil prêt à faire feu, les yeux plissés scrutant la lumière hésitante. Tout paraît curieusement sortir d'un rêve dans la lueur de l'aube et dans le brouillard qui peu à peu se dissipe. Par un effet d'optique, celui-ci donne l'impression que les hommes et les baraques flottent au-dessus du sol. De temps en temps, je perds complètement de vue ce qui m'entoure et alors c'est comme si j'avais quitté ce monde. Cette étrange impression doit être un effet secondaire des événements des dernières vingt-quatre heures, une espèce de réaction différée à la bataille elle-même. C'est un sentiment de dislocation extrême, comme si mes nerfs étaient à vif et que je vivais simultanément toutes les phases contradictoires d'un seul et même rêve. Tout aussi troublante est la nature fugace de cette sensation, car chaque fois que le brouillard s'éclaircit et que je recommence à voir autour de moi, je suis directement ramené au présent. Ce qui augmente l'impression d'irréalité, c'est le silence absolu qui règne sur la base, comme si la brume avait supprimé tous les bruits habituels. À la place, tout le monde semble observer sans rien dire les mouvements du brouillard au-dessus du champ et le manteau de nuages qui se pose d'abord sur les montagnes, puis s'élève légèrement, quoique pas suffisamment pour permettre au soleil de percer. Il n'y a pas trace de vie à l'extérieur de la base – les trois cadavres au bout du champ mis à part, tout le reste n'est que terre nue et désolée – et à cette heure de la matinée, même les inévitables corbeaux du désert sont absents.

Petit à petit, malgré tout, à mesure qu'une pâle lumière rose filtre à travers les nuages, les flancs des montagnes redeviennent visibles au loin. À leur pied, un étroit sentier s'élève en biais avant de faire un angle aigu puis de continuer son ascension escarpée en zigzaguant entre les arêtes et les pins, jusqu'à disparaître derrière un rideau de rochers éboulés. Il se prolonge, invisible, à travers une vallée haute qui s'étend profondément au cœur de la chaîne de montagnes. C'est dans cette région faite de brusques passages de la lumière à l'obscurité que le lieutenant Hendricks et le sergent Castro ont trouvé la mort, il y a quelques semaines, au cours d'une patrouille de reconnaissance. Depuis, nous nous sommes abstenus de nous aventurer dans les montagnes, même s'il y a eu des rumeurs d'attaques de drones Predator et de missions des forces spéciales en représailles.

Peu à peu, le soleil s'extirpe des nuages et se fait sentir dans la plaine. Comme il se met à faire plus chaud, j'enlève ma veste. Les pentes les plus basses commencent à s'éclairer et bientôt les premiers rayons du soleil balaient le champ et illuminent la base. Les premiers oiseaux apparaissent : pas des corbeaux, mais deux vautours au vol lent et aux ailes d'une envergure immense. Ils décrivent des cercles bien haut au-dessus des corps qui sont au bout du champ, mais bizarrement sans se poser. Deux ou trois corbeaux surgissent à leur tour, mais ils semblent intimidés par les vautours et ils repartent vers les montagnes. Quelques instants plus tard, quittant un pic escarpé, un faucon fond sur les vautours et les disperse. Et pourtant, malgré toute cette activité aérienne, peut-être à cause des lambeaux de brume qui s'attardent sur l'ensemble, il règne un silence étrange et assourdi.

Heureusement, le brouillard a commencé à se lever quand je finis par rattraper Ellison. Il est de retour au poste de garde et il a pris position aux côtés des soldats Alizadeh et Renholder. Soulagé, je me dirige vers lui quand tout à coup, il se raidit et fait deux pas en avant. Portant ses jumelles à ses yeux, il les dirige vers le champ. Alizadeh s'en rend compte et regarde dans le viseur de son fusil ; ni l'un ni l'autre ne me remarquent.

J'essaie de distinguer ce qu'ils regardent lorsque Ellison pousse un petit sifflement et Alizadeh s'exclame : Merde ! Il y a quelque chose qui descend le putain de sentier.

Puis il ajoute rapidement : Le truc a atteint le champ... on dirait qu'il se dirige vers les corps.

Renholder, qui regarde aussi dans son viseur, dit : Ça ressemble à une espèce de cafard géant.

J'ai fini par réussir à repérer ce dont ils parlent. J'observe attentivement, pendant qu'Ellison dit à Renholder d'aller immédiatement chercher le capitaine. Je sens déjà mon ventre qui se noue.

Alizadeh a toujours l'œil collé au viseur de son fusil. Vous allez pas me croire, mon capitaine, il dit à Ellison d'une voix étouffée, mais je crois que c'est une femme en burqa... sur une sorte de plateau à roulettes. Elle se sert de quelque chose pour le faire avancer.

Ellison regarde dans ses jumelles.

Puis Alizadeh dit : Bordel de Dieu. Elle fait avancer le truc à mains nues !

Il abaisse son fusil en même temps qu'Ellison baisse ses jumelles. Ellison remarque que je suis à côté de lui. Bonjour, Doc, il dit laconiquement. Qu'est-ce qu'il vous faut ?

Je secoue la tête. Ça peut attendre, je réponds.

Alizadeh lance un regard hésitant à Ellison.

Bordel, qu'est-ce qui se passe, mon lieutenant ?

Ellison lève de nouveau ses jumelles et parcourt le reste du champ. Il y a une distance d'environ mille mètres entre l'endroit où nous sommes et le pied des montagnes. Pour ce que j'en distingue, à l'exception de la femme dans sa charrette, le champ est aussi désert qu'un paysage lunaire.

Ellison se racle la gorge avant de dire calmement : On ne va pas tarder à le savoir, non ?

Il se tourne vers moi. Vaudrait mieux assurer la permanence dans votre tente, Doc. On va peut-être avoir besoin de vos services, vu ce qui se profile…

ISMÈNE

Dès l'instant où je pénètre dans l'énorme hélicoptère sur le terrain d'aviation de Kandahar, je comprends que ma vie ne m'appartient plus. Il y a quatre autres hommes à bord : les trois membres de l'équipage à l'avant et un médecin militaire qui passe toute la durée du vol à vérifier des bouteilles d'oxygène et toutes sortes d'appareils médicaux. Personne ne m'adresse la parole. Leurs silhouettes se confondent avec l'obscurité qui règne à l'intérieur comme à l'extérieur de l'appareil. Les rotors de l'hélicoptère font un bruit de roulement assourdissant et continu. De minuscules pointes de lumière illuminent l'intérieur et se réfléchissent sur les surfaces brillantes, si bien que j'ai l'impression de me trouver dans une pièce obscure tapissée de miroirs colorés. Lorsque nous nous élevons dans les cieux, les lumières oscillent dans un sens puis dans l'autre, et je récite une prière silencieuse en fermant les yeux.

Le sang me bat aux oreilles. Une tension constante me serre le cou. Si c'est la curiosité qui me pousse à rouvrir les yeux, je le regrette aussitôt, car cela me donne la nausée et je vomis. Comme je suis sanglé à mon siège, mon champ de vision se limite à un étroit rectangle au-dessus de l'épaule du pilote et j'aperçois des fragments éclatés de terre et de ciel. Entouré d'une bulle de verre, je me contracte chaque fois que nous tombons dans les nuages couleur de suie puis que nous en ressortons. À un moment, je vois une tache d'eau grise, sans doute un lac. Les montagnes ressemblent à des ombres acérées qui s'élèvent en transperçant l'air.

Je vomis à nouveau et voilà que nous nous précipitons droit dans un trou entre les nuages. J'aperçois une petite base militaire juste en dessous. La zone d'atterrissage est délimitée par des lumières clignotantes. La base grossit et se révèle un fouillis de bâtiments indistincts, en léger surplomb par rapport à une plaine. Une colonne de poussière s'élève pour nous accueillir et c'est comme si nous descendions aux enfers. Un bruit discordant retentit soudain et j'ai un instant de panique. Ma tête est projetée en arrière et les sangles qui m'attachent m'écrasent contre mon siège. Une force phénoménale frappe des coups sourds contre mes côtes. Puis le pilote se retourne et lève les deux pouces pour me dire que tout va bien. Visiblement, nous avons atterri.

Je baisse la tête, soulagé d'être arrivé sain et sauf. Tous les autres sont déjà en train de s'activer. Je me détache de mon siège et je tire mon sac à dos derrière moi. Au moment où je le passe à l'épaule, le premier brancard est déjà installé dans l'hélicoptère. Un officier arrive en courant et hurle quelque chose à l'homme qui est allongé sur le brancard. Ce dernier répond par un faible sourire. Je me glisse à côté de lui, je saute au-dehors et je suis presque renversé par le courant d'air provoqué par l'hélicoptère.

À l'extérieur, tout est recouvert d'un voile de poussière. Une rangée de brancards attend d'être chargée, les visages des brancardiers sont crayeux. Je cours en toussant à travers les rideaux de sable fouettés par les rotors. En passant devant les hommes qui transportent les morts et les blessés, je pense soudain aux djinns qui servent l'ange de la mort. Le temps que je sorte du rayon de la zone d'atterrissage, tous les brancards sont chargés.

J'attends que quelqu'un remarque mon arrivée, mais je pourrais tout aussi bien être invisible dans la poussière tourbillonnante. Tout autour de moi, le paysage est foncé comme du graphite. Un froid glacial m'assaille de toutes parts. Mon regard est attiré par des formes indistinctes qui ressemblent à des ruches disposées à l'intérieur de la ligne du concertina – plus semblables à des tombes qu'à des habitations d'hommes vivants. Les expériences que j'ai vécues auprès des forces de la coalition se résument jusqu'ici à un petit avant-poste dans la province de Paktika et à l'énorme base de Bagram – mais je sais déjà que les choses vont être très différentes ici dans cet avant-poste de Tarsândan, comme l'appellent les Américains.

L'hélicoptère décolle à ce moment-là, chassé vers le ciel par une rafale de poussière. Il reste un instant suspendu. Dans l'obscurité, une ligne décolorée à l'horizon signale l'arrivée de l'aube. Les deux hélicoptères de combat Apache qui escortent le Black Hawk, et qui jusque-là faisaient des cercles dans les airs, s'écartent à présent pour laisser la place au plus gros engin et ils amorcent tous ensemble un virage incliné vers les nuages. Je vois encore leurs feux qui clignotent dans le voile de brume et l'instant d'après ils ont disparu, la seule chose qui trahisse leur présence étant un grondement de plus en plus lointain.

L'impatience me rend fébrile : un froid humide saisit mes mains nues quand je remonte la fermeture Éclair de mon blouson. Le tissu est mouillé et le souvenir d'avoir vomi – deux fois – pendant le vol me répugne. Je pose mon sac à terre, j'enlève mon blouson – qui sent mauvais – et je reste là à claquer des dents dans l'obscurité.

L'un après l'autre, les hommes quittent la zone d'atterrissage. Personne ne parle : il n'y a pas d'autre bruit que le crissement des rangers sur le gravier. L'air est toujours chargé de la poussière soulevée par les rotors et la plupart des hommes vont tête baissée, le col relevé. Très peu me regardent. Encore moins montrent qu'ils m'ont vu. L'un d'eux passe devant moi en battant des mains pour se tenir chaud. Bientôt, je suis le dernier à rester sur ce fragment de terrain abandonné. Même si je sais que c'est inutile, je sors la feuille de papier froissé de ma poche pour vérifier la date et le lieu de mon arrivée. Juste au moment où je commence à me demander si je suis devenu tout à fait invisible, un soldat s'arrête devant moi et me demande si je suis le nouvel interprète. Je ne peux pas voir son visage parce qu'il est enveloppé dans un foulard, mais je souris quoi qu'il en soit et je lui tends la main.

Bonjour, je dis, oui, je m'appelle Massoud.

C'est par là, dit-il, ignorant ma main et poursuivant son chemin.

Bien que je trouve sa grossièreté incompréhensible, je remets mon sac sur mon dos et lui emboîte le pas. Nous nous approchons du concertina, puis d'un alignement de Hescos et de postes de tir entourés de sacs de sable. Lorsque nous passons devant le poste de garde, je discerne les silhouettes des hommes de garde, mais tout est confus dans la lumière incertaine. À l'intérieur de la base, une sorte d'oiseau de nuit s'envole en battant des ailes au-dessus de ma tête. Puis une allumette vacille devant moi, le soldat qui m'escorte allume une cigarette, qu'il tient entre deux doigts. Il se retourne pour s'assurer que je suis bien derrière lui et sa bouche crache un rond de fumée grise. Je remarque le mot DIEU imprimé sur le foulard noué autour de son casque.

Plus nous avançons dans la base, plus une brume épaisse semble monter du sol. L'air est froid et humide. Les nuages qui voilent le ciel sont inhabituellement bas et noirs. J'attends que le soldat qui m'accompagne me dise quelque chose, qu'il me montre des repères et qu'il me donne des indications pour que je puisse m'orienter, mais il reste silencieux. En plus, avec la brume, je ne vois rien de la base, si ce n'est qu'elle semble presque entièrement sans vie et désertée. Puis je me rappelle qu'il est tôt et que ces hommes viennent de survivre à une bataille qui, d'après tous les récits que j'ai entendus à Kandahar, a été véritablement atroce.

Nous dépassons ce qui doit être la cantine, étant donné la fine spirale de fumée qui en sort. Puis nous tournons brusquement dans une allée étroite entre deux bâtiments en contreplaqué et mon compagnon s'engouffre par une porte grande ouverte dans la brume. Il allume une faible lumière, je le suis à l'intérieur et je suis pris à la gorge par une odeur fétide de renfermé, de pieds qui puent et de poussière. Je me frotte le visage et me glisse entre deux rangées de lits superposés. Devant moi, mon guide s'arrête, regarde un instant autour de lui, puis s'empare d'un fin cylindre en métal. Il le dirige en l'air tandis que je l'observe, dérouté, et il se met à répandre un jet continu d'une vapeur blanche qui emplit aussitôt l'intérieur d'un parfum chimique pénétrant, rappelant vaguement les fleurs pourrissantes. Apparemment satisfait, il abaisse le cylindre et le pose sur la table. Puis il enlève sa veste, son casque et son foulard, et je vois comme il est mince – presque aussi mince que moi – mais avec de très larges épaules d'où ses bras pendouillent comme des ailes. Son visage est d'une pâleur anormale – je vois les fines veines bleu-vert qui lui traversent le front –, ses yeux sont turquoise, sa bouche d'un rouge vif et ses cheveux coupés ras d'un blond soyeux. Je le trouve très beau.

J'ai dû le dévisager trop longtemps, parce qu'il devient encore plus pâle, si une telle chose est possible, et se détourne. Je l'entends dire d'une voix étouffée que c'est ici que je vais loger. Toujours sans me faire face, il m'indique un lit et m'explique que les autres sont vides parce que leurs occupants sont de garde. Il dit que je dois être fatigué après mon voyage et me suggère de me reposer jusqu'à ce que le commandant de la base me fasse appeler. Il n'a pas l'air de s'attendre à ce que je lui pose de questions, parce qu'il remet sa veste et son casque, noue son foulard autour de son visage, m'écarte d'un coup d'épaule et ressort. Je me retrouve là à me demander s'il avait prévu de rester plus longtemps mais avait pour une raison ou une autre changé d'avis. Je suis également déconcerté qu'il n'ait pas éprouvé le besoin de se présenter, comme le veulent l'usage et, de fait, la politesse. Peut-être est-il simplement timide ? Quoi qu'il en soit, je suis déçu. Je me promets de le chercher plus tard et de lui reparler.

Je regarde la porte se fermer derrière lui et je pose mon sac sur le lit. La vapeur de parfum artificiel a rendu l'air encore plus irrespirable et je me débats avec le mélange abominable de son odeur chimique associée aux effluves corporels et au reste. Néanmoins, j'essaie de ne pas y attacher trop d'importance et je me débrouille en nouant sans trop serrer un foulard autour du visage. Je sors la carte de la base qu'on m'a donnée et je me prépare à l'étudier pour situer l'endroit où je me trouve. Mais quand je m'assieds sur le lit, je sens immédiatement le sommeil me gagner. Même si l'idée de m'endormir à peine arrivé me gêne, la fatigue a raison de moi et je pose la carte de côté et m'étends. Je reste allongé quelques instants, simplement à écouter le souffle contraint de ma respiration à travers le foulard, avant que mon regard ne s'arrête sur des photographies de femmes peu vêtues qui sont fixées au plafond du lit. Elles me sourient comme si nous nous connaissions intimement et me mettent dans un état étrange, proche du rêve, auquel je finis petit à petit par céder.

Je me réveille au contact d'une chose tiède et poilue lovée autour de mes pieds. L'espace d'un instant, je suis renvoyé à des souvenirs d'enfance, quand au cœur de l'hiver je dormais sous une couverture en peau de chèvre. Mais cette couverture-ci pousse un grognement grave quand je bouge les pieds et je m'assieds en sursaut, lâchant un cri et ramenant les genoux à moi. Un animal de la taille d'un petit ours se trouve sur mon matelas. Il s'étire, bâille et me regarde. Du lit en face du mien, un soldat, réveillé par le bruit, tend la main dans un geste endormi. Je m'appelle Alizadeh, dit-il. Ça va ?

Il y a un chien dans mon lit, je m'écrie.

Il hoche la tête poliment, encore à moitié endormi.

Ouais. C'est Minus. C'est là qu'il dort.

Mais c'est mon lit !

Le soldat n'a pas l'air concerné le moins du monde. Au lieu de ça, il se contente d'agiter la main.

Détends-toi, mec. Ton lit appartenait à un membre de notre escouade qui a été blessé hier pendant l'attaque. Il est parti dans l'hélico qui t'a amené ici. C'est son chien. Flatte-le un peu. Il y a pas plus gentil comme corniaud.

Je suis désolé, je lui dis, mais le chien ne peut pas rester là.

Le soldat a un petit rire forcé. Comme tu veux, mec.

Il appelle l'animal, qui ne bouge pas. Viens là, Minus, dit-il, tout va bien. Sa voix est tellement calme et douce que j'en suis stupéfait. Il finit par se lever pour porter le chien jusqu'à son lit. Il s'allonge en me tournant le dos et serre le chien dans ses bras. J'aperçois un bout de queue qui bat frénétiquement, puis mon compagnon de chambrée dit : À tout à l'heure – et il se rendort immédiatement. Je le regarde un moment, éberlué, puis faute de mieux, je suis son exemple et je ferme les yeux.

Lorsque je les rouvre, un trait de lumière diffuse passe à travers une fissure dans la porte. Je regarde ma montre. Il est huit heures du matin. Puisque visiblement personne n'est venu me chercher, je décide de me montrer efficace et d'aller moi-même à la recherche du commandant. J'ai l'impression que c'est un nouveau chapitre dans ma vie et je veux commencer comme il faut. Je sors mon rasoir et mon miroir, puis je regarde autour de moi pour voir où je pourrais trouver de l'eau. Il y a une bouteille d'eau en plastique sur une petite table et j'en verse un peu dans mon bol à raser. Comme je ne veux pas réveiller Alizadeh en allumant, je pose mon miroir à côté de la porte. À cet instant précis, elle s'ouvre d'un coup et deux soldats entrent. On se percute presque, mais je réussis juste à temps à reculer d'un bond avec mon bol.

Quand ils passent devant moi, je lis leur nom sur leur uniforme : Duggal et Lee. Ils ont l'air exténués, le visage couvert d'une couche de sable et de poussière. Lee s'agenouille et commence à jouer avec le chien, qui a sauté du lit d'Alizadeh endormi, tandis que Duggal enlève son casque et ses rangers, qu'il range sur le lit au-dessus du mien. T'occupe pas de nous, dit-il avec un sourire fatigué, on est explosés de fatigue. On a pas dormi depuis l'attaque.

Il grimpe dans son lit, Lee se glisse dans le sien et ils ferment tous les deux leur espace avec une couverture. Le chien s'étend de tout son long dans le couloir et il ne me reste plus qu'à l'enjamber pour reprendre mon matériel de rasage. Avec quatre hommes et un chien, il y a de quoi être claustrophobe à l'intérieur et je suis consterné quand la porte s'ouvre à nouveau et qu'apparaît encore un autre soldat – mais cette fois, c'est un sergent qui vient me signifier ma convocation tant attendue. Massoud ? il demande.

J'ai la moitié du visage recouverte de mousse et je suis dans une position clairement désavantageuse, les jambes écartées de part et d'autre du chien.

J'allais justement me raser, je lui dis, comme si ce n'était pas évident.

Ça ira, dit-il. Le capitaine ne verra rien. Crois-moi, il a des choses plus importantes en tête.

À contrecœur, je range mon matériel de rasage, je m'essuie le visage avec une serviette et je retourne mon blouson taché de vomi avant de l'enfiler. Je me fais la réflexion coupable que je n'ai pas dit mes prières du matin. Au moment où je m'apprête à partir, le chien saute sur mon lit.

Je vois que Minus t'a adopté, dit le sergent.

Je ne réponds pas mais à la place je lui adresse un beau sourire.

Le chien me taquine du museau et nous sortons.

Le sergent me tend sa main. Je m'appelle Flint, au fait.

Dehors, le ciel est couvert. Il commence à faire plus chaud, mais il y a encore un reste de brume dans l'air, sans doute parce que les montagnes sont si proches.

Le sergent a l'air de lire dans mes pensées.

Le climat est bizarre ici, dit-il, mais on s'y est habitués. Ça passe du froid glacial le matin à quarante-six degrés à l'ombre quand arrive midi.

J'ai entendu parler du simoun, je fais observer. Ça a certainement dû rendre le combat difficile, non ?

Il tourne la tête. Le simoun ? C'est quoi ?

C'est le nom qu'on donne au vent brûlant qui accompagne une tempête de sable.

Il sort un carnet de sa poche pour y inscrire le mot, mais il ne m'échappe pas qu'il évite de répondre à ma question.

T'as une drôle de façon de parler, dit-il quand il a fini d'écrire.

J'hésite, je ne sais pas trop comment réagir. Il ne me semblait pas avoir dit quoi que ce soit de particulièrement comique et c'est ce que je lui réponds.

Non, non, dit-il, je veux dire que tu as un drôle d'accent. Il vient d'où ?

Mon professeur de conversation à Kaboul était britannique, je réponds.

Je suis alors inquiet tout à coup et j'ajoute : J'espère que ça ne va pas me desservir auprès du capitaine…

Te bile pas, petit, dit-il avec un large sourire. Tu parles mieux que la plupart des gars qui sont ici.

Un soldat nous dépasse puis se retourne et me regarde d'un air interdit. Qui que c'est, sergent ? il demande avec un grand sourire. Il se dandine comme une dame, le minet ! Wou, wou, wou…

Ça suffit, Ramirez, dit le sergent d'un ton sec. La ferme.

Nous atteignons le poste de commandement juste au moment où un opérateur radio en sort en courant, tenant un récepteur à bout de bras au-dessus de lui. Il nous jette un coup d'œil. J'arrive pas à avoir la base principale, dit-il rapidement tout en élevant l'antenne de la radio le plus haut possible. Il y a dans sa voix une insistance à laquelle le sergent qui m'accompagne paraît être sensible. Il me dit d'attendre, puis il se précipite dans la baraque. Déconcerté, je traîne quelques instants avant de décider de ne pas tenir compte de ses instructions et de le suivre à l'intérieur.

Il y a beaucoup de monde dans la baraque. Il faut un peu

de temps à mes yeux pour s'adapter à l'obscurité. Des officiers et des soldats se trouvent le long des murs, mais tout le monde a l'air occupé et mon intrusion passe inaperçue. Un officier est assis à une table, la tête basse. L'opérateur radio se penche pour lui murmurer quelque chose à l'oreille. Aux insignes qui se trouvent sur la poitrine de l'officier, je déduis que ce doit être le capitaine que je suis censé rencontrer, mais il y a manifestement quelque chose qui ne va pas, parce qu'un silence soudain s'abat sur l'assemblée quand il se met à parler. Il dit que l'hélicoptère qui transportait les blessés et les morts – autrement dit, l'hélicoptère qui m'a aussi amené ici – s'est écrasé à quelques kilomètres au sud de la base. Bien qu'ils attendent confirmation, on pense que personne à bord n'a survécu.

Un grognement de consternation collective accueille cette annonce. Certains se cachent le visage ; d'autres, plus stoïques, continuent à regarder droit devant eux, impassibles. Le capitaine échange quelques mots avec deux hommes, puis l'un d'eux, un véritable géant, sort de la baraque, le visage défait par l'angoisse. Entre-temps, le sergent-chef Flint m'a vu et me fonce dessus. Qu'est-ce que tu fous là, putain ? il me demande à voix basse et d'un ton furieux. Tu n'as pas le droit d'entrer dans le poste de commandement. Je croyais t'avoir dit d'attendre dehors. Dégage, maintenant, putain. Je veux pas te voir à moins de cent bornes du poste !

Cent bornes, sergent ? je lui demande, décontenancé.

On t'a rien appris à Bagram ? il répond d'un ton sec. Une borne, c'est un kilomètre. Et je le pensais pas littéralement, bordel, ou alors tu te retrouverais définitivement posté au-delà du concertina. Tu ne t'approches pas du bureau du capitaine, c'est tout.

Bien, monsieur, maintenant je comprends. J'ai commis une erreur.

Et ne me donne pas du « monsieur », putain, hein ? Je suis sergent. C'est mon métier.

Il m'attrape par le bras et je commence à lui demander quand je verrai le capitaine, mais il me coupe net et me dit qu'il arrangera ça à un autre moment.

Remis à ma place, je m'éloigne de la baraque du poste de commandement et je regagne mes quartiers.

Il me faut un certain temps pour retrouver mon chemin. Quand j'ouvre la porte, je découvre qu'Alizadeh et les autres sont partis, mais à leur place un homme en maillot de corps est étendu bras et jambes écartés par terre, sanglotant comme un enfant. Je reste là, indécis, à tenir la porte ouverte sans savoir si je dois entrer, quand il se tourne vers moi et presque hors de lui me hurle : Ferme cette putain de porte et fous le camp d'ici, enturbanné de mes deux !

Je referme brusquement la porte et reste à l'extérieur, les jambes tremblantes.

Un autre soldat passe par là et me regarde froidement.

J'allume une cigarette de mes mains fébriles et j'essaie de me ressaisir. J'inspire un grand coup et je m'en vais lentement. Après quelques minutes à errer sans but, je me retrouve au mur de Hescos qui délimite le périmètre de la base. Je suis le mur jusqu'à arriver au poste de garde. Celui-ci est tenu par deux hommes supervisés par un lieutenant que j'ai aperçu dans la baraque des communications. Quand je m'avance, il me regarde d'un air interrogatif. Je lui souris avec une certaine hésitation, et il me fait un signe de la tête et s'approche de moi.

Je suis Massoud, le nouvel interprète, je lui dis.

Ellison, deuxième unité, dit-il vivement en me serrant la main.

Je suis désolé pour l'accident, je remarque. C'est l'hélicoptère dans lequel je suis arrivé.

Oui, je sais, dit-il. Vous avez eu de la chance.

Il reste à côté de moi tandis que je regarde le champ et que j'enregistre la présence des corps qui s'y trouvent. Au-delà du champ, les montagnes dominent tout. Une masse dense de nuages couleur cendre s'accroche aux sommets et ne laisse pratiquement aucune lumière filtrer jusqu'à la plaine en contrebas.

C'est étrange que les talibans ne soient pas venus chercher leurs morts, je fais observer.

Il a un rire sans joie. C'est parce qu'ils savent qu'on est prêts à les finir s'ils se repointent.

Ayant remarqué que ma cigarette s'est réduite à un mégot, il sort son paquet et m'en offre une. Il attend pour allumer la mienne en premier ; je trouve l'aisance de ses gestes très rassurante. Pour la première fois depuis mon arrivée, je commence à me détendre un peu.

Vous venez d'où, alors ? me demande-t-il.

Je suis né à Charikar, qui est une petite ville au nord de Bagram et au sud de la vallée du Panshir, mais j'ai voyagé dans tout l'Afghanistan.

Vous parlez très bien anglais, dit-il. Les derniers interprètes pouvaient à peine aligner trois mots.

Merci, je réponds. Puis je demande si je peux aller voir les corps.

Il se tourne vers moi et je remarque qu'il a des yeux bleus étonnamment clairs. Et pourquoi vous voudriez faire ça ? veut-il savoir.

Parce que je déteste les talibans et que ça me plairait de voir leur visage mort.

Il baisse la tête un instant puis il me regarde d'un air neutre. Je ne peux pas vous laisser faire ça, répond-il. Le périmètre est miné. Je n'aimerais pas vous voir sauter pendant mon tour de garde.

Mais il y a bien quelqu'un qui a sorti les corps et qui les a alignés aussi proprement ?

Ouais, répond-il sans plus d'explication.

C'est tout ce que je me propose de faire – sortir pour aller voir les corps, et puis revenir.

Il éclate de rire. Vous connaissez la procédure opérationnelle de sécurité ? C'était quoi, la base où vous étiez avant ?

J'étais à Bagram, et avant ça dans un petit avant-poste à Paktika.

Paktika, hein ? J'ai entendu dire que c'était sacrément chaud, là-bas.

C'est compliqué, en effet.

Il regarde l'alignement des corps en plissant les yeux. Puis, d'un ton ferme, il dit : Non. Pas moyen, Paco.

Paco ?

Laissez tomber. C'était une blague.

Je peux peut-être identifier certains des talibans, je propose. Est-ce que ça ne pourrait pas vous aider ?

Il se tourne brusquement vers moi. Puis il regarde de nouveau le champ et tire une longue bouffée sur sa cigarette. Bon, d'accord, finit-il par dire, mais vous ne pourrez inspecter que les corps alignés derrière le concertina. Ceux qui sont au bout du champ sont interdits. Ils sont trop près des montagnes et on aimerait autant éviter d'avoir des pertes supplémentaires causées par d'éventuels snipers planqués là-haut.

Je suis sur le point d'y aller quand il m'arrête d'un geste : Je vais vous faire accompagner pour être sûr que vous ne vous éloigniez pas trop.

Ce n'est pas nécessaire, je réponds. Je peux me débrouiller tout seul. Il n'y a que quelques mètres, après tout.

Il pince les lèvres, le regard froid. Si vous faites un pas de l'autre côté du poste de garde sans mon autorisation, dit-il d'un ton désinvolte, c'est moi qui vous tire dessus.

Je le dévisage, ne sachant pas s'il plaisante à nouveau.

Il me sourit mais, bizarrement, il ne ressemble plus au jeune officier affable qui tout à l'heure m'a offert une cigarette.

Vous ne pensez sans doute pas ce que vous venez de dire, je murmure, abasourdi.

Oh que si, je le pense, dit-il. Je suis on ne peut plus sérieux. Donc : vous attendez là pendant que je vais trouver quelqu'un pour aller avec vous.

Il tourne la tête et passe les Hescos en revue avant de faire quelques pas et d'appeler un des hommes. Pendant ce temps, je me sens rougir violemment à mesure que je comprends toute la portée de son insulte. Croit-il vraiment que je serais aussi irresponsable ? L'espace d'un instant, je me demande si je ne suis pas trop sensible, étant donné leurs procédures de sécurité complètement paranoïaques, et puis je décide que non. Voici donc un exemple supplémentaire du mépris dans lequel ils semblent me tenir. Je ne saurais dire si c'est une attitude qu'ils ont envers tous les gens de mon pays, mais comme je n'ai pas encore rencontré de compatriote depuis mon arrivée ici, je ne peux, en toute honnêteté, en juger.

Je me rends compte que je n'ai pas d'autre choix que d'attendre le retour de l'officier. J'enrage à l'ombre du poste de garde, en regardant le champ. Bientôt, j'entends des pas derrière moi et je me retourne en protégeant mes yeux du soleil.

C'est le soldat qui m'a escorté depuis la zone d'atterrissage hier soir. Il tient dans ses bras un fusil au long canon fin dont le métal est d'un noir brillant.

Je lis l'insigne qui porte son nom. C'est écrit : Simonis.

Le lieutenant revient et, avec un signe de tête en direction de mon guide, dit : Il va vous emmener voir les hadji.

À Simonis, il dit : Surveillez les pentes.

J'emboîte le pas à Simonis et nous longeons le concertina, en suivant un chemin sinueux qui nous mène directement aux talibans morts. Dans le temps qu'il nous faut pour les atteindre, je conclus que je me suis rarement senti aussi seul que depuis mon arrivée dans cet endroit.

Un vol de corbeaux s'élève dans le ciel au moment où nous approchons, tandis qu'une nuée de mouches bourdonnantes proteste contre notre intrusion. Je marche autour des corps en prenant mon temps. Sous eux, le sol est imbibé de taches humides et sombres. C'est la première fois que je vois l'ennemi de si près et, curieusement, c'est pour moi une déception. J'étais prêt à les haïr, mais ils ont l'air banalement ordinaires et ne correspondent en rien à ce que j'avais imaginé. Ils sont aussi atrocement mutilés et pour certains, on reconnaît à peine une dépouille humaine. Le cadavre le plus proche de moi, sa tête n'est plus reliée à son torse que par un infime lambeau de cartilage. Plus loin, deux garçons qui s'en sont un peu mieux tirés ont plus ou moins le même âge que moi. L'un d'eux porte même une veste verte brodée qui ressemble à l'une des miennes. La plupart sont des paysans : je le vois à leurs mains calleuses. La seule différence visible entre nous est qu'ils ont tous une longue barbe rousse teintée au henné alors que je n'ai que quelques poils pas rasés depuis la veille. Je commence à ressentir malgré moi une certaine proximité avec eux – sentiment que je ne peux m'empêcher de comparer à ce que j'éprouve par rapport à la façon dont on me traite à l'intérieur de la base.

Alors je me répète que les Américains sont ici pour nous aider, et que ce sont des hommes comme ces criminels désormais étendus à terre qui ont massacré ma famille. Ils ont tué mon père, ma mère, mes deux frères aînés, ma sœur et son mari, les deux frères de mon père et leur famille et mes deux grands-parents paternels. Ils ont surgi sans crier gare un vendredi après-midi et ils ont encerclé notre maison, qui était à quelque distance de la ville. Mon père et ses frères tenaient la boutique de vêtements la plus ancienne du bazar de Charikar – mon grand-père disait qu'elle remontait à l'époque de l'empereur moghol Aurangzeb, encore un à avoir tenté en vain de soumettre les farouches Pachtouns.

Ma mère était une femme belle et instruite qui dirigeait une *maktab*, une école primaire pour filles, sous les auspices d'une organisation laïque de femmes. Mon père, lui, n'était ni instruit ni beau, mais c'était un homme bon qui adorait ma mère et la soutenait dans ses projets. J'apprendrais plus tard que c'était l'école de ma mère qui avait provoqué la colère des talibans. Ils lui avaient donné deux avertissements et, comme elle les avait ignorés, ils avaient agi de la seule manière qu'ils connaissent.

J'avais été le seul à survivre au massacre, mais uniquement parce que j'étais en train de pêcher des vairons dans un étang voisin. Le premier signe que j'avais perçu de ce qui s'était passé, c'était le nuage de fumée noire qui s'était élevé de la maison en feu. Je n'ai aucun souvenir de ce qui a suivi, si ce n'est que deux jours plus tard, j'arrivais couvert de poussière à la ferme de ma grand-mère maternelle, à cinquante kilomètres plus au nord. Je suis resté assis sans parler pendant des jours. J'avais six ans. Il m'a fallu longtemps après ça pour retrouver ma voix.

C'est pourquoi j'aurais aimé ressentir de la haine pour ces cadavres qui gisent à mes pieds, mais au lieu de ça, je me sens étrangement vide. Je m'accroupis près d'eux et je me demande si c'est à cause de l'état dans lequel ils sont. Trois d'entre eux ont visiblement sauté sur des Claymore, parce qu'il ne reste de leurs jambes que des lambeaux de chair et d'os. Deux autres se sont pris une balle directement dans la tête et leur visage est un fouillis ensanglanté. Je dois pencher la tête pour recomposer leurs traits. Un seul des garçons de mon âge semble indemne et donne l'impression de n'être qu'endormi ; mais le crâne de son voisin est défoncé, alors que sa main droite est posée au sol comme s'il allait se relever. Par ailleurs, ils montrent tous les effets du simoun : le bout de leur nez et de leurs oreilles est devenu noir, leur peau desséchée comme du papier. Mais la déshydratation des corps les empêche aussi de sentir mauvais. Ou peut-être serait-il plus exact de dire qu'ils ne sentent pas encore.

Un hurlement lugubre interrompt mes pensées.

C'est Minus, le chien de la compagnie. Je suis surpris de le voir au bout du champ, près des montagnes. Avec tout le cas qu'on fait de lui, je me serais attendu à ce qu'il ne sorte pas des limites de la base ; mais qui sait, peut-être est-il autorisé à gambader ? Je le regarde courir, il dépasse les trois corps au bout du champ et s'élance sur un étroit sentier. Je le suis des yeux jusqu'au moment où il disparaît derrière un rideau d'arbres.

Une ombre s'abat sur le sol devant moi.

Je lève les yeux. C'est mon garde. Il se tient debout, l'œil rivé sur les pentes des montagnes, serrant son fusil entre ses bras. Tu reconnais quelqu'un ? me demande-t-il.

Non, leur visage ne me dit rien – enfin, pour ceux qui en ont encore un.

Il jette un coup d'œil indifférent aux corps. Pour moi, ils sont tous pareils.

Ils ne sont pas pareils, je réponds avec émotion. Chacun a sa propre histoire de péché, de pillage et de meurtre.

Sûrement, dit-il d'un ton détaché. Bon, on rentre maintenant.

C'est bizarre, je dis calmement. Je m'attendais à ce que ce soit différent. Les talibans ont tué ma famille, alors j'essayais de trouver une forme de réparation.

Il a déjà commencé à s'éloigner mais il s'arrête brusquement et se retourne pour me dévisager. Je vois, dit-il. Il retourne près des corps et il braque son fusil sur eux.

Tu voudrais qu'ils soient bien vivants pour pouvoir les entendre crier, dit-il.

Tu as déjà vécu ça ?

Ouais, dit-il.

Est-ce que tu as eu un sentiment de réparation ?

Absolument.

Le souffle particulièrement court, je me lève et rajuste ma chemise.

Ses yeux ne me quittent pas. T'as mangé aujourd'hui ?

En fait, non…

Alors viens. On va se chercher à grailler. J'ai fini mon tour de garde.

Nous traversons le champ et passons devant les hommes de faction. Le lieutenant me lance un regard interrogateur. Alors ? dit-il. Il y en a que vous avez reconnus, parmi ces connards ?

Non, mon lieutenant.

Il se tourne vers Simonis. Quelque chose à signaler dans les montagnes ?

Non, mon lieutenant, c'est le calme à plat.

C'est le calme plat, vous voulez dire…

Simonis hausse les épaules. Ouais, ça doit être ça, dit-il.

Le lieutenant le regarde avec un rien de condescendance avant de nous congédier.

Nous nous éloignons du poste de garde, et, une fois que

nous sommes à bonne distance, Simonis dit calmement : Enfoiré de trouduc.

On passe chercher deux RCIR à la cantine et il me demande où j'ai envie de manger. J'explique la situation dans mes quartiers et il fait la grimace et propose d'aller plutôt dans sa baraque. Sur le chemin, il tient son RCIR devant lui avec un demi-sourire sarcastique. Tu sais comment on les appelle, ces trucs ? me demande-t-il.

Je le regarde avec de grands yeux. Des rations de combat individuelles réchauffables ? je réponds d'un ton hésitant.

Nan. Des repas de chiottes inventés pour les Rwandais.

Sa baraque se trouve à côté d'un mirador sérieusement endommagé. Elle est très petite et, lorsque nous entrons, je manifeste mon étonnement en ne découvrant que deux lits à l'intérieur.

Je suis sniper, dit-il d'un ton catégorique, comme si ça expliquait tout. Là, c'est mon lit, et en face, c'était celui de Konwicki – l'autre tireur d'élite de la deuxième unité – mais il a été touché hier, donc j'ai la cagna pour moi tout seul jusqu'à l'arrivée de son remplaçant.

C'est une mauvaise nouvelle pour ton ami…

Ça arrive, dit-il en haussant les épaules, avant d'ajouter : Ted était marié. J'en avais marre de l'entendre pleurnicher. Il arrêtait pas. J'aime pas les bavards.

Nous nous asseyons l'un en face de l'autre et nous mangeons notre repas en silence.

Quand j'ai fini, il me demande si je veux du thé.

Oui, avec plaisir, je réponds. Merci de m'en offrir !

Sa bouche se crispe. T'emballe pas. Il a un goût d'eau de vaisselle.

Oui, mais quand même. Tu sais certainement que c'est la coutume chez nous d'offrir le thé à un invité. Ça fait partie de notre code de l'hospitalité.

Il ne répond pas mais pendant qu'il fait bouillir de l'eau sur un réchaud, il se met à enlever ses vêtements jusqu'à ne garder que son caleçon. Il le fait d'une façon désinvolte, sans me regarder et presque comme si je n'étais pas là, pendant que moi je reste assis, figé sur mon lit. Je voudrais détourner le regard, mais je ne peux pas. Je suis scandalisé, mais aussi fasciné.

Il me tend mon thé et s'installe en face de moi sur son lit. Presque dans un état second, je remarque qu'il a des pieds et des mains magnifiquement dessinés, comme ceux d'une femme.

Je porte ma tasse à mes lèvres et je bois de travers, ce qui fait que je recrache tout.

Il y a quelque chose qui va pas ? me demande-t-il une fois que je suis remis.

Tu es pratiquement nu, je dis nerveusement. Nous n'y sommes pas habitués, dans ma culture.

Il se contente de rester assis où il est, à boire son thé en me regardant sans ciller.

Le silence devient gênant et je demande si je l'ai insulté.

Je ne voulais pas t'offenser, je finis par lâcher. Je n'ai pas l'habitude, c'est tout.

Détends-toi, dit-il. C'est pas grave. Il fait chaud ici.

Je pourrais ouvrir la porte...

Nan. Je préfère qu'elle soit fermée.

Puis, calmement, il dit : T'es pas mal non plus, *berâdar*.

Comment tu m'as appelé ?

Berâdar.

Une vague de chaleur m'envahit tant mon cœur déborde de joie. Je hoche la tête plusieurs fois. Les sentiments positifs qui me parcourent me donnent presque le vertige. J'ai envie de m'avancer et de le serrer dans mes bras.

Je dis : J'ai su dès l'instant où je t'ai vu que nous serions frères. Maintenant, je suis satisfait. Je suis ton frère et ton ami, n'est-ce pas ?

On verra, dit-il. Pourquoi se presser ?

Nous sommes jeunes, je lui réponds avec ardeur. Nous sommes censés être pressés.

T'as quel âge ?

J'ai dix-huit ans, je réponds, avant de me corriger : j'aurai dix-neuf ans dans moins d'un mois. Dans vingt-huit jours.

T'es qu'un gamin, dit-il d'un ton moqueur.

Pourquoi, quel âge as-tu, toi ?

Vingt et un ans.

Alors tu es jeune, toi aussi. Tu seras mon premier et mon meilleur ami ici. Nous nous promènerons comme le font les amis en Afghanistan : main dans la main.

T'es dingue ? dit-il en riant.

Pourquoi je suis dingue ?

Parce qu'on se ferait lyncher, voilà pourquoi.

Lyncher ?

Ouaip. Pendus à la première branche d'arbre, sans discussion.

Mais pourquoi ? Est-ce que c'est interdit que les Américains et les Afghans soient amis ? Tu es dans mon pays et nous avons un vieux proverbe qui dit : À Balkh, fais comme les Balkhis. Balkh était la mère des cités et ses habitants étaient connus pour leurs amitiés. Et c'est comme ça qu'au fil des siècles nous avons hérité de leurs coutumes. C'est dans notre nature.

On n'est pas à Balkh ici.

Mais c'est le même pays, non ?

C'est pas ça, mec, dit-il calmement ; puis, avec une pointe d'amertume, il ajoute : C'est parce qu'il y a des gens qui aiment pas beaucoup ceux qui sont pas comme eux. Ils préfèrent ceux qui leur ressemblent.

J'hésite avant de parler, j'essaie de déchiffrer la signification de ses paroles. Finalement, je lui demande s'il ne leur ressemble pas.

Nan, répond-il d'un ton catégorique. Je ne leur ressemble pas.

Et moi ? Est-ce que je te ressemble ?

Il se gratte la poitrine. On verra, dit-il.

Je me sens blessé, mais j'essaie de le cacher.

Si tu as le sentiment de ne pas être à ta place parmi les tiens, je lui dis, alors tu pourrais peut-être t'installer en Afghanistan. Je te trouverais une femme qui serait une bonne épouse pour toi.

Une bonne épouse ?

Pour avoir des enfants.

Sa bouche se crispe de nouveau, mais il garde le silence.

Tu y réfléchiras ? je lui suggère.

Ouais, j'y réfléchirai.

Alors, pendant que tu y réfléchis, je continue, euphorique, je voudrais te remercier, au nom de tous les gens de mon pays, d'être venu ici te battre pour nous. Je voudrais dire à tous les Américains – et je commence par toi – qu'il faut que vous restiez ici jusqu'à ce que la paix règne dans nos provinces. Ne nous abandonnez pas trop tôt. Vous avez la responsabilité d'un peuple entier entre vos mains. Vous représentez la démocratie, la liberté et le règne de la loi ; votre tâche est véritablement noble et la seule erreur que vous ayez commise jusqu'ici, c'est de soutenir notre gouvernement actuel, qui est complètement corrompu et ne sert que ses propres intérêts. Tu dois me croire quand je dis ça. Quand je vivais à Kaboul, j'ai vu par moi-même tout ce qu'ils volaient, tout le temps. De plus, ils sont pachtouns et ils feront la paix avec les talibans dès que vous serez partis, et nous redoutons tous d'imaginer ce qui va se passer après ça. Il faut par conséquent que vous souteniez quelqu'un d'autre – quelqu'un comme le héros Ahmed Chah Massoud, le commandant des moudjahidine, qui d'ailleurs était tadjik, comme moi, et que les Arabes ont assassiné –, quelqu'un qui sera un vrai chef et pas un vaurien.

Je m'arrête et je lui demande : Est-ce que je n'ai pas raison ?

Il hausse les épaules, l'air de s'ennuyer.

Je sais pas, mec, dit-il d'un ton traînant. Je m'occupe pas de politique.

Perplexe, je me penche en arrière et je le regarde : ses yeux n'expriment que l'indifférence.

Alors pourquoi tu es là ? je lui demande.

Avant qu'il puisse répondre, je montre du doigt le tatouage 9/11 sur son bras. C'est pour ça ?

Ça ? Nan, dit-il négligemment. Ça, c'était pour faire comme les autres.

Alors pourquoi ?

Peut-être parce que j'aime être soldat. C'est pas si compliqué.

C'est tout ? Parce que tu aimes être soldat ?

Et pour visiter les trous du cul du monde aux frais de l'Oncle Sam, ajoute-t-il avec un sourire en coin.

J'ignore sa raillerie. Donc tu es un touriste dans mon pays ?

Un touriste avec un fusil, exactement. On me paie pour dégommer les attractions. Pan ! Adieu l'orgueil de Ghazni. Ou je sais pas où.

Je crois que tu dis ça pour rire. Tu es là pour nous protéger contre les destructions des talibans, comme ce qu'ils ont fait à Bamiyan.

Il refait le même sourire. D'accord, là, t'as raison. Et si on disait que je suis un chasseur de gros gibier ? Je bute des gens plutôt que des bestioles et je touche une prime. C'est plus marrant de toute façon de flinguer des gens plutôt que des putains de statues ou des tas de briques.

Si c'est ce genre de prime que tu recherches, alors tu gagnerais plus d'argent en te mettant à ton compte. Crois-moi, j'ajoute avec amertume, je sais parfaitement de quoi je parle.

Au lieu de répondre, il allume une cigarette et tire une longue bouffée. Quand il expire, la fumée dessine des ronds au-dessus de sa tête. Il les suit des yeux et continue d'en recracher d'autres.

Je dois lui rappeler qu'il est interdit de fumer dans les baraquements.

Ah ouais ? dit-il, mais sans pour autant écraser sa cigarette.

Enfin, c'était comme ça dans les autres bases où j'étais…

Tu veux rester un moment ici avec moi ?

Oui, bien sûr, mais si un officier entre ?

Rien à carrer, d'accord ? Si quelqu'un entre, c'est mon affaire.

Je me retiens de faire remarquer que je serais moi aussi dans une situation délicate, et je retombe dans le silence.

Brusquement, il dit : Je viens de Sparta, New York…

De New York City ?

Nan, plus au nord. Une petite ville dans les Catskills. Une seule rue qui mène nulle part, onze maisons qui tiennent à peine debout. Misère noire ; ignorance crasse. C'est là que j'ai grandi, avec mon beau-père. Il était vraiment à la ramasse comme gars, et il m'a bien bousillé aussi, alors maintenant je me bats pour me venger.

Même si je ne comprends pas entièrement ce qu'il dit, comme il a l'air d'attendre quelque chose de moi, au bout d'un moment je lui dis : Je vois. Je suis désolé.

Pas besoin d'être désolé. Je me défends tout seul maintenant.

Il me lance son briquet et son paquet de cigarettes.

J'hésite un instant, puis je m'allume une cigarette et je m'allonge sur le lit.

Quand tu vivais à Sparta, est-ce que tu t'imaginais qu'un jour tu serais ici, dans la province de Kandahar ? je demande.

Sa bouche fait ce tic qui m'est désormais familier. À ton avis ?

Je sens l'émotion me nouer la gorge.

Mon avis, c'est que c'était notre destin de nous rencontrer. C'était écrit.

Ah ouais ? dit-il sans conviction, et il s'étend sur son lit. Il y a dans ses mouvements une langueur qui me rappelle un léopard.

J'ai connu la misère, je continue calmement, et je suis encore pauvre. Mais l'intimité que je sens entre nous vaut plus que toute la richesse du monde.

T'as vraiment la tchatche, toi, dit-il.

Tu ne me crois toujours pas ? Alors écoute ça. La première fois que je t'ai rencontré, tu m'as fait penser à une statue de pierre que j'ai vue dans un camp de réfugiés à Quetta. C'était une statue très ancienne, très belle. Elle a été sculptée à l'époque où nos ancêtres étaient des disciples du Bouddha. Un voleur l'avait ramenée clandestinement de Bamiyan et il essayait de la vendre.

Ah ouais ? Quel rapport avec moi ?

Je vais t'expliquer. Tu as entendu parler des bouddhas de Bamiyan ? Ceux que les talibans ont détruits ? Oui ? Ils ressemblaient un peu à cette statue, sauf qu'ils étaient bien plus grands, bien sûr. Alors, donc, j'étais enfant et je vivais à Mazar-e Charif quand j'ai appris qu'ils avaient été détruits. À cette époque, j'étais porteur dans un bazar.

C'était une vie rude, mais partout où j'allais, j'emportais le seul livre que j'avais pu garder. Il avait appartenu à ma mère et c'était un recueil du célèbre poète anglais Percy Shelley. Et dedans il y avait un poème qui d'une façon étrange me rappelait la catastrophe qui avait dévasté Bamiyan. Tu as entendu parler d'Ozymandias, le roi des rois ?

Nan, dit-il avant de bâiller, peux pas dire que je le connaisse, non. Le seul Ozzy que je connais, c'est Ozzy Osbourne.

Je me tais, j'ai perdu le fil de mon histoire. Ozzy Osbourne ?

T'as pas dû regarder l'émission à la télé.

Non.

Il réfléchit, puis il s'assied et il attrape un petit boîtier en plastique de la taille d'une boîte d'allumettes.

Tu sais ce que c'est, ça ?

Oui, évidemment, c'est un iPod.

Alors je vais te faire écouter quelque chose.

Il vient s'asseoir à côté de moi sur mon lit. Je sens sa puissante odeur masculine et j'ai l'impression que je vais m'évanouir. Le dos de ses mains est couvert d'un fin duvet d'or. De petites perles de sueur bordent ses lèvres. Il se rapproche de moi et il tapote plusieurs fois l'appareil. Finalement, il dit : Là, écoute ça.

Je mets les écouteurs et je les arrache aussitôt de mes oreilles en sursautant.

Ton appareil a un problème, je crois, je lui dis.

Une légère ride lui creuse le front. Il écoute un instant. Puis : Nan. Le son est bon. C'est Ozzy qui chante « War Pigs ». Essaie encore.

Non merci. C'était horrible ! On dirait le diable en personne.

Tu trouves ? dit-il ironiquement. Cette chanson, moi, elle me fait toujours penser à une plage au soleil, bercée par le bruit des vagues. Je me lasserai jamais de cette voix suave et sexy et de ces paroles à l'eau de rose. C'est une chanson parfaite pour se détendre en compagnie de – oh, je sais pas – la personne que tu aimes, peut-être, ou ta famille. Carrément tranquille, quoi.

Tu plaisantes, non ? Moi j'entends le genre de bruit qui pourrait servir à arracher des informations aux terroristes. Si on mettait le morceau ici, on ferait venir tous les chacals des environs.

Il a un petit rire et il me donne une tape sur la poitrine.

T'es un petit gringalet, hein ? Il faudrait pas grand-chose pour te casser en deux.

Je fais presque la même taille que toi, je fais remarquer.

Ouais, comme tu veux. Tu pratiques la lutte ?

Je n'ai jamais fait de lutte, j'avoue.

Je pourrais t'emmener à la salle de sport, une fois. Une petite séance d'entraînement. Pour te muscler un peu.

Ça serait bien, je dis, en essayant d'empêcher ma voix de trembler. C'est ce que font les amis – ils trouvent des choses à faire ensemble. Je crois qu'on va être de vrais amis.

Tu me l'as déjà dit.

Alors puis-je aussi te dire que je suis très mécontent des quartiers qui m'ont été attribués ? Il y a trop de monde à l'intérieur, et en plus un chien, et ça, c'est vraiment trop.

Les clebs, c'est pas mon truc non plus, dit-il de sa voix traînante.

Mais, toi, tu as ce lit qui est libre, je m'empresse d'ajouter. Peut-être que tu peux me laisser m'y installer ?

Tu veux venir t'installer ici ?

Ça me rendrait vraiment service.

Il passe un doigt sur mon bras et je frissonne.

Je vais y réfléchir, dit-il.

Je me tais, découragé par son manque d'empathie. On se regarde un instant, puis je fais observer : Ça te rendrait aussi service, je crois.

Il s'écarte légèrement de moi.

Ah ouais ? dit-il en plissant les yeux. Et comment ça me rendrait service ?

Je pense qu'au fond de ton cœur tu te sens seul.

Il ne me contredit pas. Au lieu de ça, après un silence, il répond : Parce que tu crois que j'en ai quelque chose à cirer, bordel ?

J'accuse le coup, mais je ne veux pas m'offusquer.

Il me regarde sans expression et puis tout à coup, il appuie ses mains sur mes épaules, tellement fort que j'en ai mal jusque dans la colonne vertébrale. Je me penche en arrière, étonné. Une ombre lui voile le visage. Il enfonce ses doigts dans mes bras avant de me lâcher. Puis il se lève et il regagne son lit en trébuchant. Il se couche en me tournant le dos. Je suis fatigué, dit-il d'une voix étouffée. Tu parles trop. Blablabla et blablabla et cot cot cot…

Je comprends qu'il me demande de partir. Je rougis violemment et je me lève.

Tu as laissé ton iPod, je lui dis.

Fous-le sur le lit. Je le récupérerai plus tard.

Je reste où je suis, indécis, et je regarde fixement son corps étendu.

Puis-je m'en aller ?

Ouaip, dit-il d'une voix faible. Ferme la porte derrière toi en sortant.

Je sors et je m'appuie contre la porte. Je me sens complètement désorienté, comme si je venais de rencontrer un extraterrestre. Je suis sur le point de m'éloigner quand, sans réfléchir, je fais demi-tour et je rouvre la porte.

Il se tourne lentement sur son lit et me dévisage.

C'est une habitude chez toi d'entrer chez les gens sans frapper, putain ? demande-t-il.

J'oublie ce que j'allais dire et je bats en retraite. Sans hésiter, je ferme la porte avec soin et je m'en vais en trébuchant. Le soir est déjà tombé, mais je m'en rends à peine compte. Je me sens dérouté, humilié, et en même temps, je ne pense qu'à lui. Le vers d'un poème me vient à l'esprit : « Cher ami, as-tu traversé l'océan dans le seul but de venir me tourmenter de ta beauté impitoyable ? » Je sens les larmes me monter aux yeux. Je pensais avoir trouvé un compagnon dans cet endroit de misère, mais à présent même ça se révèle faux. Je n'arrive pas à croire à quel point les choses se passent mal pour moi dans ce nouvel endroit.

Soucieux, je tourne à l'angle d'une baraque sans regarder où je vais et je rentre en plein dans le gigantesque sergent de la réunion de ce matin.

Faites attention où vous allez, soldat, dit-il d'un ton sec, avant de faire un pas en arrière et de me regarder de la tête au pied. Mais attends, dit-il d'une voix plus amène. Tu ne serais pas notre nouvel interprète ?

Je m'appelle Massoud, je dis avec un hochement de tête, en me forçant à revenir au moment présent.

Je te cherchais, justement, dit-il. Est-ce qu'on t'a fait faire le tour de la base ?

Le tour de la base ? Non…

Ce n'est pas bon, ça, pas bon, dit-il d'un ton las. Désolé. Il y a eu trop de bouleversements ces derniers jours. Il s'interrompt et réfléchit. Écoute voir, dit-il. Viens me trouver demain et je te ferai la visite. Dix heures demain matin, d'accord ? À demain.

Il s'apprête à repartir puis s'immobilise.

Au fait, dit-il, on m'a dit que tu étais allé jeter un coup d'œil à nos talibans morts. Des conclusions ?

Je rassemble mes esprits, sentant la nécessité de faire bonne impression à cet homme.

J'ai trouvé très inhabituel qu'ils aient choisi l'affrontement direct, je dis prudemment. Ce n'est pas leur méthode. Ils sont en général beaucoup plus sournois.

Il se recule et me regarde à nouveau comme s'il me voyait sous un jour différent.

Je vois que nous aurons des choses intéressantes à nous dire demain, dit-il. Tu m'es déjà sympathique. Tu seras une excellente recrue pour la base.

Il me serre la main et poursuit son chemin.

Ses paroles résonnent dans ma tête pendant que je regagne mes quartiers. Voilà qui conclut de façon bien improbable cette journée elle-même improbable. Je longe le mur de Hescos et je regarde le champ. Le soleil est bas dans le ciel et illumine les montagnes d'une lueur mordorée, irréelle. Lorsque j'atteins mes quartiers, j'hésite avant d'ouvrir la porte, puis je serre les dents et j'entre. La minuscule pièce est remplie de soldats qui jouent aux cartes. L'un d'eux lève les yeux : c'est l'homme qui m'a hurlé dessus ce matin. À ma grande surprise, son visage se tord de nouveau sous l'effet de la colère et il crie : Bordel ! Qui t'es, toi ? Qu'est-ce que tu fous ici ?

Quelqu'un d'autre dit : Cool, mon gars. C'est le nouvel interprète. Il a le lit de Spitty.

Putain, tu te fous de ma gueule ou quoi ? Qui t'a dit qu'il pouvait l'avoir ?

Le soldat nommé Lee pose ses cartes.

Personne nous a rien demandé, mec, dit-il calmement. On y est pour rien. La place de Spitty lui a été attribuée, OK ? Il obéit aux ordres, c'est tout.

Mais c'est carrément du délire, putain ! explose l'autre, qui s'étouffe presque en prononçant ces mots. Putain de bordel, ils sont devenus complètement barges ou quoi ?

Sa rage me sidère ; je vois les veines de son cou qui saillent.

Avec un mépris à peine contenu, il se tourne vers Duggal. Tu devrais peut-être l'emmener ailleurs, champion, vu que vous êtes du même endroit et tout.

Ta gueule, Grohl, grogne Duggal. Tu dépasses grave les bornes, là. Ils l'ont mis ici parce qu'il reste rien de la cagna des ANA. Elle a été rayée de la carte.

Grohl jette ses cartes par terre et m'écarte de son chemin en sortant comme un fou furieux de la baraque.

Je t'éclate ta putain de tronche si je te revois ici, hurle-t-il en partant.

Il y a un silence gêné, puis un autre homme s'approche et se présente. Bienvenue dans la Grotte, dit-il. C'est le nom qu'on donne à notre cagna. Et comment se passe ta journée ? Je suis le caporal-chef Garcia. Ricardo Garcia – mais appelle-moi Rick. On est sept ici et je crois que tu as fait connaissance avec tout le monde sauf Ash Jackson, mais t'auras bientôt l'occasion de le rencontrer, c'est sûr. Pour ce qui est de Chuck Grohl, t'occupe pas de lui ; il a perdu son meilleur ami dans l'accident d'hélico, et il pète les plombs.

Il m'a traité d'enturbanné ce matin, je dis calmement.

Duggal et Lee tournent tous les deux la tête vers moi et me dévisagent.

Il y a un silence, puis Lee dit : Il te charriait, c'est tout.

Il me charriait ?

Ça veut dire que Chuck te taquinait, explique Duggal. Il ne pensait pas ce qu'il disait.

Il m'avait l'air tout ce qu'il y a de plus sérieux, je réponds.

Il est sorti d'ici comme un fou furieux. Vous avez bien vu comme il était en colère.

Il n'était pas en colère, d'accord ? Tu peux nous faire confiance. On le connaît bien. Il a mal, mec – on a tous mal. On vient de traverser l'enfer. Ça a été dur. Nos frères sont morts.

C'est un type réglo au fond, dit Lee. Il est comme de la famille pour nous. Tu me suis ?

Je crois qu'il a pas dormi depuis hier, en fait, ajoute Duggal.

Qu'est-ce que vous me conseillez de faire, alors ?

Oublie, mec, tout simplement, dit Duggal. Chucky va redevenir lui-même. Il a juste besoin de temps.

Et va surtout pas le cafter, putain, dit Lee d'un ton brusque. Ou personne d'autre ici. C'est pas une bonne habitude. D'accord ?

Il détourne le regard de moi d'un air dégoûté et il dit à ses compagnons : Le biquet est gay comme Papa Noël. Taffiole de chez taffiole.

Duggal semble partager la perplexité dans laquelle me plonge cette étrange remarque, parce qu'il demande : Le Père Noël est gay ?

Lee ignore sa question. Si le cake commence à nous sortir le grand jeu, là, je lui fais sa fête, juré.

Garcia intervient alors que Duggal éclate de rire. Mais quand même, les gars, dit-il, Grohl est pas le type avec qui c'est le plus facile de s'entendre. Même dans ses meilleurs moments, il est jamais très loin de la dinguerie. Garcia me jette un coup d'œil et sourit. Si ça te va, on peut échanger de lit.

J'accepte immédiatement et, en moins de temps qu'il n'en faut pour le dire, je me retrouve sur le lit le plus éloigné de celui de Grohl. Je réfléchis à l'avantage supplémentaire que représente le fait de ne pas devoir partager mon espace de sommeil avec le chien qui, je l'ai remarqué, est revenu de sa balade dans les montagnes. Malgré tout, je me sens vidé. Une fois allongé, je me repasse mentalement les événements de la journée. Le fil de mes pensées, déjà en lui-même chaotique, est de plus fréquemment interrompu par les bribes de la conversation des joueurs de cartes. J'entends Garcia parler d'un lieutenant qui a péri dans l'hélicoptère et dire combien ils vont le regretter comme chef. Duggal dit que l'un des hommes tués pendant l'attaque allait bientôt devenir père. Puis Garcia leur dit que sa maison en Floride a été saisie. Stacey n'arrivait plus à rembourser le putain d'emprunt, dit-il, et ça fait vraiment, vraiment chier. Lee demande s'ils pensent que les talibans vont remettre ça, mais à ce moment-là ils se mettent tous à parler en même temps et j'arrête de les écouter. À la place, mon esprit revient à mon après-midi avec Simonis, et me voilà de nouveau à m'interroger à son sujet.

C'est parce que t'as rien compris, dit-il soudain en lâchant ma main. Et ça fait vraiment, vraiment chier.

Je ne savais pas, je murmure, les yeux rivés au sol. De petites flammes jaunes vacillent dans les coins de la pièce, et j'essaie de me déplacer sans faire de bruit, intimidé par la destruction qui m'entoure. Nous marchons dans les décombres calcinés de la bibliothèque de ma mère, dont je me souviens à peine mais que je reconnais pourtant. Le reste de la maison est aussi sombre qu'un puits de mine.

Il se tourne vers moi, le regard noir et ardent. Est-ce que tu comprends ?

J'essaie, je réponds. J'ai du mal à le dire avec des mots.

Il ramasse un livre carbonisé et me demande qui a détruit la bibliothèque.

À ton avis ? Les talibans. C'est ce qu'ils font. Ils brûlent les livres et ils assassinent les femmes.

Je suis désolé que tu aies eu à vivre ça, dit-il tout à coup. Sincèrement désolé.

Je ne veux pas que tu te sentes désolé pour moi. Ça n'est pas ce que je veux que tu ressentes.

Il dit : J'aimerais faire quelque chose pour compenser.

J'essaie de ne pas laisser ma voix prendre un ton suppliant. C'est vrai ? Comment ?

Je vais te montrer, et il fait un geste de la main.

Ébahi, je regarde la pièce, tous les livres et les étagères qu'elle contient reprendre forme jusqu'à ce qu'elle soit redevenue exactement ce qu'elle était avant la catastrophe.

Je me tourne vers lui, bouche bée. Est-il possible que tout ça soit réel ? Es-tu magicien ?

Je suis un *galandat*, dit-il. J'ai la baraka. Et le capitaine aussi, d'ailleurs.

Le capitaine ? Quel capitaine ?

Le capitaine Connolly, putain. Le commandant de la base.

Quelqu'un me secoue l'épaule. Réveille-toi, Massoud. Le capitaine te demande. Tout de suite.

C'est Duggal. Il a l'air tendu. Allez, mec, dit-il. Magne-toi.

À moitié réveillé, je lui demande l'heure qu'il est. Sept heures du matin, me répond-il.

Qu'est-ce qui se passe ? je demande en me débattant avec mes rangers.

Je te dirai en route, dit-il, déjà à moitié dehors.

Je dois courir pour le rattraper et, quand j'y parviens, le capitaine est là.

Tu parles bien pachto ? me demande-t-il sans autres préliminaires.

Oui, très…, je commence, avant qu'il me coupe.

On a un problème, là, dit-il d'un ton brusque. Il y a une femme dehors dans le champ…

Une femme… ?

Tout au moins, on pense que c'est une femme, mais on n'en est pas sûrs à cause de sa burqa. Viens, suis-moi…

Il ne m'attend pas et se dirige aussitôt d'un pas vif vers le poste de garde.

Ce que je veux que tu fasses, me dit-il par-dessus son épaule, c'est traduire mes questions. Tu fais simple. Tu me dis exactement ce qu'elle répond. Compris ?

Oui, mon capitaine, je m'empresse de répondre, tandis qu'au fond de moi je me demande si je ne rêve pas encore. J'ai l'impression de ne plus savoir qui je suis ni où je me trouve. Je lève les yeux vers un ciel sans nuages dans la lumière du petit matin. Un vol de corbeaux glisse sans bruit en direction des montagnes. Tout paraît étrange. Tout paraît très, très étrange. On passe à toute vitesse devant Simonis, appuyé contre un tas de sacs de sable, son fusil de sniper braqué sur le champ. La lunette du fusil étincelle lorsqu'il corrige sa position en se décalant légèrement vers la droite. Je me retourne et il lève les yeux, nos regards se croisent. Je me rends compte que c'est moi qu'il vise à présent. Puis le capitaine attire mon attention en me tendant un mégaphone. La voilà, dit-il, et il me la montre du doigt. Je place le mégaphone devant ma bouche. Le capitaine se racle la gorge, il va parler, quand le soleil surgit tout à coup au-dessus de la crête des montagnes. Il inonde le champ et m'éblouit. Le capitaine recule et se protège les yeux. Le champ s'illumine de rouge, puis de blanc, puis encore de rouge. Je n'y vois strictement rien, dit le capitaine. Je baisse le mégaphone et j'attends moi aussi d'y voir quelque chose.

Le champ s'embrase de feu, puis de sang, puis encore de feu.

LE SOUS-LIEUTENANT

Un.

Deux.

Trois.

Quatre… Je compte en silence les mètres que parcourt la charrette bringuebalante en avançant lentement vers nous. Malgré l'heure matinale, une quantité considérable de poussière est déjà en suspension dans l'air. À côté de moi, Simonis, le tireur d'élite, s'étend sur le ventre au sommet des Hescos et braque son fusil de sniper sur la silhouette voilée qui se trouve dans la charrette. Sans tourner la tête, je lui demande :

On est à quelle distance des montagnes, à votre avis ?

Je dirais à environ neuf cents mètres, mon lieutenant.

Et d'après vous la portée maximale d'un sniper taliban, c'est quoi ?

Avec un de leurs meilleurs fusils à répétition manuelle, mon lieutenant, je dirais jusqu'à sept cents, huit cents mètres – dans un bon jour, sans vent. Et il faudrait qu'il tire avec un Lee-Enfield ou un Mossine-Nagant à lunette, ces armes-là sont sacrément précises.

Dans ce cas, mettez-la en joue, je lui dis. Je veux que vous tiriez une fois pour la mettre en garde dès qu'elle approche de notre ligne des cent mètres. C'est assez loin des montagnes par rapport à la portée de leurs snipers, mais assez près de nous pour la cribler de balles s'il se passe quelque chose de louche.

Il enfile une paire de gants en Nomex tandis que je lève la tête par-dessus son épaule pour répéter mes instructions à LaShawn Gaines, dit « Wonk », qui est son observateur. Compris, Wonk ?

Oui, mon lieutenant.

Simonis pose délicatement son doigt sur la détente et attend que je lui donne l'autorisation d'ouvrir le tir. Peu de temps auparavant, aussitôt après avoir envoyé le soldat Renholder chercher Connolly, j'ai donné l'ordre à Flint, Schott et Ashward, les chefs de section du deuxième peloton, de sécuriser le périmètre. J'ai aussi donné l'ordre au caporal-chef Simonis de se mettre en position de tir. Simonis est monté sur les Hescos avec deux fusils de précision. Il a regardé la cible et choisi sa carabine de chasse Remington modifiée plutôt que le M40.

Maintenant, après avoir regardé dans sa lunette, il se tourne vers moi et dit : Elle y est presque.

Je lève mes jumelles et je regarde la charrette approcher du jalon des cent mètres. Dans sa burqa bleu pastel, son occupante a l'air d'un mirage contre le brun grisâtre du sol.

Vous voyez la pierre dentelée sur sa droite ? je demande. Elle est à dix mètres environ du jalon, à neuf heures.

Oui, mon lieutenant.

Vous pouvez la toucher ?

Affirmatif.

Alors allez-y. Maintenant.

D'un geste fluide, il cale la crosse de son arme contre

son épaule et il aligne le réticule sur la cible. La première balle est déjà enclenchée. La gueule du canon s'élève et s'abaisse à chacune des respirations de Simonis. À la fin de sa troisième expiration, il presse la détente. Je n'ai pas besoin de regarder dans mes jumelles pour voir la pierre exploser.

Bordel ! dit Gaines à voix basse. T'as pas besoin de moi, là, mec.

Il y a pas un pet de vent, répond Simonis. Les doigts dans le nez.

Ça ne l'a pas arrêtée, je fais remarquer.

On regarde la charrette qui progresse tant bien que mal sur une zone de terrain irrégulière.

Si elle continue d'avancer, elle va atteindre les Claymore, murmure Gaines.

Ça fera un souci en moins pour nous, je réponds.

Non mais regardez-la se traîner. C'est pas Marion Jones, hein.

Ni Simonis ni moi ne réagissons. Je suis trop occupé à essayer de repérer une autre cible pour Simonis, mais le sol a l'air dépourvu de toute caractéristique particulière.

Et cette pierre blanche sur sa gauche ? suggère Gaines. À deux heures.

Simonis balaie le champ. À environ deux mètres du jalon ? il demande.

Non, plus près.

Un caillou allongé, avec des taches noires ?

Exact.

Je trouve la pierre dans mes jumelles : elle fait à peine la taille d'un petit pois.

Allez-y, je dis à Simonis.

Il actionne le verrou et cale sa respiration, l'œil dans l'objectif de la lunette, visant la cible. Procédant à un infime ajustement, il se décale légèrement sur la gauche et s'immobilise avant de presser la détente. À travers mes jumelles, je vois le caillou blanc se désintégrer dans un nuage de poussière.

En plein dans le mille, je lui dis. Beau travail.

On regarde la charrette hésiter un instant puis se remettre à avancer résolument, poussée par la silhouette en burqa qui appuie des mains sur le sol.

Je me tourne vers Simonis. Vous avez fait combien au tir à distance ?

288 sur 300, mon lieutenant.

Bien, caporal-chef. Voilà l'occasion d'améliorer votre score. Je veux que vous visiez juste au-dessus de sa tête, mais assez près pour qu'elle puisse sentir le courant d'air produit par la balle à travers sa burqa.

La bute pas, le met en garde Gaines.

Simonis sourit. Il dit : T'as de l'argent que t'es prêt à perdre ?

Pourquoi ? demande Gaines.

Regarde, dit Simonis.

Il actionne de nouveau le verrou et se détend, en position de tir. Je reprends mes jumelles, la charrette semble heurter un obstacle à la surface du sol, les roues se bloquent momentanément, avant de reprendre leur mouvement. Simonis attend un peu, puis il appuie sur la détente.

Le coup fait mouche. La charrette fait une brusque embardée et s'arrête juste avant la ligne des soixante-quinze mètres. On attend qu'elle redémarre, mais elle reste là où elle est.

Touché, dit Simonis entre ses dents.

Allez ma p'tite dame, murmure Gaines, encore un mètre et t'es de la viande froide pendue à un crochet...

Simonis continue de regarder dans sa lunette.

Elle tripote un truc qu'elle a autour du cou, il dit. On dirait un pendentif.

Si c'est un porte-bonheur, je fais remarquer, elle va en avoir besoin.

Gaines dit : Elle agite un drapeau blanc, mon lieutenant.

Bien. Elle a capté le message, on dirait.

Elle est venue toute équipée, là, avec son drapeau et tout, dit Gaines.

Il regarde par-dessus son épaule.

Le capitaine est là, mon lieutenant.

Je descends d'un bond du Hesco et je rejoins Connolly. Le nouvel interprète est avec lui ; il s'est débarrassé de sa tenue réglementaire et l'a remplacée par le vêtement traditionnel local, pantalon bouffant, tunique de coton, chapeau et sandales. Je me demande pourquoi.

Le soleil inonde le champ à cet instant précis. L'interprète place le mégaphone devant sa bouche, puis il le rabaisse. Connolly recule d'un pas et met la main en visière au-dessus de ses yeux.

Je regarde le champ mais je ne vois strictement rien : le soleil se déverse du sommet des montagnes. C'est comme regarder droit dans un nuage d'or.

Perché sur le Hesco au-dessus de nous, Simonis dit : *In the court of the Crimson King* ?

Connolly tourne d'un coup la tête vers lui. Pardon ?

Le soleil, mon capitaine…, explique Simonis.

Connolly se tourne vers moi. Bonjour, mon lieutenant, dit-il. Le périmètre est sécurisé ?

Oui, mon capitaine.

Il indique la charrette d'un geste du menton. Vous en pensez quoi ? Attentat-suicide ?

Non. Trop lent, mon capitaine. Trop visible. Trop peu

maniable. Dans une tenue pareille, en plein jour, elle fait pratiquement tout ce qu'il faut pour qu'on la remarque.

Bien. Qu'est-ce qu'elle peut être d'autre ?

À mon avis, tactique de diversion.

Une diversion ?

Pourquoi pas ?

Vous avez peut-être raison, dit-il. Il y a quelque chose qui ne sent pas bon dans tout ça. Elle est à quelle distance du concertina ?

On l'a arrêtée à la ligne des soixante-quinze mètres, mon capitaine.

Il me regarde droit dans les yeux. Trop près, dit-il. J'aurais préféré plus de distance entre cette charrette et nous. Ne baissez pas la garde, Ellison. Vous devriez connaître la procédure, maintenant.

Je rougis et réponds : Oui, mon capitaine.

Juste devant nous, un scorpion émerge de l'interstice entre deux sacs de sable et détale la queue en l'air. Connolly soulève sa ranger et l'abat d'un grand coup.

Je déteste ces bestioles, il dit. Il relève sa ranger et le scorpion file dans une craquelure du sol, apparemment indemne.

Bon sang ! s'exclame Connolly.

Ils sont costauds, mon capitaine, lance Wonk Gaines.

Comme tout dans ce putain de pays, dit Connolly.

L'adjudant Whalen arrive. Bonjour, mon capitaine. Lieutenant Ellison.

Je lui serre la main. Bonjour, m'nadjudant.

Whalen a les yeux injectés de sang. La mort de Nick Frobenius lui a fait un sacré choc.

Il regarde le champ en plissant les yeux. C'est donc ça, notre arme de destruction massive ? il dit. Qu'est-ce que c'est que ce truc, nom de Dieu ?

Je dis : À première vue, une femme en charrette qui fait sa promenade du matin.

Connolly dit : Vous en pensez quoi, m'nadjudant ? Homme ou femme sous la burqa ?

Whalen hésite. Pas la moindre idée, mon capitaine.

Connolly me jette un regard. Et vous, vous en dites quoi, mon lieutenant ?

Je crois que c'est sans importance, mon capitaine. Ce qui est important, c'est que ça ajoute à notre situation un élément de danger et d'incertitude supplémentaire. S'il y a des insurgés sur les flancs des montagnes, ils peuvent très bien l'utiliser comme diversion – ou l'envoyer en reconnaissance. On sait que les talibans se servent des restrictions imposées par nos règles d'engagement pour envoyer des femmes et des enfants faire diversion – ou faire office de boucliers humains.

Connolly dit : Bon, dans un cas comme dans l'autre, on va le savoir bientôt.

Il lance un regard vers l'interprète. Comment tu t'appelles, déjà, fiston ?

L'interprète porte la main droite à son cœur.

Comandan Saab, je m'appelle Massoud.

Massoud comment ?

Mon capitaine ?

Ton nom entier, c'est quoi ?

Farid Humayun Massoud Attar, mon capitaine, il dit, et il sourit, avant d'ajouter obligeamment : Attar, comme le célèbre poète qui a écrit *La conférence des oiseaux.*

Je vois, dit Connolly qui, déconcerté, marque un temps d'arrêt. Je t'appellerai simplement Massoud, si ça te va.

Comme vous voulez, Comandan Saab.

Bon, d'accord, maintenant demande-lui ce qu'elle fout ici.

D'un mouvement vif, Massoud s'avance et place le mégaphone devant sa bouche. Il le met en marche et on entend un grésillement électrique.

Starey më she, tsë ghwâre ? il crie. Bonjour, qu'est-ce que vous voulez ?

Une voix aiguë nous parvient aussi claire que le son d'une cloche.

Salâmat osëy…, elle dit, mais je n'arrive pas à comprendre la suite de sa phrase.

Massoud traduit : Elle dit qu'elle est là pour enterrer son frère, qui a été tué dans la bataille hier. Elle est sa sœur. Elle s'appelle Nizam.

Foutaises, dit Connolly, et il crache juste à côté de ses rangers. Alors comme ça ils envoient des femmes chercher leurs morts ? Les rats.

Il me jette un coup d'œil. Qu'est-ce que vous pensez de la voix, mon lieutenant ? Femme ou garçon ?

J'entends une voix de femme. Une jeune femme.

Mon adjudant ?

Je suis d'accord, mon capitaine, dit Whalen.

C'est un garçon, Comandan Saab, intervient Massoud, l'air sûr de lui.

On se tourne tous ensemble vers lui. Comment tu sais ça ? demande Connolly.

Nizam est un nom d'homme, Comandan Saab.

Connolly pince les lèvres. Alors il n'est pas très futé, non ? il dit, mais il n'a pas l'air satisfait.

Il est pachtoun, dit Massoud d'un ton dédaigneux et il se frappe le front.

Une voix grave prend la parole derrière nous : c'est Doc Taylor.

Quelle est ta langue maternelle, Massoud ? il demande.

Le dari, sergent.

C'est le persan qu'on parle en Afghanistan, si je ne me trompe pas ?

Oui, sergent.

Et en persan Nizam est un nom d'homme, c'est bien ça ?

Oui, sergent.

Est-ce qu'il n'y a vraiment aucune exception ?

Massoud hésite. Ça, je l'ignore, sergent.

Connolly interrompt : Où vous voulez en venir, Doc ?

Juste ça, mon capitaine. Nizam n'est pas toujours un prénom masculin. Ce mot signifie « harmonie » et renvoie à l'ordre des perles et autres choses précieuses – ce qui expliquerait que la fille du cheikh perse du XIIe siècle qui a inspiré Ibn 'Arabî, le plus connu des poètes arabes, s'appelait Nizám. Donc voilà. En gros.

Je ne savais pas, dit Massoud, déconfit.

Whalen pousse un petit sifflement. Vous avez pris Intro à la littérature arabe, Doc ?

J'ai lu quelques trucs ces derniers mois, répond Taylor avec un sourire désarmant.

Il s'avance pour venir à côté de moi.

Je croyais que vous étiez allé assurer la permanence du poste médical, sergent, je fais remarquer d'un ton sec.

Mes hommes y sont, il répond. Ils sont prêts, ils attendent. J'ai pensé qu'il valait mieux que je revienne par ici au cas où elle sauterait.

Espérons qu'on n'en arrivera pas là, dit Connolly d'un ton sévère, avant de se tourner vers Massoud. Demande-lui le nom de son frère, tu veux.

Massoud traduit la réponse, quoique avec un peu moins d'assurance que celle qu'il affichait avant de se faire remettre à sa place par Doc. Doc et Connolly sont tous les deux surpris par sa réponse.

Bon sang, fait Doc, c'est sa sœur.

La sœur de qui ? je demande.

Du type en train de pourrir dans ma tente.

Le chef de la bande qui nous a massacrés ? demande Whalen.

Connolly hoche la tête. Quand il parle, il y a maintenant une note d'excitation dans sa voix.

Si on se débrouille bien sur ce coup-là, ça pourrait être une occasion fantastique d'obtenir des renseignements, il dit. Putain, on pourrait la cuisiner sur son frère, sur sa tribu, sur les montagnes – sur tout !

Il ordonne à Massoud de demander qui lui a dit qu'elle pouvait trouver son frère ici.

Massoud transmet sa réponse : Ceux qui ont survécu à la bataille.

Y en a donc qui s'en sont tirés, de ces connards ! s'exclame Wonk Gaines.

Je tourne la tête d'un coup et je lui dis de fermer sa gueule.

Connolly a soudain l'air préoccupé. Il prend ses jumelles et les fixe sur la charrette. Après un long moment, il finit par dire : Il y a quand même toujours quelque chose qui pue dans cette combine, mais j'arrive pas à mettre le doigt dessus.

Nous lui demandons tous les deux, Whalen et moi, à quoi il pense.

Je ne sais pas, il dit lentement, mais est-ce que c'est pas absurde, dans ce pays, une femme seule, non accompagnée – et une femme qui dit être la sœur d'un chef de tribu par-dessus le marché – qui se pointe dans un putain de kart pour réclamer le corps de son frère ? Par rapport à leur culture, c'est complètement à côté de la plaque. Trop de liberté de mouvement et trop d'implication directe pour une femme. D'une certaine façon, c'est tellement énorme qu'on est forcé de suspendre son jugement.

Sans cesser de regarder dans ses jumelles, il dit : Massoud, demande-lui de décrire son frère… en détail.

Elle fait ce qu'on lui demande, sans hésitation, et longuement.

Elle le connaît bien, dit Doc une fois que Massoud a traduit. C'est en effet l'homme qui est dans la housse mortuaire qu'elle décrit. Je l'ai examiné. Elle a donné tous ses signes distinctifs.

Doc l'observe à travers ses jumelles et demande à Connolly s'il est possible que ce soit la même femme que sur la photo de surveillance prise par le drone.

On se regarde, Whalen et moi. Très clairement, il y a là des informations qu'on ne nous a pas communiquées. Pour une raison inconnue, la question de Doc agace Connolly. Sans lui répondre, il baisse ses jumelles et dit à Massoud de transmettre le message comme quoi on garde le corps à des fins d'identification.

Dis-lui qu'il sera enterré quand il aura été identifié.

Massoud traduit ; la femme répond.

Je peux l'identifier, moi, elle répond.

À notre grand étonnement, Connolly tourne les talons et s'apprête à partir.

J'ai déjà assez perdu de temps comme ça, il dit. Je n'ai pas l'intention de négocier avec cette personne, femme ou pas femme. Il n'est pas question qu'elle s'approche davantage de ma base. Massoud : dites-lui qu'on attend que des experts viennent identifier son frère, et c'est tout.

Comandan Saab…

Qu'est-ce qu'il y a encore ?

Elle veut savoir quand ils vont venir.

Dites-lui… je ne sais pas… dites-lui que c'est pour bientôt.

Elle veut savoir précisément quand.

Oh, bon sang ! Je n'ai pratiquement pas dormi depuis deux jours et…

Massoud s'empresse d'ajouter : Je pourrais lui dire que les experts viendront dans deux jours.

Très bien.

Nous échangeons un regard, Whalen et moi : Connolly se comporte bizarrement. Se pourrait-il que le manque de sommeil affecte son jugement ?

Pendant ce temps, Massoud s'est remis à parler à la femme. On écoute leur échange, puis Massoud dit nerveusement : Comandan Saab, elle dit que son frère doit être enterré correctement. Elle affirme que c'est son droit.

Connolly fait une grimace. Il s'écarte de l'interprète et baisse la voix de telle sorte que seuls ceux d'entre nous qui se trouvent à proximité immédiate peuvent l'entendre. Les yeux fixés sur la charrette, il s'adresse à Whalen et à moi sur un ton glacial : je vais ordonner à l'interprète de lui dire d'aller se faire foutre. Son frère, c'est notre affaire maintenant. C'était un putain de chef taliban et un insurgé responsable de la mort d'hommes bien, courageux et honorables. *Mes* hommes : sous *mon* commandement. Et je vais devoir parler à leur famille et leur dire que leur fils, leur mari, leur frère – j'ai bien dit *leur* frère – ne va finalement pas rentrer, qu'il est mort alors qu'il était sous ma responsabilité, et que je n'ai rien pu faire pour le sauver. Rien, putain de merde. Alors, ses droits, elle peut se les prendre et dignement se les mettre au cul. Et je vais dire à l'interprète de lui communiquer ça.

Avant que je puisse parler, Whalen intervient calmement.

Est-ce qu'elle a besoin d'entendre tout ça, mon capitaine ? il demande.

Connolly ouvre la bouche, puis la referme. Il rougit. Puis

ses épaules s'affaissent et il répond d'un ton las : Non. Non, évidemment. C'est inutile.

Il a soudain l'air bien plus vieux que ses vingt-sept ans.

Il rejoint Massoud et lui dit : Dis-lui s'il te plaît qu'on n'en a pas terminé avec lui.

Elle répond : Il est mort. Qu'est-ce que vous pouvez bien avoir à terminer avec lui ?

Dis-lui que son frère était un terroriste, un taliban et un mauvais homme.

C'est faux ! Mon frère était un héros pachtoun, un moudjahid et un résistant. Il a combattu les talibans. Et il est mort en combattant les envahisseurs amrikâyi. C'était un homme courageux.

Massoud a l'air gêné en traduisant.

Non mais c'est carrément incroyable, putain..., dit Connolly, qui n'en revient pas. Il croise les bras et secoue la tête. On lui dit non et elle continue quand même. Messieurs, vous croyez qu'elle bosse aux Nations unies ?

La blague est vaseuse et on sourit sans conviction.

Doc dit : Ce que j'aimerais savoir, c'est pourquoi elle ne quitte pas sa charrette. C'est plutôt bizarre, non ?

Le sergent-chef Bradford l'observe à travers ses jumelles.

Elle transporte des trucs, il annonce après un moment. Elle a une pelle, un sac en papier kraft, une couverture pliée, je crois, et quelque chose d'autre... on dirait une vieille mitrailleuse avec un chargeur tambour, mais le canon scié, ce qui est absurde.

Massoud dit : Ils utilisent toutes sortes d'armes, sergent. Certains talibans ont des fusils qui ont plus de cent ans.

Connolly me jette un coup d'œil. Vous êtes bien silencieux, mon lieutenant.

Je m'éclaircis la voix : C'est parce que je ne sais pas quoi vous dire, mon capitaine. D'un côté, si elle dit la vérité, alors c'est une occasion en or de l'interroger pour obtenir des renseignements, prendre ses données biométriques et lui soutirer toutes sortes d'informations sur son frère et sa tribu. Mais on ne peut faire ça que si on est absolument certains que ce n'est pas un attentat-suicide, et ça, on ne pourra pas le savoir tant qu'on ne sera pas allés jusqu'à elle, ce qui implique de nous exposer directement à une ligne de tir qui pourrait venir des montagnes. Donc, on est pris dans un cercle vicieux.

Je croyais qu'on avait établi qu'elle était hors de portée de leurs snipers, mon lieutenant, me lance Simonis.

Il est possible qu'ils aient des canons d'une portée supérieure, soldat, je réponds.

Peut-être qu'on pourrait essayer de lui dire de partir, dit Whalen, et voir comment elle réagit.

Ah oui, genre : merci d'être passée, dit Connolly avec un sourire narquois, et revenez donc quand vous voulez ? Vous plaisantez, non ?

Eh bien, mon capitaine, si elle est vraiment en deuil, elle va rester.

Et pas si c'est un attentat-suicide ?

Peut-être pas un jour entier – ou en tout cas pas quand la température atteindra les quarante degrés. Il faut être sacrément dévoué pour rester là à rôtir sous le soleil.

Et en attendant, on est censés faire quoi ? Se terrer dans cette foutue base jusqu'à ce que madame décide de partir ou de rester là ?

Est-ce qu'on a le choix, mon capitaine ? Si nos ANA étaient là, on les aurait envoyés s'en occuper, mais ils ne sont plus là, et donc c'est à nous de nous débrouiller, non ? Ce que je veux dire, c'est qu'on va devoir improviser, là : il n'y a pas de procédure standard pour ce genre de situation.

Connolly regarde Whalen d'un air interrogateur.

Au bout d'un moment, il se tourne vers l'interprète : Et si tu lui disais ça, Massoud ? Dis-lui qu'elle doit partir – qu'elle n'a rien à faire dans une zone de combat.

La réponse est longue et pleine d'émotion et la voix se brise en plein milieu.

Il y a un silence gêné de notre côté, puis tout à coup Massoud dit : Comandan Saab, je pourrais peut-être faire remarquer à cette femme insolente qu'elle n'a aucun rôle à jouer dans un enterrement musulman. Ce qu'elle propose est sacrilège. C'est un fait.

Connolly sourit. Son regard s'illumine et il pose la main sur le bras de l'interprète. Bravo, Massoud, il dit d'une voix douce. Vas-y, dis-lui ça, et après éteins ton mégaphone. Fin de la discussion.

Il se tourne vers moi et il me dit : Ne la quittez pas des yeux, mon lieutenant. Et surveillez les flancs des montagnes. Appelez-moi au moindre signe de présence ennemie.

On la supporte pendant combien de temps, mon capitaine ?

J'aime bien la suggestion de l'adjudant. Attendons de voir combien de temps elle reste là. Si elle est encore là demain matin, on réexaminera la situation.

Il porte la main à son casque en passant devant nous. À plus tard, messieurs.

On regarde dans nos jumelles tandis que Massoud communique son dernier message. Quand il éteint le mégaphone, celui-ci émet un fort grésillement. La femme baisse son drapeau blanc juste au moment où Simonis crie quelque chose depuis son perchoir au sommet du Hesco.

Il y a un vautour qui fait des cercles au-dessus d'elle, mon lieutenant. Ça fait un moment qu'il descend, en se servant des courants thermiques.

Je mets ma main en visière au-dessus de mes yeux et j'observe l'oiseau. Il est énorme.

Surveillez-le, je dis à Simonis, en chassant une mouche qui me tourne autour. S'il s'approche trop, abattez-le.

Un instant plus tard, un coup retentit et le vautour dégringole comme une pierre. Il s'écrase au sol les ailes repliées. Une colonne de poussière mêlée de plumes s'élève au-dessus de lui.

Connolly revient en courant. Qu'est-ce que c'était que ça, putain ?

Massoud lui indique l'oiseau sans un mot.

Connolly met des lunettes de soleil et fait signe à Wonk Gaines et à un des hommes de garde, Derek Serrano, d'approcher. Il donne à Massoud une tape sur l'épaule et il dit rapidement : Venez. On va palabrer.

Je croyais que la discussion était terminée, je dis avant de pouvoir m'en empêcher.

Il ne prend pas la peine de me répondre mais, une fois à mi-chemin du concertina, il me crie par-dessus l'épaule : J'ai changé d'avis, mon lieutenant. Couvrez-nous.

Je me hisse sur le Hesco et je m'accroupis à côté de Simonis.

Je serai votre observateur, je lui dis. Au premier faux mouvement qu'elle fait, vous la criblez de balles sans poser de questions. Compris ?

Oui, mon lieutenant.

Whalen se hisse à côté de moi et s'allonge sur le Hesco de toute sa charpente massive.

Je lève le menton en direction de Connolly : Il y a un truc dans cette histoire qui le tracasse vraiment. S'impliquer directement comme ça, c'est carrément en dessous de son grade.

Whalen me jette un regard de côté.

Il a soif de vengeance, il dit calmement. Avec les pertes qu'on a subies, il en fait une affaire personnelle.

Il attrape le M24 de Simonis et le sort de son étui. C'est à vous, je suppose ?

Oui, m'nadjudant, répond Simonis.

Je vous l'emprunte le temps que le capitaine ait fini sa visite.

Il tire le verrou en arrière et enclenche une balle.

Vous vous occupez d'elle, il dit à Simonis, moi je surveille les montagnes.

Il se cale en position à côté de moi, les yeux rivés à la lunette du fusil.

En bas, Doc commence à installer ses perfusions et ses poches de sérum physiologique, pour pouvoir faire face à toute éventualité le cas échéant.

Je fais venir une équipe d'artillerie de mon peloton et je leur donne l'ordre de monter une M240B sur le Hesco pour couvrir les flancs des montagnes. S'il devait y avoir une attaque subite, ça serait le facteur décisif en notre faveur.

L'équipe installe la mitrailleuse et se positionne pour attendre le résultat de la sortie de Connolly.

À voix basse, je demande à Whalen : Alors – c'est possible, à votre avis, qu'elle soit là en repérage ?

Il choisit ses mots avec soin : Les talibans sont d'excellents stratèges, comme nous en avons fait l'expérience. Je suis prêt à parier qu'ils attendent le moment propice quelque part sur les pentes. Pendant ce temps, ils envoient cette femme nous garder à l'œil. Au moment où on baisse la garde – BOUM !

Donc leur dispositif d'attentat-surprise, c'est une fille dans un faux kart pourri ?

Ça se peut. C'est soit ça… soit un leurre, mais j'ai des doutes là-dessus. Il y a une dimension d'effronterie dans tout ça qui me fait penser qu'elle pourrait bien être une veuve noire.

Il faudrait qu'ils s'attendent à ce qu'on soit vraiment naïfs. Ils ne peuvent quand même pas être irrationnels à ce point ?

Je peux vous balancer une dose de sagesse, mon lieutenant ?

Allez-y.

Bon, écoutez ça. Un grand sage a dit que les neuf dixièmes de la tactique tiennent du concret et s'enseignent dans les livres. L'autre dixième, l'irrationnel, c'est à ça qu'on reconnaît un général. C'est un instinct qui au moment crucial devient aussi automatique qu'un réflexe.

Je réfléchis un instant, puis je tourne la tête avec un sourire. Vous venez de m'aider à me décider, je lui dis. C'est une opération-suicide.

Qu'est-ce qui vous fait dire ça ?

Parce que c'est un cheval de Troie idéal au lendemain d'un combat qui nous a tous rendus nerveux et épuisés. Ils savent que nos règles d'engagement nous interdisent de la liquider directement. Ils pensent probable qu'on commettra cette erreur cruciale : croire en son histoire et la laisser s'approcher. C'est génial, comme plan.

Il hoche lentement la tête. C'est sûr qu'elle a le motif parfait ; pour ces gens-là, la vengeance est aussi naturelle que l'air qu'ils respirent. Elle peut très bien être la sœur du mort *et* une opération-suicide.

Du bas des Hescos, Doc intervient : Coupable par association, m'nadjudant ?

Whalen a un petit sourire. Ce qui est bon pour l'un est bon pour l'autre, Doc. Ils ont la vengeance dans le sang, par ici, vous le savez aussi bien que moi. Il me semble – si je me souviens de mon briefing – que les tribus pachtounes appellent ça le *badal*.

Le sergent Petrak, qui est en position à côté de lui, intervient à son tour.

Qu'ils aillent se faire foutre, les Pachtouns, il dit laconiquement. Nous aussi on sait se venger. Elle a qu'à faire un mouvement brusque et son compte est bon. Ça réglera le problème – et le lieutenant Frobenius et les autres pourront reposer en paix.

Nous, on ne se venge pas, sergent, proteste Doc.

Parlez pour vous, sergent.

Doc s'apprête à répondre quand un des hommes de l'équipe d'artillerie crie : Mouvement sur les pentes !

Je lève immédiatement mes jumelles ; Whalen regarde dans sa lunette.

Je reprends mon souffle : on dirait un chien.

Whalen dit : Eh bien, j'en reviens pas, les mecs. C'est Minus.

Comment est-ce qu'il est sorti de la base, merde ? je demande.

À côté de moi, Simonis dit d'un ton traînant : Le clébard s'absente sans permission, mon lieutenant. Va falloir lui enlever des points.

J'en parlerais pas au capitaine, si j'étais vous, mon lieutenant, dit Whalen. Il risquerait de piquer une crise.

En parlant du capitaine, dit Simonis, on dirait que les palabres sont animées.

Je regarde les larges épaules de Connolly s'agiter sous l'effet de ses gesticulations. Gaines et Serrano ont leur arme pointée sur la femme. L'interprète se tourne tour à tour vers elle et vers Connolly tout en traduisant. Il y a quelque chose dans cette scène qui me met mal à l'aise, mais je ne sais pas quoi. En fin de compte, Connolly fait de grands gestes des deux mains avant de pivoter sur ses talons et de revenir vers nous d'un pas vif. L'interprète doit se dépêcher de le suivre. Derrière eux, Gaines et Serrano reculent prudemment, leur arme toujours pointée sur la charrette. Au moment où Connolly atteint les Hescos, la femme fait pivoter sa charrette et se met à rouler dans la direction opposée.

Elle s'en va ? je demande à personne en particulier.

Whalen saute du Hesco et pose le M40 contre un sac de sable. Il se dirige vers Connolly, qui est en train d'épousseter son pantalon.

Elle demande si elle peut enterrer les potes de son frère, dit Connolly d'un ton irrité. J'ai dit d'accord.

Alors elle ne s'en va pas ? demande Whalen.

Nan.

Pourquoi elle ne sort pas de la charrette, mon capitaine, vous avez vu ? demande Doc. Elle a un problème aux jambes ?

On était trop loin, dit Connolly. Et, très franchement, ce n'était pas mon principal souci.

Il lève les yeux vers moi. Continuez de la surveiller, mon lieutenant.

Il semble calme, presque trop. Il s'en va avec Whalen tandis que je scrute le bout du champ, où la femme a maintenant atteint les corps. Je lève mes jumelles et la regarde sortir une pelle de sa charrette. L'outil étincelle au soleil. Elle descend sur le sol et semble se traîner jusqu'au corps le plus proche. Puis elle se redresse et se met à creuser. Je vois des mottes de terre voler dans les airs. Bientôt, elle est cachée par un voile de poussière.

J'entends l'un des hommes dire : Mec, elle sait se servir d'une pelle !

Quelqu'un d'autre dit : Elle est pas bien grande, par contre…

Je me sens mal à l'aise et je baisse mes jumelles. À côté de moi, Simonis pose son fusil. Il tousse pour attirer mon attention.

Et on est juste censés rester là à la regarder enterrer ces trois gars ? il demande. Sa voix exprime l'incrédulité.

Tout à fait, je lui dis, étonné de me sentir si agacé.

Sa bouche se contracte nerveusement. Super, il dit doucement. America… fuck yeah !

Je vous demande pardon, caporal-chef ?

Il me regarde d'un air neutre. Ça vient du film *Team America,* mon lieutenant. Par les créateurs de *South Park,* le programme télé.

Je sais, je dis. Je sais ce qu'est *South Park.* Je ne comprends pas ce que veut dire votre remarque.

Il se passe la main sur le visage. Je ne distingue pas si c'est pour cacher un sourire.

Vous avez entendu le capitaine, je dis, irrité. Ses ordres étaient clairs.

Oui, mon lieutenant. J'ai entendu le capitaine. Les ordres sont les ordres.

Je ne sais pas pourquoi, je ressens le besoin d'expliquer davantage : Ces femmes sont très différentes de ce à quoi nous sommes habitués. Elles font souvent ce genre de travail. En fait, elles font tout le travail. J'ai même entendu dire que les talibans les utilisaient comme des bêtes de somme pour transporter leur équipement, car eux, les hommes, ne peuvent pas s'abaisser à ça. Et quand il n'y a pas de femme – ni de mules – dans les parages, ils abandonnent le matériel, tout simplement.

Les talibans sont complètement barges, mon lieutenant, il dit doucement.

Tout à fait, caporal-chef.

Sa bouche se contracte à nouveau : Et on n'est pas comme eux.

En effet, je réponds d'une voix fatiguée.

Je tourne à nouveau la tête vers la femme – puis je reviens à Simonis et lui fais signe de rompre. Il glisse au bas du Hesco sans un mot.

À plus tard, Doc, il dit à Taylor, qui est occupé à ranger son équipement médical. Je me rends compte que je reste encore insatisfait, mais je n'arrive pas à comprendre pourquoi. Puis je réalise que c'est lié à Connolly. Je suis agacé par la manière dont il est parti palabrer au pas de charge, sans me laisser le temps de m'organiser pour le couvrir. C'était un acte risqué dans une situation dangereuse et c'est précisément ce genre d'imprudence dont il faut se méfier après un combat difficile. Je suis peut-être trop tatillon à vouloir tout faire dans les règles, je conclus, mais c'était tout de même complètement irresponsable de sa part.

Pourquoi tu es si contrarié ? demande une voix rieuse. Connolly a toujours été du genre impétueux, tu ne le savais pas ? Ça fait partie de ton job, comme chef de peloton, de faire ce qu'il faut pour compenser.

Je lève les yeux et vois Nick Frobenius debout devant moi, les bras croisés. Je dois plisser les yeux dans la lumière du soleil pour distinguer ses traits.

Je croyais, je dis sèchement, que les pensées faisaient partie de l'espace privé.

Oh, allez, Ellison. On dirait que tu as un balai dans le cul. Rien n'est vraiment privé dans cette compagnie.

Ce qui n'est pas normal, je dis faiblement.

Il éclate de rire. Qu'est-ce que tu veux ? Chacun sa merde. Quant à tout faire dans les règles, il ajoute, si c'est ça que tu voulais, tu aurais dû prendre un poste administratif à Bagram.

Je n'en crois pas mes oreilles. Je proteste : Le fait que je respecte les règles fait de moi un gratte-papier ?

Mais personne n'a dit ça ! il réplique avec un sourire en coin.

Mais si ! Tu as dit que j'étais plus du genre à faire de l'administratif.

Tu te sens toujours personnellement visé comme ça, Tom ?

J'insiste, car je suspecte que ça aussi, c'est un test.

On m'a appris à respecter les règles, je lui dis en me forçant à ne pas crier. On m'a appris que les règles étaient justifiées – qu'elles étaient utiles. Les règles sauvent des vies. C'est ce qui garantit la sécurité du système.

Garantit, hein ?

Oui.

Les soldats qui vont au combat suivent rarement les règles, lieutenant Sous-bite, il dit avec un accent traînant. Les soldats qui restent à la caserne suivent les règles. C'est bien ce que je dis.

Je secoue la tête, sans répondre. Je ne sais tout simplement pas comment réagir.

Il pose une main amicale sur mon épaule. Tu apprendras, il dit.

Il me fait un petit sourire, comme un conspirateur.

En attendant, il dit, on a du boulot.

Il s'écarte d'un bond et m'ouvre la porte du vestiaire.

Je passe devant lui tout en me demandant comment, pendant ma première semaine avec la compagnie, je l'ai laissé me convaincre de faire un footing ridicule de quinze kilomètres autour de l'aéroport de Kandahar. Même si je n'ai pas vraiment eu le choix, je me dis amèrement : en tant que nouveau sous-lieutenant, je suis bien conscient qu'on est en train de juger mon potentiel en me comparant à l'authentique légende que je remplace, David Hendricks, un vétéran de la Bosnie et de l'Irak. C'est juste que je suis un nageur, pas un coureur ; ça a toujours été un handicap pour moi, dans l'infanterie. J'aurais sans doute dû m'engager dans les Marines. Malgré tout, je décide de gérer sagement mon rythme pour éviter d'être totalement humilié.

On se dirige vers la lumière éclatante du dehors et j'aperçois un thermomètre digital sur le mur. J'ai un coup au cœur et je décide d'en appeler une dernière fois à la raison de mon camarade, même si je sais que ça ne servira à rien.

Pourquoi est-ce qu'on fait ça, mon lieutenant ? Je veux dire, il fait trente-six degrés à l'ombre ! Ça va être les mille feux de l'enfer là dehors. On va commencer par cuire et finir par cramer.

L'immortalité, mon lieutenant, il dit gaiement. On fait ça pour marquer de notre empreinte la fuite du temps. Souvenez-vous de Phidippidès à Marathon. Il a couru plus de deux cents kilomètres sur des mauvais chemins pour aller jusqu'à Sparte. En comparaison, quinze kilomètres sur terrain plat c'est un jeu d'enfant.

Je n'ai pas l'intention de céder devant ces obscures foutaises grecques. Je dis : Il a couru par quarante-cinq degrés ?

Sans doute plus, il dit. L'été, en Grèce, c'est le pire moment de l'année. Et il courait dans une situation difficile. Il fallait qu'il arrive à Sparte à temps pour demander de l'aide avant que les Perses n'attaquent.

Je suppose que je ne suis pas Phidips, alors.

Phi-dip-pi-dès, il me corrige.

Ouais. Vous voyez ce que je veux dire.

Vous oublierez la chaleur dès que vous aurez trouvé votre rythme. En plus, on n'a pas fait tout le chemin depuis Tarsândan pour se défiler au dernier moment. On est déjà inscrits, vous vous souvenez ? On sera la risée générale si on abandonne.

Il sourit et met ses lunettes de soleil panoramiques.

Allez, gros dur, il dit. On va voir comment tu te dandines.

Je serre les dents et je le suis dans le soleil.

Ça ne marche pas. Après six kilomètres, je suis presque entièrement déshydraté et prêt à m'effondrer. Puis je me claque le jarret et tout à coup je plonge vers le sol la tête la première.

Frobenius ralentit et s'arrête. Il se retourne et me regarde. K.-O., mon lieutenant ?

Le ton amusé de sa voix m'exaspère.

En vrai, mon lieutenant, vous vous attendiez à quoi ? je réplique. Ça fait à peine neuf jours que je suis dans ce pays. J'ai pas l'habitude de courir dans ce genre de chaleur.

Deux Marines nous dépassent à longues foulées. Frobenius les regarde passer. On dirait que je vais devoir finir tout seul, il dit.

Il plie les genoux et s'étire – puis il se remet à courir.

Peux pas laisser les Marines nous en remontrer, il dit pardessus son épaule. À plus tard, Ellison. Allez à l'infirmerie.

Je tiens une poche de glace contre ma cuisse dans la salle d'attente quand il me rejoint, la course terminée. Il a le visage rouge betterave ; il est couvert de sueur.

Comment ça va, Tom ? Rien de déchiré ?

Non, juste froissé. Ça va, merci.

Les Marines ont battu tout le monde, il dit d'un ton amer. Il y avait un SAS angliche et deux coureurs des commandos dans les dix premiers, mais à part ça, c'était que des putains de Marines. Ils s'entraînent dur.

Il se laisse tomber sur le banc et regarde les nouvelles de CNN à la télé. Le présentateur passe d'un voyage présidentiel à Toronto à un congrès mondial de chefs d'entreprise en Espagne.

Vous prenez ça trop à cœur, Nick, je dis d'un ton narquois.

Mais c'est jamais trop ! J'aime gagner, c'est tout.

Désolé de vous avoir lâché.

Il me jette un regard mais ne dit rien. Un instant plus tard, il indique l'écran d'un hochement de tête. Putains de Créons, mec, putains de Créons, il dit. On est gouvernés par un tas de putains de Créons. Il fait la grimace ; il a l'air sincèrement dégoûté

Pardon… quoi ?

Pour la première fois depuis que je le connais, il a l'air gêné.

Ne faites pas attention. Je parle tout seul. Ça m'arrive souvent quand je suis crevé.

Ça irait mieux si je savais de quoi vous parliez.

Laissez tomber, il dit. C'est trop compliqué à expliquer ; et je suis trop fatigué.

Il ramasse sa serviette et commence à s'essuyer le visage et les bras.

Brusquement, il pose la serviette et dit : Créon était un roi de Thèbes dans la Grèce antique. C'était un tyran et un dictateur, mais même lui n'arrivait pas à la hauteur de ces clowns-là. De ces ronds-de-cuir sans âme. Je te le dis, mec, l'armée est la seule institution des États-Unis qui ait encore le sens de l'honneur – ou de toutes ces valeurs qui ont fait des USA un pays que les gens admiraient. Le courage, l'endurance, l'intégrité, le jugement, la justice, la loyauté, la discipline, la connaissance. Toutes les autres institutions – et le gouvernement civil en particulier – sont juste des gros tas de merde. Ces gens-là n'ont aucune vision. Les politiciens sont des ambitieux éhontés qui courent après le pouvoir. Et les gros hommes d'affaires et les banquiers s'occupent de leurs intérêts, et le reste du pays peut aller se faire mettre. Et ce sont eux les gens qui nous gouvernent, qui décident ce qu'on peut faire ou non, ces têtes de nœud. Ici, ils nous ont refilé un gouvernement qui pue la corruption, ils nous ont enfermés dans une camisole de force opérationnelle sans objectifs précis, et ils nous ont oubliés en espérant qu'un miracle se produirait. Ça pue, mec ; toute cette comédie pue complètement. Je suis désolé, mais j'aimerais que ma seule et unique existence ne se passe pas comme ça. J'aimerais être fier de mon pays et de ce qu'on représente. Traite-moi d'idéaliste pathétique, je m'en fous, mais c'est pour ça que je me suis engagé dans l'armée. Je pense à mes potes d'université dans leur bureau à air conditionné au sommet d'un gratte-ciel et je remercie le Ciel d'avoir échappé à leur sort.

Je le regarde, médusé, tandis que ses paroles résonnent à mes oreilles.

Je ne suis pas sûr de vous avoir bien entendu, je finis par réussir à articuler, mais vous ne venez pas de traiter notre président d'enculé ?

Quoi ?

J'essaie de retrouver vos mots précis…

Oh, bon sang, il dit d'un ton exaspéré. Oubliez tout ça, vous voulez ?

J'essaie juste de comprendre – je veux dire, c'est le chef des forces armées.

Non, vraiment, oubliez.

Il a été élu démocratiquement, Nick.

Arrêtons pendant qu'on est de bonne humeur, okay ?

Son ton est sec, dangereux. Je m'interromps un moment pour chercher mes mots.

Puis je dis : Notre armée est constitutionnellement aux

ordres du gouvernement civil. La chaîne de commandement est très claire.

Il ne répond pas. Il garde les yeux fixés sur l'écran, puis il se tourne vers la fenêtre. Je continue d'appuyer la poche de glace sur ma jambe mais j'hésite à continuer la discussion.

Il finit par m'accorder un regard.

Donc voilà, moi, je suis comme ça, il dit. Comme ça, vous savez pourquoi je suis là.

C'est vrai, je réponds. Je me posais la question. Vous êtes quand même allé à Vassar.

Oui, mais je devais aller à Fordham University à New York pour prendre mes cours d'éducation militaire. Deux heures aller et deux heures retour, en plus de mon emploi du temps normal à Vassar.

Ouah, c'est délirant !

Vous vous entendriez très bien avec ma femme, il dit froidement, avant de se reprendre : Mon ex-femme. Elle croit que je suis dingo.

Je ne pense pas que vous soyez dingo !

Non ?

Bien sûr que non, mon lieutenant. Je vous respecte – et j'ai remarqué, en particulier, la façon dont les hommes se comportent avec vous. Ça veut dire beaucoup, pour moi. Vous êtes un chef naturel et je suis fier de servir à vos côtés. On a sans doute nos différences – je ne sais pas, je n'ai pas encore bien compris tout ce que vous avez dit – mais ça ne change rien à notre mission commune.

Il se tourne entièrement vers moi, d'un air à la fois lourd de sens et ambivalent. C'est un regard étrangement vide, comme s'il était soudain devenu un étranger. Je vois la transpiration sur son visage. Il a la mâchoire serrée, les yeux fixés sur moi. Et pourtant, je ne sais pas si c'est moi qu'il regarde ou quelque chose d'autre.

Dites-moi, il dit doucement, pourquoi vous vous êtes engagé dans l'armée, Tom ?

C'est une bonne question, Tommy, dit Papa, je me demande la même chose depuis que tu nous as annoncé ta décision. Qu'est-ce que tu vas faire dans l'armée ?

Je pose le sac de Doritos que j'étais en train de grignoter et je baisse les yeux vers le sol le temps de réfléchir. Je suis étendu de tout mon long sur le tapis à poils longs, qui était jaune vif à une époque, mais qui a pris toutes sortes de nuances caramel en raison des interventions à l'eau de Javel de Maman là où Wannabe, le chat, a vomi, c'est-à-dire un peu partout. Papa est assis dans le vieux fauteuil à bascule de Grand-père, il regarde par les portes-fenêtres la longue étendue d'herbe et de forêt qui s'étend jusqu'à la baie. Ma sœur, Annie, est assise à ses pieds, comme elle le fait souvent, elle lit en s'appuyant contre ses genoux. Maman est dans la cuisine, elle fait la vaisselle du dîner, un rituel du dimanche soir durant lequel elle nous bannit tous de son « royaume », comme elle dit, pour se mettre à l'ouvrage devant l'évier, dans un vacarme de casseroles qui fait fuir Wannabe dans le jardin calme où le soleil se couche. La lune est déjà levée : elle éclaire l'étang à la limite du pré et des bois. Quand Annie était bébé, elle montrait l'étang, puis le ciel, et elle disait : Regarde, Tommy, lune en haut, lune en bas !

Je sais que Papa attend que je réponde et que sa patience n'est pas infinie.

Tu as vu les tours tomber, Papa, je finis par dire. Des gens sont morts. Des milliers de gens.

Il rajuste ses lunettes sur son nez.

C'était il y a trois ans, Tommy. Et on s'est rattrapés depuis. On a déjà pas mal bombardé l'Irak et l'Afghanistan.

Je sais, mais c'est quelque chose que je ressens. Ces terroristes sont toujours là. Ils n'ont pas disparu.

On est dans le Maine, Tommy. Les terroristes ne vont pas nous attaquer ici. Réveille-toi.

Ce n'est pas ce que je veux dire. Le pays a besoin que des gens s'engagent.

Je m'apprête à continuer, mais je me rends compte que j'ai l'air atrocement vaniteux en le disant comme ça, et je m'interromps, puis j'ajoute : Tu vois bien ce que je veux dire.

Ce n'est pas pour ça qu'on a mis de l'argent de côté pour tes études.

Je sais. Mais l'armée aidera aussi pour ça. Je me suis renseigné.

Je n'accepterai pas leur argent ! proteste Papa. Je ne vais pas les laisser t'acheter ! Je n'échangerai pas la vie de mon fils contre de l'argent !

Ils ne m'achètent pas, Papa. Ce n'est pas comme ça. C'est moi qui veux m'engager.

Tu pourrais te faire tuer. Le fils de Tad Murphy est mort en Irak.

Je remarque que les bruits de vaisselle se sont interrompus dans la cuisine. Maman a posé les coudes sur le comptoir. Elle ne dit rien, mais à son expression je vois bien qu'elle nous écoute. Puis je remarque qu'Annie s'est arrêtée de lire également et qu'elle tient juste son livre devant elle en attendant que je réponde.

Je m'éclaircis la gorge. Quelque chose me chatouille au fond du gosier ; ce doit être ces foutus Doritos. Je me redresse et passe les bras autour de mes genoux.

Il faut bien que quelqu'un le fasse, Papa. Tu sais, je pourrai devenir officier, si je réussis les tests.

Annie lâche son livre, puis le ramasse.

Tommy, dit doucement Papa, il est temps qu'on ait une petite discussion.

Ce n'est pas la peine, je réponds. Si tu ne veux pas que je le fasse, je ne le ferai pas.

Ce n'est pas ça, fiston, il dit, l'air soudain fatigué.

Quoi, alors ?

Il pose les yeux sur moi pour la première fois depuis le début de cette discussion.

Il dit : Qui va s'occuper du bateau ? Qui va me succéder quand je prendrai ma retraite ? Je ne peux pas continuer éternellement, j'ai soixante-neuf ans. Je ne pensais pas que tu allais me laisser tomber.

Je baisse les yeux. Je n'ose pas croiser son regard. La pêche au homard est une affaire de famille depuis des générations, une vocation transmise de père en fils. Papa a commencé à aider son père à l'âge de cinq ans, comme Grand-père avait aidé son propre père avant lui, et moi-même j'ai commencé à naviguer quand j'avais neuf ans. Je sais ce qu'il veut dire, même si j'ai envie de répondre que ses attentes ne sont pas justes, parce que normalement c'est l'aîné des fils qui reprend le bateau – mais on ne parle plus jamais d'Andy, du moins plus depuis qu'il est sorti de prison et qu'il a emménagé dans une caravane quelque part à Bar Harbor. La dernière fois qu'on a eu de ses nouvelles, il faisait des petits boulots et travaillait à temps partiel pour une entreprise de ramassage d'ordures, mais il ne vient plus nous voir, et on ne l'appelle plus. Je ne crois même pas qu'il ait le téléphone.

Je tourne la tête et regarde la baie, le peu qu'on peut en voir par-dessus les arbres. J'aime cet endroit ; j'aime son caractère serein, intemporel. Dans d'autres circonstances, j'aurais succédé à Papa sans hésiter. Mais l'effondrement des tours a tout changé pour moi. Même si je ne suis jamais allé à New York, ni à Washington, ni dans ce champ en Pennsylvanie. Mais je sais faire la différence entre le bien et le mal, je sais qu'il faut vivre en respectant les règles et si quelqu'un ne respecte pas les règles et nous fait du mal, je me sentirai comme un moins-que-rien si je n'y fais pas quelque chose.

Annie prend la main de Papa et la tient dans les siennes. Il a les doigts gercés par une vie passée à travailler avec de l'eau de mer et des cordes rêches et des casiers à homard rouillés. Les doigts d'Annie ont l'air délicats, presque transparents, comparés aux mains noueuses de mon père.

Maman entre dans la pièce et se dirige d'un air distrait vers son cactus de Noël favori, dans un coin, près de la porte de la terrasse. Elle cueille une des fleurs mortes puis elle passe à côté de moi et va se mettre debout derrière la chaise de Papa.

Tu as déjà pris ta décision, n'est-ce pas ? elle me demande.

Avant que je ne puisse répondre, Papa hoche la tête. Il va partir, il dit d'un ton morne.

Maman pétrit les épaules de Papa comme si elles étaient de la pâte à pain.

Elle dit : Tu ne serais plus d'ici, Tommy.

Maman, c'est le Maine, on ne sera jamais d'ici, peu importe après combien de générations.

Ce que je veux dire c'est que tu as trouvé une raison de partir.

C'est pas juste, Maman ! Je reviendrai, comme Grand-père. Il s'est battu pendant la guerre, il a voyagé, puis il est revenu et il s'est fixé. Ici.

Je tape du doigt sur le sol et je répète un peu plus fort : Ici.

Quand il est revenu, il était différent, dit Maman. Il ne nous a jamais parlé de la guerre. Ça l'a changé. Ce qui est bien normal, d'ailleurs. Mais il n'était plus le même. Demande à ton père si tu ne me crois pas.

Moi, je ne changerai pas, je réponds d'un ton têtu.

Soudain, Annie saute sur ses pieds et sort de la pièce en courant. On entend la porte de sa chambre claquer.

Maman quitte la pièce pour la rejoindre.

On se regarde, Papa et moi. Il dit : Je peux encore tenir cinq ans, peut-être six. Mais je ne sais pas si je pourrai continuer après ça.

Je me renferme. Je ne dis rien.

Il ramasse le livre d'Annie et en tourne les pages distraitement.

Est-ce que Linsey est au courant de tes projets ? il demande.

J'allais lui… non, pas encore.

Qu'est-ce que tu vas lui dire ?

Je suis pris en défaut. Je ne m'attendais pas à cette question et je me sens rougir.

Je lui dirai ce que je veux, je dis brusquement.

Non, ça ne suffit pas. Bob et Maggie sont comme de la famille pour nous. On ne peut pas te laisser faire du mal à leur fille.

Papa, je ne vais pas lui faire du mal. En fait, c'est ce que j'allais lui dire.

Quoi ?

J'allais lui dire de m'attendre.

Il me regarde droit dans les yeux.

Tu sais que je t'aime, Tommy, il dit. Je sais aussi que tu es encore trop jeune pour avoir bien réfléchi à tout ça.

Quelque chose me frappe dans le ton de sa voix. Il semble distant.

Il se tourne pour regarder la baie et je fais de même.

Tu sors le bateau demain matin ? je demande.

Bien sûr. Pourquoi je ne le ferais pas ?

À quelle heure tu veux que je me lève ?

Ne t'en fais pas pour ça. Tu peux faire la grasse mat'.

Je baisse les yeux et je réalise qu'à un moment donné de notre conversation j'ai arraché une poignée de poils du tapis. Je les regarde un instant, surpris. Puis je les remets en place en espérant que Maman ne verra rien. Ou peut-être qu'elle croira que c'était Wannabe.

Papa se lève. Je vais me coucher, il dit. La journée a été longue et je suis épuisé. Bonne nuit, Tom.

Dis bonne nuit à Maman pour moi, d'accord ?

D'accord.

Je le surprends qui jette un dernier regard à la baie. La lune a disparu derrière une énorme nappe de nuages. Leur ombre couvre le pré ; les bois ne sont plus qu'une tache sombre.

Plus tard cette nuit-là, je regarde à nouveau la baie, mais cette fois c'est sur un vieux tableau au mur de ma chambre, en face du lit, offert à ma grand-mère par un peintre qui s'était épris d'elle, selon la légende familiale. Au bas du tableau se trouvent les mots : Penobscot Bay, là où l'eau est pure et la vie facile.

Je n'ai jamais compris cette phrase et j'ai conclu, il y a longtemps, que seul un étranger avait pu l'écrire. La pêche au homard n'est pas un métier facile et même l'eau de la baie, ces derniers temps, est de plus en plus polluée.

C'est à cela que je pense tout en quittant la maison sur la pointe des pieds, le matin suivant, à la suite de mon père qui est parti vers son bateau. C'est l'heure qui précède le lever du soleil et la brume est dense. J'attends devant la maison que Papa ait traversé le pré baigné de rosée et soit entré dans les bois, puis je suis le même chemin couvert de broussailles, en me faufilant entre les pins, les épicéas et les trois bouleaux blancs que Papa a plantés quand Andy, Annie et moi sommes nés. Je m'arrête près de la vieille cabane au bord de la falaise, d'où l'on surplombe toute la baie, et je regarde Papa ouvrir la porte en bois qui mène au ponton, puis la porte de l'abri où il range ses casiers à homards. Il travaille vite, efficacement, des années de savoir-faire guidant chacun de ses mouvements, mais il semble fatigué et je me demande comment il a dormi. Il charge les casiers dans le bateau, organise les bouées orange et, après avoir mis le moteur en marche d'un mouvement sec, le voilà qui s'éloigne sur l'eau.

J'ai envie de l'appeler et de lui dire de revenir me prendre, mais je n'en fais rien. Au lieu de cela, je descends l'échelle jusqu'au ponton et je m'assieds au bord de l'eau, entouré par les remous de son sillage. Je ne vois plus le bateau, mais j'entends son moteur tousser dans l'obscurité. Une fine ligne noire dans le brouillard indique les collines qui se trouvent de l'autre côté de la baie, mais à part ça tout est d'un flou laiteux, avec quelques goélands au dos noir qui volètent ici et là. J'inspire l'air iodé, la brume dépose son humidité sur mes épaules, mais après quelque temps, je me lève et je retourne vers la maison. Je passerai peut-être la matinée à tondre la pelouse…

Lieutenant Ellison…

Je regarde au bas du Hesco. Whalen est là, la main levée pour se protéger du soleil. Il fait chaud comme dans un four. Je passe ma langue sur mes lèvres gercées. De la salive sèche fait des croûtes au coin de ma bouche.

Qu'est-ce que c'est, m'nadjudant ?

C'est l'heure de la relève, pour vous, mon lieutenant.

Je regarde ma montre, désorienté. Quelle heure il est ? je demande.

Comment on va régler ça ?

On trouvera bien quelque chose. En attendant, tenez-moi au courant, d'accord ?

Oui, mon capitaine, je réponds avec calme, même si j'enrage intérieurement du fait qu'il s'attende à ce que je lui serve de coursier. J'ai envie de lui rappeler que je suis un sous-lieutenant, pas un putain de messager, mais je parviens à me contrôler.

Qui a la prochaine garde, m'nadjudant ? Connolly demande à Whalen.

Schott fait un pas en avant. C'est moi, mon capitaine.

Gardez l'œil grand ouvert. J'ai l'impression que ça va être une longue nuit.

Connolly s'en va et je récupère mes affaires près du Hesco avant de faire un signe de tête à Whalen et Schott et de m'en aller. Whalen allume une cigarette et me regarde m'éloigner avec un regard de sympathie.

Je retourne à ma baraque et j'enlève lentement mes rangers et mes chaussettes. Mes pieds sont blancs et ridés : on dirait qu'ils ont été bouillis. Des lambeaux de peau s'en vont avec les chaussettes. Je m'écroule d'épuisement sur mon lit. J'ai les mains et le visage qui me brûlent, d'avoir été exposés au soleil toute la journée, et j'ai un nœud à l'estomac qui menace de se transformer en crampe. Je réalise que je n'ai rien mangé depuis ce matin. Je reste allongé là à me dire que je devrais me lever et aller jusqu'à la tente du mess.

Ils te nourrissent bien, Tommy, dit Maman. Tu t'es étoffé.

Annie tâte mon biceps. Elle dit : Incroyable !

Votre fils vous plaît, madame ? je demande.

Madame ! Maman me donne un coup de poing joueur sur le bras. Pas de madame avec moi, jeune homme. C'est Maman, compris ? Pas de manières avec moi.

Bon, bon, mais qu'est-ce que tu penses de moi en uniforme ?

Maman regarde Papa, puis elle me fait face à nouveau. Elle a l'air triste. Tu crois vraiment que tu vas être utile, Tommy ?

Oui, je le crois, je réponds. Tu te souviens de ce que tu as dit quand on était devant la télé en train de regarder les tours s'effondrer ?

Mais tu es obsédé par ces tours ! Ce n'est pas sain. Non, je ne me souviens pas. Qu'est-ce que j'ai dit ?

Tu t'es tournée vers nous et tu as dit que tout le monde allait devoir être solidaire et faire sa part. Voilà, je fais ma part, c'est tout.

Elle m'adresse un faible sourire. Je vais devoir faire attention à ce que je dis devant toi, apparemment. Si j'avais su quelles conséquences ça aurait, j'aurais dit quelque chose d'autre.

Ils sont venus du Maine tous les trois pour ma remise de diplôme. Pour limiter les frais, ils ont pris un vol de nuit de Bangor à Logan Airport à Boston, puis une correspondance à Philadelphie jusqu'à Atlanta, puis loué une voiture pour venir jusqu'à Fort Benning.

Ça fait un sacré voyage, je remarque.

Ton père voulait venir en voiture, mais ça aurait pris trois jours, dit Maman en riant.

Papa dit : Alors Annie est allée sur Internet et elle nous a trouvé des billets pas chers sur un site de voyages. Ça coûte moins de la moitié de ce que ça aurait fait si on avait pris la voiture. Il secoue la tête, incrédule.

Ça sera mieux au retour, dit Maman. On a juste un changement à Illadelph, et de plus gros avions pour les deux trajets, pas ces petits coucous à hélice.

Illadelph ? je demande. C'est où, ça ?

C'est ce que tu appellerais Philadelphie, petit Blanc, répond Papa.

Je marque un temps d'arrêt et les dévisage : Maman ? Papa ?

Maman se met à rire. Les Roots sont dans la place, elle dit. C'est quoi ton kif, cousin ?

J'ouvre les yeux d'un coup et reste immobile un moment, décontenancé.

Puis je réalise que je suis en train d'entendre Wonk Gaines qui parle à toute allure de l'autre côté de la paroi en contreplaqué qui sépare ma cagna de la leur. J'ai dû m'endormir en m'allongeant sur le lit. Je grimace et cherche mes bouchons d'oreille, mais je ne les trouve pas dans le noir et je reste là à moitié endormi, recevant des bribes de conversation à travers la paroi.

Wonk dit : Et là je suis dans une cave de North Philly, genre trois mètres carrés, et on est au moins quarante à l'intérieur, et tout le monde est complètement foncedé, et ?uestlove, mec, il balance ce beat sur une boîte à chaussures, et toute la foule se balance, tu vois ce que je veux dire, et un frangin se met à rapper. C'est Black Thought. Il dit : Hip-hop, t'es l'amour de ma vie...

La voix haut perchée de Brad Everheart, le christianiste de la compagnie, interrompt : Qui a bougé mes putains de rangers ?

Le soldat Serrano dit : Elles sont juste là, mec...

Non, elles ne sont pas là ! Je les avais mises comme ça... à un angle par rapport au lit, tu vois ? Et maintenant elles sont là-bas, ce qui n'est pas la même chose...

Le soldat Lawson dit : Qu'est-ce que tu racontes, putain ?

Il faut qu'elles fassent un angle, tu vois ? Cet angle-là. C'est quand même pas difficile à comprendre ?

Mais pourquoi il faut qu'elles soient à ce putain d'angle ? demande Matt Lawson. C'est écrit dans ta bible ?

Everheart dit : Arrête, Matt ! C'est un coup bas, ça.

Lawson répond : Tu perds la boule, Brad. Je m'inquiète pour toi.

Non, je ne perds pas la boule. Je sauve des vies.

Serrano pousse un grognement. Qu'est-ce que c'est censé vouloir dire, ça ?

Everheart continue : Écoutez ça, les mecs. La nuit d'avant le combat, j'étais trop fatigué pour les mettre à cet angle-là, et tout est parti en vrille juste après. Et la fois d'avant, il y a quatre semaines, je les avais jetées sous mon lit n'importe comment et le lieutenant Hendricks et le sergent Castro se sont fait buter le lendemain. Alors maintenant faut que je fasse super attention, okay ? Je ne veux pas prendre de risque. Je fais ça pour nous tous.

Sans blague ! dit Wonk nerveusement. Les mecs, laissez-le faire.

Lawson dit d'un ton traînant : Brad Everheart. Mec. Faut que tu rentres à la maison et que tu tires un coup.

Un coup ?

Ouaip. C'est clair.

Tu ne peux pas penser à autre chose qu'au sexe ?

Qu'est-ce qu'il y a d'autre dans la vie ? Éjaculation, procréation, extinction.

Mec, t'as besoin d'une douzaine de valiums et d'une dose de chasteté.

Pas moyen, réplique Lawson. En fait, je prendrais bien un peu de nymphetamine, là tout de suite.

T'as la nostalgie des pétasses, Matt ?

Nique ta mère, tête de bite !

Dieu te garde, trou du cul, dit Everheart, magnanime. T'es juste comme ce putain de Bob l'éponge, tu sais pourquoi ?

Non, pourquoi ?

Parce que t'habites au fond d'un bikini, voilà pourquoi.

Ça me pose aucun problème, crétin, dit Lawson en riant. Je choisis un bikini plutôt que ton livre sacré à tous les coups.

Serrano intervient : En parlant de rangers et tout, les gars, je pue comme un porc. J'en ai marre de me laver avec des lingettes pour bébé. J'ai hâte qu'on puisse repasser par Kandahar pour prendre une douche chaude et téléphoner à la maison.

Pourquoi ça ? demande Wonk d'une voix teintée de sarcasme. T'aimes pas te laver aux lingettes et aux bouteilles d'eau chauffées au soleil ?

Je viens pas de ta Philadelphie pourrie, poteau, dit Serrano d'un ton suave. J'aime les douches en état de marche et les *lavomatics*... Il prononce le mot très lentement.

Tout à coup, Lawson dit : C'est quoi, ce bruit ?

Serrano dit : On dirait quelqu'un qui joue de la guitare...

Mec, c'est pas une guitare, ça, répond Lawson. Et ça vient de quelque part en dehors de la base. Écoutez...

Everheart dit : Prenez vos fusils et allons-y voir...

J'entends des bruits de rangers qui sortent de la cagna et je m'assieds sur mon lit en tendant l'oreille. Quelques instants plus tard, je suis dehors moi aussi, la main posée sur mon 9 mm, en compagnie d'un flot continu de biffins plus ou moins habillés et marchant tous en direction de la musique. Je distingue une rangée d'hommes le long des Hescos, leur silhouette formant un mur noir sur un fond de ciel étoilé. Hormis ceux qui sont de garde, presque toute la compagnie est là – et tout le monde se tait, ce qui est rare. Le seul son au sein de cette assemblée surréaliste est un bruit divin de cordes pincées qui flotte dans l'air nocturne.

Je passe devant le sergent-chef Tribe qui est appuyé contre une pile de sacs de sable.

On devrait juste la buter, il dit d'un ton amer. Au moment où j'allais m'endormir…

Bradford me fait une place au sommet des Hescos. Whalen est à côté de lui, le regard fixé sur le champ obscur. Je distingue Doc, Tanner, Petrak, Ashworth, Flint, Massoud. Des cigarettes allumées brillent dans le noir comme des vers luisants.

L'air a le parfum des montagnes.

L'ADJUDANT

Quand on est jeune, on dort.

Je nage jusqu'au bout de la petite piscine, puis je fais demi-tour et je reviens. C'est mon vingtième aller-retour et l'aube rose pointille la surface de l'eau. J'ai envie de rire aux éclats – et je l'ai peut-être fait tout à l'heure – mais je me contente de savourer le sentiment de bien-être qui me traverse. C'est agréable de sentir l'eau ruisseler sur mon visage tandis que sa masse enveloppe mon corps et le berce. Les nuages matinaux semblent sortis d'un rêve : ils deviennent vermillon, puis orange, avant que l'orbe rouge du soleil n'émerge de l'horizon. L'ombre pesante de la nuit se retire de la piscine. Un rayonnement frais et pâle s'infiltre à travers les branchages en surplomb. Les magnolias apparaissent dans le demi-jour reflété par le miroir de l'eau. Leurs images m'entourent quand j'émerge de la piscine.

Tante Thelma tricote sur la véranda. Elle me fait un sourire et me dit que mon grand-père est levé. J'aurais du mal à me souvenir d'un moment où je l'aurais vue sans ses aiguilles et sa pelote de laine sur les genoux. C'est Thelma qui m'a élevé avec l'aide de mes grands-parents, après la mort de mon père. J'avais douze ans. On nous a dit qu'il y avait eu un accident pendant un meeting aérien en Allemagne. Papa était parmi les spectateurs. Il était venu de la base de Landstuhl avec ses copains de régiment. Je me souviens de l'étrange réaction de Mère au coup de téléphone – son visage avait pâli subitement, puis elle avait souri. Elle avait essayé de le cacher en se mordant la lèvre. Mais je l'avais déjà remarqué et ce soir-là, seul dans mon lit, je m'étais demandé ce qui était pire, la mort de Papa ou la réaction qu'avait eue Mère.

Une semaine plus tard, elle n'était plus là : elle était partie avec cet avorton d'Alvin Jones, l'un des mécanos du garage où Papa faisait réparer sa voiture quand il était en permission. Ce sont mes grands-parents qui ont dû accueillir les hommes de l'unité de Papa quand ils sont venus rapporter ses effets personnels. Quant à Mère, il nous est revenu aux oreilles qu'elle et Al s'étaient installés à Abilene, où Al avait ouvert un garage. Je ne l'ai jamais revue. D'après la rumeur, elle aurait eu un enfant qui n'aurait pas survécu.

À présent, mon grand-père est assis à la table de la cuisine, comme chaque matin, pendant que Grand-mère prépare le petit déjeuner en lui reprochant d'être sur son chemin. Je passe à côté d'eux pour aller dans ma chambre et Grand-père me demande d'amener mon uniforme quand je viendrai prendre mon petit déjeuner.

Ça suffit, James ! proteste Grand-mère. Laisse-le tranquille.

C'est toi qui devrais nous laisser tranquilles ! Tu ne peux pas comprendre.

Oh, je comprends très bien, Jimmy Whalen. J'ai été femme de soldat pendant trente-neuf ans et je ne sais pas qui est mieux placé que moi pour comprendre.

Trente-neuf ans ? Tu veux dire *cinquante*-neuf ans ! Je vois que tu es prête à m'enterrer avant mon heure.

Tu as pris ta retraite il y a vingt ans, tu te souviens ?

Je sais compter ! il aboie. Mais ils m'ont forcé à prendre ma retraite avant que je n'y sois prêt. Je ne serais jamais parti de moi-même, tu le sais bien.

Je sais, je sais, j'entends Grand-mère répondre alors que j'atteins la porte de ma chambre. Je trébuche sur une déchirure dans la moquette mais j'arrive à me rattraper et je continue.

Mon grand-père est dans son bureau quand je réapparais. Je suis habillé normalement, mais mon uniforme sur son cintre sort tout droit du pressing. Il sent l'odeur du film plastique que je défais avant de tendre l'uniforme à Grand-père.

Louise, il crie, où sont mes lunettes ?

Elle les lui apporte et me tire derrière elle en retournant à la cuisine. J'aperçois mon grand-père qui caresse les décorations et les galons de sergent-chef. Il est assis droit comme un I mais son regard se perd dans le lointain. Je connais bien ce regard : il rêve encore à son passé glorieux.

Grand-mère me fait promettre de venir à la messe de dimanche à sa nouvelle église, l'assemblée baptiste du Roi David, où elle va depuis que celle qui était plus près de la maison a brûlé.

Ils ont un très bon chœur de gospel, elle dit. Il suffit d'écouter cette musique acidulée pour se sentir plus proche du Seigneur, et pourtant je n'ai pas encore réussi à convaincre ton grand-père, ce vieux grigou têtu, de m'y accompagner. Je veux parler au pasteur pour qu'on prévoie une date de mariage, pour après ta mission. Donc amène Camille avec toi : elle va devoir faire sa connaissance, elle aussi.

Grand-mère…

Non, non, Marcus, pas un mot. Je ne rajeunis pas et

tu vois bien comment est ton grand-père. Je veux te voir marié avant de quitter ce monde. Tu as trente-sept ans. Il est temps.

Elle serre mes mains dans les siennes et me regarde droit dans les yeux. C'est compris ?

Oui grand-mère.

Bien. Maintenant assieds-toi et attaque tes pancakes et tes œufs. Je les ai faits juste comme tu les aimes. Tu vois, je n'oublie pas, quoi que raconte ton grand-père sur ma mémoire défaillante et ce genre de sornettes.

Oui grand-mère.

Quand j'ai fini de manger, je reste avec elle un moment à évoquer l'Afghanistan et le déroulement général de la guerre. Elle me pose des questions sur Tarsândan et me parle d'un livre qu'elle a emprunté à la bibliothèque municipale et qui raconte la vie d'une femme de son âge à Kaboul. C'est à mon tour d'être intéressé et, quand je quitte la maison, il est déjà neuf heures et je suis en retard pour faire mes courses.

Je m'apprête à sortir quand mon grand-père me demande combien de temps je serai parti.

Voyons voir, on est dimanche, je dirais jusqu'à vendredi plus ou moins.

Tu prends la voiture de ton père ou quoi ?

Oui grand-père, c'est ce que je pensais faire.

Ta Grand-mère l'a fait réviser la semaine dernière – du moins c'est ce qu'elle dit, en sachant que tu arrivais – donc tu ne devrais pas avoir de problème. Mais fais quand même attention en conduisant, compris ? C'est une vieille voiture et tous ces crétins en 4 x 4 feraient peur à n'importe qui, bon sang de bonsoir.

Avant que je puisse répondre, Grand-mère intervient de la cuisine : James, tu dis encore des grossièretés ?

De quoi veux-tu parler, femme ? Je discute avec mon petit-fils, c'est tout. On ne peut plus être tranquille chez soi, maintenant ?

Il secoue la tête d'un air dégoûté. *Les femmes,* tu vois ce que je veux dire ?

Je réprime un sourire. Oui grand-père.

Tante Thelma m'accompagne jusqu'à la porte. Ramène Camille avec toi, elle dit. Ça fait trop longtemps qu'on ne l'a pas vue, *Bou.* J'aimerais bien la revoir, ta belle *gaïenne.* Elle a de si beaux cheveux, et des yeux ! bleus comme le ciel du matin.

Tante Thelma vient de La Nouvelle-Orléans et elle retombe parfois dans le patois local : elle dit « Bou » pour « mon enfant », « gaïenne » pour « petite amie ». Ça m'énervait au plus haut point quand j'étais adolescent, mais maintenant je trouve ça attendrissant et je la prends dans mes bras un instant.

Elle me demande de ne pas bouger pendant qu'elle compare le pull-over qu'elle tricote à la largeur de mon dos. Il fait très froid, là-bas ? elle demande.

En Afghanistan ? Froid. Genre il y a des parties du pays où tout s'arrête six à sept mois de l'année parce qu'il y a trop de neige.

C'est aussi bien que tu n'y sois pas, alors. Pas la peine d'attraper des engelures. Quoi qu'il en soit, je terminerai ce tricot avant que tu ne repartes. Tu pourras peut-être le porter l'année prochaine.

Tante Thelma, ce sera toujours l'hiver quand j'arriverai, fais-moi confiance. Là où on m'envoie, le froid dure jusqu'à la fin du mois de mai.

Sainte Vierge, heureusement que tu me l'as dit ! Je n'en savais rien. C'est que je finirais par devenir gâteuse ! Il va falloir que je t'achète des sous-vêtements chauds, mon enfant. Elle me regarde par-dessus ses lunettes. J'ai pris de la laine six-fils. Ce n'est peut-être pas assez épais. Qu'est-ce que tu en penses ?

Ça me semble très bien.

Je devrais sans doute utiliser de la laine peignée à un fil et tout recommencer.

Non, ce n'est vraiment pas la peine ! Ça ira très bien comme ça.

Je ne sais pas, *p'tit boug.* Je vais y réfléchir. Fais bon voyage.

Dans le garage, j'enlève la bâche de la voiture. La Chevelle a l'air toute neuve : carrosserie rouge Gauguin, calandre chromée scintillante, intérieur beige immaculé. J'ouvre la porte, je me glisse sur le siège conducteur et je pose les mains sur le volant en cuir patiné par l'amour de mon père. Je mets le contact et je reste là un moment, à me demander pourquoi il ne se passe rien. Puis j'éclate de rire. J'ai tellement pris l'habitude des Hummer et des Stryker vrombissants que j'ai oublié ce que ça fait d'être dans une vraie voiture américaine.

Elle glisse hors du garage, légère et silencieuse, et je m'engage sur la route. Le soleil est déjà chaud. Heureusement, je porte une chemise en coton au col ouvert et des pantalons larges. Je m'insère dans la circulation qui se dirige vers Government Street. Premier arrêt, Phil Brady's, l'un des meilleurs clubs de Blues de Baton Rouge, où Camille est barmaid quatre nuits par semaine.

Je passe par l'entrée de service et m'arrête devant le tableau d'affichage pour vérifier l'emploi du temps de Camille cette semaine. Elle est en congé jusqu'au week-end prochain, qui est la date de mon départ. Je sens une vague d'excitation me parcourir en posant les yeux sur son nom : Camille Thibodeaux. Juste au moment où je me retourne, Donnie, le gérant de jour, me voit et se précipite vers moi.

Salut ! il dit en me serrant la main. T'es de retour, mon pote ? C'est sympa de te revoir ! Tu restes combien de temps cette fois-ci.

Sept jours. Camille m'a demandé de venir chercher quelques trucs…

C'est là, tout est prêt, grand chef, la totale, comme prévu. Je te le dis, elle est pas radine, ta femme. Viens par ici.

Donnie, s'il te plaît, ne m'appelle pas « grand chef ».

Il se tourne vers moi et se met à rire.

Tu es trop modeste, patron. T'es un héros, tu vois c'que j'veux dire ? Un authentique héros américain, cent pour cent pur jus. Tout le monde t'admire par ici. Tu peux pas savoir comme c'est bon de te revoir.

Merci, mais je ne suis pas un héros. Je fais juste mon travail, comme toi tu fais le tien.

Il ralentit et me regarde d'un air hésitant. Puis il me fait un clin d'œil. Allez, c'est bon. Faut reconnaître le vrai courage quand on le voit, pas vrai ? Il se penche vers moi et baisse la voix. Je me serais bien engagé moi aussi, mais j'ai une famille, ça rend les choses plus difficiles. Mais bon Dieu, ce que j'aimerais faire comme vous, les gars, aller à la chasse aux terroristes ! J'ai vu un reportage à la télé et c'était la classe, Marcus, la classe. De l'action, quoi !

Il sort deux énormes paniers du congélateur et une caisse de bouteilles et fait signe à l'un des aide-serveurs.

Fais attention, il dit. Il y a de la glace au fond pour que ça reste frais pendant le voyage.

Je regarde les paniers avec de grands yeux. Bon sang, Donnie, qu'est-ce qu'il y a dedans ?

Il met ses lunettes et se penche sur un morceau de papier.

Alors : du riz aux haricots rouges, des boulettes de viande à la sauce tomate, des fettucine aux écrevisses, des huîtres, nos saucisses piquantes maison, des ailes de poulet et des po'boys pour le déjeuner, du sébaste aux épices pour faire des grillades le soir, des mirlitons frais avec de la sauce au beurre et aux crevettes, des écrevisses à la mayonnaise, des poires d'alligator, des fraises et du cheese-cake au boursin. À boire il y a du champagne, du vin, du porto pour toi, j'imagine, de la bière, du scotch, du bourbon… waouh, elle a vraiment pensé à tout ta copine…

Il me regarde avec un sourire malin.

J'éclate de rire. Il m'accompagne jusqu'à la voiture.

Vous venez ce week-end ou quoi ? il demande. On a de chouettes musicos.

Il y a qui ?

Les meilleurs, comme d'hab. Jeudi, c'est Atlanta Al qui anime la jam-session, vendredi on a Dexter Lee and the Prophets, et samedi Muddy Creek toute la soirée jusqu'à minuit.

Sans doute samedi, alors, on verra – c'est Camille qui décide.

Sacré veinard ! Tu as la copine la plus chouette du monde et le meilleur boulot qui soit. T'es vraiment le type le plus chanceux de la terre.

Il me donne des tapes dans le dos pendant que je m'assieds dans la voiture.

Bon, on se voit peut-être ce week-end, alors… ?

Peut-être… Je lui fais un signe de la main en démarrant.

J'ai encore une course à faire avant de traverser le fleuve. Je continue sur Government Street quelques pâtés de maisons, je passe devant mon ancien lycée et je tourne sur Jefferson Street. Je m'arrête devant un magasin de disques avec une grande vitrine couverte d'affiches de concerts et je me gare derrière une vieille camionnette marron qui porte l'inscription « Rawlings, Fils & Fille » d'un côté et « Achatvente de disques et CD d'occasion » de l'autre. Au-dessus de la vitrine, il y a écrit : « Le Vieux qui ne voulait pas CD ». Je m'arrête sur le trottoir et regarde à l'intérieur. Derrière le comptoir, il y a un homme blanc et chauve aux larges épaules vêtu d'un T-shirt Harley Davidson et d'un bandana rouge vif. Je souris déjà en ouvrant la porte et je reste là un moment, pour laisser mes yeux s'habituer à la pénombre ambiante. Puis je dis : Sergent Rawlings, garde à vous !

Il lève les yeux du magazine qu'il est en train de lire et crie si fort que tous les clients se retournent.

Ce putain d'adjudant Marcus Whalen ! il beugle. Qu'on me fusille sur-le-champ et qu'on me passe la corde au cou !

Il se déplace adroitement sur une paire de béquilles et se faufile entre les piles de CD et de disques. Il sourit jusqu'aux oreilles. Il dit : Viens là, grand *Tahyo,* dans mes bras ! Comment ça va ? T'as l'air en forme, mon pote. T'as l'air d'avoir perdu ton gras de bébé.

Je lui lance une feinte de coup de poing et je regarde autour de moi pour voir ce qui a changé. Tu t'es agrandi, dis-moi, tu as abattu le mur du fond et tout... Et qu'est-ce que c'est que ce nouveau nom ? « Le magasin de CD », ça n'allait plus ? C'était simple et direct, je trouvais ça bien. Et depuis quand tu t'appelles le Vieux ?

Il fait une grimace gênée. C'est un coup marketing, mon pote, il dit d'un ton ironique. C'est une idée de ma fille. Je veux qu'un jour mes enfants reprennent la boutique, tu vois ? Et ils ont de nouvelles idées sur la façon de faire les choses.

Je fais un geste dédaigneux en direction de la pile de CD la plus proche : Comme de vendre du gangsta rap et ce genre de merde ? Avant, tu étais un puriste du blues, Gene.

Il faut faire avec son temps, mon pote. Les ventes étaient en panne sèche et le vrai blues, ça n'intéresse pas les jeunes.

D'ailleurs, même dans notre génération, on doit être parmi les derniers…

Parle pour toi, soldat ! Tu commences peut-être à décrépir, mais moi j'ai que trente-sept ans, je suis pas prêt à passer l'arme à gauche.

Non, mais sérieusement, qui d'autre tu connais aujourd'hui qui a notre âge et qui aime les classiques du blues ? J'ai une famille à nourrir, Marcus. La merde, ça se vend.

Okay, okay, pas la peine de monter sur tes grands chevaux.

Et j'ai pas entièrement baissé les bras, il ajoute d'un air défensif. Je participe au festival de blues, cette année.

Ah ouais ? C'est quand ? Toujours en avril ?

C'est ça. Tu aurais dû prendre ta perm à ce moment-là, mon pote. Ça t'aurait plu. Tu te souviens de la fois où on était allés à Oxford, chez Proud Larry's ?

Évidemment, mon pote. Il y avait tellement de fumée de cigarette, dans ce bar, la musique avait un goût de clope.

Et de barbeuc, aussi. Barbeuc et whisky, guitares et poisson-chat frit, et la musique qui sort des profondeurs de cette terre boueuse de Marshall County. C'est le blues le plus pur qui soit, mon pote. Rien à voir avec le hip-hop.

Là, je te reconnais, je réponds en le regardant avec affection. Et comment tu vas, à part ça ? La petite famille ?

J'vais bien, tout l'monde va bien. Millie est en forme, Crissie et Travis font tourner le magasin avec moi, Gene a trouvé du boulot…

Gene Junior ? Je croyais qu'il était toujours au lycée.

Il a fini, mon pote. Le temps passe. Et ouais, il est presque aussi grand que toi, maintenant. Il a passé son bac et maintenant il bosse sur une plate-forme pétrolière, dans le golfe. Je lui ai pourtant dit : Va pas te casser une jambe, hein :

c'est risqué comme travail. Mais il a fait le malin – tu sais comment sont les jeunes d'aujourd'hui – et il m'a dit : Ils ont des systèmes de sécurité imparables, Papa, imparables. De la tech-no-lo-gie de classe mondiale, c'est ça le boulot aujourd'hui. C'est comme ça qu'il l'a dit, tech-no-lo-gie. Donc il gagne bien sa vie maintenant.

Il me prend par le bras. Vous me manquez, tous ! Qu'est-ce qu'ils trafiquent maintenant, les poteaux ? Ça chasse toujours le taliban ? Connolly fait toujours la vie dure à Frobenius ? Et Brandon Espinosa ? Qu'est-ce qu'il devient ?

Il me mitraille de questions et je dois lui demander de ralentir. Connolly va bien, je lui dis. Et le reste des gars aussi.

Le lieutenant fait toujours son tai-chi tous les matins ?

Je souris à ce souvenir. Tous les matins sans faute, je réponds.

C'est l'agence tous risques, mon pote ! il dit avec un véritable accent de fierté dans la voix. Vous me manquez, tous. Je regarde les infos tous les jours, et pas un jour ne passe sans que je me dise : Bon sang, je devrais être avec eux ! Du coup je le dis à tous les jeunes qui viennent par ici : Vous voulez que votre vie ait un sens, vous voulez vous sentir utiles, vous avez qu'à vous engager.

Je sais pas si c'est si simple que ça, Gene. Je jette un regard appuyé à sa jambe amputée, mais il ne fait pas attention. Alors je demande : Mais dis-moi – comment va Joe ?

Son visage se décompose. T'es pas au courant. Il est mort, mon pote.

Joe Woods ? Qu'est-ce que tu racontes ?

Tu sais qu'il voulait acheter un bateau de pêche à la crevette une fois qu'il serait réformé ? Il arrêtait pas d'en parler et de faire tous ces projets, tout ça en biberonnant dur, tu vois ? Dans tous les cas, on en avait parlé. Je l'avais invité à dîner deux, trois fois. Millie rouspétait – tu sais comment il se tient à table – mais j'ai tenu bon et j'ai dit : Il vient dîner, un point c'est tout, je m'en fous s'il sait pas se tenir, c'est mon frère ! Puis j'ai entendu dire qu'il faisait cuire des tacos dans un fast-food pour cinq dollars cinquante de l'heure et je me suis dit que j'allais passer le voir. Et avant que j'aie le temps d'y aller, je lis dans le journal : Le caporal-chef Joseph Woods, vétéran de l'opération Tempête du désert, s'est tiré une balle dans la tête après un long combat contre la dépression.

Je mets un moment à absorber la nouvelle. Je n'aurais jamais pris Woods, qu'on surnommait « Joyeux », pour un candidat au suicide.

Machinalement, je dis : C'était un type bien.

C'est clair, mon pote. Tu te souviens comme il nous avait fait marrer quand on s'était fait tirer dessus derrière ces bermes près de Bagdad ? Ou la fois où il avait fait entrer un poulet dans la tente de Folsom ? Toujours calme en cas de pépin, toujours un sourire sur le visage et une nouvelle blague prête à partir. Mais il a changé en revenant ici, il a vraiment changé. Et c'était ça que je voulais aller lui dire. J'allais lui conseiller de se rengager. Je lui aurais dit : Joyeux, pour les gars comme toi, l'armée c'est ce qu'il y a de mieux. Tu vois du pays, tu es respecté, tu touches un salaire régulier. Tu peux même te payer une piscine dans ton jardin comme la famille de l'adjudant Whalen. Mais avant que je puisse lui parler, il s'est fait la malle. L'armée, c'était sa famille, il se sentait bien aux côtés de ses frères, mais ici, il était redevenu SDF, tu vois ce que je veux dire ? Il avait personne pour le soutenir dans les moments difficiles. Et faut croire qu'à la fin il en a eu assez. Tout est allé très vite – il y avait rien pour le retenir.

Il tape sur le comptoir pour exprimer sa rage. Ça me

tue, Marcus ! On s'engage parce qu'on aime notre pays, on s'engage pour que les autres aient pas à le faire, pour que les fils de riches aient pas à le faire, mais quand on rentre à la maison…

Il regarde droit devant lui, les traits tirés.

Mais bon, me lance pas là-dessus. Millie dit que je commence à radoter comme un vieux. Tout ce que je peux en dire, c'est que Joyeux a dû être sacrément déprimé pour que le suicide lui semble une bonne solution. L'armée l'a laissé tomber, mec. Quand on a risqué sa vie pour son pays, on mérite mieux. C'est une question de respect, tu vois ? Quand on s'est battu et qu'on a saigné avec ses frères d'armes, c'est quelque chose qu'on peut pas expliquer à quelqu'un qui n'a pas connu ça. Ils peuvent juste pas comprendre.

Il remonte sa manche, en se tenant en équilibre sur ses béquilles. Il a un nouveau tatouage sur son bras droit, qui dit : soldat un jour, soldat toujours.

Au même instant, un jeune rasta blanc à dreadlocks, ayant sans doute décidé qu'il en avait suffisamment entendu, nous lance un regard mauvais et se rue hors du magasin.

Je jette un regard d'excuse à Gene. Je crois que je t'ai fait perdre un client.

Il hausse les épaules. Qui, lui ? C'est une mauviette, mon pote. Pas comme toi et moi.

Il m'adresse un sourire ironique. Faut être dur pour aimer le blues.

En parlant du blues, qu'est-ce que tu as de nouveau cette fois-ci ?

Que du bon, mon pote, il dit, que du bon. Il se déplace rapidement sur ses béquilles et passe derrière le comptoir. Je t'ai mis deux, trois trucs de côté. Tu vas voir. Que des enregistrements rares. Ils m'ont coûté une fortune, mais qu'à cela ne tienne : c'est surtout le plaisir de les dénicher qui m'intéresse.

Il se penche et sort une pile de CD et quelques vieux disques en gomme-laque. Regarde-moi ça. Là, tu as l'essence de l'Amérique, mec.

Avec un air de marabout, il me tend les CD un par un. Voilà Lightnin' Hopkins, et Furry Lewis, et Blind Lemon Jefferson, et ton préféré, ce vieux Mississippi John Hurt, et puis Johnnie Lee Hooker au Henry's Swing Club, Sleepy John Estes, Big Joe Williams, Honeyboy Edwards, Son House, Charley Patton.

Je regarde ses trésors avec respect.

C'est de la pure, mon pote, il dit. De la défonce légale. Il tapote le CD de Sleepy John. Ça, c'est une rareté. Le gars est un docteur, tu vois ? Il utilise le blues pour guérir les gens…

Ce sont tous des raretés, Gene, je remarque. Sérieux, tu m'as même déniché John Lee Hooker au Henry's Swing Club ! Il y a pas grand-monde qui a ça ! Bien joué, mon pote. T'es le meilleur. Et c'est quoi, ces gommes-laques ?

Il glousse. Je te le dis, Marcus, la première fois que je les ai vus, j'ai eu un sacré frisson qui m'a parcouru l'échine.

Je regarde les disques et je pousse un petit sifflement. Le premier est un enregistrement Paramount des années 1930, « Black Horse Blues » par Blind Lemon Jefferson. Le second est encore plus ancien : deux prises de « Down on my bended knee » par King Solomon Hill.

Je les dépose délicatement sur le comptoir.

Mazette, je dis doucement. Je ne sais pas quoi dire d'autre.

Puis je réalise l'heure qu'il est et je dis à regret en montrant mon poignet : Faut que j'y aille, Gene. Combien je te dois pour tout ça ?

Attends, je regarde où en est ton compte.

Il se lèche le pouce et tourne les pages d'un gros registre.

Puis : On dirait que je te dois quatre-vingt-treize centimes.

Je secoue la tête et je dis : Ce n'est pas possible…

Il est déjà en train de compter la monnaie. C'est ce qui est marqué là, mon pote.

Okay, si tu le dis, mais et ces petites merveilles, là ?

Elles sont à toi gracieusement. Cadeau de la maison.

Pardon ?

Tu les prends ou pas, Marcus, c'est toi qui vois.

Il met les CD et les gommes-laques dans un carton.

J'ai pas le temps de discuter, là, je lui dis, mais je vais revenir te payer ce que je te dois et tu as intérêt à être raisonnable. J'ai pas l'intention de te dévaliser.

Où tu vas pour être si pressé ?

À ton avis ?

Il sourit. Quelque part vers l'Atchafalaya, hein ? La péniche flotte toujours ?

Je dis : Je vais pas tarder à le savoir. Je ne l'ai pas vue depuis que Camille l'a repeinte, alors j'ai hâte.

Il pousse un grognement approbateur. Ces filles acadiennes, alors ! Dures à la peine, dures au plaisir. Tu as de la chance, mon pote. Elle est charmante. Prends bien soin d'elle.

Il m'accompagne jusqu'à la voiture. Tu conduis toujours Gracie ?

Bien sûr. Elle fait partie de moi.

Il insiste pour fermer la portière une fois que je suis assis. Donne le bonjour à Camille, il dit. Millie me demande tout le temps de ses nouvelles. Je lui dirai que tu es passé. Elle prie pour toi et les autres tous les dimanches à l'église.

Je mets mes Ray-Ban et il dit, un peu tristement : Si je ne te revois pas d'ici là, dis bonjour de ma part aux copains.

J'y manquerai pas, je dis avec un sourire, et je démarre.

Je prends la direction du pont et je passe sous un panneau géant en forme de guitare qui annonce : « Buddy Guy, fils de Baton Rouge, berceau du Delta Blues ». Je m'arrête à un feu rouge derrière une Honda Civic bleue dont l'arrière est couvert d'autocollants. En attendant que le feu passe au vert, je regarde ce que disent les slogans : WICCAN ET FIER DE L'ÊTRE ; La guerre n'est *PAS* la solution ; **Les Saints sont les meilleurs** ; POUR UNE PLANÈTE PLUS VERTE ; **POURQUOI NOTRE PÉTROLE EST-IL SOUS LEUR SABLE ?** ; Mère d'un enfant autiste ; NE TUEZ PAS LES ANIMAUX, SOYEZ VÉGÉTALIENS ; **Dégage, je suis une déesse** ; SAUVEZ LE BAYOU ; **PAS DE SANG POUR DU PÉTROLE** ; J'aime les arbres et la terre ; et enfin : Aidez nos soldats : Ramenez-les à la maison !

Sur le pont qui traverse le Mississippi, un pick-up blanc avec un fusil à pompe derrière la vitre arrière et un drapeau confédéré au-dessus d'une plaque d'immatriculation de l'Alabama change de file sans mettre son clignotant et me fait une queue-de-poisson. Un instant, j'envisage la possibilité de faire un étranglement au conducteur et de lui briser le cou. Puis j'inspire profondément, j'allume la radio et je me détends sur le siège en cuir confortable. Bientôt, une voix à l'exubérance reconnaissable entre toutes s'élève audessus du bruit de l'autoroute I-10. C'est l'animateur radio culte de Baton Rouge, l'ambassadeur officiel du blues, Zia Tammami, né en Irak mais qui anime des émissions de jazz et de blues sur des chaînes de radio locales depuis plus de trente ans. C'est même son émission légendaire, *Combustion spontanée*, qui m'a rendu accro au blues quand j'étais un adolescent solitaire qui voulait se distinguer de la masse des fans de hip-hop. Après ça, j'ai écouté son émission tous les dimanches matin, elle durait quatre heures et il y avait toujours une heure de blues en continu qui s'appelait « Le coin du cool ». En l'écoutant maintenant, je me sens de retour au bercail, plutôt deux fois qu'une. J'augmente le volume en souriant et je passe dans la voie de gauche en fredonnant « See that my grave's kept clean » par Blind Lemon.

Quarante minutes plus tard, je quitte l'asphalte pour une petite route de terre qui se faufile entre de hauts buissons. Je coupe le contact et je reste là quelques minutes, pour laisser le bruit et la fureur de la ville se dissiper. Il fait chaud et humide, dans l'ombre. Je suis suffisamment proche du bayou pour sentir la présence de Camille. Je démarre la voiture et avance lentement sur la route sinueuse que je connais bien. Je me dirige vers le rivage, à environ un kilomètre et demi en amont de la péniche de Camille. À mi-chemin, je suis forcé de ralentir pour laisser à un vieux Cajun, qui revient de sa pêche à la grenouille du matin, la place de se faufiler autour de la voiture. Il jette un regard soupçonneux à cet homme noir dans une belle voiture, mais ensuite, qui sait pourquoi, il se détend.

Zavez 'térêt à fai' attention, il dit. Y a un sacré bestiau là-bas au bord d'la route à cinquante mèt' plus z'moins après l'virage. C't'un vieux teignard : y m'aurait bien mordu si j'avais pas sauté vite fait su'l chemin. Faite-z-y un coup d'klaxon pour qu'y s'tire d'là, car c't'un capon, pas vrai cousin ?

Je ne vois pas le mocassin d'eau au sujet duquel il m'a averti, mais je croise deux petits cochons – des couleuvres à nez retroussé inoffensives – qui prennent le soleil au milieu de la route. Elles se glissent dans les feuilles à l'approche de la voiture.

Je me gare sous un immense saule des marais dont le

tronc et les branches sont ornés de mousse espagnole. Il ne reste pas beaucoup de mousse espagnole à Baton Rouge et aux environs à cause d'une maladie qui a touché la région il y a plusieurs années, et je me demande dans combien de temps elle aura entièrement disparu des marais. Je passe la main sur les filaments doux et humides et je songe à quel point cet endroit est différent de celui où j'ai passé le reste de l'année, sur un autre continent, de l'autre côté du monde. Saisi par un brusque sentiment de dislocation, je décharge lentement la voiture, je la recouvre d'une bâche et je me dirige vers la rive avec les paniers. Une fois arrivé, je lance quelques bâtons vers le canoë et une armée de grenouilles ainsi qu'une couleuvre endormie l'évacuent en hâte. Dans l'embarcation, alliant comme à son habitude sens pratique et romantisme, Camille m'a laissé un spray antimoustiques et un énorme bouquet de magnolias avec une petite carte qui dit : « Je t'attends ! ». Ça me fait sourire et me ramène au présent. Je prends mon temps pour transborder les paniers dans le canoë, ainsi que l'alcool et les CD. Je laisse les gommes-laques dans la Chevelle.

Je détache le canoë et m'engage dans le courant. La boue qui borde le rivage est typique des marais d'Atchafalaya : elle a la consistance du pudding au chocolat, ni eau, ni terre. Des tupélos enserrent la rive dans leurs racines et donnent l'impression de vouloir descendre dans le courant, tandis que des saules presque horizontaux caressent la surface de l'eau de leurs branches basses. Des radeaux de jacinthes m'entourent, ainsi que des lentilles d'eau qui deviennent plus rares quand j'avance dans des eaux plus profondes. Une aigrette s'envole à mon approche et se pose au sommet hirsute d'un immense cyprès chauve ; plus loin, un grand héron bleu m'observe craintivement depuis l'ombre. Partout où mon regard se tourne, la végétation est luxuriante et verte. Je ne sais comment définir l'odeur entêtante de l'endroit : elle emplit mes poumons. Une fois encore, je réalise à quel point j'aime ces marais, cette partie du monde secrète et sauvage que mon amoureuse m'a fait découvrir.

Juste avant d'atteindre le coude derrière lequel j'apercevrai la péniche, j'entends Camille qui joue de sa guitare à douze cordes. Je pose ma rame et je reste là, la tête penchée, à écouter les longues notes qui vibrent au-dessus des flots. C'est le son le plus doux que j'aie jamais entendu et il comble mon âme. La guerre s'efface et les combats et la mort semblent très loin. Je savoure l'instant aussi longtemps que je peux. Puis, la musique s'arrête, mais je reste là, encore sous le charme. Rien ne bouge et personne ne semble vouloir être le premier à rompre le silence. De toutes mes années avec cette compagnie, je n'ai jamais vu les hommes rester aussi calmes pendant si longtemps. De longs moments s'écoulent avant qu'ils ne commencent à disparaître un par un, sans un bruit, jusqu'à ce que je lève enfin les yeux et réalise que je suis le dernier. La bande lumineuse de la Voie lactée est comme une rivière d'argent dans le ciel. La nuit est froide et claire comme du cristal, et un vent glacial descend des montagnes. Je frissonne et me recroqueville davantage dans le pull-over que Tante Thelma m'a tricoté. Je regarde le paysage désolé, la plaine baignée de lune où l'on ne distingue rien d'autre que la charrette, et je m'interroge, comme je l'ai fait de nombreuses fois cette nuit, au sujet de son occupante. Personnellement, je suis convaincu qu'il s'agit d'une femme, sous la burqa, mais qui sait, je me trompe peut-être. Cette terre hantée est tellement différente de chez moi que même après plusieurs missions ici, je ne sais toujours pas bien qui sont ces gens ni ce qu'ils veulent vraiment.

Je jette un dernier regard à la charrette avant de sauter du mur de Hescos. Hormis le vent pénétrant, tout est si calme que j'ai presque l'impression d'être seul au monde. Je regarde autour de moi et j'aperçois les sentinelles qui se tiennent à intervalles réguliers le long des Hescos. Il est temps pour moi de faire le tour du périmètre. Je rajuste les attaches velcro de mon gilet pare-balles et je me mets en marche.

Pratt et Barela sont les premiers que je rencontre. Ils sont en poste à la fosse à mortier et ils surveillent régulièrement les pentes avec les jumelles infrarouges. Le vent se lève et la température, déjà glaciale, chute encore.

'Soir, m'nadjudant, dit Barela, tandis que Pratt, comme de coutume, ne dit rien. Ils se remettent à observer le champ et les montagnes obscures en arrière-plan.

Vous êtes pas bavards cette nuit, les gars, je remarque. Tout va bien ?

Barela s'éclaircit la gorge. J'ai toujours cette musique dans la tête, m'nadjudant. C'était vraiment intense, putain. Ça semblait sortir de la terre et de l'air en même temps. Vous savez de quel instrument elle jouait ?

C'était une sorte de guitare, je réponds. Puis je ris doucement. Plus tôt dans la journée, le sergent Bradford a cru que c'était une mitraillette à canon scié.

Pratt frissonne subitement et se frotte les mains pour se réchauffer. Ce serait sympa de pouvoir faire du feu, il remarque.

Vous seriez des cibles faciles pour les insurgés à des kilomètres à la ronde, je réponds.

Je sais, m'nadjudant, il dit. J'imagine juste…

Continue à regarder les étoiles, mon pote, dit Barela, elles te réchaufferont. T'en verras pas des comme ça à Los Angeles.

Des étoiles ! se moque Pratt. Chez moi, il y en a tant que tu veux. Suffit de te pencher pour les ramasser.

Barela sourit. C'est vrai. J'oubliais que tu viens d'Alaska, espèce d'ours.

Je m'apprête à partir, mais Barela m'arrête. M'nadjudant, il dit, j'ai une question.

Quoi donc ?

Vous pensez que les modèles de *Playboy* seraient plus jolies habillées que toutes nues ?

Je souris et Pratt glousse. Je parie que ces moussoulmans seraient ravis.

Très drôle, les gars, je remarque, je vois bien ce que vous avez en tête. Mais restez concentrés sur le job, sinon vous allez bientôt dire bonjour à ces fameuses soixante-douze vierges.

J'ai hâte, dit Barela. J'ai vraiment hâte.

Sauf qu't'iras prob'lement en enfer, lance Pratt.

Tu rêves, mon gars. Je me vois déjà en train de voleter autour de ta tête en jouant de la putain de harpe.

Mon arrêt suivant est auprès des hommes du poste de garde. Je distingue Duggal et Lee, avec Jackson endormi dans l'abri. Tout est en ordre, deux hommes de garde et un qui se repose pour prendre la relève plus tard. Bien alignés devant eux sur le mur de sacs de sable, il y a des viseurs lasers, des fusils avec des lunettes infrarouges et des dispositifs de vision nocturne.

Duggal me voit et approche. 'Soir, m'nadjudant, il dit. Qu'est-ce que vous avez pensé de la musique ? Elle jouait bien, non ? C'était rudement dur de se concentrer sur le job. Ça me rappelait le genre de musique que les gens jouent de par chez moi.

En Californie ?

Il hésite, puis sourit. Non, au Pendjab.

Vous savez ce que c'était comme instrument ?

J'ai demandé à Massoud et il m'a dit que c'était un instrument à douze cordes, comme un luth. On pince les cordes et ça fait le son qu'on a entendu ce soir… comme des gouttes de pluie sur la surface d'un lac.

Douze cordes, hein ? C'est pour ça.

M'nadjudant ?

Faites pas attention, je parle tout seul. Vous savez comment ça s'appelle ?

Massoud a appelé ça un rabab.

Rab-ab… J'essaie de prononcer le mot. Merci, je tâcherai de m'en souvenir.

Je prends une des jumelles infrarouges et j'examine la charrette. Je ne peux pas voir grand-chose et après un moment, je renonce. Et comment vous vous en sortez avec Massoud ? Le courant passe ?

Il me regarde bizarrement et tripote son fusil.

C'est compliqué, m'nadjudant, il répond. Vous avez un moment pour en parler ?

Bien sûr. Qu'est-ce qu'il y a ?

C'est que, il dit à mi-voix, et je vais parler doucement pour ne pas réveiller Ash. M'nadjudant, faut que vous touchiez un mot à Massoud. Je veux dire, ça fait seulement une journée qu'il est arrivé dans la cagna et il nous rend déjà dingues avec ses questions sur la mission. Et il nous écoute pas – il n'accepte pas nos réponses. On n'arrête pas de lui dire : Mec, on s'est pas engagés pour sauver ton pays. Pour la plupart, on s'est engagés pour avoir un salaire régulier et éviter de bosser toute notre vie au supermarché du coin. On est des biffins, juste des mecs normaux qui font ce qu'on leur dit. On prend pas les décisions. Même le cap'taine Connolly ne prend pas ce genre de décisions. C'est le président qui prend ces décisions ; lui et les généraux. On suit leurs ordres et on fait ce qu'ils nous disent. S'ils nous ordonnaient de débarquer en Iran demain matin, on irait. Le problème, c'est qu'il comprend pas ça et qu'il arrête pas avec ses questions. Il arrête pas de dire : Oui, mais vous êtes des Américains ! Vous êtes allés sur la Lune ! Vous pouvez faire tout ce que vous voulez ! S'il continue comme ça, m'nadjudant, l'un d'entre nous va finir par craquer et faire une bêtise.

Il me regarde et son air suppliant me met subitement en colère contre l'interprète et, par extension, contre notre putain de mission dans son ensemble. Je me maîtrise et je tends la main pour lui donner une tape sur l'épaule. D'une voix calme et ferme, je dis : Je suis content que tu m'en aies parlé, Mitt. Je vais voir ce que je peux faire. Pour commencer, je vais avoir une conversation avec Massoud. Ça aiderait peut-être si je le mettais ailleurs que dans votre cagna. Je sais que Darren Simonis a de la place dans sa baraque. Je vais y réfléchir.

Sa reconnaissance est palpable ; son visage s'éclaire immédiatement.

Merci mille fois, m'nadjudant. C'est vraiment chouette de votre part.

Pas de problème, soldat. Autre chose ?

Non, m'nadjudant. C'est tout.

Okay, je vous tiens au courant.

Je m'éloigne et lève les yeux vers le ciel. Au firmament, croisant la Voie lactée, il y a un mince filet gris laissé par la postcombustion d'un moteur d'avion, ce qui semble curieusement incongru. Puis une feuille vole juste devant mon visage et roule sur le sol. Je me penche et la ramasse : elle a l'odeur des montagnes. J'ai soudain un sentiment étrange en regardant le champ. Au lieu du sol il y a une couche d'eau entre les Hescos et les montagnes. Je vois des roseaux noirs, des herbes des marais, des troncs de cyprès gonflés d'eau. Le vent fait des plis à la surface. Je sens un couteau me cisailler les entrailles et je retiens tout juste un cri. L'air prend une teinte gris sombre. Il y a un bourdonnement dans mes oreilles. Je ferme les yeux et les rouvre, mais rien ne change : je vois toujours l'eau qui lèche la base des Hescos et les barbelés presque entièrement submergés. Je scrute le ciel où la traînée de fumée d'avion a commencé à s'élargir et à se dissiper. Je me donne de vives claques sur les joues avant de baisser les yeux à nouveau. L'eau se met à disparaître ; elle s'écoule de-ci de-là, se réduit à des flaques, disparaît dans le sol. Elle brille tandis que je bois l'odeur douceâtre de la terre humide.

Puis elle n'est plus là.

De l'obscurité derrière moi, j'entends Barela appeler : Ça va, m'nadjudant ?

Ça va, je réponds.

Le froid me fait frissonner. Je lâche la feuille et la regarde tournoyer jusqu'au sol.

J'ai besoin d'un café. Mon uniforme me pèse. Je réalise que je n'ai pas dîné et que mon corps me servirait sans doute mieux si je le nourrissais. Je m'éloigne des Hescos et fais un détour par la tente du mess. Un fort coup de vent fait trembler la tente au moment où j'y entre. J'attrape un RCIR froid, je déchire l'emballage et j'y verse de l'eau pour permettre la réaction chimique qui va réchauffer la nourriture. Quand celle-ci est chaude, je l'avale rapidement en essayant de ne pas la comparer à mes repas sur la péniche avec Camille. Je passe la main dans ma chemise pour toucher le petit pendentif qu'elle m'a donné et que je porte autour du cou. C'est un pendant en argent qui vient du Maroc et représente une main de Fatima filigranée. Camille l'a trouvé dans un marché aux puces à La Nouvelle-Orléans et dès qu'elle l'a vu, elle a su qu'elle devait me l'offrir. Je le garde dans ma main un moment avant de le rentrer dans ma chemise.

Je rince le goût du RCIR avec ma version personnelle du gris-gris de Louisiane : trois sachets de café soluble dans une chope d'un litre d'eau bouillante, avec trois doses de crème, un sachet de poudre de caroube, et une pastille de caféine. J'avale la moitié de la chope en faisant la grimace, mais l'efficacité est indiscutable : je me réveille d'un coup. Je mets un couvercle sur la chope et je l'emmène pour siroter ce qui reste pendant la fin de ma ronde. C'est un rituel quotidien qui me réconforte et présente l'avantage supplémentaire de me donner l'énergie nécessaire pour faire mon travail sans avoir besoin de sommeil, ou presque.

Je m'apprête à sortir de la tente quand j'entends un froissement derrière la toile et je passe immédiatement en mode combat. Sans faire de bruit, je pose ma chope sur une caisse, je sors mon 9 mm et j'avance accroupi jusqu'au coin de la tente. Dans l'étroit espace entre deux palettes de bouteilles d'eau en plastique, il y a un soldat assis par terre, la tête baissée et les mains sur les genoux. Il lève la tête au moment où je baisse mon arme et je reconnais Garcia de la première escouade, le visage strié de larmes. Il s'éclaircit la gorge et s'essuie le visage précipitamment.

On se dévisage, un peu décontenancés tous les deux.

Je suis le premier à me reprendre. Qu'est-ce qui se passe, Rick ? je demande. Quelque chose ne va pas ?

Je suis désolé, m'nadjudant… J'avais juste besoin d'un moment d'intimité, et ce n'est pas possible dans la cagna.

Il s'éclaircit à nouveau la gorge et je m'agenouille à côté de lui.

Tu veux en parler ?

Il a un sanglot étouffé et se remet à pleurer tout en

essayant de parler – il s'étrangle et gémit doucement de sorte que je ne comprends rien à ce qu'il dit.

Je pose la main sur son épaule et ça semble le calmer un peu.

Prends ton temps, fiston, il y a pas le feu.

Je suis désolé, m'nadjudant, vous devez penser que je suis complètement naze…

Je ne pense rien de tel. Dis-moi juste ce qui se passe et on verra ensemble ce qu'on peut faire.

Je sais pas si on peut y faire grand-chose, m'nadjudant – pas d'ici, en tout cas.

Cette dernière remarque a une intonation qui m'est familière. J'ai entendu d'autres hommes dire la même chose et c'est un signe qui ne trompe pas. Je prends un ton cordial et je dis : Problème de couple, c'est ça ?

Il hoche la tête. C'est-à-dire, oui et non. Je veux dire, c'est seulement le début du problème.

Il hésite un moment, puis ses épaules s'affaissent.

Ma vie part en vrille, m'nadjudant. J'ai perdu ma maison. Stace – Stacey, ma femme – arrivait pas à payer les factures. Ça fait déjà un moment, mais elle me l'avait caché, donc je savais pas ce qui se passait. Je viens de l'apprendre. Elle a quitté la maison et elle s'est mise avec un autre homme… et maintenant elle veut divorcer. Je suis complètement baisé. Ma vie est finie et il y a rien que je puisse y faire vu que j'en savais rien jusqu'à maintenant. Elle m'a même pas donné une chance – juste qu'elle était plus intéressée par un mec qui n'est jamais là et qu'elle a ses besoins à elle et qu'ils n'étaient pas satisfaits.

Des enfants ?

Non, Dieu merci !

Eh bien, c'est déjà une chose en ta faveur. Bon : est-ce que tu crois que tu pourrais la persuader d'essayer une séparation temporaire pendant un an, jusqu'à ce que tu rentres ?

Je sais pas, m'nadjudant. Sans doute pas. Elle est fixée sur ce nouveau gars et elle veut qu'on se sépare pour de bon. C'est ce qui me casse plus que tout : non seulement elle se tape un autre bonhomme, mais en plus elle me baise par la même occasion. Je veux dire, c'était pas difficile de payer les factures de la maison. C'est pas comme si je lui avais pas envoyé l'argent. Putain, je vis comme un porc et je lui envoie tout !

Où est passé l'argent, alors, à ton avis ?

Il hésite, puis il dit à regret : Sûrement en médocs, m'nadjudant.

En médocs ? Elle a l'habitude de ce genre de problèmes ?

Ouais, avant qu'on se rencontre. C'était la reine de la pilule – mais elle avait arrêté quand on s'est mis ensemble. Je lui avais fait promettre. Et je lui ai fait confiance, parce que j'étais fou d'elle. C'est là que j'ai eu tort, j'imagine. Tout ce que je sais c'est que depuis que je suis en mission, elle est passée de Stacey-chérie à Stacey-Dracula en moins de deux, et les médocs c'est sans doute là qu'est passé l'argent.

Bon, qu'est-ce que tu vas faire, maintenant ?

Il se frappe un grand coup sur le front avec le plat de la main.

J'en ai pas la moindre putain d'idée, m'nadjudant. J'ai l'impression d'être maudit… Il enfouit soudainement la tête dans ses mains. Le problème, c'est que je suis encore fou d'elle !

Je reconnais les symptômes et je décide de me focaliser sur les détails concrets pour le sortir de sa déprime. Je lui demande s'il a parlé de sa situation à quelqu'un d'autre.

Ben, les gars de l'escouade sont au courant pour la maison, mais j'ai pas réussi à leur dire pour Stacey. C'est trop humiliant, putain.

Ça n'a vraiment rien d'humiliant, Rick – la même chose arrive à beaucoup de monde.

Je crois pas, m'nadjudant, il dit en secouant la tête. Ce n'est pas pour vous contredire, mais la réalité de la chose c'est que je suis complètement baisé. D'abord, je peux pas rentrer tout de suite, donc je pourrai pas être là pour les audiences. Deuzio, j'ai pas un rond à la banque parce qu'elle a tout pris donc je peux pas me payer un avocat. Terzio, même si j'avais l'argent, je peux pas chercher un avocat sans être sur place. Et d'après ce qu'on m'a dit, le tribunal aux affaires familiales, c'est de la folie. Donc je suis baisé sous toutes les coutures. Si votre épouse vous quitte pendant que vous êtes en mission, vous êtes fini.

C'est là que tu as tort, je lui dis.

Il me regarde, un peu surpris, et je continue : On est là pour toi, mon frère – tout le monde ici sur la base. Il y a plein de monde ici qui comprend exactement ce que tu traverses, parce qu'on est nombreux à avoir vécu la même chose. Tu vas t'en sortir et on trouvera un moyen pour être sûrs que tu te fasses pas baiser. Tu veux parler à quelqu'un d'autre juste pour en avoir le cœur net ? À l'aumônier ou au service de santé ?

Oh, je sais pas, m'nadjudant.

Je lui donne une tape sur l'épaule et il se détend pour la première fois, avec un demi-sourire. C'est ce qui m'ouvre l'espace pour faire un pas de plus et le convaincre de la marche à suivre, c'est-à-dire de voir un psy. Il m'écoute patiemment mais quand j'ai fini il riposte : Je comprends bien, m'nadjudant, sauf qu'on est formés à être forts, comme si on était des machines de guerre, genre. Et là, quand il se passe ce genre de trucs, on est censés changer de braquet et passer direct chez le psy, et tout devient une question de mental, et je saurais pas gérer ça. Je veux pas qu'on pense que je suis faible. Qu'est-ce qui va me rester – genre, au vrai moi, même si je suis pas trop sûr de ce que c'est – quand tout ça sera fini ? Je veux dire, je risque de terminer complètement barge et plus bon à rien.

Au lieu de répondre, je sors une cigarette et je l'allume. Ça me réchauffe immédiatement. Je m'adosse contre la palette et je regarde la volute de fumée se dissoudre dans l'air. Puis je dis : Tu trouves que je suis un bon à rien, fiston ?

Il ouvre de grands yeux. *Vous,* m'nadjudant ? Bien sûr que non ! Vous êtes l'individu le plus solide que je connaisse. Vous êtes comme un roc.

Je tire une autre bouffée sur ma cigarette.

Tu fumes, Rick ?

Non, m'nadjudant. J'ai jamais fumé, en fait. J'avais pas les moyens.

Je scrute son visage : il y a quelque chose de pur et de sévère dans ses traits.

D'un ton détendu, je dis : Ça veut dire que tu ne me vois pas comme quelqu'un qui serait allé voir un psy ?

Il semble refuser d'imaginer la chose, puis il se met à tousser. Il met un moment à récupérer.

Enfin, il parvient à dire : *Vous* êtes allé voir un psy ?

Bien sûr. Plusieurs fois, en fait, à deux époques différentes de ma vie, parce que c'est le nombre de fois où j'ai divorcé pendant mes années de service.

C'est pas vrai. Sans blague ?

C'est la vérité, soldat.

Il semble avoir perdu l'usage de la parole, car il se contente de me regarder. Alors je me lève et je lui tends la main pour l'aider à se relever. Je vois bien qu'il ne s'attendait pas à ce que notre conversation se termine si brusquement, mais je suis déjà occupé à dépoussiérer mon uniforme. Il reste là, immobile, et je peux presque entendre les engrenages qui tournent dans sa tête. Enfin, je me redresse.

Je fais un pas vers lui et je le fais se redresser bien droit.

Il n'y a pas de solution facile à tes problèmes, Rick. Si tu as besoin d'aide, prends ton courage à deux mains et demande. Demande à tes amis et reviens me voir pour en parler demain matin, première heure. On pourra organiser des séances avec un psy de l'état-major ; ils auront des idées pour t'aider. Qu'est-ce que tu en penses ?

Je ne sais pas comment vous remercier, m'nadjudant…

Ne me remerciez pas, soldat. Prenez vos problèmes à bras le corps, résolvez-les et soyez présent pour quelqu'un d'autre le jour venu. Ça semble raisonnable, non ?

Oui, m'nadjudant, bien sûr.

On est tous des frères d'armes, pas vrai ?

Il hoche la tête avec ferveur.

Bien. Maintenant allez vous reposer. C'est incroyable ce qu'une bonne nuit de sommeil peut faire pour le corps et pour l'esprit. Et n'oubliez pas de venir au rapport demain matin. Demain sera le premier jour de votre nouvelle vie.

Encore merci, m'nadjudant.

Il met son casque de combat avancé et je le regarde se diriger vers sa cagna. Il a toujours la démarche vacillante, mais j'espère que sa jeunesse lui permettra de se ressaisir. Quant aux Suzie Mordsmoilnœud de ce monde, qu'elles aillent se faire foutre. Elles ne valent pas la moitié des hommes vaillants qu'elles choisissent de trahir et d'abandonner.

Et sur cette note plutôt amère, je reprends ma chope de gris-gris et je continue ma ronde de nuit. Je rejoins les

Hescos et je termine mon tour du périmètre. Je prends mon temps et je m'arrête à chaque poste pour discuter avec les hommes. Enfin, je retourne vers le poste de garde où se trouvent Duggal et Lee, sauf que Jackson a remplacé Duggal qui est maintenant endormi dans l'abri.

Quoi de neuf, m'nadjudant, dit Jackson en me voyant arriver, tandis que Lee lève les yeux de sa lunette et frissonne : Il fait putain de froid. Je préférerais être dans ma cagna.

Je souris et je prends le dispositif de visée nocturne de Duggal pour observer le champ une nouvelle fois. Ce qui à l'œil nu semblait être une plaine pâle, presque sans relief, se révèle une étendue vert néon, la charrette formant une tache noire isolée en son centre. Je repose les jumelles et regarde encore le champ à la lumière métallique des étoiles. Il semble presque couvert de neige.

Jackson pousse un bruyant soupir. Il y a quelque chose dans cet endroit, la nuit, qui me donne le frisson, il remarque. Il indique la charrette d'un mouvement du menton. Je sais pas comment elle fait pour rester là toute seule, avec les montagnes qui la dominent comme ça. J'y arriverais pas, moi.

D'après Massoud, elles s'appellent les montagnes Rouges, remarque Lee.

Massoud dit que les Pachtouns sont complètement fous, ajoute Jackson.

Massoud ! dit Lee en reniflant, mais avant qu'il ne puisse continuer, je l'interromps en faisant observer : Le nom des montagnes me semble particulièrement intéressant, parce que je viens de Baton Rouge, en Louisiane.

Sans blague ! dit Lee avec un sourire brusque. Moi je suis né à Marrakech, au Maroc, qu'on appelle aussi la ville Rouge.

Jackson répond à cette nouvelle plutôt surprenante avec sa pugnacité coutumière : Je croyais que tu étais un putain de Coréen, mec.

Je suis américain, ducon, réplique Lee dignement.

Bon, okay, américain. Alors qu'est-ce que tu foutais en Arabie ?

En Arabie ? Et où t'es allé chercher ça ? Le Maroc c'est en Afrique du Nord, trou de bite.

Bon, en Afrique alors. Qu'est-ce que tu foutais en Afrique ?

Je faisais rien du tout, duschnock, tu m'as pas entendu ? J'y suis né. J'y étais pour rien, moi.

Mais Jackson n'est pas du genre à abandonner si facilement. Qu'est-ce que tes parents foutaient en Afrique, alors ? Je veux dire, il glousse, à part baiser.

Fais gaffe à ce que tu dis, connard, menace Lee.

Alors… ? insiste Jackson, déterminé à résoudre le mystère. Qu'est-ce qu'ils foutaient là ?

Ils voyageaient, mec. Ils étaient branchés sur un mode de vie alternatif, genre fumer de l'herbe et découvrir le monde – et l'herbe à Marrakech est censée être plutôt balèze.

Des hippies coréens ? s'exclame Jackson, visiblement incrédule.

Mec, faut vraiment que tu te poses plus de questions, dit Lee d'un ton amer. Je veux dire, tu généralises vraiment trop.

Ouais, ouais, dit Jackson, puis il ricane : Alors, qu'est-ce qui s'est passé ? Ils fumaient de l'herbe et tu es juste apparu comme un génie ?

Ta mère ! réplique Lee, tout en me jetant un regard : Sauf votre respect, m'nadjudant.

Il se tourne à nouveau vers Jackson et dit : Je suis né prématuré d'un mois, okay ? En plein milieu d'une place célèbre de Marrakech qui s'appelle Jemaa el-Fna. Tu peux la chercher sur une putain de carte, si tu veux, tu verras où c'est. Putain, toi qui croyais que c'était en Arabie ? Faut retourner à l'école, mec.

Une putain de place célèbre, se moque Jackson.

Au moins je suis né dans un endroit différent, réplique Lee avec un sourire ironique. Je veux dire, toi t'étais jamais sorti d'Embarrass, au Minnesota, avant de t'engager dans l'armée. Si on compare les deux endroits sur l'échelle TPM, le mien serait, genre, dix sur dix, et le tien dépasserait probablement pas zéro.

Mis en déroute par ce coup bas, Jackson se retranche dans le silence.

Qu'est-ce que c'est, l'échelle TPM ? je demande.

Trucs qui Plaisent aux Meufs, m'nadjudant, dit Lee, tandis que Jackson garde un silence maussade.

Sentant la victoire, Lee porte le coup fatal. Jackson ne peut pas comprendre, m'nadjudant, vu qu'il a jamais su ce que c'est d'être cool.

Jackson se lève et s'étire.

En baissant les yeux sur Lee qui est petit et trapu, il bâille de manière délibérée. Puis : On s'en bat les couilles, Justin. Je veux dire, tu es sorti avec combien de meufs dans ta vie ? Et même si c'est beaucoup plus que ce que je pense, ça veut dire quoi, au final ? Peut-être qu'une meilleure note TPM va t'aider à conclure avec une meuf, mais est-ce que ça veut dire qu'elle va être bonne au pieu ? Et si un jour ta meuf devient ta femme ou ta copine et que tout à coup elle se met à s'habiller comme Buffy tueuse de vampires et elle se met à sauter d'un trapèze en plein sur ton frankie-la-flemme, c'est toujours la même meuf. Quoi qu'en dise ta putain d'échelle TPM.

Sur mon quoi ? grommelle Lee. Qu'est-ce que c'est qu'un frankie-la-flemme ?

C'est ta p'tite bite toute molle, ducon, dit Jackson, avant de me faire un petit signe : Excusez-nous, m'nadjudant.

Je ne crois pas l'avoir déjà entendue, celle-là, je commente.

Je viens de l'inventer, il dit en prenant un air modeste et fier à la fois. Genre, à l'improviste.

Il se tourne à nouveau vers Lee. Ça montre bien ce qu'elle vaut, ton éducation. Sur les trucs vraiment importants dans la vie, tu sais que dalle. J'ai peut-être pas été beaucoup à l'école, mais au moins l'ignorance est superficielle, alors que la stupidité, c'est incurable.

Commence pas avec ça, Jackson, dit Lee. T'es tellement débile que si l'adjudant ici présent voulait nous faire payer pour respirer, t'aurais plus un rond en moins de deux.

Je préfère la baise à l'argent, mec, répond Jackson avec langueur. Mais toi tu vois pas la différence.

Vous avez une copine qui vous attend, Jackson ? je demande.

Il est subitement gêné.

D'une voix plus douce, il dit : Ah… ça oui, m'nadjudant. Elle s'appelle Kimberlee. Elle fait des études de lettres, il ajoute sur un ton admiratif. Elle va à la fac et tout. Elle veut devenir journaliste.

Études de lettres, marmonne Lee. Truc de tapette.

Ta gueule, ducon, dit Jackson d'un ton dédaigneux. C'est pas comme si tu avais le monopole de l'intelligence, d'abord.

Bizarrement, cela semble offenser Lee au-delà des limites du tolérable. Il pose son fusil par terre et se lève à son tour.

Ils se font face, échangeant un regard méchant, jusqu'à ce que j'intervienne.

Ça suffit, les mecs, je dis d'un ton morne. On se calme.

Vu le tour qu'a pris la conversation, je décide qu'il est inutile de mentionner mon pendentif en forme de main et ses origines marocaines. Je reporte plutôt mon attention sur le champ. Du brouillard a surgi des montagnes et on ne voit déjà plus bien les pentes. De fines vagues blanches descendent vers nous. Bientôt, je ne distingue plus la charrette ni ses alentours.

Jackson voit le mur qui approche et ramasse son fusil.

Ça me rend nerveux, m'nadjudant, il dit brusquement. C'est un peu comme la tempête de sable, mais différent.

C'est plus froid, dit Lee, énonçant l'évidence. Puis, exprimant ce à quoi nous pensons tous, il me demande : Vous croyez qu'ils vont encore nous attaquer, m'nadjudant ?

Avant que je puisse répondre, Jackson dit : Je préférerais qu'ils le fassent et qu'on en finisse une bonne fois pour toutes. Rester là à ne rien faire, ça me porte sur les nerfs grave. J'préfère tuer des talibans que tuer le temps, si vous voyez c'que j'veux dire.

Lee hoche la tête. Le combat, c'est une drogue, mec.

Sauf que c'est pas une drogue pour moi cette fois-ci, dit Jackson, d'un ton soudain glacial. Cette fois, c'est personnel. J'ai hâte de faire payer ces bâtards pour ce qu'ils ont fait à Spitty. Il se penche et crache un long filet de jus de tabac. J'ai envie de leur niquer la gueule, m'nadjudant. J'ai le feu en moi.

Je les regarde et je réalise qu'on est tous en train de réagir à la même chose : la poussée d'adrénaline qui arrive quand on anticipe d'avoir à se battre.

Eh bien, je dis calmement, notre perception de la situation est meilleure qu'elle ne l'était pendant la tempête de sable. S'ils se pointent cette nuit, la chaleur de leur corps sera nettement visible dans les lunettes thermiques, brouillard ou pas. Vous pourrez les buter l'un après l'autre. Ça sera comme au champ de tir.

Y a intérêt, dit Jackson laconiquement. Je me sens d'humeur massacrante.

Faudrait pas toucher la fille par accident, par contre, dit Lee. La musique qu'elle jouait était chouette.

C'est la vie, dit Jackson froidement. Elle n'a rien à faire dans une zone de guerre. Si elle se fait buter, c'est du dommage collatéral.

Il y a un silence abrupt ; la voix de Jackson, sans avoir été forte, paraît démesurément cruelle. Lee le dévisage, l'air d'attendre une explication, mais quand rien ne se passe, il s'énerve : Tu ne comprends rien à ce qui compte dans la vie, Jackson. Rien du tout, zéro, nada. Tu vois cette mer de brouillard qui avance vers nous et tout ce à quoi tu penses, c'est à tuer des gens. Moi je vois la même chose et je pense que ça ressemble, genre, à un rêve. C'est ça la différence entre toi et moi.

Ça fait de moi un meilleur soldat, dit Jackson calmement.

Puis, avec plus de verve, il rejette le point de vue de Lee : Un putain de rêve mon cul…

Mais il ne termine pas sa phrase parce que Lee sursaute tout à coup et dit : Ça bouge dans le champ !

Je prends une lunette thermique et je cherche dans le brouillard.

Je vois rien, murmure Jackson. Tu es sûr que c'était pas une boule d'herbe ou un truc comme ça ?

Bien sûr ! C'était quelque part sur la droite. À une heure.

Je scrute encore la brume. Le silence a pris une tonalité sinistre et me semble rugir dans mes oreilles. La charrette ressort dans le brouillard comme une tache sombre et floue. Je me penche au bord du Hesco et cherche à cent quatre-vingts degrés. Le rugissement se calme dans mes oreilles et je n'entends plus que ma respiration fiévreuse. Le brouillard a une odeur d'humidité qui me donne envie de gerber.

Jackson dit d'une voix rauque : Rien. Il n'y a rien dans ce putain de champ.

Il se tait et je n'entends à nouveau plus que ma respiration rapide.

Lee se penche en avant et traverse mon champ de vision. Je baisse ma lunette et je vois qu'il regarde la charrette. La lueur verte de ses jumelles illumine son visage. Il expire bruyamment et recule à nouveau dans l'obscurité.

Je comprends pas, il marmonne. J'aurais juré… Hé, attendez ! C'était quoi, ça ?

Qu'est-ce que vous voyez, Lee ?

À deux heures, m'nadjudant…

Jackson rigole doucement. C'est une chaise, mec. Elle est à l'envers. Le putain de vent a dû la pousser là depuis la pile d'ordures.

Merde, t'as raison, dit Lee. Faudrait qu'on range cette putain de pile.

Il semble réellement dépité.

Jackson pousse un grognement. Des fois, j'ai l'impression qu'on est dans un film. On sait presque rien sur cet endroit, c'est dingue. On pourrait aussi bien être des aveugles qui en guident d'autres au royaume des borgnes. C'est pas ça l'expression, m'nadjudant ?

Plus ou moins, Jackson.

C'est comme dans ce film, là. Il y avait toute une ville d'aveugles – les flics, les politiciens, les avocats, les docteurs, tout le monde. Et chacun était aveugle pour une raison différente.

Lee dit : T'as les jetons, Jackson ?

Bien sûr que non. Pourquoi ?

Parce que t'arrêtes pas de jacasser. Ça me déconcentre.

T'es vraiment un connard, tu le sais, ça ?

Tu veux qu'on remette ça ? dit Lee d'un ton surpris.

Jackson se tait. Puis il dit : Je suis juste fatigué. Tout plutôt que de continuer à attendre comme ça. Je cherche des moyens de ne pas m'endormir.

Essaie de réfléchir, pour changer, lance Lee.

Quoi qu'il en soit, dit Jackson en tapotant son M4, le fait d'avoir cette machine à tuer avec moi dans les moments comme ça, ça me fait chaud à l'intérieur. C'est comme si j'étais invulnérable, putain.

Il se lève et contracte ses biceps en exagérant la posture. Je suis fait d'acier, de mon M4 et de l'infini, putain.

Tu peux pas être fait d'infini, mec, argumente Lee. C'est immatériel, putain.

Coin coin, Mickey Mouse. *Amerika ist wunderbar.*

Je l'avertis avec un sourire : Si tu as survécu jusqu'ici, tu dois être plutôt doué, Volcano. Mais ne perds pas les pédales ou tu pourrais bien mourir au moment où tu baisseras la garde.

Lee ricane : Sans blague. La fin brutale d'une vie courte et brutale.

Ferme ta gueule, fils de pute, lance Jackson. Si t'es encore là pour ricaner c'est parce que je suis toujours là pour te couvrir. La plupart des gens, avec un autre partenaire que moi, ils seraient déjà à l'hosto depuis longtemps.

La plupart des gens tiendraient pas deux minutes avec toi, mec, dit Lee calmement. Ce qui est une autre façon de voir les choses, le verre à demi plein ou à demi vide, tu vois. Ils pourraient jamais supporter ton orgueil de héros héroïque.

Il s'agit pas d'héroïsme, ducon, mais de mon M4, la cause de mort la plus immédiate associée à ma fréquentation. Le dernier mec qui s'y est frotté s'est fait diviser en deux parties exactement symétriques. Tu l'as vu toi-même, c'est un fait scientifiquement établi.

Tu te goures complètement, mec. La raison pour laquelle le mec a explosé c'est qu'il supportait plus ta personnalité. C'est pour ça qu'il arrêtait pas de secouer la tête comme à un concert de Metallica.

Okay, bon, c'est moi *et* mon M4. Dans tous les cas, je dois être un genre de dieu…

Il vient d'articuler ces mots quand Lee pousse un juron à voix basse : Putain, là, pareil ! C'est un chien…, il s'exclame, les yeux rivés à ses jumelles thermiques. Merde, c'est sûrement Minus !

Pas moyen, dit Jackson. Je sais que Chuck l'a amené au cap'taine Connolly qui avait d'mandé à l'voir.

Je suis déjà en train de chercher dans ma lunette.

Puis Lee dit : Il y en a plus d'un ! Bon sang, c'est quoi ces trucs ?

Sur ma gauche, Barela s'exclame depuis la fosse à mortier : Putain de merde ! Y s'passe quoi, là ?

Je ne vois toujours pas ce dont ils parlent. Tout ce que je vois c'est ce putain de brouillard – ma lunette high-tech remplie de brouillard. Je scrute encore le champ, en espérant que la nuit ne dégénérera pas à l'improviste.

Un Duggal engourdi émerge de l'abri. Yo, les mecs, c'est quoi ce tapage ? D'un mouvement brusque, il attrape son fusil.

Je me redresse. J'ai aperçu des yeux luisants dans des visages gris. Émergeant de temps en temps du brouillard, ce sont une… deux… trois hyènes, la plus grosse devant, les deux autres la suivant de part et d'autre. Elles ont presque atteint la charrette.

Putain de merde, murmure Lee, regardez-les ! C'est des sacrées bestioles. Vous avez vu les mâchoires ?

Vous voulez qu'on fasse du bruit pour les effrayer, m'nadjudant ? demande Jackson.

Un instant, soldat, laissez-moi réfléchir. Puis je réponds : Non. On ne sait pas comment elles pourraient réagir. Je ne veux pas risquer de les inciter à attaquer la femme, on est trop loin pour réagir si ça se produisait.

On pourrait les descendre, suggère Duggal.

On ne peut pas prendre ce risque non plus. On pourrait la toucher aussi. Le brouillard limite la visibilité.

Alors quoi ? dit Jackson impatiemment.

Je lève ma main gauche. Silence, je murmure.

Je prends ma décision. Je me lève et je dis : Attendez une seconde, okay ?

Je cours jusqu'à la fosse à mortier. Pratt et Barela me regardent attentivement.

Allumez le projecteur et dirigez-le sur la charrette, j'ordonne. Ça fera un cercle lumineux autour d'elle qui devrait les effrayer. Et sinon, ça sera plus facile de les descendre en y voyant plus clair.

Pratt s'exécute immédiatement. Un puissant rayon lumineux enveloppe la charrette.

J'espère qu'on va pas la réveiller, dit Barela.

Ça, on n'y peut trop rien, je réponds.

Je regarde dans ma lunette et je la vois qui remue dans la charrette.

Les bestioles se tirent, dit Pratt, en regardant dans la lunette de son fusil. C'était une bonne idée, m'nadjudant.

Je zoome sur le dernier endroit où j'ai vu les hyènes. J'aperçois leur dos qui s'éloigne : elles repartent dans la direction opposée. Elles glissent côte à côte, leurs silhouettes s'entremêlent et laissent de petites spirales de brouillard dans leur sillage. Je garde ma lunette braquée sur elles, jusqu'à ce qu'elles diminuent de taille et disparaissent.

Je me sens plus détendu et je baisse mon instrument. Pratt me regarde fixement.

Elles sont parties pour le moment, j'annonce, mais il faut qu'on reste attentifs, ou elles risquent de revenir. Laissez le projecteur allumé un moment, puis éteignez-le.

On pourrait pas le laisser allumer toute la nuit, m'nadjudant ? demande Pratt.

Et servir de cible à un sniper taliban ? Réfléchissez un peu, soldat. Je lui donne un petit coup sur le casque. Mais vérifiez de temps en temps qu'elle va bien, si vous voulez. Rallumez le projecteur quelques instants au cas où les bestioles aient envie de retenter leur chance.

Ça roule, m'nadjudant, dit Barela avec un sourire. On fera ce qu'il faut. Vous pouvez compter sur nous. Putains d'hyènes !

Elles me rappellent la toundra, dit soudain Pratt. Mais chez nous c'est plutôt des furies.

Barela et moi le dévisageons tous les deux.

Il écarte les mains. C'est comme ça qu'on appelle les loups, de par chez moi. J'ai oublié où j'étais pendant un moment, il explique avec un sourire gêné. Je sais pas ce qui m'a pris.

Un moment de folie, dit Barela.

Non, répond Pratt. Il attrape le projecteur et lui fait parcourir le champ et le pied des montagnes, puis il le ramène à la charrette. Non, il répète. Je ne suis pas fou. Mais j'aimerais bien, parfois. Pa'ce que je suis pas sûr de toujours comprendre comment on fait les choses.

Je le regarde avec surprise. Je ne crois pas l'avoir jamais entendu parler autant.

Quelles choses ? je demande.

Comme cette fille dans sa charrette, m'nadjudant. J'ai envie de lui donner une couverture et un oreiller corrects pour qu'elle puisse dormir normalement. C'est pas des choses qui se font, de la laisser comme ça. Je croyais qu'on était là pour les aider, ces gens.

Tu es *clairement* devenu fou, dit vite Barela en repoussant un peu son casque vers l'arrière.

C'est juste mon avis, dit Pratt, et je préférerais que t'arrêtes de me traiter de fou.

C'est difficile d'avoir une opinion sur cette situation, j'observe. Rien de tel ne s'est jamais passé. On cherche encore comment réagir.

On lui manque de respect, m'nadjudant, dit Pratt d'une voix basse. Je ne veux pas vous offenser, mais il y a des limites à ne pas dépasser, même ici.

Ramirez a intérêt à se pointer bientôt, gronde Barela. T'as besoin de te reposer.

Donc tu trouves que j'ai tort ? insiste Pratt.

Merde, s'exclame Barela, je le ferais si c'était ce que l'adjudant me disait de faire ! Je lui apporterais une couverture et un colis alimentaire et j'ajouterai même un câlin gratuit.

Je crois que vous feriez mieux de rester concentrés et de retourner à vos occupations, je dis avec un sourire. J'ai besoin de pouvoir compter sur vous.

Ils se taisent et je m'éloigne pour retourner auprès de Duggal, de Jackson et de Lee qui m'attendent. Je vais rapidement faire le tour du périmètre, je leur dis. Puis je reviens.

Je marche à nouveau le long des Hescos, puis je traverse la base. Mes pas résonnent dans le silence causé par le brouillard. Je passe devant les baraques, le poste de commandement et le bureau de Connolly, puis la tente du mess et le terrain vague où sont garés les Humvee. Je dépasse rapidement les ruines des baraquements de l'ANA et je remarque des traces brunes sur les murs blanchis à la chaux, là où certains des soldats afghans essuyaient leurs doigts tachés d'opium. Je sors mon paquet de cigarettes, mais je me rends compte qu'il est vide. J'essaie de me concentrer, mais je n'ai qu'une idée en tête : pouvoir bientôt dormir, me reposer, fermer les yeux et me réveiller au moins huit heures plus tard. Je ne reviens à moi qu'en réalisant que je suis arrivé à ce qui reste de la tour de guet, où j'avais tiré Brandon Espinosa hors des flammes – trop tard pour changer son sort.

Pourquoi il fait si sombre ? il avait murmuré. Puis : Je suis désolé, vraiment désolé… avant de fermer les yeux.

Je pose la tête contre la seule poutre qui reste, dressée verticalement dans le brouillard. Je m'appuie contre elle de toutes mes forces jusqu'à ce que mes bras se mettent à trembler et ma poitrine à se contracter. Je sens un cri monter en moi, mais je le ravale et fais demi-tour. Le brouillard est tellement épais que tout semble s'y dissoudre. Je me mets à courir maladroitement sur le sol inégal. Je vais vite, entre les cordons des tentes et les caisses de munitions. J'essaie de les éviter mais il y a un trou que je ne vois pas et je trébuche. En tentant de me retenir lourdement, je percute un mur de plein fouet. Un petit animal, sans doute un rat, s'enfuit en couinant. Je m'accroupis, immobile, et le brouillard enveloppe ma tête, ma poitrine et mes mains. Un frisson me parcourt tout le corps. Je me relève avec précaution et me dirige vers le poste de garde. Je grimpe sur les Hescos et prends position à côté de Jackson.

Il me jette un coup d'œil et indique un endroit sur sa droite. Doc est là.

Je tourne la tête et aperçois la lueur d'une cigarette. Taylor ? j'appelle.

Ici, il répond dans l'obscurité. Je plisse les yeux et le vois, appuyé contre les Hescos, en train de regarder vers le champ. Je décide d'aller lui demander une cigarette. Il sort son paquet d'American Spirit avant même que je n'aie le temps de demander. J'en prends une. Des American Spirit… ça c'est de la cigarette. Vous les avez trouvées où ?

Un colis, il dit.

Je l'allume, la tête lourde, et je lui demande ce qu'il regarde.

À votre avis ? Notre ADM, là. On est vraiment dans une belle merde ! Ça me rend malade.

Faut vous détendre, Doc, je réponds. Pas la peine de vous prendre la tête. Il n'y a rien que vous ou moi puissions y faire. Ce n'est pas nous qui décidons.

On se connaît depuis combien de temps, m'nadjudant ?

Trop longtemps, je dis d'un ton las. Pourquoi cette question ?

Parce que je vous envie votre capacité à prendre du recul.

Je me demande si je devrais lui parler de l'accès d'anxiété que j'ai eu il y a quelques instants, mais je décide de n'en rien faire.

Brusquement, il dit : J'ai décidé d'arrêter. C'est ma dernière mission – si je survis, bien sûr.

Pris par surprise, je me contente de le dévisager.

Vous avez décidé ce que vous voulez faire après ? je finis par demander.

Je vais essayer d'entrer en fac de médecine. Je serai plus vieux que la plupart des candidats, mais c'est ce que j'ai envie de faire. Il faudra juste que je voie si c'est possible financièrement, si j'arrive à trouver les fonds.

Je ne veux pas vous décourager, mais c'est un sacré *si*, non ?

Bien sûr, mais qui ne risque rien… Sa voix s'estompe et il me regarde attentivement. Donc : c'est pour ça que vous continuez à repartir en mission ? Parce que vous ne pensez pas que les vétérans comme nous peuvent retrouver une place parmi les civils ?

Sa question m'irrite, donc je l'ignore. Au lieu de répondre, je fais un geste de la main en direction du champ plongé dans l'obscurité et je dis : Qu'est-ce qui pourrait être aussi bien que ça, sérieusement ?

Mais il s'est déjà remis à parler : Peut-être que j'ouvrirai un cabinet dans les quartiers chauds de Youngstown, une fois que j'aurai mon diplôme. Pour compenser tout ce que j'ai vu comme tueries.

Il y aura autant de tueries là-bas qu'ici, je lui fais remarquer.

Il sourit tristement. C'est sûr, mais quand même, c'est chez moi.

Vous êtes sûr de vous ? Je voudrais pas que vous alliez vers un échec.

Évidemment que j'ai des doutes, il répond. Mais une chose que je sais, c'est que cette guerre ne vaut pas une victime de plus. Ça, au moins, j'en suis vraiment sûr.

Je le regarde, là, debout, les mains posées sur le Hesco, immobile et raide, une légère brise lui agitant les cheveux. J'ai l'impression de voir une autre personne que celle que j'ai connue toutes ces années.

Félicitations, je murmure. Dans ce cas, c'est une bonne idée.

Il scrute mon visage, puis ramène son regard sur le champ.

D'une voix douce, il dit : Je n'en peux plus de ce boulot, m'nadjudant. Cette fille là-bas, c'est officiellement ma limite. Je ne veux pas être inclus dans le rapport qui la classifiera comme dommage collatéral.

Vous supposez qu'elle est innocente, je réplique. Vous ignorez le fait que tout ça est peut-être lié à leur truc religieux.

Sa voix et son attitude sont expressives. Non, en fait, je ne suppose pas qu'elle est innocente, il dit. Mais je sais au moins ça : s'il s'avère qu'elle est là en mission-suicide, ce ne sera pas parce qu'elle hait notre religion. Je veux dire, on n'a même pas de putain de religion. Ce sera parce qu'on a buté son frère et qu'on est dans leur putain de pays. C'est pourtant pas difficile à comprendre ? Quand vous tuez des gens et exterminez leur famille, que vous mitraillez leur maison et brûlez leur village, que vous pilonnez leurs champs de bombes à fragmentation et abattez leurs troupeaux, vous avez perdu la putain de bataille pour le cœur et l'esprit. Putain, on essaie de mentir à qui ? À nous-mêmes ? On est vraiment étonnés qu'ils ripostent ? On n'est pas en train de gagner la guerre, on est en train de se créer des ennemis à vie. Il est temps d'admettre que nos supérieurs nous tiennent prisonniers de leurs mensonges.

Je ne réponds pas. Je ne peux pas vraiment dire que tout ça me surprend. Malgré tout, je ne ressens qu'un mélange de compréhension et de regret. Mais surtout, sa petite tirade me laisse encore plus épuisé que je ne l'étais déjà.

Pas de réponse ? il demande sans me regarder.

Tout ce que j'arrive à formuler comme réponse, c'est : On dirait que vous aviez besoin de vous libérer.

Et j'ai pas fini, il dit avec passion. J'en ai marre de jouer à ces jeux de gosses. J'en ai marre d'être entouré de gars de dix-neuf et vingt ans qui se sont fait arnaquer par l'idée qu'ils venaient se battre pour une bonne cause. Je suis trop vieux pour jouer à ce genre de jeu – des jeux avec des jeunots qui manquent de la maturité nécessaire pour comprendre les conséquences qu'ont leurs actions, pour eux-mêmes autant que pour les gens qu'ils sont dressés à tuer. J'en ai marre de prescrire des quantités infinies d'antidépresseurs pour aider ces gamins à gérer leur peur et leur confusion et leur sentiment de culpabilité. Vous savez bien ce que je veux dire : je suis le putain de gardien de la vallée des pantins et je ne peux plus le supporter. J'ai perdu ma capacité à faire semblant.

Il s'arrête tout à coup et se tourne vers moi.

Je ne sais pas vous, il dit, mais moi je n'arrive plus à me regarder dans la glace. J'ai arrêté d'y croire – et vous savez pourquoi ? Il pointe sa cigarette en direction du champ. *Voilà pourquoi.* Ce ne sont pas les armées qui gagnent les guerres ; ce sont les peuples. Les peuples ressentent des choses comme le sacrifice, la perte, la douleur. Les Pachtouns sont impliqués dans cette guerre en tant que peuple. Et cette fille sans jambes dans sa charrette fait partie de ça. Ils savent ce pour quoi ils se battent – ils se battent pour survivre, pour leurs maisons, pour leurs croyances. Okay, c'est sûr, leurs croyances sont tarées, mais *nous*, pour quoi on se bat ? Nos soldats sont des gamins pour qui le seul choix dans la vie, c'est l'armée ou la drogue. D'accord, on a aussi le matos high-tech et toutes les stratégies d'école possibles et imaginables. Peu importe. Leurs frondes et leurs pierres sont plus puissantes que nos M203. Leur nation est plus puissante que notre armée.

Il laisse tomber sa cigarette sur le sol et l'écrase sous sa ranger.

Dès l'instant où cette fille est arrivée, j'ai su que c'était fini pour nous. Si la mort du lieutenant Frobenius était le début de la fin, alors la fin, c'est elle. Jeu, set et match. Je veux dire, pensez à tous ceux qui étaient avec nous au départ en Irak : Dave Hendricks, Brian Castro, Brandon Espinosa, Bradley Folsom – tous morts. Et pour quoi ? Pour quoi ? Alors voilà. J'ai fini, maintenant. J'ai dit ce que j'avais à dire.

J'éteins ma cigarette. Je me sens juste tellement fatigué et d'une certaine façon le silence lourd qui suit la tirade de Doc me fatigue encore plus. Je m'écarte brusquement de lui et je dis : Bonne chance, alors. Je fais quelques hochements de tête et je descends des Hescos. Faut que j'y aille, j'explique. Je ne sais pas quoi dire d'autre. Il attendait peut-être une réponse différente de ma part, mais il va devoir faire sans. Je n'en ai tout simplement pas la force – pas à ce moment de la nuit, en tout cas. Et pas quand je sais que mes hommes m'attendent patiemment avec leur fusil. Ils sont peut-être jeunes, mais leur épuisement est vieux comme le monde. Malgré tout, je sens le regard de Doc qui me suit à la trace tandis que je regagne lentement le poste de garde. Des caillots de brouillard se forment dans la nuit.

À 03 h 00 c'est la fin de mon tour de garde et je me dirige vers la baraque des sous-officiers ; le brouillard n'en finit pas d'épaissir. La visibilité est presque nulle et tout se mélange en tons de noir et de gris. Engourdi par le froid, je trébuche sur le sol couvert de givre. Ces écarts de température extrêmes commencent à m'user. La géographie n'est pas mon fort, mais je suppose que le climat doit tenir à l'altitude et à la région : un désert cerné par les montagnes à plus de mille mètres d'altitude. J'essaie de ne pas juger ça pire que l'Atchafalaya, mais comme d'habitude je n'y arrive pas.

J'entre dans la baraque et je réveille mon remplaçant, Tanner, qui dort à poings fermés.

C'est à toi, Tan. Debout !

Il s'assied sur son lit et se frotte les mains pour se réchauffer pendant mon briefing. Il lui faut un moment pour s'habiller et préparer son équipement, mais dès qu'il est parti, je me couche et m'endors immédiatement.

L'alarme sonne à 06 h 00 et une fois levé je trouve Garcia et Massoud qui patientent devant la baraque pour leur rendez-vous respectif. Je fais entrer Garcia en premier : il semble plus calme que la nuit dernière et je lui dis que, dans un premier temps, je vais lui prendre un rendez-vous avec un psy de l'état-major.

La conversation avec Massoud est plus compliquée. Sans attendre, je l'informe que j'ai décidé de le faire loger avec le caporal-chef Simonis. Il a l'air surpris et pas entièrement ravi, ce qui est compréhensible étant donné qu'il vient d'arriver sur la base et que je suis déjà en train de le transbahuter. Quand il demande pourquoi je le déplace, je mentionne la plainte de Duggal, sans citer de noms, et j'explique que j'ai décidé que c'était la meilleure solution pour tout le monde.

Je te présenterai au caporal-chef Simonis, je lui dis. C'est un sniper. Un gars silencieux, pas comme les énergumènes avec qui tu étais. Je lui demanderai de te faire visiter la base et de te montrer comment on fonctionne. Je suis sûr que vous vous entendrez bien.

Il se mord la lèvre. Je l'ai déjà rencontré, il dit, puis il se tait.

Dans ce cas, tu as déjà pris de l'avance, c'est bien, ça me fait gagner du temps. Je le regarde et je souris. Sauf si tu as d'autres questions…

Il a l'air inconsolable.

Puis-je avoir un moment pour réfléchir à tout cela, puis revenir en parler avec vous à nouveau ? il demande.

D'accord, pas de problème.

Il s'en va et Pratt entre après lui, ce qui est une surprise étant donné tout le temps qu'on a passé ensemble sur les Hescos la nuit dernière. Il se plante devant moi, les jambes largement écartées dans sa posture habituelle, mais quelque chose dans son attitude n'a pas la solidité dont il est coutumier. Je le regarde, un peu gêné moi-même, en me demandant ce qui se passe.

Salut, caporal-chef. Quoi de neuf ?

Il réfléchit un moment, et il dit : Je sais pas si j'ai des problèmes, m'nadjudant, mais il y a des choses dont j'aimerais parler.

Okay, je vous écoute.

Ce qu'il me sort transforme ce qui aurait pu être un entretien parfaitement normal en quelque chose de nettement plus complexe.

Vous-z-y connaissez un peu en corbeaux, m'nadjudant ?

En corbeaux ? Non. Les chiens et les chats, ça va, mais les corbeaux, non.

Il regarde vers sa gauche, puis vers sa droite, avant de ramener les yeux vers moi.

Il y a plusieurs années, je travaillais dans une ferme du Montana, je m'occupais des moutons, il dit. Et voilà, qu'est-ce que vous voulez qu'j'vous dise, m'nadjudant, je me suis pris d'affection pour ces animaux. J'aimais leur douceur et leur gentillesse, mais je détestais les corbeaux charognards qui leur faisaient la vie dure. Tous les ans, quand les agneaux naissaient, les corbeaux descendaient en grands nuages noirs sur les nouveau-nés. Ils les piquaient du bec, les déchiquetaient et leur crevaient les yeux – pendant qu'ils étaient encore vivants. Les corbeaux sont mauvais. Les vautours, au moins, ils attendent que vous soyez mort.

Il s'interrompt un instant et me regarde, tandis que j'attends de voir où il veut en venir. Je sais que ça ne sert à rien de le presser. Il fait passer son poids d'une jambe à l'autre et continue de me regarder. Enfin, ayant sans doute reçu un signal invisible l'invitant à poursuivre, il dit : Donc ce que je vais vous dire s'est passé la nuit dernière. Une fois terminé mon tour de garde, c'est-à-dire peu après que vous êtes parti, je suis resté près de l'abri pour tenir compagnie à Barela et à Ramirez. J'ai dû m'endormir, même si j'étais debout, parce que j'ai eu un drôle de rêve.

Un rêve ?

Ouais, ces choses qui vous viennent quand vous dormez.

Continuez, caporal-chef, je dis en gardant mon calme.

Dans ce rêve, voyez, il y avait des oiseaux que je ne connaissais pas, ils ressemblaient à des corbeaux, mais plus gros, plus maigres aussi. Ils attaquaient la fille dans la charrette – et je savais que c'était une fille parce qu'elle avait enlevé son voile et je voyais son visage, et je voyais aussi qu'elle pleurait beaucoup – et les oiseaux cherchaient à la buter pendant qu'elle tentait d'enterrer son frère. Elle avait creusé un trou comme ceux qu'elle avait faits plus tôt dans la journée, mais à chaque fois qu'elle voulait y déposer le corps, les oiseaux l'attaquaient et criaient comme s'ils étaient des furies ou quoi, et c'était horrible, vraiment horrible, c'était une scène très dure à regarder.

Il s'interrompt à nouveau et je fouille mes poches à la recherche d'une cigarette : j'ai le sentiment que je vais en avoir besoin.

Je vais pas trop lentement pour vous, m'nadjudant ? il demande.

Intérieurement, je bous d'impatience et j'ai hâte de pouvoir passer aux milliers de tâches qui m'attendent, mais je sais aussi que si je ne l'écoute pas maintenant il réattaquera simplement une autre fois. Donc je serre les dents et je dis : Continuez, continuez.

Merci, m'nadjudant. C'est très aimable.

Il garde un silence morose, comme s'il cherchait à se souvenir des détails.

Finalement, il dit : Il y avait des taches de sang partout sur le sol, et les oiseaux aussi étaient couverts de sang qui gouttait et recouvrait toute la base.

Pourquoi croyez-vous que les oiseaux attaquaient ?

J'y viens, m'nadjudant, il répond calmement.

Puis il dit : Le sens du rêve est clair à mes yeux, et c'est le suivant. Les corbeaux c'est nous, l'endroit c'est là où on est, la fille c'est la fille, le sang vient de tout le monde, et si on l'empêche d'enterrer son frère, il va y avoir du grabuge, mais alors un sérieux grabuge, car c'est ça que veut dire le rêve.

Il me regarde d'un air qui exprime la plus profonde certitude, tandis que j'ai un petit sourire pincé, qui doit sans doute ressembler à une grimace, tout en me demandant pourquoi l'armée s'embête à avoir des services de renseignement, quand on a un soldat qui sait interpréter les rêves.

C'est très intéressant, Pratt.

Je sais que ça doit vous paraître dingo, m'nadjudant, mais chez moi, quand vous avez un rêve debout comme ça, vous prenez ça au sérieux.

Je retrousse les lèvres. Vous venez de Fairbanks, non ?

De largement plus au nord que Fairbanks, m'nadjudant, d'un petit village qui s'appelle Allakaket, en plein sur le cercle arctique. C'est mon lieu d'origine. Froid, sombre et isolé. Un peu comme ici la nuit.

En fait je demandais parce que ailleurs les gens diraient que si vous avez un rêve debout, ça s'appelle rêvasser.

Il rougit, une ombre couvre ses traits tannés.

Non, m'nadjudant, il dit, c'était pas rêvasser. Je sais ce que c'est, ça. Là c'était un vrai rêve, c'était suffisamment différent pour que je sache ce que c'était.

Et vous voulez que je fasse quoi, Pratt ?

Que vous convainquiez le cap'taine de la laisser récupérer son frère. On est en train de tuer un mort une deuxième fois, et c'est pas réglo. Pour nous, c'est juste un cadavre, mais pour elle c'est quelque chose d'essentiel, et on les empêche tous les deux de trouver la paix – lui dans le sol, où est sa place désormais, et elle dans son for intérieur, ce qui est tout aussi important. Ce n'est pas pour ça qu'on est là. On est en train de faire une grosse erreur.

Je décide que je lui ai donné bien assez de temps pour s'exprimer.

Très bien, caporal-chef, vous pouvez disposer. Merci d'avoir porté ce sujet à mon attention.

Vous allez en parler au cap'taine ? il insiste.

Je vais voir ce que je peux faire, Pratt – je ne vous promets rien.

Merci, m'nadjudant. Ça me soulage vraiment. Je savais que vous m'écouteriez.

Il me fait un signe de tête et s'en va.

Je reste là un moment, le regard perdu dans le vide, puis je décide d'aller me chercher un café pour m'éclaircir les idées. Sur le chemin du mess, j'essaie de me débarrasser d'un sentiment déconcertant, mais une fois que je suis arrivé et que je prépare mon café, je suis encore plus distrait qu'avant, et il me faut un laps de temps horriblement gênant avant de réaliser que le sous-lieutenant Ellison tente d'attirer mon attention.

Vous avez un moment, m'nadjudant ?

Oui, bien sûr, je murmure distraitement, en m'efforçant de retrouver ma concentration.

Vous n'allez pas croire le problème qui m'occupe ce matin, il dit avec colère.

Ah, vraiment ? je réponds, tout en versant du sucre dans mon café. Je le regarde. Vous en voulez ?

Hmm… okay. J'en ai sans doute besoin.

C'est clair, mon pote, je pense. Tout haut, je lui demande comment il le prend.

Noir, sans sucre, merci.

Puis il dit de manière pressante : J'ai besoin d'un conseil. C'est vraiment la merde, ce matin. Une grande partie des hommes de mon peloton veut qu'on rende le corps à la personne qui se trouve dehors.

Il a tout à coup mon entière attention, comme s'il m'avait donné une gifle.

Je sursaute et je me tourne vers lui, en renversant presque mon café du même coup. Pour la première fois, je remarque que sa pâleur est plus accentuée encore que d'habitude. Je lui tends sa tasse sans un mot.

Il se racle la gorge et poursuit : À 06 h 30 ce matin, un groupe d'hommes de mon peloton est venu me voir. Ils m'ont demandé de rendre le corps du taliban à la femme qui est dehors. Ils disaient qu'après son petit concert d'hier soir ils n'arrivaient plus à la voir comme une ennemie, et que notre refus de lui rendre le corps de son frère les frappait à présent comme n'étant – je cite – « pas juste ». Ils ont terminé en me disant que si je n'y faisais rien, ils allaient déléguer des représentants pour aller voir le capitaine directement et essayer de le persuader de – je cite à nouveau – « faire ce qui est juste ».

Une fois terminé ce discours, il baisse les yeux et ajoute : Je peux simplement vous dire que je n'ai jamais fait face à ce genre de chose. Je me sens presque coupable de vous en parler. C'est intolérable, putain !

Qu'est-ce que vous avez décidé de faire en réponse à leur requête ?

Il me regarde avec surprise. De faire ? Mais rien du tout.

Je regarde son visage honnête, indigné, et je me demande si je devrais lui envier son sens moral ou au contraire lui reprocher vertement d'ignorer les problèmes de ses hommes de manière si désinvolte, quelle que soit son opinion à leur sujet.

À cet instant précis, j'entends tousser derrière moi et je me retourne.

C'est Heywood, l'opérateur radio. Il nous salue – d'abord Ellison, puis moi.

En s'adressant à moi, il dit : Le capitaine voudrait vous voir, m'nadjudant.

Je me tourne vers Ellison et lui demande de m'excuser, puis j'accompagne Heywood jusqu'aux quartiers du capitaine.

Le capitaine a les pieds posés sur la table pliante qu'il utilise comme bureau. Il a l'air complètement épuisé, comme s'il n'avait pas dormi depuis plusieurs jours – ce qui n'est probablement pas loin de la vérité. Il me regarde d'un air las quand j'entre dans la baraque.

Comment ça va, m'nadjudant ?

Je ne peux pas me plaindre, mon capitaine.

Bien. Il retire ses pieds du bureau et se penche en avant.

J'ai parlé à l'état-major de notre problème, là, dehors, il dit. Heureusement, Kandahar a un drone dans le secteur et ils l'ont envoyé dans les montagnes voir s'il y a des insurgés qui s'y cachent. Donc on devrait le savoir bientôt, et si on reçoit le feu vert, on pourra sortir s'occuper de Calamity Jane.

Mon capitaine… ?

La fille, là, dehors, il explique.

Des nouvelles de l'état-major à propos du cadavre ?

Il se masse le front, l'air fatigué.

Oh, ils vont venir le prendre en hélico demain, comme prévu, ce qui va bien me soulager, très franchement. Il commence à empester toute la base, comme vous l'avez sûrement remarqué, et les infirmiers n'ont pas d'autre choix que d'être stoïques et de faire avec.

J'attends qu'il continue, et il dit : Si on nous dit qu'il y a des insurgés dans les montagnes, on dégomme la charrette, purement et simplement. Mais si les montagnes sont désertes – et c'est très incertain, j'en conviens – alors il faudra éliminer la possibilité d'un attentat-suicide, récolter autant d'informations que possible et nous débarrasser d'elle… ou de lui. Elle nous encombre.

Nous *débarrasser* d'elle, mon capitaine ?

Ses yeux ne quittent pas les miens. Il faudra imaginer quelque chose, il dit.

Je commence à demander s'il ne serait pas plus sage d'attendre que la nouvelle fournée d'ANA se pointe et qu'on puisse les charger de s'en occuper mais il m'interrompt : Les ANA n'arriveront pas avant demain et je ne vais pas attendre encore vingt-quatre heures pendant qu'une fillette prend toute une base de l'armée américaine en otage. Pas moyen – j'attends des nouvelles du drone et ensuite on résout ça nous-mêmes.

Je ne suis pas sûr de vous suivre, mon capitaine.

C'est personnel, m'nadjudant.

Je réfléchis un moment sans rien dire. Puis : Et si on n'a pas de nouvelles du drone aujourd'hui ?

Eh bien… je suppose qu'on devra envoyer quelqu'un vérifier qu'elle ne cache pas d'explosifs.

Et si elle n'a rien ?

Pardon – vous disiez ? il dit distraitement en ouvrant son ordinateur portable.

Qu'est-ce qu'on fera s'il s'avère qu'elle n'est pas en mission-suicide ?

Il faudra quand même qu'on trouve un moyen de la faire déguerpir, m'nadjudant – une fois qu'on en aura extrait toutes les informations possibles, bien sûr.

C'est là que je demande : On ne pourrait pas juste lui donner le corps, mon capitaine ?

Je reçois en retour une exclamation de colère de Connolly, qui me foudroie du regard.

Et qu'est-ce que vous suggérez que je dise à l'état-major ? Et au commandement, et à Bagram, et aux clowns de Kaboul ? Vous voulez que toute la putain de chaîne de commandement nous tombe dessus ?

On ne pourrait pas juste leur envoyer des photos ? Pourquoi est-ce qu'ils ont vraiment besoin du corps ?

Connolly m'observe un long moment, comme s'il élaborait une réponse appropriée. Enfin, il dit : Le pouvoir en place à Kaboul a annoncé en fanfare qu'ils allaient montrer le corps à la télévision. Ils ne veulent pas que les gens aient des doutes sur son authenticité. Ils ne veulent pas non plus qu'il y ait de doutes, comme par le passé, quant à la validité de leurs annonces concernant la mort d'insurgés, qui se révèlent plus tard avoir survécu. Le gouvernement est faible et il utilisera tout ce qu'ils peuvent pour donner une impression de force.

Mais le corps commence déjà à pourrir, mon capitaine, je fais remarquer. Je doute qu'ils puissent encore le montrer à la télévision dans vingt-quatre heures.

Ce n'est pas à nous d'intervenir, il dit fermement. Nous avons nos ordres.

Il retourne à ses papiers, puis il s'interrompt brusquement et ferme son ordinateur avec un claquement sec. Qu'est-ce que c'est que toutes ces questions, Marcus ? Vous n'êtes pas un bleu, vous savez comment ce genre de chose se passe ; il y a ce qu'on peut faire et ce qu'on ne peut pas faire dans cette situation. Notre liberté d'action est strictement circonscrite.

On se dévisage sans bouger.

Puis il s'assied très droit, la tête penchée en arrière pour me regarder, tandis que je le domine de toute ma taille. Brusquement, il dit : Vous avez l'air d'avoir du mal à tenir debout. Ça vous empêche d'y voir clair, de toute évidence. Vous devriez dormir un peu.

Je fais un petit signe d'approbation.

Vraiment, faites-le, il insiste.

LE JOURNAL DU LIEUTENANT

Un.

Deux.

Trois.

Quatre… Dans cinq secondes, j'aurai vingt-quatre ans. Encore une année ajoutée à mon existence. Je me regarde dans un miroir. Sous le mur du front, les yeux sont prudemment tapis. Regard gris pierre, paupières bordées de rouge, cils blanchis par la poussière, bouche entourée de saleté. Des lèvres fermes, fines, un regard distant, profond. Dieu de mémoire, dieu des désirs : accorde-moi le don de repos.

Dehors, il fait nuit, une obscurité brumeuse, maculée de poussière. Le vent zèbre la terre à grands coups de fouet, le désert se cache dans les ombres, il y a de la poussière, de la poussière partout.

Des nuages de poussière, une lune de poussière, une conscience de poussière.

Au début, je voulais compter pour quelque chose. Je nous rêvais comme une force du bien. Je croyais possible de changer ce monde : de le changer par le pouvoir de l'intention, de la bonne volonté, du langage. C'était avant que la survie ne devienne la priorité. L'acte simple de rester en vie. En vie : ces mots dangereux entre tous. Oui, dangereux. Nous ne sommes pas entièrement nous-mêmes tant que nous ne nous confrontons pas à la longueur de la nuit, à la réalité de sa finitude, à ses nuances protéennes et distinctes, à son inévitable fin.

Étoile absente. Quand je me regarde à la lueur du jour, j'apparais fort différent, y compris à moi-même. Mais dans l'obscurité nocturne, c'est cela que je suis.

Et ainsi l'instant passe, la poussière remue sur la plaine, les montagnes cernent le ciel. Vingt-quatre ans. Une fenêtre donnant sur un panorama qui n'existe plus. Un paysage calme, paisible. Un ruisseau scintillant qui serpente dans les collines de Burlington. Une cour de graviers, des voitures garées devant la maison. Papa, les manches relevées, se dirigeant vers le court de tennis, regardant par-dessus son épaule et me faisant au revoir de la main.

J'ai tellement changé, qui eût cru que ce fût possible ? Moi qui pensais tellement ne jamais changer. Regardez-moi maintenant : je suis étranger à moi-même. Je porte les morts en moi. Mes yeux se ferment, mais le sommeil ne vient pas.

Jour

L'aube. Le silence est absolu. Un instant, le brouillard s'ouvre et révèle l'organisme de baraques et de tentes enchevêtrées dans le demi-jour. Hormis cela, tout autour de moi, cette brume mouvante et translucide est baignée de nuances de violet. Même le paysage désolé prend des teintes carmin. Je n'ai jamais perdu l'amour du paysage que tu as fait naître en moi, Papa. Il m'a soutenu dans les situations et les endroits les plus extrêmes. Un jour, j'aimerais transmettre cela à mes enfants.

Avant que nous ne fassions demi-tour pour rentrer, tu m'as demandé ce qui allait être le plus important pour moi durant cette mission.

Ma réponse, inchangée, fut : Gagner la guerre et ramener mes hommes en vie.

Tu as dit : Souviens-toi toujours que l'expérience est un arc. C'est de Tennyson, soit dit en passant.

Je me souviens avoir souri en te répondant : Dans l'armée on appelle ça une courbe d'apprentissage. Tu passes de l'innocence à l'expérience. Puis de l'expérience à plus d'expérience. En d'autres termes, de trou du cul du monde en trou du cul du monde en une procession infinie de trous du cul, si tu me pardonnes ces vulgarités. D'une...

Situation problématique à une autre ?

Exactement. Oui.

On a ri tous les deux à la manière dont tu avais écarté la possibilité de nouvelles vulgarités en finissant ma pensée pour moi. Mais au moment d'atteindre la fin de la jetée, tu m'as pris virilement par l'épaule et tu as dit : Ce pays est cassé, Nick. On nous a menti, on nous a volés et on nous a laissés à la merci des escrocs. Je ne me souviens pas avoir jamais été aussi déprimé. Non – pas même pendant les années du Vietnam. On a grand besoin de héros, Nick – de gens bons, honnêtes, travailleurs, pour nous guider. On a besoin que des hommes comme toi reviennent et reconstruisent ce qu'on a détruit.

Je me souviens d'un long silence durant lequel je t'ai regardé avec une grande tristesse.

Tu espères qu'on reviendra pour reconstruire ce pays, Papa ?

Oui. Je ne crois pas que la guerre puisse rien résoudre, Nick – et ces guerres-ci en particulier sont comme des plaies ouvertes. Elles nous vident de notre sang.

Nuit

Donc : ce journal pour recueillir mes pensées les plus intimes, Papa. Comme ce petit compartiment que les autres portent dans leur tête et où ils rangent toutes leurs pensées et leurs émotions jusqu'au moment approprié, quand ils pourront supporter de les en ressortir et de prendre le temps de considérer les cauchemars, la tristesse. Dave Hendricks dit que c'est la première chose qu'il fait en rentrant au pays, avant même de retrouver sa famille. Il s'enferme dans une pièce sombre et relâche peu à peu le contrôle… Il ouvre la boîte.

Moi ? Je préfère la page blanche. Pas de pièces sombres pour moi. Pas de coffre secret dans ma tête.

Pas de boîte à cigare comme celle qu'a Connolly dans le tiroir de son bureau et qu'il ouvre chaque fois que quelque chose ne va pas, ne va vraiment pas.

J'écrirai plutôt mes pensées. Je vivrai sur la page. C'est chez moi, à présent : mon vrai chez moi. Et cet appartement de Saint-Louis avec les meubles Ikea et la collection de patchworks d'Em et tous nos livres de Vassar et tout ça… c'est de la fiction. C'est un film, une autre vie dans laquelle existait un autre homme avec qui j'ai partagé quelque temps un nom et un corps. Cet homme n'est plus.

Cela fait quelque temps qu'il n'est plus.

Nuit

Un long regard. Les yeux prennent une existence séparée. Emily m'en a fait la remarque la dernière fois qu'on s'est vus ; elle n'arrêtait pas de me dire de la regarder, elle, et pas quelque part au loin. Où es-tu, Nick ? À quoi penses-tu ? Et puis, plus tard, quand le choc de notre rupture s'est fait sentir en plein : Tu as choisi de t'éloigner, Nick. Tu avais le choix. Tu aurais dû comprendre que ça pouvait se terminer. J'ai essayé de te l'expliquer, mais tu étais toujours ailleurs. Je pouvais le lire dans tes yeux. Tu étais loin, à des kilomètres. Qu'est-ce qui t'est arrivé ? Tu aimes le goût du sable ?

Des kilomètres au loin. J'ai vingt-quatre ans, mais j'ai tant vieilli. Mes yeux sont des trous dans lesquels la lumière ne pénètre plus. À quoi s'attendait-elle ? Je ne suis plus celui que j'étais. J'ai vu mon âme se détacher de moi.

Je ferme les yeux, juste pour ce soir. Le soleil dort toujours pour moi quand elle s'éveille.

Pourquoi ne m'as-tu pas attendu, Em ? Je vois partout ton visage dans le sable.

Cette nuit, je rêverai de toi. Dehors, la lune est en croissant. Un scintillement d'écailles jaunes sur mon lit. Ce soir je plongerai dans mon labyrinthe.

Jour

Dans quelques jours, l'été s'achève. Je sais pourquoi j'ai acquis cette conscience aiguë du temps, Papa. J'ai peur de ne plus revoir mon fils. Cela me tient éveillé la nuit et au matin, je ne veux pas quitter mon lit. Même le soulagement d'avoir survécu encore vingt-quatre heures semble éphémère. C'est presque plus facile de marcher jusqu'au barbelé et de regarder ces montagnes formidables qui projettent leurs ombres sur nous. C'est étrange comme les montagnes semblent étrangères, et le désert aussi, avec sa froideur différente. Des paysages sans relief. Des contrées de mort sans avenir. Quand même, on s'y habitue après quelque temps.

Pourtant, quand j'y pense, je ne me souviens pas de la dernière fois où j'ai été à proximité d'une forêt.

Ou d'une rivière, cela dit. Un jardin, un étang, un parc, un lac.

On raconte que des vergers sont cachés dans les profondeurs des montagnes, des bosquets de mûriers et de vignes. Et des bouquets de chênes verts, de cèdres, d'épicéas géants et de cyprès. Quand je contemple les versants rocheux, sauvages, déchiquetés, qui nous surplombent, cela semble improbable. Mais pourtant, les fruits font partie des exportations majeures de cette terre asséchée, couverte de poussière, en particulier les melons et les grenades.

Et le raisin. Quatorze variétés différentes de raisin, tu imagines ?

Quant aux melons, nos ANA ouzbeks nous assurent que les meilleurs ne viennent pas de Kandahar mais d'Ashkelon, plus au nord, là où, il y a deux mille ans, les Grecs conduits par Alexandre – qu'ils appellent Iskander – les auraient apportés de Macédoine.

L'esprit d'Alexandre domine toujours ce lieu comme un colosse, soit dit en passant. Quand je pense aux armées avec lesquelles il a traversé ces montagnes – en hiver, rien que ça – à la poursuite des Perses et des tribus locales, j'en reste, très franchement, sans voix. Je suppose que le génie militaire est quelque chose de réel. Cela laisse songeur à l'idée que nous n'avons pas – vraiment pas – de chefs de cet acabit.

Nuit

Que te dire d'autre sur la nature de cet endroit ?

Dans le désert il y a des hyènes et des chacals. Nous les entendons crier dans la nuit, mais je n'en ai jamais vu. Avant il y avait des loups gris par ici – la même espèce qu'à la maison – mais les talibans les ont chassés à la kalachnikov et maintenant il n'en reste presque plus.

En revanche, il y a les oiseaux. Hier, j'ai pris une photo d'une huppe, un oiseau rayé jaune et beige de la taille d'une pie, avec une crête flamboyante au bout noir et un caractère du même acabit. Et le sergent Espinosa me dit qu'un épervier a repéré la tour de guet et songe à y faire un nid. Je l'ai vu une ou deux fois, une femelle brun rouille avec des serres jaune vif. Elle fond sur nous chaque matin depuis un haut perchoir dans les montagnes.

J'aimerais bien aller dans les montagnes, moi aussi, un jour. De fait, il va falloir qu'on le fasse tôt ou tard : notre mission inclut l'installation d'une série d'avant-postes. Le but serait d'avancer ainsi de vallée en vallée, en nous familiarisant avec les *shuras* locaux et en les convainquant de nous aider à combattre les insurgés.

Nos ANA ouzbeks nous rapportent avoir entendu dire que les femmes pachtounes ne portent pas le voile dans les vallées des montagnes. Et aussi que des djinns occupent les sommets les plus élevés. Et que les colonnes de poussière qui traversent les plaines sont des créatures du diable. Et que le froid brumeux du soir est le souffle des morts.

Pour toutes ces raisons et bien d'autres, quand l'un des Ouzbeks trouve un fragment de poterie dans le sable, il le réenterre rapidement de crainte d'en recevoir un mauvais sort. Tout le reste de la journée, il tremble dans sa tente, la pelle à la main. C'est le genre d'hommes avec lesquels nous sommes censés travailler. Les gratte-papiers qui nous les envoient prétendent qu'ils sont hautement entraînés. J'espère que tu souris en lisant cela, Papa : c'est censé te faire sourire.

Nuit

Donc je lisais le livre que tu m'as envoyé, *Servitude et grandeur militaires* de Vigny, et je suis tombé sur le passage que tu avais souligné (pour moi ?) : « Les hommes actuels, les hommes de l'heure où j'écris sont sceptiques et ironiques pour toute chose, hors pour elle. Chacun devient grave lorsque son nom est prononcé. — Ceci n'est point théorie, mais observation. — L'homme, au nom d'Honneur, sent remuer quelque chose en lui qui est comme une part de lui-même [...] »

Et ailleurs, sur une autre page : « Une vitalité indéfinissable anime cette vertu bizarre, orgueilleuse, qui se tient debout au milieu de tous nos vices, s'accordant même avec eux au point de s'accroître de leur énergie. »

J'aimerais pouvoir te dire quel genre de guerre je mène, Papa, mais je ne sais pas, je ne sais vraiment pas, et te mentir dans ce journal serait comme me mentir à moi-même – et que nous resterait-il alors ? Nous utilisons des drones sans pilote pour combattre une bande de paysans illettrés armés de fusils à verrou, et cela laisse un certain goût dans la bouche qui est bien loin de la gloire des campagnes d'Alexandre, si tu vois ce que je veux dire. Ou même de Napoléon, d'ailleurs.

Jour

C'est Mère qui a décroché quand je t'ai appelé aujourd'hui. J'ai appelé à l'heure habituelle, donc cela m'a surpris de l'entendre à l'autre bout du fil. Je me suis préparé à entendre sa voix rauque mais digne, genre je-fais-un-vrai-effort-pour-ne-pas-avoir-l'air-soûle, mais elle semblait étrangement maîtresse d'elle-même. Nous avions à peine échangé quelques mots quand elle a dit : Ton père aimerait te parler.

Tu as pris le téléphone. Tu as dit : C'est sainte Catherine de Sienne ?

J'ai dit : Papa ? C'est moi.

Tu as dit : Je vous demande pardon, j'ai dû faire un mauvais numéro. Je voulais appeler l'hôpital.

J'ai dit : Papa ? Qu'est-ce qui se passe ? C'est moi, Nick.

Tu as dit : Pardonnez-moi. Un faux numéro.

Puis je t'ai entendu dire à Mère : Becky, ce n'est pas l'hôpital.

Elle t'a repris le téléphone.

J'ai dit : Mère... ?

Je suis désolée, Nick. Il ne va pas fort en ce moment.

Ma voix s'est faite plus aiguë : Depuis combien de temps ça dure ?

Il s'est mis à dérailler il y a plusieurs mois. Il s'est perdu en ville la semaine dernière et j'ai dû prendre la voiture et aller le chercher. On est allés chez le docteur après ça. Et maintenant c'est pire, comme tu vois.

Je n'en savais rien !

Il semble tout de même reconnaître certaines choses, comme tes lettres, par exemple.

Mes lettres. Vraiment ?

Continue à écrire. Le docteur a dit que ça pourrait l'aider.

Qu'est-ce que le docteur dit d'autre ? C'est vraiment grave ?

Eh bien, il y a des bons et des mauvais jours. Hier, c'était un mauvais. Il ne se reconnaissait pas dans le miroir et il s'inquiétait de voir cet inconnu chez nous.

Est-ce qu'il sait qui tu es, Mère ?

Continue à lui écrire, Nick. Ne t'inquiète pas pour moi. Je vais bien.

Nuit

La nuit, tout revient à la surface.

Comment ai-je pu être aveugle à ce point ? Comment ai-je pu ne pas remarquer le déclin de mon père ? Ou l'alcoolisme de ma mère ?

Je vais sur Internet et je lis tout ce que je peux sur Alzheimer. Je ne sais pas si ça m'aide ou si c'est pire. Je lis pendant des heures sans m'arrêter. Je m'endors en pleine lecture.

Tu me réveilles. Je sursaute et te regarde avec de grands yeux.

Papa… ?

Tu dis : Emily est passée nous voir aujourd'hui, Nick. Je lui ai dit, de manière très claire, qu'elle avait eu tort de te quitter.

Elle a fait tout le trajet depuis Saint-Louis ?

Sans doute, ou du moins, la femme à qui j'ai parlé lui

ressemblait. Mais c'était peut-être quelqu'un d'autre. Je ne sais pas ce qui arrive aux gens ces temps-ci, Nick. Je ne les reconnais pas. Je marche dans la rue et je ne reconnais pas leur visage. Je ne reconnais plus les visages.

Ne t'en fais pas, Papa. Je m'occuperai de tout dès que je serai rentré.

Je lui ai dit : J'ai des valeurs, et je suis peut-être un peu vieux jeu, mais c'est une règle, je ne change jamais la note d'un devoir. Votre essai sur Antigone était médiocre. J'ai été déçu.

Emily n'a jamais étudié avec toi, Papa. Elle est allée à Vassar. C'est là qu'on s'est rencontrés, tu te souviens ? À Vassar, pas à Bennington.

Alors pourquoi est-elle venue me parler de sa note ? Je ne comprends pas.

Ne t'inquiète pas, Papa. Je verrai ça avec elle. Repose-toi.

Jour

Aurais pu. Aurais dû.

J'aurais pu passer plus de temps avec toi la dernière fois que j'étais en permission. J'aurais dû te demander comment tu t'adaptais à la retraite – toi qui aimais par-dessus tout être devant tes étudiants et parler d'Hérodote, de Thucydide, de Périclès.

Je me souviens, tu m'avais dit que mes décisions avaient des conséquences pour tout le monde. À l'époque, j'avais cru que tu pensais à Emily ; maintenant je me demande si tu essayais de m'alerter sur ta maladie. Tu as dit : Ton attention est trop souvent portée ailleurs, Nick. J'ai répondu : Tout le monde marche seul.

Cela semble si désinvolte à présent. Mais comment aurais-je su ?

Qui va lire ce journal maintenant, Papa ? À qui vais-je pouvoir écrire ?

Pas à Emily, même si je me tourne toujours vers elle dans mon sommeil.

Pas non plus au petit Jack – même si dans mes rêves j'entends les bruits d'un terrain de jeux qui s'éloignent.

Dois-je écrire pour moi-même ? Suis-je véritablement seul à présent ? Est-ce contre cela que tu me mettais en garde ?

J'écrirai pour moi-même. Je marcherai tout seul.

Nuit

Quatre balançoires dans une clairière sous un vieux chêne. Des bosquets de chênes et de châtaigniers de toutes parts. Le ciel est sombre mais je ne sais pas s'il fait jour ou nuit. Trois des balançoires sont peintes en blanc, une en noir. Le sol est profondément creusé sous chacune des balançoires. Un cône de lumière vive traverse la clairière et vient droit vers mes yeux. De la brume tourbillonne entre les arbres, se mêle à leurs branches. Là où elle touche la brume, la lumière semble diffuse, comme filtrée par un écran de poussière. Un cerf-volant en papier dérive à travers la clairière et attire mon attention sur le ruisseau de l'autre côté. Ma famille est assise sur le bord du ruisseau – Papa, Mère et ma petite sœur, Ève – mais leur teint est jaune et ils sont bizarrement immobiles. Je veux courir vers eux mais le projecteur traque mes moindres gestes et je ne semble pas pouvoir les rejoindre. La brume se colle au ruisseau ; le cerf-volant traverse à nouveau la clairière.

Ma famille reste assise là, immobile, ignorant mes tentatives d'arriver jusqu'à eux. Cette scène est-elle un souvenir d'enfance ou une invention de mon esprit ? Je ne m'en souviens pas et je ne comprends pas non plus pourquoi je suis ainsi forcé de rester à l'écart. À la fin, mon angoisse d'être ainsi isolé est plus forte que moi et je me réveille incapable de bouger ou de parler.

Jour

Principales consignes personnelles à Tarsândan :

Toujours me consacrer à cent pour cent au travail en cours ; toujours séparer les sentiments personnels de la prise de décision professionnelle ; veiller à ne jamais laisser mon épuisement s'exprimer devant mes hommes ; encourager les retours positifs et négatifs dans la chaîne de commandement ; utiliser mon temps libre pour étudier et mémoriser le terrain géographique et humain (par ex. apprendre la langue locale et toujours avoir une carte sur moi).

Nuit

Alors voici ce que j'ai à portée de ma table pliante, sans ordre particulier. Ordinateur portable, fusil M4, pistolet M9, chargeurs de 9 mm et de 5,56 mm, veste polaire, kit de premiers secours, capteur GPS, gilet pare-balles, casque de combat avancé, lampe torche à lentille rouge, jumelles de vision nocturne, feux de détresse, grenades à main, grenades fumigènes, trois radios, quatre lampes de poche, un paquet de crackers RCIR, un pot de Nutella, une scie circulaire, un fusil RR 82 mm à mouvement de recul (cadeau d'un commandant ANA à Kandahar), un katana, une veste imperméable, des crayons gras, des mines de plomb, deux paires de gants, une carte Michelin de la province de Kandahar datant de 1976, des lunettes de soleil, des lunettes panoramiques, un foulard à carreaux noirs et blancs, une couverture en polaire, des pansements de combat, une bouteille d'eau de deux litres, des gobelets en polystyrène pour le café, un chapeau en toile, une série de dictionnaires et de lexiques anglais-pachto et anglais-dari, des bouchons d'oreille, deux appareils photo numériques, un drapeau américain plié, un lecteur MP3, et, enfin, une photo encadrée d'Emily avec Jack. Ce sont les objets qui m'aident à continuer un jour après l'autre.

Je regarde ma montre. Il est 11 h 21, heure de Kandahar, ce qui veut dire 1 h 51 de l'après-midi à Saint-Louis. Emily va s'absenter de son travail pour aller chercher Jack au jardin d'enfants et l'amener chez sa baby-sitter. C'est l'affaire d'une vingtaine de minutes en voiture, en écoutant la radio publique. En général, c'est l'heure des reportages, mais parfois il y a ses émissions de jardinage préférées. Elle aime conduire vite : elle a toujours aimé ça. Ralentis, Em, ralentis, tu conduis toujours trop vite. Pourquoi se presser, dis-moi ? Je pense toujours à toi, spécialement quand je suis ici. Je t'aime beaucoup, malgré tout.

Je vous aime tous les deux beaucoup.

Dans cette partie du monde, Dieu merci, pas grand-chose n'a changé.

C'est pour ça que je suis là, pour être sûr que ça continue comme ça.

Et c'est pour ça que j'insiste, quand je suis de retour à la maison, pour dire à tout le monde que je travaille à l'épicentre de l'endroit où les forces du fascisme – du fondamentalisme religieux, de la répression sociétale et de la haine violente – doivent être combattues. Quand on m'attaque au sujet des conséquences de mes actions, je demande à la personne de me regarder dans les yeux et je lui demande si elle croit vraiment que la paix reviendrait, et que les conditions de vie des femmes et des enfants, en particulier, s'amélioreraient si nous décidions d'abandonner les lieux. Tu vois, je ne suis plus capable de jouer le jeu d'une conversation convenue, ni de me satisfaire d'un pur débat intellectuel.

Pas après avoir touché du doigt les conséquences d'une barbarie inimaginable.

Je ne suis peut-être pas libre, mais je me bats pour la liberté, la liberté de prendre ses responsabilités pour garantir qu'une société détruite soit réparée. C'est pour ça que je peux utiliser des mots comme « intégrité » et « honneur » sans cynisme. Si nous laissons ce pays retomber dans l'obscurité, nous serons tous complices du génocide qui suivra notre départ aussi certainement que la nuit suit le jour.

Tu comprends ?

Toi qui dois ton ignorance béate à nos sacrifices.

Au pays, tout le monde s'en fout de ce que nous faisons. Tout le monde se fout de nous. C'est un fait.

Jour

La dernière fois que j'étais à la maison, Emily m'a réveillé en pleine nuit et m'a dit que je grinçais des dents tellement fort qu'elle s'était réveillée en sursaut. Elle a dit qu'au début elle n'avait pas su d'où le bruit venait, et puis elle avait réalisé que mon corps allongé auprès d'elle était tendu à l'extrême, j'avais les poings serrés et ma mâchoire travaillait comme un piston. J'ai allumé la lumière et on s'est assis tous les deux. J'étais couvert de sueur ; de mon côté du lit, le matelas était trempé. Elle m'a attiré contre elle et m'a serré fort dans ses bras.

Elle a dit : Mais qu'est-ce qu'ils t'ont fait, mon chéri ?

Et c'était une semaine avant la nuit où je me suis réveillé en criant que l'ennemi était sur le point de nous déborder et où je me suis mis à l'étrangler, en croyant qu'elle essayait de me tuer.

Mes cris ont réveillé Jack, qui dormait dans son berceau au pied de notre lit. Em a passé le reste de la nuit à le bercer pour qu'il se rendorme. Pendant ce temps, je faisais les cent pas devant notre appartement en essayant de me calmer.

Nuit

Donc. Emily. Ex-femme, sort côté cour.

Je crois que j'ai enfin atteint le point où j'arrive à accepter la souffrance. Je le crois vraiment.

Au moins, j'ai arrêté de croire en ces illusions que sont l'amour et le mariage. Je suis devenu réaliste – à supposer que ce soit le terme adapté – dans ce domaine. Je considère mon mariage comme raté et je ne sais que dire de cette chose que j'ai faite avec une autre personne – cet espoir que j'ai investi – et qui s'est tout à coup fracassée en mille putains de morceaux. Cet espoir, ce beau, ce lumineux rêve d'été, transformé du jour au lendemain en un foutu cauchemar, chargé de peine, de silence. Comme le sang qui s'échappe d'un corps et le change. L'oxydation de la lumière…

Je ne crois pas la haïr. J'aimerais penser qu'un jour je serai juste indifférent.

Nuit

Je ne veux pas connaître tes raisons de m'avoir quitté. L'amour n'a que faire de la logique.

Seulement, je t'en prie, ne pars pas, s'il te plaît. Reste avec moi encore un peu pour que je puisse rentrer à la maison et recoller les morceaux. C'est tout ce que je demande. Agrippe-toi aux barreaux du berceau de notre fils – si tu dois en passer par là – et souviens-toi que nous l'avons créé ensemble, en croyant à un avenir commun pour notre famille.

Je suis toujours le même, Em ; j'ai juste connu des endroits vraiment sombres.

Alors ne pars pas, s'il te plaît. Ne fais pas la même erreur que ta mère. Souviens-toi comme ton père avait souffert.

Agrippe-toi à notre maison, aux souvenirs partagés, à notre enfant, notre enfant…

Ne me quitte pas.

Jour

Aujourd'hui, nous avons eu nos premières pertes. Ce fut un désastre complet. Tout avait commencé il y a quelques semaines, quand une délégation d'aînés tribaux d'une vallée voisine nous a rendu visite. C'était notre premier succès avec les locaux et nous étions enthousiastes. Les aînés se sont assis en cercle pour expliquer leur situation pendant que nous leur servions du thé. Ils ont dit qu'ils étaient tourmentés par des « méchants hommes » qui traversaient régulièrement la frontière avec le Pakistan, de l'autre côté de laquelle se trouvait leur refuge. En désespoir de cause, ils avaient décidé de faire appel à nous qui étions les seuls représentants de l'ordre et de la loi dans cette région où le gouvernement afghan n'a aucun pouvoir. Connolly a promis de les aider et nous sommes convenus de retrouver les aînés dans les montagnes. Connolly a téléphoné au lieutenant-colonel Mark Lautenschlager, le commandant du bataillon, et ils ont tous les deux été d'avis qu'il s'agissait de l'occasion rêvée pour établir notre première tête de pont dans les montagnes, un avant-poste de combat avec deux escouades, à quelques kilomètres de Tarsândan. Puis Connolly nous a convoqués, le lieutenant Hendricks et moi, les deux chefs de peloton, et il nous a fait tirer à la courte paille pour décider quelle unité partirait. Hendricks a gagné.

Tôt ce matin, Dave Hendricks et le deuxième peloton sont partis en Humvee dans les montagnes, jusqu'à ce que les chemins ne soient plus praticables et ils ont continué à pied jusqu'au point de rendez-vous. C'était un piège. Les talibans locaux avaient eu vent de notre projet et au lieu des aînés tribaux, le peloton a été accueilli par quarante insurgés lourdement armés. Hendricks a prévenu Tarsândan par radio et Connolly a demandé un soutien aérien et a envoyé le premier peloton en renfort. Les Apache et les hélicoptères d'évacuation sanitaire sont arrivés avant mon peloton, mais ils étaient tenus à distance par un feu soutenu de RPG et de mortier. J'entends encore la voix d'Hendricks à la radio : On est cernés ! Faites quelque chose ou on va pas s'en sortir !

Le temps qu'on arrive à faire la jonction, le lieutenant Hendricks et le sergent Brian Castro étaient touchés. Puis un F-15 a lâché un JDAM là où les troupes ennemies étaient les plus denses et cela a de facto mis fin à la bataille. Les insurgés ont perdu seize hommes avant de battre en retraite. Les hélicos d'évacuation sanitaire ont emmené Dave et Brian, mais aucun des deux n'a survécu. Ce sont nos premières pertes depuis notre arrivée dans la province de Kandahar. Dans mon rapport, j'ai écrit : 16 INS DCD (CONFIRMÉS) & 24 INS FUITE NE VERS FRONTIÈRE.

Connolly est venu me voir dans ma tente ce soir et il s'est reproché de n'avoir pas demandé un soutien aérien dès le départ. Il a dit : Je n'arrive pas à croire que Dave n'est plus là. Je n'accepte pas qu'ils ne sont plus là.

J'ai fait le tour du périmètre à 22 h 00. J'ai entendu un des hommes de garde – je crois que c'était le soldat Spitz – dire à un autre : Je ne veux pas être un héros, je veux juste rester vivant. L'autre a demandé : Tu as peur, Spitty ? Spitz a dit : Pas vous ?

Nuit

Cette nuit je ne peux pas dormir. Je reste allongé sur mon lit, puis je m'assieds, les mains croisées derrière la tête. D'habitude je réfléchis mieux la nuit, mais là ça ne fonctionne pas. Mon cerveau est embrumé, mes idées empruntées. J'essaie de me faire à la solitude qui rend mon travail si différent de celui des biffins, qui peuvent compter les uns sur les autres. Quelqu'un a écrit quelque part qu'il n'y a pas de dichotomie entre une bonne et une mauvaise décision en situation de combat, seulement des choix entre plusieurs mauvaises solutions – mais ça ne rend pas ma tâche plus facile quand j'essaie de faire face aux conséquences d'erreurs qui entraînent des pertes humaines.

Est-ce que je me sens coupable de n'avoir pas pu sauver Dave et Brian ? Putain que oui, bien sûr. En temps de guerre, la différence déjà peu claire entre une décision brillante ou stupide devient encore plus floue – et même si je ne veux pas critiquer Connolly pour ce qui s'est passé, peut-être a-t-il commis une erreur en envoyant une patrouille à pied dans les montagnes. Hendricks et Castro étaient tous les deux des officiers expérimentés, tout comme Eric Petrak, l'éclaireur du peloton, mais peut-être Connolly avait-il mal analysé les données de la mission ?

On est seuls avec nos fardeaux, lui et moi : le fait de savoir que chaque fois qu'on envoie des hommes en dehors du fort, c'est peut-être les envoyer à leur mort. Cette ombre obscure me suit partout où je vais, elle me précède et me suit. La seule personne que cette ombre n'atteint pas, c'est mon père : par son amnésie je suis protégé. Je ne peux en dire autant de personne d'autre, et en particulier pas d'Emily, dont je fus pourtant si proche. Je me suis souvent posé cette question – si, quand j'étais couché auprès d'elle, elle pouvait sentir cette ombre, goûter ce poison, et ce serait cela qui serait devenu insupportable et l'aurait poussée à me quitter…

Je me lève de mon lit et vais boire un peu d'eau. Mais elle est tiède et ne me fait aucun bien. Ma peau me brûle, mon visage me gratte : je suis couvert de morsures de puces. Il fait étouffant dans la baraque. Le cri d'un oiseau nocturne s'étire longuement dans le silence. La présence imaginée de Dave se déplace dans l'obscurité et j'entrevois brièvement son visage – ou est-ce celui de Brian ? Toute la nuit j'entends leurs voix dans ma tête.

Nuit

Je n'arrête pas de revivre la bataille dans ma tête. Qu'aurais-je pu faire différemment ? Peut-être faire avancer le peloton plus rapidement dans les montagnes, afin d'atteindre Hendricks et ses hommes plus tôt ? Et même après les avoir rejoints, c'était délicat, l'ennemi semblait partout, mais j'aurais peut-être pu déployer mon peloton autrement ? À la fin, nous nous battions presque à l'aveugle. Nous n'avons pas pu sauver Dave et Brian.

Tôt le matin

Pas dormi de la nuit. Personne n'a dormi. Nous nous attendions à une attaque qui, heureusement, n'est jamais venue.

Matin

Je me sens dévasté. Je n'arrive à me concentrer sur rien.
J'aimerais pouvoir aller quelque part et simplement crier de toutes mes forces.
Il faut te contrôler, mon garçon, tu es le chef du peloton.
T
u
es
lieu
tenant. Putain, j'appuyais si fort avec mon stylo, j'ai traversé le papier. C'est une première. Bon, Nick, reprends-toi.

Midi

Aujourd'hui, poulet frit pour déjeuner, jamais je n'avais rien senti d'aussi bon. Je me sentais coupable en mangeant, mais j'étais affamé. J'étais assis devant mon assiette et je me demandais à quoi bon tout cela. En face de moi, c'était la place habituelle d'Hendricks, vide, bien sûr. Je me sentais malade de douleur et en même temps affamé.

Finalement, j'ai mangé avec un appétit d'ogre.

Mais ensuite, en rentrant vers ma cagna, j'ai tout vomi.

Soir

Je me suis réfugié dans ma cagna avec mon iPod. Je sais exactement ce que j'ai envie d'écouter. Les notes du *Requiem* de Mozart s'élèvent :

Requiem aeternam dona eis, Domine :
Et lux perpetua luceat eis. Te decet
Hymnus, Deus, in Sion, et tibi reddetur
Votum in Jerusalem : exaudi orationem
Meam, ad Te omnis caro veniet. Requiem
Aeternam dona eis, Domine et
Lux perpetua luceat eis.

Kyrie eleison.
Christe eleison.
Kyrie eleison.

Quand la musique s'arrête, j'appuie à nouveau sur « play ».

Seigneur, donnez-leur le repos éternel, et
Faites luire pour eux la lumière sans déclin.
Dieu, c'est en Sion qu'on chante dignement vos louanges ;
À Jérusalem on vient vous offrir des sacrifices.
Écoutez ma prière, Vous, vers qui iront tous les mortels.

Seigneur, donnez-leur le repos éternel,
Et faites luire pour eux la lumière sans déclin.

Seigneur, ayez pitié de nous.
Christ, ayez pitié de nous.
Seigneur, ayez pitié de nous.

Quand la musique s'arrête, j'appuie à nouveau sur « play »...

Agnus Dei, qui tollis peccata mundi :
Dona eis requiem.
Agnus Dei, qui tollis peccata mundi :
Dona eis requiem sempiternam.

Et encore...

Agneau de Dieu qui enlevez les péchés du monde,
donnez-leur le repos.
Agneau de Dieu qui enlevez les péchés du monde,
donnez-leur le repos éternel.

Et encore, quand la musique s'arrête, j'appuie sur « play »... J'appuie encore sur « play ». Et encore. Et encore. Et encore. Et encore...

Nuit

Ô Dieu, ô Dieu, je sais qu'on doit tous partir un jour, mais si mon destin est de mourir dans cette terre étrange et hostile, mon Dieu faites que ça aille vite.

Nuit

J'avais juré de ne plus écrire, mais me revoilà, et pourquoi pas ? C'est un réconfort nécessaire. J'écris pour essayer d'établir le sens des choses avant de perdre complètement la boule. Je ne peux pas me permettre de succomber à l'illusion que cette guerre n'a pas de signification plus globale, pas de vérité essentielle, rien qui transcende le quotidien. Et pourtant, il n'y a pas de paix après les batailles durement gagnées, pas de repos, nulle réalité stable, seulement des espaces vides à la place d'amis, de l'air empoisonné et de vastes silences obscurs.

Jour

Le jour commence avec de petits flocons de lumière. Il fait déjà chaud et le soleil n'a pas encore dépassé les montagnes. Le désert prend ses couleurs familières : quatre nuances de gris, cinq de brun, neuf d'ocre et neuf de beige. Je plisse les yeux en regardant les sommets déchiquetés, les pentes encore couvertes d'ombres nocturnes. Très bientôt, il va falloir aller se battre dans ces montagnes. Soit ça, soit on reste cachés ici, jour après jour, coincés sur une petite île surpeuplée au milieu du désert. Il faut qu'on sorte d'ici et qu'on installe ces avant-postes. Ce n'est qu'une question de temps. D'attendre le bon moment.

La guerre est la seule vraie relation que nous ayons avec les gens de ce pays.

Ils le savent ; nous le savons. On se comprend les uns les autres. On a passé un accord.

Nous avons chacun notre règle de représailles ; ils appellent la leur *badal*, nous appelons la nôtre *vengeance*.

C'est la spirale ancestrale de l'attaque et de la riposte.

La seule différence entre eux et nous – et elle est d'importance – c'est que nous sommes des visiteurs. Notre place n'est pas ici ; nous ne sommes pas enfermés dans l'histoire locale, cette piteuse chronique d'échecs, cet avenir incertain. Cela rend d'autant plus essentiel que nous fassions ce que nous sommes venus faire, que nous le fassions vite et que nous partions. Que nous partions avant d'être aspirés dans ce cycle d'échecs et de violence. Que nous partions avant de n'être qu'une tribu vaincue de plus.

Jour

Les hommes sont silencieux, alignés en tenue de combat sous le soleil de l'après-midi, leurs yeux bordés de rouge fixés sur les deux paires de rangers et les deux fusils plantés par le canon dans le sol. L'aumônier de l'état-major annonce son cérémonial, mais cela ne fait qu'ajouter à l'impression d'irréalité. Bientôt, nous sommes trempés de sueur et nos uniformes incrustés de blanches taches de sel. Connolly se tient à quelque distance de moi, les yeux cachés dans l'ombre d'un chapeau en toile. J'ai la gorge sèche, la bouche pâteuse. Quand c'est mon tour de parler, j'évoque des souvenirs du lieutenant Hendricks et du sergent Castro, quand nous étions dans la province de Khost, et je fais court. J'aurais voulu en dire plus, mais j'en suis incapable.

Connolly parle en dernier, d'une voix fatiguée. Il commence par dire qu'il ne voit pas l'intérêt de donner aux hommes une explication toute faite qui paraîtra bidon à tout le monde, lui compris. Il leur dit que si on pouvait faire ce qu'on voulait, on réglerait toute cette affaire en moins de deux. L'armée américaine sait faire son boulot et elle le fait bien. Mais ce n'est pas la situation dans laquelle nous sommes et nous avons une obligation envers le peuple afghan – les hommes ordinaires, les femmes, les enfants. Nous avons l'obligation de ne pas les abandonner dans ce moment difficile de leur histoire. C'est cela qui compte avant tout, il dit, et alors que nous pleurons nos morts, c'est le moment de ne pas l'oublier. Ça ne suffit pas bien sûr à compenser nos pertes, mais c'est tout ce que nous avons pour les rendre supportables. Nous sommes un peuple honorable, envoyé ici pour montrer l'exemple à ceux qui ont besoin de nous.

Il termine en disant que nous avons une mission et une responsabilité et que nous ferons ce qu'il faut pour être à la hauteur.

En m'éloignant, je me demande combien parmi les hommes du deuxième peloton nous tiennent pour responsables de la mort de leurs chefs. C'est la croix que tout commandant d'infanterie doit porter, et il faut s'y faire, car c'est la seule chose qui ne s'améliore pas avec l'expérience, dans cette putain de guerre. J'ai un nœud à l'estomac et, en retournant vers ma baraque, j'entends le soldat Lawson parler à quelqu'un et ce qu'il dit exprime aussi mes sentiments : C'est comme si j'avais cette blessure à l'intérieur de moi et elle me fait tout le temps souffrir. Tout le temps, tout le temps…

Je décide de passer par la baraque de Connolly. Il écoute, sur sa radio à ondes courtes, les nouvelles des derniers efforts du régime que nous soutenons pour se réconcilier avec un ennemi bien décidé à nous exterminer. Il se tourne vers moi et dit : Ça me donne envie de vomir. Il n'y a personne pour dire aux gros bonnets à Washington que les talibans et Al-Qaïda ne veulent pas une part du gâteau, ils veulent le gâteau tout entier ? Ils sont engagés dans une stratégie du quitte ou double et on est la mince ligne rouge qui reste entre eux et leur objectif désigné : la civilisation occidentale.

Le compte rendu continue et à un moment, il se met à crier à la radio : Bon sang, on parle de gens qui considèrent que décapiter ses ennemis c'est une punition raisonnable, pas des signataires de la convention de Genève !

Il éteint la radio d'un air dégoûté et je m'avance vers les armes que nous avons prises aux insurgés. C'est un assemblage disparate de RPG7, de divers types de kalachnikov, de mitrailleuses chinoises, de RR 82 mm, de M16 made in USA, de Lee-Enfield à verrou, de Mosin-Nagant et même un petit canon antiaérien. La pile d'armes occupe tout un coin de la baraque. L'un des M16 porte une série d'inscriptions en lettres et chiffres arabes gravées sur son garde-main en plastique. Je traduis rapidement. Il est écrit : « Offert aux valeureux guerriers de l'amir al-muminin, 1996. »

En d'autres termes, dans les premières années de pouvoir taliban, leur chef, le borgne analphabète nommé mollah Omar, se revendiquait déjà comme le successeur d'Omar, le calife de la communauté musulmane naissante du VIIe siècle et son deuxième chef à la mort du prophète Mahomet. Autant pour la modestie des ambitions de l'ancien prédicateur de Sanghisar, un petit village à une heure de route au nord de Kandahar.

Nuit

Je relis le Vigny, que j'aime beaucoup, et je tombe sur ce passage, que j'avais dû lire sans y faire attention la première fois : « La guerre nous semblait si bien l'état naturel de notre pays, que lorsque, échappés des classes, nous nous jetâmes dans l'Armée, selon le cours accoutumé de notre torrent, nous ne pûmes croire au calme durable de la paix. »

Quand je relis ce passage, c'est comme si j'entendais Emily me le lire, et je ressens quelque chose qui me met nettement mal à l'aise, presque de la culpabilité.

Nuit

On s'accroupit près de la route, puis on la traverse en sprintant l'un après l'autre. Le brouillard est épais, mais je connais bien l'endroit. On court le long des maisons obscures, protégés par l'ombre des arbres. Lorsque j'arrive dans le jardin, tout le peloton est déjà là. Je fais un signe à Tanner et il mène la charge contre la porte d'entrée, qu'il enfonce d'un grand coup d'épaule. Quelques instants plus tard, les gars sortent Emily toute dépenaillée, suivie par le petit Jack. Je prends mon fils près de moi. Tanner force Emily à se mettre à plat ventre et il lui attache les poignets derrière le dos. Elle gémit, sous le choc. Je plante mon revolver contre l'arrière de son crâne. Tout en appuyant sur la détente, je m'entends crier : Tu avais fait un vœu ! Tu avais promis.

Je me réveille en hoquetant. J'ai les poings serrés. Je me sens à vif, déraciné.

La nuit a rafraîchi la cagna. Dehors, le ciel est noir et tout est sombre.

Mari. Promesse et engagement. Et moi – brûlant intérieurement.

Déraciné.

Jour

Cet après-midi, le caporal-chef Simonis, l'un de nos snipers, me demande s'il peut examiner les armes capturées. Il choisit l'un des longs et lourds Lee-Enfield. Fabriqué par la Couronne britannique, il porte le poinçon d'une usine d'Ishapore, en Inde ; la date est 1916. En d'autres termes, on nous a attaqués avec une arme vieille de quatre-vingt-seize ans prise à de précédents envahisseurs.

Je regarde Simonis démonter le fusil. Il est bien entretenu et huilé, sa conception simple garantissant fiabilité et facilité d'usage par les recrues des talibans. Simonis relève aussi que le mécanisme de tir augmente la précision, puisque le tireur doit actionner le verrou pour éjecter la douille vide et enclencher la balle suivante dans le magasin, ce qui lui permet d'ajuster sa visée. À cette précision vient s'ajouter la puissance, chaque balle étant conçue pour tuer d'un seul coup à des portées de cinq cents à sept cents mètres, voire plus. En guise de comparaison, nos unités tirent rarement à plus de trois cent cinquante mètres. Je suis juste heureux que l'ennemi ne dispose pas des M1, M2 ou 03A3, les Springfield utilisés par les snipers US en Corée.

Nuit

Je suis hanté par l'image d'un des combattants talibans. Il était grand, jeune, il avait un air d'invincibilité. Il semblait ne faire aucun cas de sa personne et se promenait – j'utilise le mot à dessein – sous une pluie de balles, en nous tirant dessus avec sa kalachnikov. Je me souviens avoir été stupéfait, puis impressionné par son insouciance. Si nous

nous battions contre des hommes de ce calibre, mus par un désir ardent de rejoindre le paradis, alors tout notre entraînement d'élite ne valait rien. Même moi, avec mon intellect et mon éducation, je n'avais rien qui puisse se mesurer à ce genre de croyance.

Plus tard, une fois que la fumée du JDAM s'était dissipée, je l'avais vu qui tentait de ramper sur un versant de roche abrupte, son bras et sa jambe droits arrachés par l'explosion. Mes hommes poussaient des cris de victoire mais je ne pouvais partager leur jubilation. Finalement quelqu'un lui a tiré une balle dans la tête et a mis fin à ses souffrances. C'était comme tuer un lion dans un abattoir, un acte sans grâce ni dignité. Ce n'est pas pour cela que je me suis engagé dans cette guerre. La façon dont il est mort m'a inspiré de la colère et de la honte.

Jour

De la honte.

Les Grecs anciens vivaient et mouraient selon un code d'honneur – vivaient au sens où les forces qui permettaient leur existence, leur notion d'eux-mêmes la plus fondamentale, reposaient sur le fait d'être perçus par autrui comme répondant aux exigences de ce code. Et la honte était l'exact opposé de l'honneur, si bien que lorsqu'un guerrier homérique comme Ajax commettait un acte honteux, le résultat était l'effondrement complet et brutal de sa personnalité.

Cela me fait penser aux Pachtouns. Leurs codes me sont étrangers – je hais leur soif de sang et leur misogynie – mais je crois comprendre, et apprécier, la clarté de leur distinction entre l'honneur et la honte.

Pendant notre mission dans la province de Khost, j'ai

demandé à un prisonnier taliban, qui ne pouvait avoir plus de seize ans, pourquoi il s'était battu sans se soucier de se protéger. Je lui ai demandé s'il n'avait pas peur de mourir et je me souviens encore de sa réponse au mot près : Pourquoi aurais-je peur ? Un jour le temps te consumera aussi certainement que moi. Il faut simplement savoir quand son heure est venue. En attendant, vous permettre de régner sur notre pays par la terreur, c'est une honte pire que la mort.

Homère n'aurait pas dit mieux.

Nuit

Il m'est arrivé quelque chose d'étrange aujourd'hui. En nettoyant un des vieux fusils à verrou de l'époque victorienne pris aux talibans, je me suis accidentellement coincé le doigt dans un nœud du bois de la crosse. Plus j'essayais de sortir mon doigt et plus il se coinçait. C'était une journée caniculaire : j'ai dû être pris d'un vertige passager. Je me suis senti ne faire qu'un avec la crosse, le fusil, le sol, le champ dehors, les montagnes. Une branche m'a fouetté le visage. Du sable a coulé de mes genoux ; le soleil a brûlé ma tête en pierre grise. J'étais entouré d'éclats de verre.

J'ai paniqué et j'ai réussi à extraire mon doigt. L'ongle a failli y rester. Mais la joie de revenir à la réalité a suffi à camoufler la douleur. J'ai failli pleurer de soulagement. J'ai dû aller voir Doc et lui emprunter une pince à épiler pour enlever les échardes. Il a dit que mon doigt ressemblait en tout point à une brosse à dents. Cela m'a pris une heure pour extraire tous les minuscules fragments de bois. Le fusil avait une odeur de cordite, et mon doigt aussi.

En guise de réponse aux informations radiophoniques qui l'ont de toute évidence tourmenté depuis une semaine, Connolly a imprimé une liste de choses interdites par les talibans quand ils étaient au pouvoir. Il a fait distribuer une copie de la liste à tous les membres de la compagnie, accompagnée d'une note manuscrite que voici : Je veux que cela vous rappelle, s'il en est besoin, à quel genre d'ennemi nous avons affaire.

1. Interdiction aux femmes de sortir de la maison sans être accompagnées par un *mahram* (membre mâle de la famille proche, comme un père, un frère ou un mari).

2. Interdiction aux femmes de faire des achats auprès de vendeurs mâles.

3. Les femmes doivent porter la burqa en permanence.

4. Une femme qui montrera ses chevilles sera fouettée.

5. Les femmes ne doivent ni parler aux hommes ni leur serrer la main. Aucun étranger ne devrait entendre la voix d'une femme.

6. Interdiction de rire en public.

7. Interdiction aux femmes de porter des chaussures à talons car aucun étranger ne devrait entendre les pas d'une femme.

8. Interdiction du maquillage. Une femme qui se vernirait les ongles aurait les doigts coupés.

9. Interdiction aux femmes de pratiquer le sport ou de faire partie d'un club de sport.

10. Interdiction aux femmes de porter des vêtements de « couleurs sexuellement attirantes ».

11. Interdiction aux femmes de laver leurs vêtements dans des endroits publics.

12. Interdiction aux femmes d'apparaître au balcon de leur

maison. Toutes les fenêtres seront peintes pour que les femmes ne puissent pas être vues de l'extérieur.
13. Aucune rue ou place ne pourra porter le nom d'une femme ou évoquant une référence à une femme.
14. Interdiction à tous d'écouter de la musique. Pas de télévision ni de jeux vidéo.
15. Interdiction de jouer aux cartes ou aux échecs ; pas de cerfs-volants.
16. Les oiseaux en cage seront interdits – les oiseleurs seront emprisonnés et les oiseaux tués.
17. Les images seront interdites dans les livres et les maisons.
18. Toute personne trouvée en possession de livres non islamiques sera exécutée.
19. Tout le monde aura un nom islamique.
20. Tous les hommes, y compris les garçons, porteront des vêtements islamiques et se couvriront la tête d'un calot ou d'un turban. Les chemises à col seront interdites.
21. Les hommes ne doivent ni raser ni tailler leur barbe, qui devra être au minimum de la longueur d'un poing posé à la base du menton.
22. Tout non-musulman devra porter un tissu jaune cousu à ses vêtements pour le différencier des croyants.

Je songe à en envoyer une copie à Emily pour lui rappeler ce que son mari combat en Afghanistan, mais finalement je décide que ce serait perdre mon temps. Elle m'a quitté, il faut que je me fasse à cette idée.

Jour

C'est l'anniversaire de Jack aujourd'hui. Mon bébé va avoir trois ans. Je suis de garde sur les Hescos et j'imagine le tenir dans mes bras et lui montrer le champ désolé et les montagnes. Ces montagnes – tous les jours elles portent leur ombre pesante sur nos visages : dès quatre heures nous sommes pris par l'obscurité. Tous les jours elles retardent le lever du soleil et nous devons nous lever dans l'ombre d'une nuit anormalement longue. Nos fusils et nos grenades semblent risibles par rapport à leur immensité. Je me demande si c'est ce que ressentaient les Achéens lorsqu'ils contemplaient l'imprenable forteresse troyenne du rivage, avec pour seule protection leur foi en leurs dieux. Mais cela dit, ces montagnes sont sans doute plus vieilles que Troie ou Mycènes.

Et qu'ai-je pour me protéger ? Peut-être mon fils fera-t-il l'affaire.

En pensée, je te tiens dans mes bras, petit Jack, je te tiens haut dans les airs comme un cierge pour me donner le courage de continuer. Tu es mon flambeau ardent dans cette contrée obscure.

Jour

Nous recevons cet après-midi la visite du chef de la police du district. C'est sa première visite de la base, ainsi que du district, admet-il. Nommé il y a plus d'un an, il continue à vivre à Kaboul, ce prétendu héros de la guerre de résistance contre les Soviets. Nous payons le gouvernement qui le paie pour faire semblant de remplir ses obligations. Ce fameux fils de pute a tout compris à la vie. Avant de partir, il demande à Connolly de signer un papier tamponné qui atteste de sa visite, qu'il appelle une inspection. Connolly montre la route de terre qui mène aux montagnes et lui dit qu'il signera le papier quand il y aura des postes de police le long du chemin. Le calme poussiéreux de Connolly prend notre invité par surprise. Il dit que ce secteur se trouve dans la zone dont nous sommes responsables. Je suis fier de la façon dont Connolly gère la situation.

Il y a trente ans, il fait remarquer, il y avait des postes de police dans les montagnes.

Le chef de la police a un sourire gêné et dit : Ils n'existent plus aujourd'hui qu'en souvenir.

Connolly sourit à son tour et dit : Tout comme votre document. Puis il ajoute : Les règles ont changé maintenant que je suis là, Humbaba. Faut payer pour jouer.

Humbaba ? Mais mon nom est Sher Ali… cela veut dire « tigre ».

Connolly dit : Tu peux m'appeler Clark Kent – et ici c'est la forteresse Amérique. Okay ?

Il raccompagne le chef jusqu'à sa Toyota et lui dit de ne pas revenir avant d'avoir un plan pour installer des policiers dans les montagnes.

Nuit

Il paraîtrait que le chef pachtoun Abdur Rahman Khan aurait inventé le terme « Yaghestan » – la terre des rebelles – pour décrire cette région. Aucun Pachtoun n'aime être gouverné par quelqu'un d'autre, dit-il, pas même par une autre tribu ou sous-tribu. J'ai pensé aux Soviets qui avaient construit cette base il y a plus de vingt ans et qui étaient partis hâtivement quand les tribus des montagnes s'étaient unies et les avaient repoussés au cours d'une offensive commune. Il reste encore des graffitis russes sur les murs en terre sèche près de la tente du mess. Par exemple, sur l'un des murs, une inscription annonce : « Gorkii Park ».

L'un des ANA me l'a traduite. Un plaisantin – sans doute quelqu'un de notre peloton – a écrit en dessous en anglais : « Linkin' Park ».

Sur un autre mur est inscrite la distance entre notre base et « Moskva : 5 197 km ». Je me dis qu'il faudrait trouver la distance jusqu'à Washington DC.

Nuit

J'ai lu un passage cette nuit qui m'a aidé à comprendre les rebelles. C'est dans *La Germanie* de Tacite :

« Quand ils ne vont pas à la guerre, ils passent un peu de temps à la chasse, davantage à ne rien faire ; ils s'occupent à dormir et à manger ; les plus braves, les plus courageux restent inoccupés ; le soin de la maison, des pénates et des champs est abandonné aux femmes, aux vieillards, aux plus faibles de la famille ; eux-mêmes demeurent engourdis, par une étonnante contradiction de leur nature, qui fait aux mêmes hommes aimer à ce point le désœuvrement et haïr la paix. »

J'ai montré le passage à Connolly et il l'a envoyé au colonel Lautenschlager, à l'état-major, qui a bien apprécié.

Connolly fait des efforts pour rattraper sa crise de l'autre nuit.

Je le comprends, mais je ne peux pas nier qu'il y a des moments où j'ai eu envie de lui dire de prendre son attitude de monsieur je-sais-tout et de se la carrer. Rien de personnel.

Tout de même, je ne peux m'empêcher de le questionner sur la stratégie qui nous a déplacés en hâte de notre position précédente dans la province de Khost et réinstallés ici à Kandahar, dans un secteur isolé des lignes de soutien établies. Sa mâchoire se contracte dans une expression d'obstination que je connais bien et il insiste, têtu comme une mule, sur le fait que les généraux savent ce qu'ils font. En réponse, je lui cite un passage que j'ai lu dans Hérodote l'autre jour, écrit au ve siècle avant notre ère, dans lequel il est dit que les prêtres égyptiens pouvaient réciter par cœur les noms des 330 rois qui avaient régné depuis le début de leur civilisation, avant d'ajouter qu'aucun d'entre eux n'avait fait quoi que ce soit de notable.

Ça m'a rappelé notre commandement, quand j'ai lu ce passage, je dis à Connolly. Une fois encore, la mâchoire en avant, il répète son mantra comme quoi les généraux savent ce qu'ils font. Je me décourage et l'abandonne à son sort.

Evan Connolly est le parfait officier intermédiaire, limité mais carré – sans imagination ni esprit d'initiative –, dont la vision stratégique ne dépasse pas les Hescos qui entourent « sa » base. C'est le genre à exécuter les ordres aveuglément, à progresser régulièrement dans la chaîne de commandement et à finir par reproduire les erreurs des généraux dont il prend la place. C'est à cause de gens comme lui que le reste d'entre nous est condamné à connaître toute la servitude et rien de la grandeur qui accompagne la discipline du service militaire. Et ainsi sont les hommes qui nous commandent contre les Pachtouns, des hommes nés pour le fusil et pour l'épée, grands dieux.

Jour

J'ai vu la main de Papa se fermer sur la mienne pendant que je nettoyais mon M4 cet après-midi. J'étais en train d'essuyer la chambre avec du coton quand j'ai senti la pression de sa main. J'ai eu très précisément l'impression qu'il la laissait là un moment – tandis que je me figeais. J'ai reconnu l'alliance à son annulaire, l'ancienne brûlure sur son poignet, les veines saillantes sur le dos de sa main. Une vague de chaleur m'a envahi et j'ai eu l'impression d'être redevenu un enfant dans ses bras. Le soleil qui faisait briller le métal huilé n'était plus celui de Kandahar mais celui de la campagne du Vermont. J'ai entendu les merles chanter, le bruit d'un vieux tracteur au loin, Ève qui courait dans le jardin. Les couleurs pastel de la Nouvelle-Angleterre ; ses parfums subtils. Quand je me suis remis à nettoyer les ressorts du magasin, je n'avais plus sous les yeux la poussière et la saleté qui recouvraient le M4 mais la boue et la poussière d'un été américain. Il venait de loin, ce sentiment. Papa et moi avons nettoyé ce fusil ensemble, main dans la main.

Nuit

Des grands poteaux dispersés dans le sol noir, qui se révèle, de plus près, être de l'eau. Une pellicule d'eau immobile, aux limites indéterminées, éclairée par un projecteur en arrière-plan qui forme un cercle diffus à la place du ciel. Il ne fait ni nuit ni jour, je ne sais donc pas quelle heure il peut être. Une forme vague dérive entre les poteaux, mais ses contours sont si flous que je ne sais si c'est un bateau ou quelque chose d'autre. Trois ou quatre corbeaux sont perchés au sommet des poteaux mais ils sont immobiles. J'attends que quelque chose ait lieu, et bien sûr, voilà qu'une tête sombre émerge de l'eau. Bientôt la silhouette patauge jusqu'à la taille et je devine, avec un degré de certitude que je suis incapable d'expliquer, que c'est Emily. Elle se penche et sort un objet de l'eau. Je sais que c'est Jack, mais ce qui est étrange c'est la manière dont elle le tient, par une cheville, le reste de son corps restant sous l'eau. Je m'apprête à crier quand elle le soulève d'un coup et je vois – nettement – un trou de balle au centre de son front. Il n'y a pas de sang, mais je vois directement de l'autre côté, à travers sa tête. J'essaie d'aller vers eux mais quelque chose me retient et je me réveille en criant.

J'attribue ce rêve à la méfloquine. J'aimerais arrêter de la prendre – et tant pis pour le risque constant du paludisme. Je passe le reste de la nuit à écouter la complainte des moustiques, sans parvenir à me rendormir.

Jour

Nous avons été informés aujourd'hui qu'une attaque de drone avait eu lieu il y a quelques jours contre un groupe d'insurgés qui avait passé la frontière. La même nuit, une opération conjointe des forces spéciales et d'auxiliaires afghans a détruit un bastion taliban au sud de notre position. Connolly a transmis les bonnes nouvelles à la compagnie et les hommes ont poussé des hourras. Aucune des deux opérations n'était liée directement à nous, mais nous comptons tous les coups portés à l'ennemi comme une vengeance pour Hendricks et Castro.

Plus tard, Connolly a attrapé le soldat Gaines en train de porter un *pakol* plat en laine qu'il avait pris à une des victimes de notre mission dans les montagnes et il lui a dit de l'enlever. Quand je lui en ai parlé peu après, il a dit : Au contraire des angliches coloniaux, on ne s'adapte pas à la culture locale. Pas tant que c'est moi qui commande.

Jour

J'ai fait une visite surprise aux baraques des ANA de l'autre côté du parc motorisé. Pour une fois, j'ai décidé de ne pas les mettre à l'amende pour leurs entorses au règlement. Comme pour me remercier, l'un d'entre eux m'a donné un brin de cumin noir, les graines perchées au bout des ombelles fines et délicates. Il m'a dit avec un sourire que si je le mettais sous mon oreiller, il parfumerait mes rêves.

Un autre homme a voulu réciter un poème en mon honneur. J'ai accepté et il m'a dit, d'un air mélancolique, que c'était la saison du melon à Kondoz, d'où il était originaire, et que le poème était dédié au goût sublime de ce fruit. Il a raconté que l'empereur moghol Babur adorait ces mêmes melons et avait juré un jour qu'il était prêt à renoncer au trône et à toute sa fortune en échange d'un seul melon de Kondoz. Puis il s'est mis à avoir une crise de fou rire en essayant de me réciter le poème et j'ai réalisé qu'il était drogué au haschich. Je lui ai demandé ce qu'il faisait dans la vie avant la guerre et il m'a répondu qu'il avait travaillé dans une briqueterie dès l'âge de sept ans. Ses parents l'auraient vendu au propriétaire de la briqueterie, qui était aussi le raïs de leur village, pour payer une vieille dette, mais je ne sais pas si c'était la vérité ou un délire dû au haschich. Dans le doute, je n'ai pas pu m'empêcher de me demander s'il avait été conçu par ses parents précisément pour régler cette dette. Une fois encore, ce serait entièrement du domaine du possible, étant donné ce que j'ai appris sur ce pays et sur ses habitants.

Soir

La première fois que j'ai vu Tarsândan, j'ai cru être arrivé à l'extrémité du monde. J'ai pensé à la vallée de la Mort, dans le Nevada, mais en pire. À présent, je ne remarque même plus à quel point c'est désertique. Parfois, je suis même sensible aux subtilités de la palette de couleurs et aux fulgurances des levers et couchers de soleil. Ce soir, par exemple, la Voie lactée ressemble à une autoroute scintillante traversant le ciel. Selon Doc, les locaux croient que la Voie lactée est le chemin tracé par Buraq, le cheval du Prophète, en route pour le Paradis. Je lève les yeux – juste au moment où nos ANA commencent leurs prières du soir – et je vois ce qu'ils veulent dire. Les Ouzbeks ouvrent leurs mains devant leur visage et psalmodient *Bismillah ir-Rahman ir-Rahim*, au Nom de Dieu, le Clément, le Miséricordieux. Au début cela m'agaçait, mais maintenant j'apprécie le rythme que leurs prières donnent à la journée. Les silhouettes agenouillées clignotent sur un fond de ciel étoilé.

Un peu plus loin, dans l'espace adjacent au parc motorisé, je m'installe pour faire mes exercices de taï-chi du soir. Sur ma gauche, le soldat Serrano écoute son lecteur MP3 en écartant les bras comme s'il était au festival *Burning Man*. Whalen est dans sa cagna, il joue du blues à la guitare. L'air a une odeur douceâtre, la brume l'emplit d'humidité. Une étoile filante trace une courbe dans le ciel avec un éclat qui me coupe le souffle. Je suis surpris par le plaisir que je ressens. Ce qui montre bien qu'il y a de la beauté même dans les pires coins paumés.

Nuit

C'est un matin splendide. La température avoisine les vingt degrés, le soleil flotte dans des nuages en coton, le ciel est d'un bleu iridescent. J'épouse Emily, la cérémonie a lieu à Mills Mansion, dont l'étendue d'herbe verte descend jusqu'à l'Hudson. Elle hésite avant de me passer la bague au doigt et j'essaie de réprimer mon impatience, car je sais que les gars attendent que j'en termine et que je les rejoigne. Le pasteur prononce la bénédiction, je regarde vers les nuages et je ferme les yeux. Puis je dis un au revoir rapide et je prends mon sac à dos et mon fusil. Je cours entre les rangs des invités jusqu'au fleuve où mon peloton attend au garde-à-vous. Je me tourne pour faire un geste d'adieu et je m'arrête en voyant les ombres qui s'étirent sur le gazon ensoleillé. La robe de mariée d'Emily est devenue noire. Je voudrais lui crier quelque chose, mais les mots ne viennent pas. Elle me regarde avec une tristesse indescriptible.

Je me réveille le visage couvert de pleurs. Pourquoi est-il si difficile de dire adieu ?

Je n'arrêterai jamais d'y croire, Em. Ce qui s'est passé ne changera pas mes sentiments.

Et les mots qui ne venaient pas… Je m'en souviens, à présent. Ils sont, très simplement :

Mon amour.

Jour

Quarante-huit degrés. La terre blanchie jusqu'à n'être plus qu'une croûte sèche, d'un blanc osseux. Pas un souffle d'air, mais de la poussière et du sable partout.

Nous marchons couverts de poussière, nous enfonçant jusqu'aux genoux dans la poussière, toussant de la poussière. Le moindre mouvement soulève des nuages de poussière qui restent suspendus dans l'air comme de la fumée. Nous apparaissons et disparaissons comme dans un tour de magie, avalés par la poussière puis régurgités comme des créatures de poussière. Je porte des lunettes panoramiques et j'ai la tête enveloppée de mon foulard à carreaux noirs et blancs ; Doc est vêtu des pieds à la tête de ce qui ressemble à une tente portable ; le sergent Tanner a déniché un casque de moto avec une visière, et des gants chirurgicaux ; Whalen est le plus blanc de tous, bien qu'il soit protégé par un poncho. Pour la première fois depuis notre arrivée ici, je n'arrive pas à voir les montagnes. Le jour passe dans un brouillard blanc de soleil chaud et de poussière brûlante. C'est censé être encore pire dans les prochains jours. Je n'arrive pas à imaginer que ce soit possible.

Nuit

Il fait encore chaud, même la nuit, mais le vent s'est levé. Il souffle du sud-est, en provenance directe des plaines asséchées. Tout est soudain rempli par ce vent et par la poussière et le sable qu'il amène. La poussière rend la respiration difficile et tout le monde en recrache de pleins poumons. Le sable crisse sous nos pieds et quand je me couche sur mon lit, je le sens s'écouler dans mon dos. J'essaie de lire, mais du sable s'échappe de mon livre : les mots semblent glisser sur les pages. Je renonce et je regarde le plafond de la baraque dont ruisselle de la poussière. Le vent appuie contre la porte ; du sable s'infiltre par les fissures du sol. Il est difficile de penser à quoi que ce soit d'autre.

Quand je mets le nez dehors, tout ce que je vois, ce sont de vastes nuages beiges qui balaient l'obscurité. C'est comme si le vent avait enfin déraciné quelque chose qui n'avait encore jamais bougé mais qui maintenant envahit tout, effaçant le monde familier, remplaçant les pensées dans nos têtes et les mots dans nos bouches – et tout ce que nous pouvons faire c'est observer l'assaut, médusés.

Jour

Toute la base est à l'arrêt. La tempête de poussière fait rage et réduit la visibilité à néant.

Il y a de la poussière dans ma baraque, sur mon bureau, sur mon lit – je ne peux pas bouger sans soulever un nuage de poussière. Je porte un masque sur le visage mais il faut constamment que je l'enlève car il m'empêche de respirer.

Je redoute fortement de devoir passer une autre nuit sans dormir.

Nous sommes tous si fatigués que nous pourrions aussi bien être morts.

LE CAPITAINE

Putain de merde.

Putain de *grosse* merde !

Je suis furieux et je ne vois pas de raison d'y aller par quatre chemins.

Je convoque Whalen dans mon bureau et je lui dis que j'ai découvert que les hommes avaient donné à manger à la fille en dehors des barbelés et que ce n'est tout simplement pas acceptable. Absolument pas.

Vous voulez me dire à quoi riment ces conneries, m'nadjudant ? Depuis quand les hommes font ce qu'ils veulent en dehors du périmètre ? Et qu'est-ce que le putain d'interprète fait à courir partout comme un putain de lapin Duracell ? Qui l'a autorisé à parler à cette fille ? Où sont passées nos putains de procédures opérationnelles, putain de merde ?

Il met un moment à répondre et lorsqu'il s'y décide, c'est d'un ton maussade.

Je suppose qu'on peut dire que je ne suis plus le même depuis que j'ai découvert qu'elle n'avait pas de jambes, mon capitaine. Quand j'avançais vers elle – en sachant qu'elle cachait peut-être une bombe – je ne pensais qu'à moi, moi, moi. Mais quand elle a enlevé sa burqa, ça m'a arrêté net. Je ne voulais plus la fouiller, mais je l'ai fait, bien sûr, et j'ai essayé d'être correct, mais ça m'a secoué. Je n'ai pas d'excuse, mon capitaine. Mais je ne m'attendais pas à trouver des moignons à la place de ses jambes. Il y a des choses à la guerre qui sont parfois dures à avaler. Là, c'était le cas.

Dedieu. J'aurais jamais pensé entendre ça de votre part. Vous êtes en train de me dire que c'est à cause de ça que vous mettez en danger la sécurité de toute la base ? Bon dieu de merde. Je pourrais vous faire mettre à pied pour avoir ignoré les ordres, Marcus !

Vous m'avez laissé décider, mon capitaine, et j'ai fait ce qui me semblait le plus adapté.

Bon sang, vous savez mieux que quiconque que je n'ai même pas assez d'hommes pour mener la moitié des missions qu'on attend de moi, et vous venez me dire que votre cœur sensible ne peut pas supporter la vision d'une gonzesse amputée et que c'est une raison valable pour ignorer les procédures de sécurité les plus élémentaires ! Pourquoi pas démonter les Hescos et enlever les fils barbelés pendant que vous y êtes ? Mettez un putain de panneau, mon adjudant, avec écrit : « Stand de tir, Bienvenue aux talibans ! ».

Il me regarde d'un air tendu, mais ne dit rien.

Je fais un effort pour me contrôler et, d'un ton plus formel, je dis : Je ne suis pas insensible, m'nadjudant, et la nature de ses blessures m'a surpris moi aussi. Mais ça n'excuse en rien ce qui s'est passé. Quand ils franchissent les barbelés, les hommes sont une cible idéale pour des tireurs embusqués dans les montagnes. Ça ne va pas du tout.

L'endroit où ils se trouvaient est bien en deçà de la portée des snipers ennemis, mon capitaine.

Arrêtez de chercher la petite bête, m'nadjudant. Ils pourraient avoir un arsenal complet d'armes lourdes, on n'en saurait rien du tout.

Il me dévisage d'un regard intense et distant à la fois.

Sauf votre respect, mon capitaine, cette fille est là dans sa charrette pourrie depuis un jour et demi. Elle est toute recroquevillée sous le soleil brûlant ou dans la nuit froide, pendant qu'on est bien à l'abri dans nos baraques et sous nos tentes. Ça ne semble pas normal.

Foutaises, je dis succinctement. Qu'est-ce qui vous prend ? Vous voulez un transfert à la Croix-Rouge ou à une putain de crèche pour enfants ? J'en crois pas mes oreilles ! Vous avez complètement perdu la boule ? Bientôt vous allez me dire qu'on devrait changer les règles d'engagement et lui envoyer des fleurs ?

Il hésite. Je suppose qu'il y a des moments où la guerre n'a pas de sens, mon capitaine.

Je le foudroie du regard, indigné. Vous vous ramollissez ? Dix-huit ans d'armée et c'est ça le résultat ?

Ce n'est pas une question de se ramollir, mon capitaine, il dit doucement. Je me base sur toute mon expérience pour vous dire que ce n'est pas une situation de combat. C'est un problème humanitaire. Le terrain humain. Pour gagner les cœurs et les esprits.

Mais c'est une guerre conventionnelle, m'nadjudant. Ces conneries de « contre-insurrection », je n'y crois pas une seconde. On n'a pas les effectifs pour que ça tienne debout. Dans un endroit comme celui-ci, ce sont les facteurs géographiques qui déterminent tout. C'est pour ça que chaque fois que vous regardez cette fille, je veux que vous plissiez les yeux et que vous regardiez plutôt les montagnes, vu ? Elle sait très bien ce qu'elle fait : elle nous incite à baisser la garde pour que ses cousins puissent nous éliminer en deux temps trois mouvements. C'est un leurre, m'nadjudant – elle essaie de nous pousser à la faute. Ça saute aux yeux, bon sang, c'est écrit noir sur blanc dans toute son attitude.

Et je vous dis que vous faites erreur, il répond calmement. Si vous y réfléchissez objectivement vous verrez qu'il n'y a rien qui soit en noir et blanc dans cette situation : tout est gris.

Quand vous commencez à avoir des idées comme ça, c'est le moment de partir à la quille. Quant à votre réflexion objective, très franchement vous savez où vous la carrer.

Ça le fait réagir. Il s'assied et il se penche au-dessus de mon bureau.

J'étais dans l'armée quand vous étiez encore à l'école, mon capitaine, et j'en ai assez vu pour pouvoir vous dire que vous analysez mal la situation. Ouais, bien sûr, dans l'armée il faut voir les choses en noir et blanc parce qu'on vit dans un monde gris en permanence et que ça simplifie les choses ; mais c'est aussi ce qui cause des erreurs et c'est là que les chefs sont importants. C'est à nous de dire aux gars ce qu'ils doivent faire et ce qu'ils doivent penser. Et les gars ne savent pas quoi en penser, de cette fille. Elle sort du cadre habituel et ça les rend complètement marteaux.

Foutaises. Encore un peu et vous les ferez asseoir en cercle pour parler de leurs sentiments pendant que l'ennemi nous prend par surprise. Ce qu'il a déjà fait – ils ont compris comme on fonctionnait et ils sont pas passés loin de nous exterminer, putain de merde. Si on baisse la garde, ils recommenceront. Cette fille a une vie de merde ? Dommage. Vraiment dommage. J'ai besoin que vous alliez dire aux hommes de s'habituer à la merde, un point c'est tout.

Il me regarde longuement, encore une fois. S'habituer à la merde, il dit. Bon dieu. Il secoue la tête. Vous allez continuer à nous dire de serrer les fesses jusqu'à ce qu'on explose ? Incroyable, mon capitaine. On est l'armée des États-Unis. On est censés représenter autre chose que seule la puissance des armes. On est censés faire ce qui est juste.

Je pose brusquement les deux mains sur le bureau. Ne commencez pas avec ça, Marcus, je crie. Bientôt vous allez me demander si j'arrive encore à me regarder dans la glace.

Ce n'est jamais une mauvaise idée de vérifier si on a toujours l'air humain, mon capitaine, il rétorque.

Je réponds par un regard furieux. Quand je voudrai votre avis je vous le demanderai, m'nadjudant. Vous êtes mon bras droit, bon sang – mon putain de numéro deux. Vous êtes censé assurer la stabilité du groupe – faire respecter la discipline, faire régner l'ordre. Votre priorité doit être de me soutenir, moi et mes décisions. On a du boulot devant nous. Reprenez vos esprits.

Je baisse la voix. Il n'y aura plus aucun contact avec la fille, c'est clair ?

Je croise son regard dans lequel couve le mécontentement. Puis, tout bas – si bas que j'entends à peine les mots – il dit : Compris, mon capitaine.

Je glisse une cigarette éteinte entre mes lèvres, en faisant un effort apparent pour me contrôler.

Ce sera tout, mon adjudant, je dis.

Je le regarde sortir d'une démarche raide, puis je me lève avec un mouvement d'humeur et je vais au rectangle de plexiglas qui constitue la seule fenêtre de la baraque. Il est couvert d'une épaisse couche de poussière. J'y appuie mon visage et je regarde au dehors. De longues ombres traversent la base, la lumière de fin d'après-midi écrasant tout. Même s'il n'y a pas de vent, de temps en temps des rabats de tente claquent spontanément. Quand je me retourne, l'intérieur de la pièce semble très sombre.

Je retourne à mon bureau, j'ouvre une petite flasque et je

verse du café froid dans une tasse. Le tic-tac du vieux réveil posé sur le bureau égrène les secondes. Je mélange de l'édulcorant au café, je le bois d'une gorgée et je demande à voir Tom Ellison. Quand il entre, je montre la tasse et dis en faisant la grimace : C'est le pire café de merde que j'aie jamais bu ! Je veux dire, c'est pas comme si je m'attendais à de l'expresso, mais là c'est du vrai tord-boyaux.

Je vous offre un mélange Screaming Eagle de chez Green Beans la prochaine fois qu'on sera à KAF, mon capitaine, il dit avec un sourire. C'est mon préféré.

Puis : Vous vouliez me voir ?

Oui, tout à fait. Comment allez-vous, mon lieutenant ?

Comme ci comme ça, mon capitaine.

Ça ne m'étonne pas. Moi-même je suis un peu sonné depuis l'attaque. C'est difficile de ne pas y penser, avec les flaques de sang séché un peu partout dans la base.

Je vais faire le nécessaire, mon capitaine.

Bon, c'est déjà ça, bien sûr. Mais il y a encore autre chose.

La fille, là, dehors ?

Ouaip.

Il hoche la tête d'un air préoccupé. C'est devenu une distraction importante.

Sans blague, mon lieutenant, je dis sèchement. Tout le monde a perdu la boule tout à coup ou bien merde ?

Il me regarde comme un chevreuil dans les phares d'un 4 x 4, surpris par mon brusque changement de ton. Ah, eh bien, euh… Il bafouille un peu avant de se reprendre : Je suppose que les hommes n'ont pas l'habitude de voir une femme débarquer dans la zone de combat après des mois d'isolation, mon capitaine, surtout après une bataille qui a fait des victimes de notre côté. Ils ne sont pas préparés à ça psychologiquement.

C'est sûr. Et ça serait sans doute trop demander de ma

part que d'avoir des officiers compétents qui puissent expliquer à leurs hommes qu'on n'est pas là pour jouer aux Bisounours ?

Il rougit. Ne vous en faites pas, mon capitaine. Je vais leur passer un savon.

Ouais ? Vous êtes en train de me dire que vous ne saviez pas que c'était un de vos sergents qui était de garde ?

Non, mon capitaine. J'en ai été informé... après coup. Il hésite, avant d'ajouter : Et, en toute franchise, j'aurais sans doute dû vous en parler le premier et...

Et régler le problème avec votre subordonné sans attendre que je vous en parle ?

Oui, mon capitaine. Toutes mes excuses, mon capitaine. Je suis moi-même surpris par mon comportement.

Bienvenue au club, mon lieutenant, dit Whalen en entrant dans la pièce.

'Jour, m'nadjudant..., je le salue d'un ton cassant. Que puis-je encore pour vous ?

Il réfléchit un instant. Puis, sans me regarder, il dit : En fait, je suis venu pour vous informer que je vais faire amener la fille dans la baraque médicale pour une évaluation. Je veux que Doc examine ses moignons et remplace ses torchons crasseux avec des pansements propres, au minimum.

Je ne dis rien. En guise de réponse, je joins les extrémités de mes doigts et je le regarde fixement quelques secondes.

Puis je dis : Permission refusée, si c'est ce que vous êtes en train de demander. On attendra que les gars de l'ANA s'occupent d'elle quand ils arriveront demain. C'est leur boulot.

Sauf votre respect, je ne crois pas qu'ils aient les compétences médicales pour cela, mon capitaine.

On est des étrangers, et des hommes. Elle aurait parfaitement le droit de refuser notre aide. C'est probablement ce qu'elle fera, d'ailleurs, si je comprends un peu leur culture. Et si vous forcez la chose, ça va se terminer par un incident qu'on aurait parfaitement pu éviter.

Ça vaut tout de même la peine d'essayer. On a une obligation légale et morale de la soigner, mon capitaine. J'essaierai de la persuader de…

Ne vous tracassez pas, mon adjudant, je l'interromps, soudain à court de patience. Vous *croyez* peut-être avoir une obligation envers cette fille, mais je *sais* que j'ai une obligation plus importante vis-à-vis de tous les occupants de cette base.

Je me détourne de lui et je m'adresse à tous les deux : Je crois que ça suffit comme ça, pas vous ? Il faut que vous mettiez cette affaire en sourdine et que vous vous débarrassiez de ce sentimentalisme. Vous êtes des chefs et vous devez garder votre calme au moment où le groupe perd le sien. On ne peut pas tous perdre les pédales tout à coup à cause de cette fille. Ce serait complètement idiot de se laisser prendre à son piège. Je veux dire, ça fait seulement quelques jours qu'on a perdu le lieutenant Frobenius et les autres. Vous pourriez au moins vous souvenir de qui les a tués et garder la tête froide.

Ils me lancent un regard noir tous les deux. La baraque est plongée dans un silence absolu. Puis Ellison sort un mouchoir dont il se sert bruyamment.

Donc vous pensez toujours qu'elle fait partie d'un piège, mon capitaine ? il demande finalement.

Quoi d'autre ? je réponds.

Dans quel but ? demande soudain Whalen.

Quel but ? Oh – je suis convaincu que ses petits copains attendent tranquillement au pied des montagnes, juste hors de portée. Au moment où on se découvre – PAN ! Et le fait qu'elle soit dans le chemin ne les découragerait pas. C'est une femme : elle ne vaut rien à leurs yeux.

Je ne sais pas, mon capitaine, dit Ellison, hésitant. Je veux dire, pourquoi ils n'ont pas attaqué quand l'adjudant est allé la fouiller, mon capitaine ?

Ça ne veut pas dire que je vais l'autoriser à entrer dans la base alors qu'on a tous conscience de la distraction qu'elle représente pour les hommes. Je ne peux pas prendre ce risque. On a perdu tellement d'hommes que je commence à avoir l'impression qu'on a tous une cible peinte au milieu du front. Je n'ai plus de marge d'erreur pour prendre de nouveaux risques.

Oui, bien sûr, mon capitaine, il dit d'un ton gêné.

Mais je vais vous dire une chose, j'ajoute. Je vais vous montrer quelque chose qui vous convaincra peut-être qu'il y a suffisamment d'incohérences dans son histoire pour me faire continuer à croire qu'elle a tout inventé.

Je me lève et vais jusqu'au mur derrière moi, dont je décroche une carte. Puis je reviens et la déplie sur le bureau.

Regardez ça, je leur dis, et ils se lèvent pour se pencher sur la carte.

Je repère Tarsândan et je trace une ligne avec mon doigt jusqu'à la vallée dont elle dit être originaire. Ça fait onze kilomètres à vol d'oiseau, je remarque, et vingt-trois kilomètres en suivant un minuscule sentier à chèvres qui zigzague entre les pics montagneux. Sans parler des torrents à traverser, ici, au pied des montagnes, ainsi que là.

Je me redresse et je les regarde avec un sourire.

Maintenant, si vous voulez vraiment croire à son histoire comme quoi elle aurait fait ces vingt-trois clics toute seule comme une grande sur sa planche à roulettes, libre à vous. Offrez-lui des soins médicaux. Faites tout ce qu'elle vous semblera mériter après sa balade, car elle aurait accompli un exploit sans pareil. Mais si vous partagez mes doutes, alors je vais vous demander d'attendre que les hélicos arrivent demain. C'est le moins qu'on puisse faire pour respecter le souvenir des hommes qu'on a perdus.

Mais si son histoire est vraie, mon capitaine ? demande Ellison.

Quelle partie de son histoire ?

Tout.

Que son frère et ses hommes n'étaient pas des talibans ? Qu'est-ce que ça peut nous foutre, dans la mesure où ils nous ont attaqués et, encore une fois, ont tué plusieurs de nos gars ? Vous ne pouvez pas me reprocher de ne pas porter son frère dans mon cœur. Ni elle, soit dit en passant.

Non, bien sûr, mon capitaine… Mais *elle* ne faisait pas partie de l'attaque, et si elle est vraiment venue jusqu'ici toute seule pour récupérer le corps de son frère, ça ne mériterait pas qu'on la traite avec respect ?

L'insistance d'Ellison commence à me taper sur les nerfs. Sans chercher à cacher mon agacement, je rétorque : Qu'est-ce qui vous rend si putain de sûr qu'elle ne faisait pas partie de l'attaque ? Elle a pu leur servir d'observateur, d'éclaireur, de tout un tas de choses.

À ma grande surprise, Whalen le soutient. Il dit : Sauf votre respect, mon capitaine, compte tenu de son état physique, il est très improbable qu'elle ait participé activement…

Nom. De. Dieu ! j'explose. Vous êtes en train de parler d'une fille qui prétend avoir traversé les montagnes dans sa petite charrette !

Je ne suis pas sûr de voir ce que vous voulez dire, mon capitaine.

L'expression de son regard est tellement suppliante que j'ai un mouvement de dégoût. C'est bien ma veine, je pense amèrement, d'avoir une compagnie dirigée par des putains d'adjudants au cœur tendre et par des bleus tout juste sortis de l'école.

Ce n'est pas ça qui fait la différence entre nous et l'ennemi ? insiste Whalen.

Je n'ai pas besoin que vous me fassiez la leçon quant à ce qui nous distingue de l'ennemi.

Donc on ne peut rien faire pour l'aider, dit Whalen brusquement. C'est ce que vous êtes en train de nous dire, mon capitaine ? Qu'on ne fait plus la distinction entre des civils désarmés et des combattants ?

On se regarde pendant un moment. Je suis sur le point de le remettre en place, quand j'ai une vision fugace de la fille agenouillée dans sa charrette, sa burqa étendue autour d'elle, ses mains écorchées à vif à force d'avoir poussé sur le sol. Je regarde mes propres mains, mes doigts épais et puissants hérités de plusieurs générations de maçons du côté de mon père. C'étaient des hommes simples, indépendants et farouches. Ce qu'ils prenaient dans les mains leur appartenait.

J'entends Ellison changer de position, mal à l'aise, et je me tourne vers lui.

Je lui fais un petit sourire. Vous savez quoi, j'annonce, par égard pour vous deux et pour vos putains de scrupules, je vais en parler au bataillon pour voir s'ils peuvent vérifier son parcours. J'attends de leurs nouvelles, dans tous les cas, rapport au drone qu'ils ont envoyé dans les montagnes à la recherche de l'ennemi. S'ils me disent que tout est bon, et si son histoire tient debout un minimum, je vous autoriserai à l'évaluer – *et* je verrai avec le colonel Lautenschlager si on peut l'envoyer dans un hôpital de terrain.

Sous le coup d'une surprise évidente, Ellison ouvre la bouche, puis la referme.

Whalen s'éclaircit la gorge. Si vous y tenez vraiment,

j'attendrai, il dit d'un ton résigné. Mais je me mépriserai pour chaque minute qui s'écoule.

Il a dû penser que les concessions devaient être mutuelles et semble surpris quand j'exprime le contraire. Vous avez déjà attendu un jour et demi, je dis dédaigneusement. Qui sait depuis combien de temps elle a perdu ses jambes – sans doute des mois, peut-être plus. Quelques heures de différence n'y changeront rien.

Il hoche machinalement la tête, fait demi-tour sans un mot et sort de la baraque.

Je le suis des yeux, lance un regard noir à Ellison et m'adresse à lui tout en rangeant la carte.

Maintenant à votre tour, mon lieutenant. Dites-moi exactement ce qui s'est passé avec cette putain d'idée de lui apporter à manger.

Il prend un air attristé.

Je suppose que tout a commencé quand les hommes ont voulu organiser un concours basé sur le film *Fight Club*, mon capitaine, pour décider lequel d'entre eux irait la voir.

Ils se sont mis sur la gueule ?

Plus ou moins, mon capitaine.

Qui a gagné ?

Le caporal Simonis, mon capitaine.

En bottant le cul de qui ?

Du soldat Grohl, mon capitaine.

Donc c'est Simonis qui lui a apporté à manger ?

Oui, mon capitaine, accompagné par l'interprète.

C'est toujours ça. Je n'aimerais pas savoir Grohl seul avec elle. Il déteste les gens d'ici. Il va falloir le surveiller.

Oui, mon capitaine.

Quel genre de nourriture il lui a apportée ? De la dinde et de la putain de tarte aux pommes ?

Les hommes ont fait réchauffer du ragoût RCIR, mon

capitaine, et le soldat Ramirez a fait un de ses fameux *Philly cheesesteaks.*

Et elle a refusé ?

Oui, mon capitaine, en effet.

Je secoue la tête sans y croire – puis je me mets à rire doucement.

Il faut reconnaître qu'elle a du cran ! Purée, si je l'avais elle dans ma compagnie plutôt qu'une bande de morveux incapables, on aurait nettoyé les montagnes en moins de temps qu'il n'en faut pour dire putain de sa mère. Quoi qu'il en soit, au moins on sait ce qu'elle dirait d'un examen médical. Elle nous enverrait paître.

Vous croyez ?

J'en suis sûr. Je déteste devoir être si dur, mon lieutenant, mais je commence à avoir pas mal d'expérience et ça devient une seconde nature, de regarder sous la surface des choses. Votre survie – et la survie de vos hommes – en dépend.

Vous avez sûrement raison, mon capitaine, il dit, et garde le silence un instant. Cette guerre ne ressemble plus vraiment à l'idée que je m'en faisais, mon capitaine, mais c'est sans doute que je manque d'expérience.

Je le foudroie du regard. Ce n'est pas non plus l'idée que s'en faisait le lieutenant Frobenius. Et pourtant il avait toute l'expérience nécessaire.

Il rougit et ses yeux d'un bleu pâle pâlissent encore davantage.

La faute à pas de chance, je dis sombrement. Quand c'est votre heure, c'est votre heure.

Pas de place pour une deuxième chance, mon capitaine ?

Très peu, mon lieutenant. Tout ce pays est un EEI géant pour nous – et quand vous marchez sur un de ces trucs, vous avez bien de la chance si vous ne perdez que les jambes.

Et cette fille, mon capitaine ? Vous trouvez qu'elle a de la chance ?

Là-dessus, une certaine gêne nous empêche de continuer à nous regarder dans les yeux ; on se détourne tous les deux en même temps. Après un moment, je dis : Je dois admettre que je m'attendais à ce que ce soit un garçon, derrière ce voile de fantôme. En fait, j'étais convaincu que c'était un garçon – quelque chose dans cette voix me rappelait une créature ravagée que j'ai rencontrée il y a longtemps près de Bagdad, au bord d'une rivière. Il avait la voix suraiguë de quelqu'un de traumatisé, mais aussi une sorte de calme étrange, une froideur déconcertante.

Il semble se décourager.

Les hommes en sont affectés, mon capitaine : c'est très net.

Ça ne m'étonne pas, je réponds. Merde, moi aussi j'en suis affecté. C'est impossible de ne pas être affecté, on reste des êtres humains. Un truc de ce genre, ça vous ronge de l'intérieur. Mais comme vous le voyez, il faut que je fixe une limite, c'est essentiel. On n'est pas là pour une putain de mission humanitaire. J'ai besoin d'hommes prêts au combat, pas de mauviettes pleines d'empathie – et plus vite on vire cette fille de là, plus vite ce sera fait. L'important, c'est qu'on revienne à un état normal. C'est le plus important.

Oui, mon capitaine.

C'est la seule chose qui compte, en fait. Il faut qu'on reste au sommet de la chaîne alimentaire. C'est la loi de la jungle, mon lieutenant.

Il hoche la tête sans rien dire et j'attrape mon ordinateur portable, pour montrer que la conversation est terminée.

Mais dès qu'il a disparu, la première chose que je fais,

c'est d'appeler le bataillon comme je l'ai promis à Whalen. Une fois cette tâche accomplie, je me sens étrangement satisfait.

18 h 00

En fin de journée, je décide de marcher jusqu'aux barbelés.

Le crépuscule fait apparaître de grandes touches de couleur qui se reflètent sur les montagnes. L'air refroidit rapidement et les étoiles apparaissent une à une. Je jette un coup d'œil à ma montre, je pense à Jenna qui doit être en train d'habiller les jumeaux pour l'école et je sens une boule se former dans ma gorge. J'ai envie de les prendre dans mes bras et de les y garder. Que Dieu protège ceux qu'Il aime. Qu'Il les protège jusqu'à ce que les guerriers errants rentrent chez eux.

J'entends un bruit de pas derrière moi et je me retourne. C'est le soldat Ramirez, un des artilleurs ; la sueur assombrit son T-shirt. Bonsoir, mon capitaine, il dit.

Bonsoir, soldat.

Ne faites pas attention à moi, mon capitaine. Je mets juste mes marqueurs de visée en place.

Il fait un geste en direction des montagnes. Quand est-ce qu'on va leur montrer de quel bois on se chauffe ?

Bientôt, soldat, bientôt. Et s'ils passent à l'assaut avant ça, je veux que ce soit la dernière chose qu'ils fassent.

Il tripote son fusil d'assaut M4 d'un air pensif.

J'ai hâte de passer à l'attaque, mon capitaine, il dit. J'ai les crocs.

Juste une question de temps, soldat, je réponds, et je le regarde reprendre sa position près des Hescos.

Un vent fort s'est levé sur la plaine. Il soulève la longue chemise bouffante et les larges pantalons de l'interprète tadjik qui passe à côté de Ramirez. Ils ne se saluent pas.

L'interprète s'approche de moi et pose la main sur son cœur.

Salâm, Comandan Saab, il dit.

Salâm, Massoud, je réponds. *Che hâl dâred ?*

Il sursaute et son visage s'éclaire en un sourire ravi. Vous parlez dari ! Je ne l'aurais jamais cru ! Je ne vous avais pas encore entendu le parler.

Je connais juste quelques mots. De quoi me débrouiller.

Mais j'en oublie mes manières, il ajoute rapidement, mortifié. Vous m'avez posé une question et demandé comment j'allais, et je vais bien, Comandan Saab, merci. *Khub astom, tashakor.* Puis il dit : *Mêbakhshêd,* Comandan Saab, excusez ma grossièreté, mais vous m'avez pris par surprise. Pas un seul des autres soldats américains ne parle la langue du pays. Pas un seul.

Vraiment ? C'est bien dommage, tu ne trouves pas ?

Il ne saisit pas l'ironie mais entre-temps, un vol d'oiseaux a attiré mon attention.

Tu sais de quel genre d'oiseaux il s'agit, Massoud ? Des fauvettes ?

Je ne sais pas comment ils s'appellent, Comandan Saab, mais ils sont bons pour le *shekâr kardan.*

Ils ne sont pas un peu petits pour la chasse ?

Non, Comandan Saab, ils sont très bons, surtout les jeunes. Ces oiseaux font leur nid sur le sol, dans les collines, et on ramasse leurs poussins par centaines pour les manger.

Je regarde à nouveau les oiseaux qui filent à travers le ciel. Ils sont d'un vert et d'un jaune éclatants. Leurs ailes brillent dans le soleil couchant.

Je suppose que vous n'avez pas de lois pour protéger les oiseaux et ce genre de choses, hein ?

Oh, il y a des lois, il dit avec un sourire rusé, mais ces temps-ci elles sont seulement sur le papier. Quand on aura un nouveau gouvernement, elles seront appliquées. Mais d'abord il faut qu'on se débarrasse des *topak salaran.*

Eh bien, je ferai ce que je peux pour aider à vous débarrasser des trafiquants d'armes, s'il faut en passer par là pour protéger la nature. Je suis d'avis que les animaux ont tout autant le droit d'exister que les hommes.

Il me regarde du coin de l'œil. Vous aimez les oiseaux, Comandan Saab ?

Oui, beaucoup. J'ai grandi dans les prairies, de grandes étendues d'herbes sauvages. On y trouve toutes sortes d'oiseaux inhabituels. Le tétras des prairies, par exemple.

Pour lui montrer, je gonfle la poitrine et fais quelques pas, les mains grandes ouvertes sur les côtés pour imiter la danse nuptiale du tétras mâle.

Vous êtes un vrai Afghan ! il dit avec enthousiasme. Tous les hommes afghans aiment les oiseaux et les fleurs. Nous aimons la beauté sous toutes ses formes.

Les belles femmes ?

Les femmes, pas tant que ça. Seulement la vraie beauté.

Tu m'en diras tant, je réponds sèchement. J'indique la fille qui est au bout du champ.

Qu'est-ce que tu penses d'elle ?

Je suis allé lui parler cet après-midi, Comandan Saab. Je voulais lui demander pourquoi elle avait refusé notre nourriture. Elle est très têtue, très fière. Elle n'a pas voulu me parler. Je lui ai dit qu'on devrait être amis. Elle m'a chassé.

Elle n'a rien dit du tout ?

Seulement qu'elle ne voulait rien d'autre que d'enterrer le corps de son frère.

Tu penses que c'est vrai ? C'est vraiment pour ça qu'elle est là ?

Il me jette un regard perçant. Si vous voulez savoir la vérité, Comandan Saab, je vais vous la dire. Je pense que cette fille a été envoyée ici dans le but de vous distraire. Elle appartient à ces maudits talibans. À l'instant où vous baisserez la garde, ils vous attaqueront sous le manteau de velours de l'obscurité.

Donc tu penses qu'elle fait partie d'un piège ?

Sa réponse est rapide et sans ambiguïté. *Besyêr balê,* il dit. Oui, absolument. Sa présence ne s'explique pas autrement.

Puis il ajoute : Nous sommes au cœur de la province de Kandahar, le bastion des talibans. Je n'ai aucun doute au sujet de cette fille. Tous ces gens ont le même poison qui leur coule dans les veines.

Dans le silence qui s'ensuit, je remarque les vautours qui tournoient haut dans le ciel, et le vent qui envoie des tourbillons de poussière à travers le champ.

Je lève mes jumelles et regarde les pentes des montagnes.

Très bien, Massoud, merci, je lui dis. À plus tard. *Ba'dan mêbinêm.*

Sabâ mêbinametâm, Comandan Saab ! À plus tard, comme vous dites.

Il fait demi-tour et s'apprête à s'éloigner, mais je le retiens.

Je baisse les jumelles et me tourne vers lui en disant d'un air désinvolte : Ah, au fait, avant de partir, on m'a dit qu'elle hurlait comme une furie, quand tu l'as quittée cet après-midi. Qu'est-ce qui s'est passé ?

Oh, ce n'était rien. Je lui ai dit pour son frère, Comandan Saab, qu'elle n'allait pas pouvoir le récupérer.

Et pourquoi tu lui as dit ça ?

Parce que c'est la vérité, Comandan Saab.

Je sens la moutarde me monter au nez. En me contrôlant, je dis d'un ton ferme : Attends un peu. Ce n'est pas à toi de prendre ce genre de décision, d'accord ? C'est à moi de décider, au moment où je veux. Elle l'aurait appris demain, de toute façon. Ce n'était pas la peine de la faire souffrir.

Je ne veux pas faire de problèmes, Comandan Saab, j'essaie juste de comprendre. Est-ce que ça la fait plus souffrir d'apprendre la vérité aujourd'hui ou de vivre dans l'ignorance un jour de plus ?

Je le foudroie du regard.

C'est exactement ce genre de questions qui créent des problèmes, je lui dis. Qu'est-ce qu'il y a à comprendre ? Ton travail ici c'est de traduire ce qu'on dit et d'obéir à des instructions précises. Pour quoi que ce soit d'autre, tu dois demander la permission du sous-lieutenant Ellison, de l'adjudant Whalen, ou d'un autre officier. C'est clair ?

Oui, mon capitaine, il dit, complètement abattu.

Bien. Tu peux t'en aller.

19 h 00

Je croise Ellison et Whalen dans la tente du mess. On est tous là pour la même chose : du café. Autour de nous, les hommes se dirigent par petits groupes vers les Hescos. Je les regarde un moment, puis je demande à Whalen : Qu'est-ce qui se passe ? On va encore avoir droit à un putain de concert ?

Ils me regardent d'un air inquiet, puis ils se regardent l'un l'autre.

Whalen dit : Je crois qu'une partie des hommes espère qu'elle va jouer…

Et j'espère qu'on sera débarrassés d'elle dès demain, j'interromps, en regardant ma montre. Hier soir elle s'est mise à jouer à huit heures et il n'est que sept heures. Qu'est-ce qui leur prend, à tous ?

Ils arrivent sans doute en avance pour avoir de bonnes places, mon capitaine, suggère Ellison.

Ça montre bien à quel point on manque d'activités, je grogne. À propos, j'ajoute, demain va être une grosse journée. Les hélicos arrivent à midi. Ils apporteront des remplaçants pour les hommes qu'on a perdus, donc on sera de nouveau au complet. On va aussi recevoir des véhicules en provenance de KAF pour remplacer les Hummer qui ont été bousillés dans les combats. Des M-ATV flambant neufs, tout juste sortis de l'usine. On va s'en servir pour pénétrer dans les montagnes. Et puis plus tard dans la semaine, on aura la visite d'ouvriers qui vont réparer la tour de guet et installer des conduites pour qu'on ait enfin des douches qui fonctionnent.

Vous voulez que je forme des équipes de travaux, mon capitaine ? demande Whalen.

Ça dépendra de la situation avec les ouvriers. Mais avant qu'on puisse s'occuper de tout ça, il faut qu'on se débarrasse des dossiers en cours, à commencer par cette fille. Une fois qu'on en sera débarrassés, je veux qu'on organise une cérémonie pour les gars qu'on a perdus. Et même si je sais qu'aucune cérémonie ne pourra être à la hauteur, il s'agit de se souvenir de nos frères d'armes et je ne veux pas de putains de distractions.

Tout en parlant, je sens un nœud me serrer la gorge et je suis forcé de m'interrompre. Je m'attends presque à voir Nick surgir tout à coup.

Je vois que Whalen aussi a les larmes aux yeux. Ellison tousse et se détourne. J'oublie mon café et, avec un mot d'excuse, je quitte brusquement la tente du mess. Je percute un soldat en sortant mais je ne m'arrête pas.

En retrouvant le silence béni de ma baraque, je m'appuie sur mon bureau et fais tomber une pile de dossiers dans ma hâte. J'ai le cœur qui bat comme un marteau. Je m'assieds et pose la tête sur le bureau. Je ressens une sorte de panique et puis, presque aussitôt, une lassitude écrasante. Une fatigue si extrême qu'elle semble me dévorer vivant.

Je m'endors d'épuisement quelques secondes plus tard.

20 h 00

Une musique familière envahit mon sommeil, suivie, presque aussitôt, par un coup de feu.

La musique s'interrompt.

J'entends des éclats de voix et je me réveille en sursaut.

Je me précipite dehors, mon 9 mm à la main, et je vois un attroupement devant une des baraques.

Je me fraie un passage à coups d'épaules et entre dans la baraque où se trouvent déjà Doc, Whalen et le sergent-chef Schott. Whalen tient un soldat dans ses bras. Doc attache une perfusion à un sac de solution saline. Puis je remarque le pistolet sur le sol et je le ramasse. Il est chaud dans ma main. Je le pose sur le lit le plus proche.

Schott m'entraîne à l'écart. Il baisse la voix. Tentative de suicide, mon capitaine, il dit.

Qui est-ce ?

Le soldat Garcia, mon capitaine.

Il est dans quel état ?

La balle a frôlé la boîte crânienne. Il survivra.

J'inspecte rapidement sa couchette. Elle pue la transpiration et l'odeur corporelle. Je ne sais pas quoi dire. En fin de compte, je hoche la tête et lui dis de demander à Whalen et à Doc de me faire leur rapport une fois la situation sous contrôle. Je jette un dernier coup d'œil à Garcia et je sors de la baraque.

Dehors, je suis accueilli par une foule silencieuse et attentive.

Je m'arrête un instant pour parler aux hommes. J'ai la bouche sèche et pâteuse, et j'ai toujours le regard endormi et trouble. Il va s'en sortir, je leur dis.

Un rabat de tente claque quelque part dans l'obscurité.

Il est très amoché, mon capitaine ? demande quelqu'un.

Je ne crois pas, non, je réponds gentiment. Je sens qu'il est de mon devoir de les protéger.

L'un des soldats les plus proches de moi – Alizadeh, je crois – pousse un murmure de soulagement et se cache le visage dans les mains. Je lui donne une tape sur l'épaule et je retourne dans ma baraque.

Je suis en train de rédiger un rapport sur cet incident quand Whalen et Doc arrivent. Je lève les yeux et découvre leurs visages sombres, tendus. Il va bien, dit Doc d'un ton morne. Sous sédatifs et en observation.

Bien, je réponds. J'aimerais avoir votre rapport le plus tôt possible. Je le renvoie demain par l'hélico. Il a besoin d'un traitement psychiatrique, de toute évidence. Je m'interromps et les regarde attentivement. Et vous deux ? Vous tenez le coup ?

Je suis trop épuisé pour penser clairement, mon capitaine, admet Doc.

Je vais bien, dit Whalen.

Excellent, je réponds. Ça fait un putain de problème de plus à gérer, mais il va falloir faire avec. On ne peut pas permettre que ça prenne trop d'importance – ni que ça sape le moral des hommes. On a trop de boulot devant nous.

Je m'en charge, dit Whalen. Je vais réunir les sous-officiers et leur dire d'en parler avec leurs gars. C'est une première pour la plupart d'entre eux, donc il va leur falloir du temps pour s'en remettre. Il s'interrompt et se frotte le visage d'un air fatigué. Autre chose ?

C'est très important, m'nadjudant, j'insiste. On ne peut pas laisser le problème se développer. Il faut absolument que ça reste un incident isolé.

Il secoue la tête. Ça ne sera pas un problème. Je veillerai à ce que chacun de mes soldats aille bien.

Ils ne vont pas arriver à dormir cette nuit, ça c'est sûr.

Il va falloir qu'ils arrivent à s'y faire, dit Doc, mais juste au cas où, j'irai voir les voisins de chambrée de Garcia.

On a une idée sur ses motivations ?

Sa femme l'a quitté, répond Whalen.

Il aurait dû nous en parler.

Il l'a fait. J'allais l'orienter vers un psy.

Quel con, quel putain de con ! je m'exclame. Il fallait que ça arrive maintenant. Il fallait que ça nous arrive à nous.

Le regard fatigué de Whalen laisse place à une expression de résignation.

Je me laisse aller contre le dossier de ma chaise, le temps de me calmer. Je songe au fait qu'en m'engageant dans l'armée j'étais loin de m'imaginer qu'il faudrait aussi gérer des questions de santé mentale. Je me sens épuisé, prêt à jeter l'éponge. Après un long moment, je me contente de hausser les épaules et de rompre le silence. Mentionnez-le dans votre rapport, Doc. Je ne veux pas que le bruit se répande qu'on n'est pas attentifs aux problèmes des troupes.

Ils sortent et je reste assis là un moment, immobile.

L'air de la nuit entre par la porte – il est plein de l'odeur du désert, une odeur âcre, poussiéreuse et minérale, d'une intensité presque douloureuse.

00 h 45

Cela fait un moment que je suis allongé dans mon lit à essayer de me rendormir. Je me tourne et me retourne dans le creux que mon corps a formé dans le matelas. Mon oreiller imbibé de sueur fait un bruit de succion désagréable contre ma tête. Et voilà qu'une mouche se met à bourdonner dans tous les sens, mettant fin à mes espoirs de repos. J'abandonne et me lève malgré la fatigue. J'allume la lumière et la première chose que je vois, c'est ce putain de livre de Sophocle que Frobenius m'avait prêté. Je le prends dans les mains, j'en fais tourner les pages et la voix de Frobenius me résonne aux oreilles : Il faut que vous lisiez ça. C'est l'analyse la plus pertinente qui soit de la situation où nous nous trouvons.

Et quelle est cette situation, d'après vous ?

On est à Kalyug, mon capitaine. Sous le règne de Créon. Sauf qu'il est ici, là, un peu partout. Il est le gouvernement, les grandes entreprises, toutes les institutions qui comptent, et il avance masqué. C'est une machine, un système doté d'une logique propre, et une fois que vous êtes pris dans l'engrenage, peu importe que vous soyez un pion ou un général : vous êtes coincé sur un tapis roulant qui avance vers la mort et la destruction. Et c'est ça le plus triste. Le plus triste c'est qu'on fait tous partie de Créon. On est tous impliqués et on ne peut rien y faire. C'est comme perdre sa virginité. Quand c'est fait, pas moyen de revenir en arrière.

C'est sans doute le pire délire paranoïaque que j'aie jamais entendu, mon lieutenant.

Il faudrait être moralement mort pour ne pas devenir parano dans ces circonstances, mon capitaine. Sans déconner.

Je repose le livre d'un geste impatient et me mets à faire les cent pas. Dans un coin de la baraque, Minus se lève également, réveillé par mon agitation. On fait les cent pas ensemble. Puis j'étale du Nutella sur des crackers RICR. Je lui donne aussi un cracker, mais sans le Nutella, et j'ignore ses protestations : ce chien aime les sucreries. J'ai décidé de le ramener avec moi quand je rentrerai au bercail. Une base militaire, ce n'est pas un endroit pour un chien. En plus, Jenna aime les animaux, et il est temps que les jumeaux aient leur premier chien. Mais je leur ferai la surprise : je ne leur dirai rien jusqu'au moment de le récupérer à l'aéroport. Je souris par avance à cette idée, mais soudain mon esprit abandonne les plaisirs futurs pour revenir aux horreurs du présent.

Je m'assieds à mon bureau, qui est couvert de poussière, et je me penche en avant, appuyé sur les genoux. Le sol est fait d'une terre argileuse et traversée de fissures, avec ici et là des creux de la taille d'un bol, formés par les semelles et les talons d'innombrables godillots. Une chauve-souris frôle la vitre en plexiglas ; de temps à autre, un cri de hibou descend des montagnes. J'essuie la sueur qui coule sur ma gorge avec un mouchoir et j'essaie sans succès de tuer les énormes mouches noires qui tourmentent Minus. Toute la journée, il y a des mouches, et la nuit des moustiques les rejoignent. Tout en luttant contre le poids qui menace de me submerger, je ressens une rage sourde et familière à l'idée de passer encore une nuit sans sommeil, suivie par encore une journée de canicule écrasante. Je reprends le livre en main, hésite, puis le jette loin de moi.

Vous devriez vraiment le lire, s'insurge Frobenius dans ma tête avant que je ne l'interrompe : Va-t'en, Nicko. Je n'ai pas le temps de bavarder. Je n'ai peut-être pas fait assez de ces putains d'études, mais pour moi, il n'y a que l'action qui compte.

Mais vous ne voyez pas que c'est précisément à cause du caractère intrinsèquement accablant de cet endroit que les gens d'ici sont en état de guerre permanente ? C'est une manière de réagir à la chaleur, à la poussière, aux mouches.

Ah ouais ? Va dire ça à la gonzesse là, dehors, qui attend dans la chaleur et la poussière. Elle a l'air plutôt satisfaite.

La gonzesse, là, dehors... ? Vous voulez dire Antigone ?

Peu importe, mon lieutenant. Ça ne m'intéresse pas.

Minus interrompt mes pensées par un gémissement haut perché. Je lui fais un sourire reconnaissant et je dis : Bon chien.

Je décide d'aller jusqu'aux Hescos, histoire de contrôler le périmètre de sécurité et de prendre l'air. Ça m'aidera peut-être à dormir. Je mets mes rangers, je passe ma polaire et un bandana et je fuis la baraque. Minus se glisse derrière moi et trotte à mon côté. Une fois la toile de tente dépassée, le froid nous attaque violemment. Minus pousse un aboiement de protestation et je rentre la tête dans le col de ma veste. Marchant côte à côte, on passe devant les couleurs du bataillon qui flottent au sommet du mât. Avant, on hissait aussi le *Stars and Stripes*, mais l'état-major nous a dit d'arrêter « car nous ne sommes pas ici en tant que force d'occupation ». Je fais la grimace en y repensant et je me dis : Mais bien sûr.

Je m'arrête en premier à la fosse à mortier, où Pratt, Barela et Ramirez sont en poste.

Ramirez est en train de regarder dans la lunette de visée

thermique de son M4. Je m'accroupis à côté de lui et il tourne la tête.

Comment est l'image ? je demande.

C'est un sex-toy, mon capitaine, il dit en souriant.

Parfait, je dis d'un ton sec. Tant que ça vous tient éveillé…

Je lui demande de me passer son fusil et je regarde dans la lunette. J'appuie mon visage contre la collerette en caoutchouc pour activer la fonction infrarouge. Puis je zoome sur la charrette au bout du champ. Celle-ci est représentée par une lueur ovale blanche et diffuse sur un fond noir. Rien ne bouge : elle doit être endormie. Je regarde encore quelques secondes, puis je rends le fusil à Ramirez.

Pratt dit : Quand je regarde la charrette en visée thermique, mon capitaine, je vois un œil géant, avec elle au milieu.

Ah bon ?

J'vous l'dis, mon capitaine, je sens son cœur qui bat dans l'obscurité et qui m'appelle. Ça me rend triste. Vraiment triste.

Je vois. Bon…

Je me lève et commence à m'éloigner, quand tout à coup la colère me gagne et je fais demi-tour. Ça ne me dérange pas que vous ayez de la sympathie pour elle, je dis brusquement, mais il faut vous maîtriser. Restez concentrés, d'ac ? Un soldat en guerre ne peut pas se permettre d'être sentimental.

On fait la guerre à une jeune femme handicapée, mon capitaine ? s'exclame Ramirez contre toute attente. C'est ça qu'on fait maintenant ?

Non, je réponds, décontenancé. Non, bien sûr que non ! Vous voyez bien ce que j'ai voulu dire.

C'est que c'est pas facile, dit Barela, de rester là à la regarder. C'est pas comme si on surveillait une terroriste endurcie, sauf votre respect, mon capitaine. Ce qu'elle demande, on ferait tous la même chose, à sa place. Ou presque tous.

Ça sera encore moins facile si vous n'êtes pas attentifs et qu'on se fait attaquer en pleine nuit, je réponds. Rappelez-vous ce qui s'est passé il y a deux jours. Sinon vous risquez de vous faire descendre dans une embuscade que vous auriez pu empêcher, soldat.

Je... j'ai juste l'impression qu'elle est différente, mon capitaine.

Comment vous savez ça ? je dis sèchement.

Rien de concret, mon capitaine.

Alors virez-moi cette impression.

Oui, mon capitaine.

On est épuisés, mon capitaine, intervient doucement Pratt, et ça nous empêche sans doute d'y voir clair. Il y a des moments où je ne sens même plus mon corps.

Levez-vous et faites des étirements, quand ça vous arrive, je dis sans montrer de sympathie.

Et tout ce temps passé à attendre nous tape sur les nerfs, il continue, presque comme si je n'avais rien dit. Surtout à devoir faire ça d'ici. Tout prend un air menaçant, quand vous regardez dans une lunette infrarouge. C'est comme un effet d'optique.

Je le dévisage un moment avant de m'éloigner. Quelques instants plus tard, je me demande pourquoi je me suis énervé à ce point. Je m'arrête derrière un Hesco pour renouer mon lacet et j'entends Ramirez qui dit : Qu'est-ce qui lui prend, au vieux ? Il était prêt à nous mordre ! Ouah... ouah... Je donnerais bien dix briques pour savoir ce qui le turlupine.

Si tu avais dix briques tu serais pas là, dit Barela.

J'arrive toujours pas à croire qu'elle ait refusé mon Philly cheesesteak, par contre, dit Ramirez, passant du coq à l'âne. J'avais mis de la sauce piquante et tout.

Ils sont bizarres, les gens d'ici, mec, dit Barela.

Non, c'est pas ça, dit Pratt fermement. C'est juste qu'ils veulent pas de nous.

L'interprète disait exactement le contraire, intervient Ramirez.

Massoud ? dit Barela. Lui il est cool, ça va.

Je sais pas, mec, je sais pas, continue Ramirez. Je veux pas être étroit d'esprit ni rien, mais je leur fais pas confiance, aux Afs. T'as vu, la façon dont les ANA nous ont largués direct quand l'attaque a commencé. C'est pas réglo, mec. Si je revois un de ces connards, je le bute.

Il ne va pas faire de vieux os par ici, ça c'est sûr, dit Barela fort raisonnablement. Et même si tu le retrouves, il va se mettre à crier pour rameuter tous ses copains hadji.

C'est dur de crier avec un flingue dans la bouche, dit Ramirez sombrement. En plus, nos Afs c'était des Ouzbeks, et je sais pas si tu peux les appeler des hadji, techniquement, ou si c'est seulement pour les talibans, qui sont pachtouns, globalement.

T'as sans doute raison, admet Barela.

Et les Pachtouns, ils s'enfuiraient pas au combat, continue Ramirez. C'est pour ça qu'ils contrôlent ce putain de pays. Putain, juste à repenser à cette attaque dans la tempête de sable, j'ai les boules. Ils font ce genre de trucs depuis si longtemps, sûrement qu'ils se rendent même plus compte.

Tout à fait, dit Pratt. Comme je l'disais avant qu'un malpoli m'interrompe, les Pachtouns c'est aut'chose. C'est leur pays, voyez, et la fille là-dehors c'est bien le message qu'elle nous envoie. C'est sûrement ça qui met les nerfs du capitaine en pelote.

C’est une vraie pasionaria, mec, dit Barela d’un ton admiratif. Je veux dire, elle est pas comme toutes ces pisseuses. Elle s’est défoncé les rotules pour arriver jusqu’ici. Elle a la gnaque, quoi.

Elle donne un visage au paysage, remarque Pratt. Avant qu’elle soit là, c’était juste un bled pourri.

Qu'est-ce que vous voulez que je vous dise, les mecs ? dit Ramirez avec un petit rire. J’ai quatre-vingt-dix-neuf problèmes et cette pétasse n’en est pas un, vous me suivez ?

C’est pas une pétasse, ducon, dit rapidement Pratt.

Comme tu veux, mec, dit Ramirez. J’en ai trop marre d’être ici, je veux rentrer au bercail.

Qu’est-ce que tu penses faire quand tu seras rentré ? demande Barela.

J’vais ouvrir une boutique de body painting.

De quoi ?

De body painting, de peinture corporelle. Et de tatouages. Genre sur des filles et tout. J’ai eu l’idée en voyant le poster de Demi Moore dans la cagna de Lawson. Elle avait pas de vêtements mais c’était impossible à voir à cause de la façon dont son corps était peint. C’est là que je me suis dit : ça, c’est mon truc. Et je vais apprendre les kanjis japonais pour faire les tatouages comme il faut. Fini les flingues et la violence, mec : je vais faire de l’art.

Et tu vas pas te remettre à la drepou quand tu seras dans le *barrio*, Ram ? demande Barela.

Nan, c’est fini, tout ça.

Tu vas leur manquer en salle de shoot.

Je te le dis, mec, je vais être clean. C’est plus mon truc cette saloperie.

Et toi ? demande Pratt à Barela.

Je vais faire flic à Los Angeles, mec, je suis accro à l’adrénaline.

Qui sait si on pourra rentrer un jour ? dit Pratt d'un air triste. Ça fait combien de fois qu'ils repoussent la date ?

C'est peut-être pour ça que Garcia a essayé de se buter, dit Ramirez.

Nan, répond Pratt. Des problèmes de meuf, il paraît.

Il y a un silence lourd, puis Barela demande : Copine ?

Femme.

Merde !

Et pour le capitaine ? demande Ramirez. Qu'est-ce que vous pensez qu'il va faire quand il pourra rentrer ?

Vu comme il merde grave ces derniers temps, dit Barela, à perdre des hommes à tout bout de champ, ils vont probablement le féliciter et le nommer général.

Le lieutenant Frobenius me manque, mec, dit Ramirez. Il y avait pas plus cool que lui. Le meilleur officier avec qui j'aie jamais servi.

Il nous reste toujours Ellison, dit Pratt.

Ellison est un connard, dit Ramirez. Il a toujours un balai dans le cul.

C'est parce qu'il est nouveau, dit Pratt. Ils sont tous comme ça les premiers mois, après ça se tasse.

C'est quand même un connard. Comme si ses chaussures étaient deux pointures trop petites.

Faut être patient, dit Barela. C'est la première chose qu'on t'apprend au barrio. Le capitaine était comme ça, lui aussi, mais il prend de l'âge. Il a quoi, trente ans maintenant ? Il se fait vieux, quoi ! Il commence à perdre ses facultés.

Je grimace dans l'obscurité. Merci les mecs ! je pense en silence. J'ai vingt-sept ans, bande de bâtards !

Ils parlent toujours de moi à voix basse et je décide que j'en ai assez entendu pour cette fois. La prochaine étape de mon parcours, c'est la position de tir en face de la ZA, de l'autre côté de la base. Everheart, Scanlon et Pietrafesa du deuxième peloton sont de garde. Je suis toujours un peu froissé par ma dernière conversation et je les salue sèchement.

Comment va, Everheart ? je demande. Et ne me répondez pas en citant la Bible, par pitié.

Non, mon capitaine, il dit rapidement en se levant. Pas de citations bibliques, mon capitaine. Je vais bien, mon capitaine. La nuit a été calme, jusqu'ici.

Calme ne veut pas dire qu'il ne se passe rien dehors.

Pietrafesa a les yeux levés vers le ciel. Il me jette un coup d'œil et sourit.

Le ciel me rappelle la maison, mon capitaine.

On ne vous a pas formé pour regarder le ciel, soldat.

Il se met au garde-à-vous. Non, mon capitaine. Je ne regarderai plus le ciel, mon capitaine.

Je me détends et regarde en l'air à mon tour.

Vous venez d'Hawaï, c'est ça ? je demande. Vous avez les mêmes étoiles ?

Non, mon capitaine, pas vraiment. Mais je regardais la Voie lactée. Elle me fait penser à des bulles de savon sur le capot d'une voiture noire, comme quand je bossais dans une station-service.

Hum. Je vois ce que vous voulez dire. Je n'y aurais pas pensé tout seul. Vous venez d'une famille de militaires, non ?

En effet, mon capitaine, il dit. Mon père était au Vietnam et mon grand-père en Corée.

Ils doivent être fiers de vous, non ?

En fait non, mon capitaine.

Ah bon ? Comment ça ?

Mon père souffre de stress post-traumatique, mon capitaine. Il voulait pas que je m'engage. Il disait, genre, le fais pas, Tim, fais-moi confiance, et moi j'étais là, genre, Oh, je sais pas. Et je me suis engagé.

Je vois... Pas de bol. J'hésite un moment, perplexe, avant de me tourner vers Scanlon. Et vous, ça va ? Vous tenez le coup ?

Je suis furieux contre moi-même, mon capitaine. J'ai perdu mon alliance ce soir. Je vais me faire engueuler en rentrant chez moi.

Une alliance en or ?

En plaqué or, mon capitaine. Sortie d'une pochette-surprise. Mais quand même, elle a de la valeur sentimentale pour Deedee, vu qu'elle me l'a mise de côté, genre, quand elle avait neuf ans. On sortait ensemble depuis longtemps quand on s'est mariés.

Peut-être qu'on pourrait faire des recherches tous ensemble, demain. Dites au sous-lieutenant Ellison que c'est mon idée, d'accord ?

Entendu, mon capitaine. Merci, mon capitaine.

En m'éloignant, je me sens tout à coup harassé de fatigue. Soulagé, je me dépêche de rejoindre ma baraque. Je commence déjà à m'endormir en enlevant mes rangers et je me glisse sous la couverture sans me déshabiller. Je m'endors avant que ma tête ait touché l'oreiller.

04 h 25

Je suis réveillé par un appel de l'état-major. C'est Lautenschlager au bout du fil. Il a l'air bien réveillé pour cette heure matinale : je sais qu'il est très fier de n'avoir besoin que d'une heure de sommeil par nuit. Le regard flou, à moitié endormi, j'essaie de saisir ce qu'il dit malgré la mauvaise ligne qui crachote.

Quand je raccroche vingt minutes plus tard, je reste assis quelques instants, puis je récupère mes rangers. Pendant que je les noue, Minus arrive pour son câlin du matin. Je lui peigne le pelage et ça me détend presque autant que lui. Une fois que j'ai terminé, j'ai les idées plus claires. On sort tous les deux de la baraque et on se retrouve aussitôt enveloppés par un épais brouillard gris.

J'avance à tâtons dans cette matière humide et cotonneuse et je suis bientôt trempé par de fines gouttelettes. J'atteins les Hescos sur lesquels je me hisse pour regarder au-delà du concertina.

Le plafond nuageux forme des colonnes torsadées qui descendent jusqu'au sol. Lorsque l'air s'éclaircit un moment, j'aperçois la silhouette fantomatique dans la pénombre du champ et j'ai un pincement de doute. En redescendant de mon perchoir, je pense à ce qu'a dit Whalen sur le fait que parfois la guerre n'a pas de sens, et je me demande s'il se pourrait qu'il ait raison cette fois-ci. Puis je rejette cette idée.

Je fais un bref arrêt café à la tente du mess. En tenant le gobelet en polystyrène à deux mains, je passe entre les tentes et j'écoute le bruit des hommes qui se réveillent. Quelque part, une voix de ténor juvénile entonne « Beautiful Day » de U2. Une bande de petits oiseaux émerge de temps en temps des nuages et pousse des chants aigus. La base se réveille. La journée va être bien remplie. Je le sens déjà.

05 h 45

Peu avant 06 h 00, je convoque une réunion des officiers.

Whalen est le premier à entrer, suivi par Ellison, puis Bradford et Tanner, et enfin, pour terminer, Petrak. Je commence par leur annoncer l'arrivée de nouveaux officiers pour demain. Le lieutenant Dan Lafayette sera le nouveau commandant en second, le lieutenant Stuart Sutherland remplacera le lieutenant Frobenius en tant que commandant du premier bataillon, le sergent-chef Randy Mejia remplacera le sergent-chef Espinosa, et le caporal Marty Holmstrom prendra les rênes du parc motorisé.

Je demande s'il y a des questions, puis je continue : Mais ce n'est pas la seule raison pour laquelle je vous ai convoqués en cette heure matinale. En raison d'une promesse faite hier à l'adjudant, j'ai appelé l'état-major pour avoir plus d'informations sur notre rebelle mort, et le lieutenant-colonel Lautenschlager est revenu vers moi ce matin. Nous avons appris deux choses. D'une, elle disait la vérité au sujet de son frère, qui n'était pas un allié des talibans. Il s'avère que ces deux-là viennent d'une des rares tribus pachtounes qui détestent les hadji et qui ont réussi à les tenir à distance quand ils étaient au pouvoir. Donc cette partie-là de son histoire est vérifiée. En revanche, nos agents de renseignement locaux n'ont pas pu réunir d'éléments confirmant si elle est vraiment venue par elle-même jusqu'à Tarsândan, comme elle l'affirme, ou si quelqu'un d'autre l'a amenée ici. Ce que nous savons, grâce au drone qui surveille la zone, c'est qu'il n'y a pas, je répète, il n'y a pas de forces anti-afghanes dans les montagnes qui sont immédiatement devant nous. D'après ces informations, la fille serait vraiment là toute seule.

Il y a un soupir collectif dans la pièce.

Alors on peut la faire venir ici pour un examen médical, mon capitaine ? demande Whalen.

Oui, on peut. Dites à Doc d'organiser ça.

Soudain, Ellison se penche en avant : Est-ce qu'on sait

quelque chose sur l'attaque de drone qui selon elle aurait décimé sa famille ?

Pas précisément, je réponds. On sait qu'il y a eu une attaque de Predator dans une des vallées il y a près de six mois, mais on ne sait pas s'il est tombé sur un mariage. Ce qu'on sait, c'est que l'attaque visait un groupe d'insurgés qui a été éliminé avec succès.

D'où viennent nos informations à ce sujet ? demande Whalen.

De contacts dans la vallée de l'Arghandab qui sont liés au gouverneur de la province. Ils font partie de notre réseau étendu d'informateurs géré depuis Kandahar.

Vous voulez dire notre œil géant dans le ciel, mon capitaine, plaisante Tanner.

Quand je voudrai votre avis je vous ferai signe, sergent, je réponds d'un ton sec.

Il n'y avait pas eu un rapport il y a quelques temps sur un conflit tribal entre le gouverneur et les tribus des montagnes ? demande Whalen.

C'est possible, je ne m'en souviens pas, et je ne crois pas que ce soit très important. S'il y a un conflit, ça ne sort pas de l'ordinaire, ils n'arrêtent pas de se battre entre eux. Ils sont tous complètement timbrés.

Mais c'est peut-être important dans ce cas précis, mon capitaine.

Je me racle la gorge. Vous vous croyez où, m'nadjudant ? Dans *Les Experts : Kandahar* ?

Je pose juste la question, mon capitaine.

Ah ouais ? Et elle a un but votre question ?

J'essaie de déterminer s'il est possible que le gouverneur de la province se soit servi de nous pour éliminer un rival personnel. Ce ne serait pas la première fois.

Bradford pousse un long sifflement. Ellison se redresse et se mord la lèvre.

En d'autres termes, on se serait fait manipuler, dit Bradford.

Non, on n'a pas été manipulés, je dis d'un ton sec. Nos actions sont déterminées par les informations dont nous disposons, pas par des théories fumeuses – et ces informations nous sont fournies par le gouverneur, qui fait partie du gouvernement actuel. Un gouvernement que nous sommes là pour soutenir, j'ajouterai.

Ma réponse ne semble satisfaire personne. Je remarque que Bradford évite de croiser mon regard. Puis Tanner dit tristement : Quelqu'un peut me dire qui sont les gentils dans cette affaire ?

Je le regarde un instant en plissant les yeux puis je me penche brusquement au-dessus de mon bureau et je leur dis ma façon de sentir. C'est quoi ce bordel, j'explose, un chœur de pleureuses ? Qu'est-ce qui vous prend, à tous ? Dois-je vous rappeler que taliban ou pas, le connard nous a attaqués, point barre !

Mais vous ne pensez pas précisément qu'il ait pu nous attaquer parce que sa famille s'était fait buter, mon capitaine ? insiste Ellison.

Je ne sais pas, mon lieutenant. Je pense que c'est une question inutile.

Je demande juste parce que c'est ce que la fille dit, mon capitaine…

Tout à coup, le sergent Petrak demande : Quelle est la base américaine la plus proche de leur vallée ?

C'est nous, répond Ellison avant que je n'aie le temps d'ouvrir la bouche.

Un silence pesant suit sa réponse. Personne ne sait

quoi dire de plus. Une gêne perceptible s'installe un long moment.

Puis Whalen dit d'un ton pensif, presque comme s'il se parlait à lui-même : Si ce type n'est pas un taliban, est-ce que ça veut dire qu'on peut rendre son corps ?

Je croise les bras sur ma poitrine. Qu'est-ce que vous voulez dire ?

Eh bien, maintenant qu'on sait qu'elle est venue toute seule, mon capitaine, c'est évident qu'elle est sincère. Je veux dire, elle est juste venue pour enterrer ce putain de cadavre. On ne pourrait pas juste envoyer des photos à l'état-major et en finir avec tout ça ?

Je le regarde d'un air exaspéré. Ce n'est pas l'état-major qui commande, sur ce coup-là, je réponds. Ça vient de beaucoup plus haut. Et la question n'est pas de savoir si ce type est un taliban ou non. Ce qui compte, c'est que c'est un insurgé qui a attaqué une base américaine. C'est pour ça que le gouvernement veut exhiber le corps : pour envoyer un message de puissance, autant aux électeurs qu'aux opposants. Clairement, le but, c'est de dire aux talibans : Si vous nous attaquez, vous finirez comme ce pauvre type – et il n'y aura plus d'erreurs basées sur des photos truquées comme dans le passé.

Mais les faits eux-mêmes sont truqués si ce gars n'est pas taliban ! proteste Ellison.

Ça on s'en bat les couilles, je réponds. En plus, si le gouvernement annulait maintenant, ce serait vu comme une humiliation. Les détails ne comptent pas pour eux.

Mais est-ce qu'ils comptent pour nous ? s'exclame Ellison. Je veux dire, et notre intégrité, à *nous* ? On bosse pour qui, putain !

Mon lieutenant ! Je le regarde d'un air surpris.

Sauf votre respect, mon capitaine, il continue, est-ce que

l'armée américaine est une institution indépendante ou est-ce qu'on est juste la bonniche d'un gouvernement dont tout le monde sait qu'il nous met des bâtons dans les roues depuis le départ ?

Ce type nous a attaqués ! je réponds vivement. Ses hommes ont tué les nôtres. Je me fiche bien de ce qu'ils veulent faire avec son putain de cadavre !

Alors on n'est pas mieux que nos ennemis sur ce sujet-là, mon capitaine ?

J'ouvre la bouche, puis je la referme. Finalement, tout ce que j'arrive à dire, c'est : Je vais faire semblant de ne pas vous avoir entendu, mon lieutenant.

Bradford se racle la gorge et me regarde d'un air gêné.

Désolé, mon capitaine, mais je suis de l'avis du lieutenant sur ce coup-là, il dit.

Je vous le redis encore une fois, je réponds froidement. Ce n'est pas notre problème. Il est mort.

Alors on suit les directives du gouvernement afghan plutôt que nos propres procédures opérationnelles, mon capitaine ?

Dans ce cas précis, ça n'a pas d'importance, okay ?

Je ne suis pas sûr de comprendre pourquoi, mon capitaine.

Petrak intervient : Je suis d'accord. Je ne comprends pas non plus. Puis il s'adresse à moi directement : Pourquoi on est ici, mon capitaine ?

Whalen répond à ma place. Sa voix est étrangement neutre. Il dit : On est ici parce qu'on a une mission à accomplir.

Okay, dit Ellison. Quelle mission ?

Apporter notre soutien au gouvernement de Kaboul, je réponds.

Mais on sait bien qu'ils sont pourris ! Ils ont truqué les élections. Et ils sont tout aussi barges que les talibans !

Peut-être, mais si les talibans reviennent au pouvoir, vous pouvez être sûrs qu'en comparaison les barges d'aujourd'hui auront l'air d'enfants de chœur.

Alors c'est ça, notre point de comparaison, maintenant, mon capitaine ? Les talibans ?

On ne prend pas ce genre de décisions, mon lieutenant, je dis froidement. Elles sont prises en amont. C'est pour ça qu'il y a des diplomates. Notre boulot à nous, c'est de combattre l'ennemi, de nettoyer et de vider les lieux. Je pensais que c'était suffisamment clair. Apparemment, j'avais tort. On ne fait pas de politique et, au-delà d'un certain point, on ne se mêle pas de la vie locale. Les limites de notre action sont clairement définies.

Ellison se tourne vers moi avec une brusquerie qui exprime tout son désaccord et réplique : Sauf votre respect, mon capitaine, les limites de notre action nous amènent à perdre nos meilleurs hommes pour défendre une bande de connards à Kaboul qui se goinfrent autant que s'ils étaient à Wall Street.

Je m'apprête à répondre vertement quand Massoud, l'interprète, fait irruption.

Je le regarde, surpris.

Comandan Saab, il lâche, Nizam a tué un agneau en votre honneur ! Elle voudrait vous l'offrir. S'il vous plaît, venez dans le champ pour accepter son présent.

J'essaie de me contrôler, mais c'est peine perdue. Nom de Dieu ! je m'exclame. Qu'est-ce qui te prend à entrer comme ça ?

Il semble se replier littéralement sur lui-même, mais avant que je puisse lui dire de déguerpir, Ellison dit calmement, comme si rien ne nous avait interrompus : Si on ne peut pas rendre le corps, qu'est-ce qu'on est censés faire de la fille ?

Quoi… ? je dis, sans cesser de foudroyer Massoud du regard.

Je me demandais si vous aviez un plan d'action au sujet de la fille, mon capitaine.

Je me détourne de l'interprète et je me force à répondre calmement à la question : L'état-major a reçu du commandement l'autorisation de la déplacer. Ils vont la mettre dans un sanatorium à Kandahar…

À cet instant, Massoud pousse une exclamation inarticulée, mais heureusement, Whalen le prend fermement par le bras et l'escorte hors de la baraque. On entend Whalen passer un savon magistral à Massoud, puis celui-ci réapparaît sans l'interprète.

C'est quoi son putain de problème ? je demande, furieux. Il a complètement perdu la boule ? Qu'est-ce qui lui fait croire qu'il a un accès illimité à mon bureau ? Et qu'est-ce que c'est que cette histoire de mouton ?

J'ai l'explication, mon capitaine, avance Petrak. Le champ est couvert de moutons. Ils semblent être descendus des montagnes – on ouvre l'œil, mais je ne savais pas que la fille avait tué un agneau.

Qu'est-ce que je suis censé faire avec un putain d'agneau ? Et comment est-ce qu'elle l'a tué ? Avec ses dents ?

Je ne sais pas, mon capitaine.

Je regarde Whalen d'un air accusateur. Je croyais que vous l'aviez fouillée consciencieusement.

Je le croyais aussi, mon capitaine, il dit.

Je suis heureux qu'elle puisse recevoir des soins médicaux, interrompt Ellison d'une voix douce.

Ça tombe bien, parce qu'une fois qu'ils l'auront évaluée

à Kandahar, elle aura droit à un examen complet à Bagram avant d'être envoyée à Landstuhl.

En Allemagne !

Tout à fait. Elle va devenir un putain d'exemple de rééducation post-traumatique. Ils vont lui mettre des prothèses dernier cri, ce qui se fait de mieux. Genre après elle pourra courir aux Jeux olympiques. Qu'est-ce que vous en pensez, messieurs ?

Le murmure de surprise qui parcourt le cercle des officiers se transforme bientôt en approbation. Même Whalen se détend visiblement. Je fais durer l'instant et ne boude pas mon plaisir.

On l'expédie dans le même hélico que son frère, mon capitaine ? demande Whalen.

Je suppose. Pourquoi ? C'est important ?

Je pensais à l'odeur, mon capitaine.

Oh, bon sang, le CH-47 est suffisamment grand ! je réponds. En plus, elle ne saura pas ce que c'est.

On pourrait le remorquer derrière l'hélico, plaisante Tanner. À ce stade, il doit être tellement gonflé de gaz qu'il flottera comme un ballon.

Sauf qu'y pourrait se prendre dans les pales et il leur resterait plus que de la bouillie pour leur émission de télé, riposte Bradford.

Bon, ça suffit, j'interviens brusquement. D'autres questions ?

Vous semblez avoir pensé à tout, mon capitaine, dit Petrak d'un ton admiratif.

Vous pouvez remercier le colonel. Je n'y suis pratiquement pour rien.

Mais tout de même, dit le loyal Petrak, il n'aurait pas été au courant si vous ne lui en aviez pas parlé, mon capitaine.

Eh bien, c'est possible, j'admets en portant un regard

caustique sur mes subordonnés, avant d'ajouter : Même s'il y a encore un problème que je n'ai pas résolu.

Quoi donc, mon capitaine ?

Où je vais trouver des toges blanches et des ailes d'anges pour habiller les mauviettes que vous êtes et vous envoyer dans les montagnes expliquer à la tribu du mort que vous êtes désolés pour ce qui lui est arrivé.

J'interromps les rires penauds et suggère qu'on prenne un café et qu'on aille voir ce qui se passe dans le champ.

Après on pourra prendre le petit déj' et puis on ira la chercher, j'ajoute.

Whalen s'immobilise et me regarde fixement. On ne va pas tous y aller, si ?

Oh, je ne vois pas de raison de s'en priver. Après toutes les histoires que vous m'avez faites, vous ne voulez pas lui faire un cortège triomphal ?

Le brouillard est encore épais, mon capitaine, il dit. On devra peut-être attendre un peu qu'il se dissipe.

Les hélicos seront là à 11 h 00, donc il va falloir qu'elle soit prête d'ici là, je réponds. On se dit à 9 h 00 ? Et si on doit y aller cachés dans le brouillard, ce n'est pas grave.

Vous êtes de bonne humeur, mon capitaine, dit Whalen avec un faible sourire.

Je n'ai pas raison, m'nadjudant ? Je suis content de la solution qu'on a trouvée à cette situation. Ça fait du bien, d'appartenir à une institution qui se soucie de faire du bon travail.

Je me tourne vers Ellison.

Vous voyez, mon lieutenant ? Ne jugez pas trop vite quand il s'agit de l'armée américaine. Nous avons le sens de l'honneur, nous respectons le courage et nous faisons ce qui est juste.

Son visage devient écarlate. Au nom des troupes, mon capitaine, permettez-moi de vous remercier.

Ne vous en faites pas, mon lieutenant, je dis d'un ton ferme. Vous apprendrez. De plus, on va marquer des points d'image avec une histoire comme celle-là. C'est tout à fait le genre à faire la une des journaux – des héros au grand cœur, ce genre de choses. J'en parlerai peut-être au colonel la prochaine fois que je l'aurai au téléphone. Qui sait, on fera peut-être la couverture de *Stars and Stripes.* Ou peut-être qu'on aura *vraiment* de la chance et qu'on fera la couverture de *Time Magazine,* comme cette fille qui a eu le nez coupé.

Ellison lève les sourcils, mais ne dit rien.

Whalen est le dernier à quitter la baraque. Il croise mon regard et me dit à voix basse : Vous êtes absolument sûr que c'est sage d'y aller tous, mon capitaine ?

Je me raidis. Oui, j'en suis sûr.

Puis-je exprimer mon désaccord avec cette décision, mon capitaine ?

Bon dieu, ça suffit, m'nadjudant ! je murmure furieusement. Il va vraiment falloir qu'on ait une discussion. Venez me voir dès qu'on en aura fini avec cette histoire, compris ?

Oui, mon capitaine, il dit doucement, sans rien ajouter.

06 h 30

L'aube.

La brume se teint d'or puis de rouge.

Je me réchauffe les mains en tenant ma deuxième tasse de café de la journée et je me dirige avec les autres vers les Hescos. Les sommets des montagnes sont écarlates ; les pentes sont de longues ombres grises. Une fois de plus, je m'émerveille, comme presque chaque jour, de l'immensité de ce paysage, et je me sens minuscule en comparaison.

On avance directement jusqu'aux barbelés. La vision qui s'offre à moi est vraiment irréelle. Au milieu du champ que noircissent les ombres jetées par les montagnes, un troupeau de moutons s'agite confusément, tandis qu'en leur centre la fille se tient immobile. Sa raideur a quelque chose de statuesque. Incapable de lui faire face, je détourne les yeux. Tous les détails du paysage ressortent en noir et blanc. L'air semble plein d'un courant électrique. Je m'apprête à regarder à nouveau dans sa direction, quand un rayon de soleil tombe sur le sol tacheté de rosée et dessine la forme d'un cimeterre.

Je m'éclaircis la gorge et regarde de côté vers Ellison, qui est soudain très pâle.

J'ai hâte de pouvoir mettre un poste d'observation au sommet de cette montagne, j'annonce sur le ton de la conversation. C'est vraiment notre talon d'Achille, putain. On s'y mettra dès qu'on sera débarrassés de cette fille. Plus la peine de craindre des tireurs embusqués, du coup ces pentes en lame de rasoir vont avoir l'air beaucoup moins impressionnantes. On va résoudre le problème une fois pour toutes.

Je vous suis, mon capitaine, il dit.

Je me tourne à nouveau vers le champ et l'examine attentivement. Plutôt bizarre, tous ces moutons et personne qui les garde, trouvez pas ?

Il suit mon regard et se raidit, mais il ne répond pas. Clairement, il n'y avait pas pensé. Il ne quitte pas le champ des yeux.

Est-ce qu'on sait comment elle a tué l'agneau, maintenant ? je l'interroge.

Avec un couteau, mon capitaine. Plusieurs de nos hommes l'ont vue.

Je lance un regard noir à Whalen, mais il regarde ailleurs. Il y a un instant de silence gêné. Ellison se tient droit comme un I à côté de moi, l'air morose.

Et qu'est-ce que c'est que ces trucs sur le dos de certains moutons ? je lui demande d'un ton irrité.

Il porte ses jumelles à ses yeux. On dirait des couvertures pliées en deux, mon capitaine. Sans doute pour les protéger du froid.

Sans doute ? Vous n'en savez rien, mon lieutenant. Je n'aime pas que mes officiers n'aient pas la réponse à des questions simples. Vous me suivez ?

Oui, mon capitaine.

Je regarde à mon tour dans mes jumelles. Vous savez si on les a vérifiées ?

Je ne pense pas, mon capitaine.

Bon dieu. Des putains de moutons dans la zone de tir. Je déteste ce genre d'impondérables.

Je pourrais envoyer une équipe tout de suite.

Non, laissez. Ça risquerait de lui faire peur. Vous vous en occuperez une fois qu'on l'aura récupérée.

On chassera tout le putain de troupeau par-delà les montagnes, mon capitaine, dit vivement Petrak.

Ça va briser le cœur de l'interprète, dit Tanner en riant, mais il s'arrête net quand je le regarde froidement.

Bon, c'est tout vu, je dis aux autres. Ma décision est prise. On se retrouve ici à 9 h 00, brouillard ou pas. Adjudant Whalen : je veux que vous formiez une équipe avec les premier et deuxième pelotons pour lui servir d'escorte. Appelez ça une garde d'honneur, si vous voulez. Vous pouvez demander des volontaires.

Whalen hésite. Donc vous êtes vraiment sûr, mon capitaine ?

Je suis putain de sûr à cent pour cent.

Je me tourne vers Bradford. Vous feriez bien de trouver Massoud. On va avoir besoin de lui pour traduire.

Oui, mon capitaine.

Très bien. Allons donc prendre le petit déj'. Je sens les œufs brouillés et le bacon d'ici.

08 h 45

J'attache la laisse de Minus à mon lit. Il n'a pas l'habitude d'être enfermé et cela semble le rendre nerveux. Pour le rassurer, je le caresse et je lui dis que je le libérerai dès mon retour.

Bon chien, je lui dis. Bon chien.

Il remue la queue d'un air hésitant et gémit. Quand je m'éloigne, il essaie de se libérer. Il se met à aboyer dès que je sors de la baraque.

09 h 05

Je regarde les hommes qui sont alignés à côté des Hescos. Il y a Duggal, Lee, Jackson, Ramirez et Pratt du premier peloton, et Everheart, Pietrafesa, Scanlon, Lawson et Wonk Gaines du deuxième peloton. Avec leur nez couvert d'oxyde de zinc et leur visage noirci par le soleil, ils sont intimidants, même pour moi. Je secoue la tête. Vous ne dormez jamais, les gars ? je demande.

Je m'approche de Scanlon. N'oubliez pas de parler de votre alliance au sous-lieutenant Ellison.

Je n'oublierai pas, mon capitaine. Merci, mon capitaine.

Je me tourne vers Pratt. Vous êtes content de cette mission, soldat ?

Oui, mon capitaine, il dit. Puis son front se plisse. Mais quelque chose me semble pas net. Et j'arrive pas à saisir ce que c'est. Il s'accroupit et touche le sol désertique. C'est cette terre desséchée, comme une peau de serpent, il dit. Ça ne me dit rien qui vaille.

Vous êtes peut-être inquiet parce qu'elle est armée, soldat, je dis, pince-sans-rire. N'oubliez pas qu'elle a un couteau.

L'un des hommes ricane, mais se tait dès que je le regarde.

Massoud arrive en courant, essoufflé. Il me regarde d'un air inquiet. J'avais tort à son sujet, Comandan Saab, il dit d'un ton paniqué. C'est un *parvaneh*. Un papillon.

Tu vas devoir apprendre à parler quand on t'en donne la permission, je lui dis, agacé.

Doc arrive avec sa sacoche et des couvertures. Il ouvre la sacoche et me montre une réserve de pansements et de gaze.

Je suis fin prêt, mon capitaine, il dit en fermant la sacoche d'un coup sec.

Je me tourne vers Schott et Ashworth. À Schott, je dis : Une fois qu'on l'aura ramenée, je veux que vous preniez ses données biométriques, entendu ? Pas de discussion, vous les prenez – je ne veux pas savoir comment vous faites.

Je regarde les soldats qui grimpent sur les Hescos et installent des mitrailleuses pour couvrir le champ et les pentes. Je me tourne vers Ashworth et je demande : Vos hommes sont aux postes de surveillance ?

Oui, mon capitaine.

Et tous les chemins d'approche sont couverts ?

Oui, mon capitaine.

Pourquoi tout ce tintouin, mon capitaine ? demande doucement Ellison. Je croyais que le drone nous avait donné le feu vert.

Mesures de précaution, mon lieutenant. À la longue, dans un coin comme celui-ci, ça devient une seconde nature.

Derrière nous, les hommes en position de surveillance sur les Hescos examinent le champ et les pentes ombragées. Une équipe de mitrailleurs du deuxième peloton sort une M240B de sa cache et l'installe sur un trépied. L'un des hommes passe des bandes de munitions sur son épaule.

Je me dirige vers Simonis, qui est en train de s'installer au sommet des Hescos. Les montagnes nous surplombent de toute leur hauteur. Le regard fixé sur les pentes, je dis : Si vous voyez quoi que ce soit qui sorte de l'ordinaire, tirez. N'hésitez pas. C'est un ordre permanent.

Bien reçu, mon capitaine, il dit d'un ton grave. À vos ordres.

Je le regarde sortir son fusil de précision et scruter le champ et les versants des montagnes. Des jumelles et un autre fusil, un M40, se trouvent à côté de lui. Il s'allonge sur un lit de sacs de sable, une jambe pliée, l'œil appuyé à la lunette. C'est mon arme fatale absolue, avec un taux de succès au tir de presque cent pour cent, et ça me rassure de le savoir là.

Je redescends des Hescos et je retourne jusqu'au groupe qui m'attend.

Un corbeau passe au-dessus de nous et fait plusieurs fois le tour du champ avant de s'éloigner vers l'est en direction des montagnes.

Oiseau de malheur, murmure quelqu'un.

Whalen se tourne et fusille l'importun du regard.

Je m'adresse aux hommes : Des questions ?

J'attends un instant, puis je dis avec un petit sourire : Très bien, dans ce cas, en avant.

On franchit tous ensemble le concertina. Whalen marche en pointe.

Je prends un moment pour absorber le sentiment d'excitation qui me saisit quand je passe de l'autre côté du barbelé.

Je me tourne vers les hommes et je dis d'une voix calme : Bon, souvenez-vous, c'est une mission zen. On ne va pas faire usage de la force. On va respecter sa dignité et la traiter avec les égards qu'elle mérite.

Ses yeux nous suivent attentivement alors que nous avançons, nos silhouettes alourdies par nos gilets pare-balles.

Je vois ses bracelets qui scintillent au soleil.

Nous marchons en cadence et nos genoux font un bruit de castagnettes.

Des scorpions s'enfuient sur notre passage.

Nous sommes presque arrivés quand brusquement elle se tourne et prend l'agneau mort dans les mains. Son couteau étincelle et en même temps je vois quelque chose bouger sur les pentes. Baissez-vous ! je crie et aussitôt tout le monde autour de moi se plaque sur le sol. Un nuage de poussière s'élève au-dessus de nous et me distrait momentanément du coup de feu qui retentit. On entend la balle siffler, puis la fille tombe en arrière dans une grande explosion rouge à l'endroit où se trouvait son cœur.

Dans le silence profond, une voix s'élève loin derrière nous.

C'est Simonis. Il dit : Dans le mille.

J'ai le souffle court. Je me sens impuissant et désorienté.

Massoud est le seul à être resté debout. Je regarde derrière lui vers les pentes et n'en crois pas mes yeux : c'est

Minus qui est là et file entre les rochers. Comment ce putain de clébard a-t-il réussi à se libérer ?

Massoud titube vers la charrette. Ses mouvements sont saccadés, comme ceux d'un pantin dont on tirerait les ficelles. Quand il atteint la fille, il tombe à genoux. Elle le regarde de ses yeux grands ouverts. Elle essaie de parler, mais de sa bouche ne sort qu'un filet de sang. Elle indique l'agneau et il repousse gentiment son bras tendu. Le couteau échappe à ses doigts inertes. Massoud retire la couverture rouge vif qui couvrait l'agneau et la jette, ainsi que le harnais en fil torsadé qu'elle a coupé. Hormis la partie de sa toison qui était protégée par la couverture, le reste de l'agneau est imbibé de sang. Massoud se lève en le tenant dans ses bras et commence à marcher vers moi d'un pas tremblant. Il arrive devant moi, se penche et le pose sur le sol. Les yeux pleins de larmes, il dit d'une voix de petit garçon : Pourquoi l'avez-vous tuée, Comandan Saab ? L'agneau était un cadeau pour vous. Nous devions festoyer ce soir. Cela fait partie de notre culture.

Je regarde mes mains qui avancent lentement. Elles plongent profondément dans la toison de l'agneau. La laine est d'une douceur absurde.

ἀλλ᾽ ὃν πόλις στήσειε τοῦδε χρὴ κλύειν
καὶ σμικρὰ καὶ δίκαια καὶ τἀναντία.
καὶ τοῦτον ἂν τὸν ἄνδρα θαρσοίην ἐγὼ
καλῶς μὲν ἄρχειν, εὖ δ᾽ ἂν ἄρχεσθαι θέλειν,
δορός τ᾽ ἂν ἐν χειμῶνι προστεταγμένον
μένειν δίκαιον κἀγαθὸν παραστάτην.
ἀναρχίας δὲ μεῖζον οὐκ ἔστιν κακόν.
αὕτη πόλεις ὄλλυσιν, ἥδ᾽ ἀναστάτους
οἴκους τίθησιν, ἥδε συμμάχου δορὸς
τροπὰς καταρρήγνυσι· τῶν δ᾽ ὀρθουμένων
σῴζει τὰ πολλὰ σώμαθ᾽ ἡ πειθαρχία.
οὕτως ἀμυντέ᾽ ἐστὶ τοῖς κοσμουμένοις,
κοὔτοι γυναικὸς οὐδαμῶς ἡσσητέα.
κρεῖσσον γάρ, εἴπερ δεῖ, πρὸς ἀνδρὸς ἐκπεσεῖν,
κοὐκ ἂν γυναικῶν ἥσσονες καλοίμεθ᾽ ἄν.

SOPHOCLE, *Antigone*

C'est celui que la ville a placé à sa tête à qui l'on doit obéissance, et dans les plus petites choses, et dans ce qui est juste, dans ce qui ne l'est pas. Et c'est aussi ce citoyen docile qui, j'en ai confiance, saura commander quelque jour, tout comme il se laisse aujourd'hui commander, tout comme au milieu des orages de guerre il demeure à son poste, en brave et loyal soldat. Il n'est pas, en revanche, fléau pire que l'anarchie. C'est elle qui perd les États, qui détruit les maisons, qui, au jour du combat, rompt le front des alliés et provoque les déroutes ; tandis que, chez les vainqueurs, qui donc sauve les vies en masse ? la discipline. Voilà pourquoi il convient de soutenir les mesures qui sont prises en vue de l'ordre, et de ne jamais céder à une femme, à aucun prix. Mieux vaut, si c'est nécessaire, succomber sous le bras d'un homme, de façon qu'on ne dise pas que nous sommes aux ordres des femmes.

Remerciements

Mes amis Lana Cable et Eshi Motahar ont redéfini ma croyance dans l'aventure littéraire. Merci avant tout pour votre intégrité.

Si je possédais la moitié de l'idéalisme et de la franchise de mon ami et premier lecteur, le capitaine Richard Fitzgerald Sullivan de l'armée des États-Unis d'Amérique, je serais un homme heureux. Tu es sans égal, Rick.

Mes amis Tyler Bourdeau des U.S. Marines et l'adjudant Jeff Fenlason du 101st Airborne ont lu le manuscrit et m'ont offert bien des commentaires. Mille mercis à tous les deux.

Aux officiers de l'armée américaine en Afghanistan qui m'ont offert leur amitié et contrôlé les aspects techniques de ce livre – vous vous reconnaîtrez –, je n'ai pas de mots suffisants pour exprimer toute ma gratitude. Je vous suis reconnaissant pour votre objectivité, pour votre enthousiasme permanent et pour votre généreuse amitié.

Mes cordiaux remerciements à Beckie Hardie, mon éditrice principale chez Chatto & Windus and Hogarth UK, à Lindsay Sagnette, mon éditrice chez Crown and Hogarth USA, et à Louise Dennys de Knopf Canada et Meredith Curnow de Random House Australia. Votre foi collective dans ce livre a été une inspiration.

Merci également pour le soutien constant à Molly Stern et Maya Mavjee de Crown and Hogarth USA, Clara Farmer et Parisa Ebrahimi de Chatto & Windus and Hogarth UK, et Anna Govender de Random House Australia. Mes sincères remerciements à Susan Traxel de Vintage Canada et Christine Kopprasch de Hogarth USA.

Pour l'édition de poche, merci à Meagan Stacey de Hogarth US et Victoria Murray-Browne de Vintage UK.

Enfin, *Une Antigone à Kandahar* doit son existence aux efforts obstinés d'une personne, mon ange gardien, ma muse et l'agent de mes rêves, Nicole Aragi, qui l'a accompagné du début à la fin avec une détermination invariable.

Notes et références

Épigraphe :	Sophocle, *Antigone*, traduction Paul Mazon, Folioplus classiques, 2007, p. 27.
p. 39 : *Antigone*	« [...] je laverais la honte du fils de ma mère, cadavre pourrissant privé de sépulture », adapté de Sophocle, *Antigone*, traduction Robert Davreu, Actes Sud, 2011, p. 20.
p. 39 : *Antigone*	« – et alors il nous faudrait rester là tous les deux, sans larmes ni tombeau, sans enterrement rituel, pâture succulente que les oiseaux rapaces guigneraient d'un œil ravi », adapté de Sophocle, *Antigone*, traduction Robert Davreu, Actes Sud, 2011, p. 5-6.
p. 72 : *Antigone*	Sophocle, *Antigone*, traduction Paul Mazon, Folioplus classiques, 2007, p. 13.
p. 73-74 : *Antigone*	Sophocle, *Antigone*, traduction Paul Mazon, Folioplus classiques, 2007, p. 14-15.
p. 94 : *Antigone*	Sophocle, *Antigone*, traduction Paul Mazon, Folioplus classiques, 2007, p. 10.

p. 167 : Nizam	Ibn Arabi, *L'interprète des désirs*, traduction Maurice Gloton, Albin Michel Spiritualités, 2012.
p. 176 : le sage	Adapté de T.E. Lawrence, *Guérilla dans le désert, 1916-1918*, éditions Complexe, 1992, p. 43 : « Les neufs dixièmes de la tactique tiennent du concret et s'enseignent dans les livres. L'autre dixième, l'irrationnel, est comme l'éclair du vol du martin-pêcheur au-dessus de la mare et c'est à cela que l'on reconnaît un général. On ne peut y atteindre que grâce à un instinct aiguisé par la réflexion et une pratique si répétée qu'au moment crucial, cet instinct devient aussi automatique qu'un réflexe. »
p. 268 : Vigny	Alfred de Vigny, *Servitude et grandeur militaires*, Delagrave, 1905, p. 267.
p. 287 : Vigny	Alfred de Vigny, *Servitude et grandeur militaires*, Delagrave, 1905, p. 18.
p. 290 : la honte	Adapté de John Jones, *On Aristotle and Greek Tragedy*, Oxford University Press, 1962, p. 179.
p. 292 : édits des talibans	Adapté de Christina Lamb, *The Sewing Circles of Herat*, Harper Collins Perennial, 2002, p. 16-17.
p. 296 : Tacite	Tacite, *Vie d'Agricola, La Germanie*, Les Belles Lettres, 2010, p. 113.
p. 357 : *Antigone*	Sophocle, *Antigone*, traduction Paul Mazon, Folioplus classiques, 2007, p. 37.

Composition : Nord Compo.
Achevé d'imprimer par CPI Firmin Didot,
à Mesnil-sur-l'Estrée, le 16 décembre 2015.
1er dépôt légal : juin 2015.
Dépôt légal : décembre 2015.
Numéro d'imprimeur : 132637.

ISBN : 978-2-07-014545-4/Imprimé en France

300052